W0351158

Harper
Collins

Zum Buch:

Rachel ist zwischen grünen Wiesen und wolligen Schafen aufgewachsen. In dieser malerischen Umgebung lebt sie gemeinsam mit ihrer kleinen Tochter Maisy und ihrer Mutter Jill. Doch seit dem Tod des Vaters ist Rachel auf einmal für die Familienfarm verantwortlich – keine leichte Aufgabe. Allein mit der Schafzucht kann sie den Betrieb nicht aufrechterhalten. Da kommt ihr die zündende Idee: Jeder im Ort verbindet mit Primrose Farm herzliche Gastfreundschaft und den Duft nach frischem Kuchen aus Jills Farmhausküche. Was würde da besser passen, als mit einem kleinen Café in der Scheune neue Gäste anzulocken und mit den köstlichen Kuchen ihrer Mutter glücklich zu machen. Rachel setzt alle Hoffnungen in die Backkunst ihrer Mutter – um keinen Preis will sie ihr Zuhause verlieren …

»Ein warmherziger Roman, der einen zum Schmunzeln bringt – ein echter Genuss!«

Debbie Johnson

Zur Autorin:

Caroline Roberts lebt mit ihrem Mann in Northumberland im Norden Englands und ist der Überzeugung, dass jeder für seine Träume kämpfen sollte. Sie liebt es, emotionale Geschichten über Liebe, Verlust, Verrat und Familie zu schreiben, die zeigen, wie kompliziert, aber trotzdem wunderschön die Liebe sein kann. Die Sandstrände, Schlösser und grünen Hügel inspirieren sie zu ihren Geschichten.

Lieferbare Titel:

Rosen, Tee und Kandiszucker
Cottage mit Meerblick
Die kleine Chocolaterie am Meer

Caroline Roberts

Café mit Meerblick

Roman

Aus dem Englischen von
Gisela Schmitt

Harper
Collins

HarperCollins®

FSC MIX Papier FSC® C014496

1. Auflage: Juni 2020
Deutsche Erstausgabe

Originaltitel: »Rachel's Pudding Pantry«
Erschienen bei: HarperImpulse,
an imprint of HarperCollins*Publishers*, UK

Published by arrangement with
HarperCollins*Publishers* Ltd, London

Umschlaggestaltung: bürosüd, München
Umschlagabbildung: mauritius Images / Loop Images / John Woodworth / LOOP IMAGES, Susie Kearley / Alamy, shutterstock / Jan Martin Will, Irina Afonskaya, LeManna, Nuk2013, shutterstock / BBA Photograph, effective stock photos
Lektorat: Anne Nordmann
Satz: GGP Media GmbH, Pößneck
Printed in Germany
Dieses Buch wurde auf FSC®-zertifiziertem Papier gedruckt.
ISBN 978-3-95967-420-1

www.harpercollins.de

Werden Sie Fan von HarperCollins Germany auf Facebook!

1. Kapitel

Rückkehr zum Schokokuchen

Als sie den grünen Hügel hinunterfuhr, sah Rachel in der Ferne über den Cheviot Hills einen Schimmer goldenen Lichts. Der Himmel über ihr war von Wolkenfetzen in Malven-, Grau- und Orangetönen durchzogen. Hier in Northumberland ging die Sonne im März früh unter. Obwohl sie schon ihr Leben lang in diesem Tal lebte, raubte ihr die dramatische Schönheit der weiten Landschaft immer wieder den Atem.

Rachel war mit dem farmeigenen Quad unterwegs. Ihr treuer Begleiter, Border Collie Moss, saß hinter ihr. Sie hatte gerade überprüft, ob für die neuen Lämmer und Mutterschafe alle Weiden gut gesichert und die Zäune stabil waren. Am frühen Nachmittag war sie bereits mit dem Traktor dort gewesen und hatte Heu- und Strohballen dort verteilt.

Jetzt blieb sie kurz stehen, um den Blick über die Hügellandschaft gleiten zu lassen, in der die Primrose Farm eingebettet lag. Vor ihr erstreckte sich grünes Weideland, so weit das Auge reichte. Es war durchzogen von Bächen und Flüssen, die kalt und frisch aus dem Moorland weiter oben in die tieferen Lagen strömten.

Ein grandioses Panorama, doch der Wind war eisig kalt an diesem Abend – vor allem, wenn man auf dem Quad saß. Rachels fingerlose Handschuhe hatten der beißenden Kälte nichts entgegenzusetzen, und als die Frühlingssonne langsam versank, wurde es schlagartig noch kälter. Es war gegen achtzehn Uhr – Zeit, nach Hause zu fahren.

Unten im Tal sah sie die Wirtschaftsgebäude der Farm. In

der Ablammscheune brannte Licht. Dort würde sich Farmhelfer Simon heute die Nacht um die Ohren schlagen. Dahinter befand sich der alte Schuppen, den sie eigentlich nur noch als Lager benutzten. Aus dem traditionellen Farmhaus aus Feldsteinen, in dem sie mit ihrer Familie lebte, drang ein einladender Lichtschimmer. Dort warteten ihre Mutter Jill und ihre Tochter Maisy auf sie.

Rachel freute sich schon darauf, nach Hause zu kommen, wo es warm und gemütlich war. Sie fuhr den grasbedeckten Hügel hinunter, hielt kurz an, um das Tor zum Hof zu schließen, parkte das Quad und betrat die Veranda des Wohnhauses, wo sie schon vor dem Öffnen der Haustür von herrlichen Düften empfangen wurde, die aus der Küche drangen. Anscheinend hatte ihre Mum gebacken. Rachel fragte sich, welche Köstlichkeiten sie wohl zubereitet hatte. Jill verstand sich fantastisch auf alles, was aus dem Ofen kam: Kuchen, Torten, gebackene Desserts, Plätzchen, Aufläufe, traditionelle Pies und Puddings. Dieses typisch englische, köstliche Gebäck bereitete sie in einer besonderen Auflaufform zu, in der es im Wasserbad gedämpft wurde. Der Sponge Cake, ein Biskuitboden, bildete die Basis und wurde vor dem Dämpfen mit einer Schokoladen-, Frucht- oder Karamellsoße übergossen. Süß oder herzhaft – alles war superlecker. Jills Kreationen wärmten einem Herz und Magen, und sie waren genau das, was Rachel nach einem kalten Tag auf den Feldern brauchte.

Auf der Veranda schlüpfte sie aus ihren grünen Gummistiefeln und öffnete dann die Tür zur Küche. Ein intensiver Schokoladenduft ließ ihr sofort das Wasser im Mund zusammenlaufen.

»Mummy!« Die kleine Maisy flog Rachel in die Arme. Ihre blonden Locken hüpften wild, als sie auf ihre Mutter zurannte.

»Hallo, Liebes. Alles in Ordnung?« Jill drehte sich zu ihrer Tochter um und lächelte sie liebevoll an. Sie stand am alten steinernen Waschbecken und wusch ab. Ihr dunkelbraunes Haar war mittlerweile von feinen weißen Strähnen durchzogen.

»Ja, danke. Du hast gebacken?«

»Ja. Ich hatte mal wieder Lust, die alte Küchenmaschine rauszuholen.«

»Das ist ja super.« Rachel lächelte. Ihre Mum hatte lange nichts mehr gebacken, obwohl es ihr immer so großen Spaß gemacht hatte. In Rachels Kindheit war die Küche stets ein Hort voller süßer Leckereien gewesen. Wenn sie von der Schule nach Hause gekommen war, war sie schon gespannt gewesen, welche wunderbare Puddingkreation diesmal auf sie warten würde. Oft war sie vor der Tür stehen geblieben und hatte versucht, anhand der Aromen zu erraten, was ihre Mutter gebacken hatte. Heute roch es unbestreitbar nach Kakao.

»Ja, es gibt Schokokuchen«, sagte Maisy, als könnte sie die Gedanken ihrer Mutter lesen. »Ich hab geholfen, stimmt's, Grandma?«

Dieser Geruch war unverwechselbar – schokoladige Biskuitmasse und reichhaltige Schokosoße. Es war einer von Rachels Lieblingskuchen.

»Oh ja. Das hast du«, antwortete Jill. »Du warst mir eine große Hilfe. Hast das Mehl gesiebt.«

Rachel war sehr froh darüber, dass sich Großmutter und Enkelin so gut verstanden. Und es war wunderbar, dass Jill wieder angefangen hatte zu backen. Nach und nach begann sie wieder damit, die Dinge zu tun, die sie früher so gerne getan hatte.

»Oh Mann, ich glaube, ich muss sofort ein Stück essen. Es riecht göttlich, Mum. Und ich sterbe fast vor Hunger!«

»Essen gibt's aber erst in einer halben Stunde. Ich mache einen Eintopf«, verkündete Jill.

»Klingt super. Aber noch eine *ganze* halbe Stunde? Meinst du nicht, da könnte ich vielleicht ein klitzekleines Stückchen Kuchen probieren?«

Da stand das süße Machwerk, verlockend und immer noch warm, auf der Arbeitsfläche neben dem großen gusseisernen Herd. Moss schnupperte einen Moment mit hochgereckter Schnauze, bevor er es sich vor dem warmen Herd bequem machte.

»Wir könnten den Nachtisch doch vor dem Abendessen essen, Grandma«, schlug Maisy schelmisch vor und grinste breit.

»Na, ich weiß nicht«, antwortete Jill.

Rachel nickte begeistert.

»Och, bitte!« Maisy grinste noch breiter.

Jill gab nach. »Na gut, dann machen wir heute mal eine Ausnahme. Aber ihr müsst trotzdem noch euer Abendbrot essen.«

»Juhu!«, riefen beide. Die drei Generationen Swintons fingen an zu kichern. Endlich wurde im alten Farmhaus wieder unbeschwert gelacht.

»Dann los.« Jill holte Nachtischschälchen und Löffel und verteilte drei Portionen. Dann gab sie die dunkle, glänzende Schokoladensoße darüber und zum Abschluss noch einen Klecks Sahne. Sie nahmen an dem langen Tisch aus Fichtenholz Platz, an dem sie so viele Mahlzeiten und Familienfeiern – Weihnachten, Geburtstage und sonstige Jahrestage – verbracht, sich Geschichten erzählt und gemeinsam Tränen vergossen hatten. An diesem Tisch hatte Rachel schon als kleines Mädchen gesessen – er war und blieb das Herzstück der Farmhausküche. Jetzt saß ihre eigene Tochter neben ihr und schaufelte begeistert den selbstgebackenen Kuchen ihrer Oma in sich hinein. Ein rührender Anblick, der Rachel das Herz aufgehen ließ.

Bald waren nur noch »Mmmms« und »Aahs« zu hören. Rachel und Maisy schmeckte es zu gut. Der Kuchen hatte einen herrlich intensiven Kakaogeschmack und schmolz auf der Zunge.

»Danke, Mum. Dein Kuchen ist wunderbar«, sagte Rachel.

Die Wiederaufnahme ihrer Backaktivität empfand Rachel als einen wichtigen Schritt nach vorn für Jill in der neuen Familienkonstellation. Wie lange hatten sie nicht mehr zusammengesessen und gelacht, und wie lange hatte ihre Mutter nicht mehr gebacken, weil sie der Meinung gewesen war, es lohne sich nicht mehr, seit diese große, klaffende Lücke in ihrem Leben entstanden war. Doch nun langsam, ganz langsam, begannen sie mit dem Versuch, die Lücke irgendwie wieder zu schließen.

2. Kapitel

Traurige Zeiten und Backwerk um Mitternacht

Die Küche wurde nur durch den Schein einer einzigen Lampe erhellt – dort, wo Rachel mit ihrem Laptop am Tisch saß. Jill war bereits vor einer Stunde zu Bett gegangen, und Maisy schlief oben in ihrem Zimmer tief und fest, sicher mit ihrem Lieblingskuscheltier, einem weichen Lämmchen, im Arm. Ihr fliederfarbenes Kinderzimmer hatte noch ihr Großvater so liebevoll eingerichtet. Wenn Rachel an ihren Vater dachte, wurde ihr weh ums Herz. Wen sollte sie jetzt um Rat fragen? Wie konnte sie ohne ihn die Farm am Laufen halten?

Die große Küchenuhr tickte laut. Es war schon nach Mitternacht. Doch egal wie lange sie sich die Zahlen noch ansah, sie wurden nicht besser. Rachel seufzte, stützte die Ellbogen auf die Schreibtischplatte und vergrub für einen Moment die Stirn in den Händen. *Sie würde sich nicht unterkriegen lassen, auf keinen Fall!* Die Primrose Farm war seit Generationen in Familienbesitz. Sie *musste* sie retten, zum Wohl ihrer Familie, ihrer Zukunft und auch zum Wohl ihrer Tiere – die Schafe und Rinder, die sie seit so vielen Jahren züchteten und pflegten. Was sie in den letzten zwei Jahren durchgemacht hatten, durfte nicht umsonst gewesen sein.

Aber jeden Monat wenn sie die Buchhaltung machte, hatte sie es schwarz auf weiß: Der Gewinn des Hofes schrumpfte immer mehr und damit auch ihr Einkommen. Dabei lebten sie schon jetzt alles andere als in Saus und Braus. Zum Glück brauchten sie weder schicke Klamotten noch teure Urlaube. Die Einzige, die neue Schuhe und Kleidung bekam, war Maisy, die sehr schnell wuchs. Rachel spürte, wie sie Kopfschmerzen bekam. Sie stand auf, um sich eine Tasse Tee zu machen. Als sie die Milch aus dem Kühlschrank nehmen wollte, fiel ihr Blick auf den Rest des leckeren Schokoladenkuchens. Sie nahm sich noch ein kleines Stück und wärmte es in der Mikrowelle auf – ein kleiner Kakaoschub würde vielleicht ihre Stimmung heben.

Rachel wusste, dass sie mit ihrer Mutter über die finanzielle Situation der Farm sprechen musste. Sie hatte bisher versucht, das Thema zu vermeiden – Jill hatte genug, mit dem sie fertigwerden musste. Andererseits musste sie auch erfahren, wie es um ihren Hof stand, denn am Ende mussten sie das Problem gemeinsam angehen. Rachel kam zu dem Schluss, dass sie zur Rettung der Farm ein paar Felder verkaufen mussten. Allerdings war sie sich nicht sicher, wie Jill diese Neuigkeit aufnehmen würde. Abgesehen davon war der Erlös daraus vermutlich sowieso nur ein Tropfen auf den heißen Stein.

Doch vielleicht gab ja noch andere Möglichkeiten. Freunde von umliegenden Höfen boten zum Beispiel seit einiger Zeit Übernachtungen mit Frühstück an. Urlaub auf einem traditionellen Bauernhof war gerade total angesagt. Sie lebten zwar im schönsten Tal von Northumbria, in den Ausläufern der Cheviot Hills, aber Maisy war noch so klein, deswegen scheute sich Rachel momentan noch davor, ihr Zuhause für Fremde zu öffnen. Es musste andere Möglichkeiten geben, sich ein zweites Standbein aufzubauen.

Nur würde ihr heute ganz sicher keine Idee mehr kommen, dazu war sie zu müde und zu geschafft, und außerdem hatte sie schlechte Laune. Das Denken fiel schwer. Zeit, schlafen zu gehen. Morgen war auch noch ein Tag. Aber der Gedanke, dass sie ihrer Mutter die finanzielle Situation der Farm darlegen musste, erfüllte sie mit quälender Sorge. Das würde keine angenehme Unterhaltung werden. Dennoch würde sie nicht darum herumkommen.

»Hey Moss.« Sie streichelte den Kopf des schwarz-weißen Border Collies, der neben ihr lag. »Komm, wir gehen schlafen.«

Er musste nach draußen in seinen Zwinger. Eigentlich war er als Hofhund gedacht, aber oft schlich er sich heimlich ins Haus, legte sich vor den warmen Herd und genoss die Streicheleinheiten, die er dann bekam. Außerdem mochte Rachel es, wenn Moss bei ihr war. Er war nicht nur grundsätzlich ein toller Begleiter, er war auch ein ausgezeichneter Arbeits- und Hütehund. Ihr Vater hatte ihn sehr gut ausgebildet. Wie sehr sie beide ihren Dad vermissten.

3. Kapitel

Sticky-Toffee-Pudding in der Morgendämmerung

Eine Woche später begann auf der Primrose Farm die Ablamm-saison – die Zeit, in der die meisten Schafe geboren wurden.

»Na los, mein Schatz, Zeit fürs Bett«, sagte Rachel zu Maisy.

»Aber wieso, Mum?«

»Kein Aber, Maisy. Du bist schon über deine Schlafenszeit, und morgen hast du wieder Vorschule!«

Es war Sonntagabend. Morgen begann die neue Schulwoche, und ihre knapp fünfjährige Tochter brauchte ihren Schlaf. Am Monatsende hatte sie Geburtstag – noch so etwas, das Rachel planen musste, die Geburtstagsfeier. Doch gerade war Rachel zu müde, um sich darüber Gedanken zu machen, wie sie eine Horde wilder Kinder bespaßen konnte. Spät ins Bett, früh wieder raus und manchmal überhaupt kein Schlaf – das waren die typischen Begleiterscheinungen der Ablammsaison.

»Und wer kümmert sich dann um Pete? Woher weiß ich, dass es ihm gut geht?« Maisy klang ernsthaft besorgt. Unter ihrem blonden Pony bildete sich eine kleine Falte auf ihrer Stirn. Übers Wochenende hatte sie ihrer Mutter geholfen, das kleine Lamm mit dem Fläschchen aufzupäppeln, weil es von seiner Mutter nicht angenommen worden war. (Es war das schwächste Tier einer Drillingsgeburt.)

»Ganz einfach: Heute übernehme ich die Nachtschicht und werde bei ihm sein.«

»Oh.«

»Ich werde gut auf ihn aufpassen«, versicherte Rachel ihrer Tochter. »Wie auf die anderen Schafe und Lämmer auch. Und wenn du morgen früh aufwachst, werde ich dir als Allererstes berichten, wie es Pete geht.«

Das schien Maisy zu beruhigen. »Okay.«

»Dann komm. Ich les dir noch eine Gutenachtgeschichte vor.«

Das Mädchen stand gleichzeitig mit seiner Mutter auf.

»Schlaf gut, Maisy«, rief Jill ihnen vom Herd aus zu. Rachel war ebenso überrascht wie erfreut, dass ihre Mutter heute Abend schon wieder buk.

Maisy lief rasch zu ihr und gab ihr einen Gutenachtkuss. »Gute Nacht, Grandma ... Oh, sind die für mich?« Als ihre Großmutter sie hochhob, entdeckte Maisy ein paar Vanille-Cupcakes, die auf dem Küchentresen zum Abkühlen standen.

»Vielleicht. Du kannst morgen einen in die Schule mitnehmen. Aber jetzt ist erst mal Zähne putzen und Schlafen angesagt!«

» Das ist unfair!« Die Kleine versuchte es mit einem kessen, hoffnungsvollen Lächeln.

»Morgen«, sagte Jill bestimmt und lächelte zurück, während sie ihrer Enkelin die blonden Locken wuschelte.

Maisy huschte zurück zu Rachel. »Liest du mir die Geschichte von Floss vor, Mummy?«

»Kann ich machen.«

Ihre Tochter liebte die Geschichten über einen Hütehund und seine neue Familie, die noch dazu sehr schön illustriert waren.

Wenig später lag Maisy in ihrem gemütlichen, wenn auch ziemlich kleinen Zimmer im Bett, fest eingekuschelt in ihre Decke mit dem Einhorn-Motiv. Neben ihr lag ihr Stofftierlämmchen, das sie schon als Baby bekommen hatte. Rachel begann, ihr mit ruhiger Stimme vorzulesen. Mutter und Tochter mochten diese Geschichten vom Bauernhof beide. Sie lasen die Bücher immer und immer wieder gemeinsam und freuten sich jedes Mal aufs Neue darüber, dass am Ende alles gut ausging. Nach allem, was sie in den vergangenen zwei Jahren durchgemacht hatten, war es schön, an ein gutes Ende glauben zu können.

Als Rachel auf der letzten Seite angekommen war, waren Maisys Lider schon schwer. Auch Rachel war todmüde, sie hätte sofort zu ihrer Tochter unter die Decke kriechen können. Aber heute Nacht würde sie nicht zum Schlafen kommen. Die Natur und die Arbeit konnten nicht warten. Mutterschafe und Lämmer brauchten ihre Hilfe.

Simon, ihr zuverlässiger Farmhelfer, hatte die letzte Nachtschicht übernommen und auch fast den gesamten Nachmittag gearbeitet. Er hatte zwischendurch nur ein paar Stunden geschlafen. Jetzt war Rachel an der Reihe. Aber es machte ihr nichts aus. Die Nachtschicht war meistens ruhig, in der Scheune waren nur das Blöken der Schafe zu hören und die Geräusche der Nacht, die von außen hereindrangen. Jedes Frühjahr war es wieder so weit – ihr Vater hatte ihr von Kindesbeinen an beigebracht, worauf es ankam. Sie wollte ihren Dad stolz machen und beweisen, dass sie es genauso gut konnte. Sie würde sein Werk weiterführen und für die Primrose Farm und ihre Tiere ihr Bestes geben. Nicht nur das Wohlergehen der Tiere lag nun allein in ihrer Verantwortung, sie musste auch für ihre Mutter und ihre Tochter sorgen. Die Farm war ihr Zuhause und ihre Existenzgrundlage.

Vorsichtig glitt sie vom Bett und gab ihrer Tochter nur sanft einen Kuss auf die Stirn, um sie nicht aufzuwecken. »Schlaf gut, meine Süße.«

»Nacht, Mum«, flüsterte Maisy mit geschlossenen Augen.

»Noch Zeit für eine Tasse Tee, bevor du raus musst?«, fragte Jill, als Rachel die Treppe wieder herunterkam.

Rachel warf einen Blick auf ihre Armbanduhr. »Nein, ich glaub, ich geh besser direkt rüber. Ich hab Simon versprochen, dass ich ihn um halb acht ablöse.«

»Warte kurz, ich mach dir noch eine Thermoskanne fertig. Und du brauchst doch auch was zu essen. Im Kühlschrank liegen Schinkenbrote, in Alufolie eingewickelt. Oh, und ich hab einen Sticky-Toffee-Pudding gemacht und dir eine Portion beiseitegestellt.«

»Super! Vielen Dank, Mum. Ich liebe dieses Dessert!« Wie schön, dass ihre Mutter langsam wieder die Alte war!

»Das weiß ich doch. Ich muss meine Mannschaft fit halten, damit sie Energie hat!«

»Auf jeden Fall. Und was wäre da besser geeignet als ein Stück Sticky-Toffee-Pudding? Ich freue mich übrigens sehr, dass du wieder angefangen hast zu backen.«

»Hast du auch dein Handy?« Jill ging nicht auf Rachels Kommentar ein.

»Na klar. Und …« Rachel ging zur Garderobe in der Eingangshalle und sah in den Taschen ihrer Wachsjacke nach, ob sie alle nötigen Utensilien dabeihatte: das alte Taschenmesser ihres Vaters, Bindfaden, Geburtsstricke. »Ja, ich habe alles.«

»Dann hab eine gute Nacht da draußen. Ich hoffe, es bleibt ruhig.«

»Ich auch.«

Jill packte ihr das Essen, die große Thermoskanne und einen Zinnbecher in einen Rucksack.

»Komm, Moss. Du darfst mit.« Rachel pfiff nach ihrem Hund, der wieder mal vor dem Herd lag, seit er sich vorhin ins Haus geschlichen hatte. Aber jetzt sprang er auf, wie immer begierig, ihr zu helfen.

Rachel ging über den Hof, vorbei an der alten gemauerten Scheune und hin zu dem kleinen Pfad, der zum Ablammstall führte. Die Abenddämmerung setzte ein, die Schatten wurden länger und die Luft kühler. Langsam verschwand das letzte Licht des Tages und ging über ins dunkle Blau der Nacht. Der schrille Ruf des Austernfischers ertönte, und Rachel sah das Vogelpärchen über ihrem Kopf vorbeifliegen – zwei schnelle schwarz-weiße Pfeile mit den charakteristischen orangefarbenen Schnäbeln.

Kurze Zeit später stand sie vor der großen Stahlkonstruktion der Scheune, die moderner war als die anderen Farmgebäude. Helle Lichter brannten, und als sie hineinging, schlug ihr der erdige Geruch von Stroh und Schafen entgegen.

»Hey, Simon. Alles so weit okay?«

Ihr Farmhelfer war mittleren Alters. Er hob den Kopf und sah sie an. Sein dunkles Haar wurde an den Schläfen langsam grau, und sein Gesicht war wettergegerbt von der jahrelangen Arbeit auf den Feldern. »Alles bestens. Behalt nur die Nummer 98 im Auge. Sie hat Zwillinge bekommen, aber eine ihrer Zitzen will nicht, sodass sie Probleme hat, beide gleichzeitig zu säugen. Vielleicht musst du bei ihnen ein bisschen zufüttern, wenn du die anderen Flaschenlämmer versorgst.«

»Okay, danke für die Vorwarnung. Und wie macht sich Pete, das Flaschenlamm vom Freitag? Den Namen hat ihm Maisy verpasst.«

»Dem geht's super. Ist ein kleiner Kämpfer.«

»Puh, gut. Wenn ihm was passieren würde, wäre Maisy untröstlich.«

Leben und Tod gehörten zum Alltag auf einer Farm. Deswegen sollte man als Landwirt seine Tiere nicht zu sehr ins Herz schließen. Beim Anblick von süßen kleinen Lämmern fiel einem das manchmal allerdings nicht so leicht – vor allem natürlich ihrer vierjährigen Tochter, aber auch Rachel selbst mit ihren mittlerweile vierundzwanzig Jahren. Ihr Vater hatte immer gesagt, dass sie schon als Kind ein zu weiches Herz gehabt habe. Er hatte ihr verboten, den Lämmern Namen zu geben, aber Rachel konnte nicht aus ihrer Haut. Sie tat alles, um die Tiere zu retten, selbst in den aussichtslosesten Fällen. Ihr Vater musste sie immer wieder daran erinnern, dass man manchmal grausam sein musste, um im Sinne des Tierwohls zu handeln.

»Wir geben unser Bestes«, sagte Simon und beförderte Rachel damit wieder ins Hier und Jetzt.

»Natürlich.«

»Alles andere ist so weit stabil. Ein paar von den Mutterschafen von gestern sind mit ihren Lämmern schon wieder draußen. Es scheint allen gut zu gehen.«

»Fein. Dann lass ich dich jetzt mal Feierabend machen.«

»Danke. Ich bin echt bereit für 'ne Mütze voll Schlaf.«

»Ach, Moment noch. Mum hat dir ein paar Cupcakes gebacken.« Rachel holte ein Päckchen aus ihrem Rucksack.

»Wunderbar! Da freue ich mich. Gibt's gleich, wenn ich nach Hause komme, mit einer Tasse Kaffee. Sag Jill danke von mir, ja?«

»Mach ich. Sehr gerne.«

Simon ließ Rachel mit Moss und den Schafen allein. Sie schaltete das Radio aus, das er angelassen hatte. Tagsüber mochte sie das Geplänkel und die Musik, aber nachts genoss sie die Ruhe und den Frieden, die nur ab und zu vom Blöken der Tiere unterbrochen wurden.

Rachel machte einen Kontrollgang durch die Scheune. Mutterschafe und Lämmer waren zusammen in einem Pferch, und es schien alles in Ordnung zu sein. Bei ihren Tieren handelte es sich in der Mehrzahl um Cheviot-Schafe, eine widerstandsfähige Züchtung, die in der hügeligen Landschaft ideal zurechtkam. Eins der Cheviot-Schafe zeigte Anzeichen der bevorstehenden Geburt, und auch eins der Texelschafe, einer größeren, kurzbeinigen Rasse, von denen sie nur wenige Tiere besaßen. Es lief rastlos in einem abgegrenzten Pferch umher. Auf diese beiden Tiere würde sie ein Auge haben müssen.

Die frischgeborenen Lämmer und ihre Mütter, die in einer eigenen Sektion untergebracht waren, wirkten alle zufrieden. Sie sah bei Nummer achtundneunzig nach den Zitzen – auf einer Seite kam immer noch keine Milch. Gleich musste sie die Abendfütterung vorbereiten und bei den beiden Geburten assistieren, und die drei Flaschenlämmer mussten ebenfalls gefüttert werden, darunter auch Pete. Es gab außerdem vier größere, bei denen sie auch zufüttern musste.

Nachdem alle Tiere versorgt waren und Rachel einen weiteren Rundgang gemacht hatte, machte sie es sich auf einem Strohballen gemütlich und trank heißen Tee aus ihrer Thermosflasche. Im Stall war es nachts herrlich friedlich, vor allem wenn man der einzige Mensch dort war. Moss ließ sich zu ihren Füßen nieder. Rachel ließ den Tag Revue passieren und dachte darüber nach, was die kommenden Wochen bringen würden, welche Pläne sie für die Farm hatte. Manchmal versuchte sie auch einfach, zur Ruhe zu kommen und die Stille zu genießen. Es war ein wunderschöner Tag gewesen, sonnig und warm. In Northumberland war der Frühling in vollem Gang, perfekt für die Ablammsaison. Die Schafe litten unter kaltem und nassem Wetter, vor allem wenn der Winter kein

Ende nehmen wollte. Erinnerungen an den letzten Winter, der viel zu lange gedauert hatte, kamen Rachel in den Sinn, und sie erschauderte unwillkürlich. Ihr Herz verhärtete sich, wenn sie an diese Zeit zurückdachte. Der Frühling war zwar allgemein ein Sinnbild für das erwachende Leben, aber für Rachel barg diese Jahreszeit auch bittersüße Erinnerungen.

Sie riss sich von ihren Gedanken los und nahm ein Taschenbuch aus ihrem Rucksack. Für eine Weile versank sie in der Welt eines kitschigen Romans. Eine willkommene Flucht aus ihrem anstrengenden Alltag.

In den frühen Morgenstunden war es bei dem Cheviot-Schaf so weit: Die Geburt setzte ein. Rachel beobachtete das Tier genau. Die Geburt lief problemlos, und das Mutterschaf kam ohne fremde Hilfe zurecht – kurz nach dem ersten Lamm kam auch schon das zweite, und die Mutter leckte beide sauber. Binnen weniger Minuten standen die beiden Kleinen auf ihren Beinchen und fingen an zu trinken. Immer wieder staunte Rachel über dieses Wunder der Natur – die Geburt.

Sie war sich der Tatsache bewusst, dass Landwirte oft als hartherzig verschrien waren, dabei ging es einfach nur darum, pragmatisch zu sein. Sie sorgte sich natürlich um jedes einzelne Tier auf ihrer Farm, aber so ein Hof war nun mal auch ein Wirtschaftsunternehmen, das profitabel arbeiten musste. Man züchtete die Tiere, um sie eines Tages zu verkaufen. Doch eine Farm zu betreiben war noch viel mehr als das. Es ging auch um Tradition. Ihre Familie betrieb seit vielen Jahren Viehzucht, sie besaßen Schafe und eine Handvoll Rinder. Außerdem verstand sich Rachel als Hüterin ihres Farmlands. Ihr Hof und das Tal waren seit ihrer Kindheit fest in ihrem Herzen verankert.

Rachels Magen knurrte, als sie eine weitere Runde durch den Stall drehte. Eins der Texelschafe lief immer noch unruhig im Kreis, aber die Geburt schien nicht unmittelbar bevorzustehen. Deswegen beschloss Rachel, jetzt die Brote zu essen und noch einen Tee zu trinken. Langsam wurde es frisch in der Scheune, sie konnte ihren Atem sehen. Natürlich trug sie vorsichtshalber Thermounterwäsche, zwei Paar Socken, einen Wollpullover und ihre Jacke, damit ihr nicht kalt wurde. Sie wickelte die Brote aus, die ihre Mutter für sie geschmiert hatte. Der Schinken war dick geschnitten und schmeckte köstlich, das frische Vollkornbrot war mit einer dünnen Schicht Honigsenf bestrichen. Lecker. Moss bekam ein Stück von der Kruste, während sie an ihrem Tee nippte. Draußen schrie eine Eule, dann war wieder alles ruhig.

Etwa eine Stunde später war es schließlich auch bei dem Texelschaf so weit. Es war unruhig, wechselte immer wieder seinen Liegeplatz. Rachel hockte sich auf ein paar Strohballen neben dem Pferch, um zur Stelle zu sein. Sie besaßen insgesamt nur zwölf Texelschafe. Zwei von ihnen hatten bereits vor ein paar Tagen erfolgreich gelammt und waren schon wieder draußen auf der Weide. Eine halbe Stunde später war klar, dass die Geburt unmittelbar bevorstand. Aber noch immer schien das Muttertier sich unwohl zu fühlen. Es war nicht gut, wenn es so kurz vor der Geburt panisch herumrannte. Also schnappte sich Rachel das Schaf und versuchte, es zu Boden zu ringen. Die Texelschafe waren große, muskulöse Tiere, die man nur mit der richtigen Technik zu Boden bringen konnte. Rachel musste das Mutterschaf auf die Seite rollen, damit es für Mutter und Lamm leichter wurde.

Doch leider ließ sich das Schaf nicht so einfach von Rachel umwerfen. Es keilte aus und wehrte sich, sodass Rachel auf einen alten Schäfertrick zurückgreifen musste, den schon ihr Vater und ihr Großvater angewendet hatten: Sie zog ihre Jacke aus und legte sie dem Tier über den Kopf. Das beruhigte es ein wenig – zum Glück – und Rachel überprüfte schnell, ob schon etwas zu sehen war. Ja, sie entdeckte Nase und Füße des Lamms. Es sah ziemlich groß aus – diese Geburt würde vermutlich eine Weile dauern. Ein Eingreifen ihrerseits wurde aber nur dann erforderlich, wenn sich die Geburt zu lange hinzog.

Zwanzig Minuten später war immer noch nichts passiert. Rachel holte den Geburtsstrick und versuchte, der kleinen Kreatur herauszuhelfen, indem sie sich mit dem Rücken gegen einen Strohballen stemmte. Dieses Lamm erinnerte sie an die riesige Steckrübe aus Maisys Gutenachtgeschichte. Aber Rachel kam nicht weiter, und das Mutterschaf versuchte, wieder aufzustehen. Es keuchte und blökte. Diese Situation konnte binnen kürzester Zeit ernsthafte gesundheitliche Folgen für das Schaf haben. Rachel musste sofort Hilfe holen. Sie brauchte jemanden, der erfahrener und stärker war als sie. *Denk nach! Denk nach!* Simon wohnte gut eine Viertelstunde entfernt. Nebenan war Toms Hof, der aber hatte sicher selbst mit seinen Schafen zu tun. Allerdings hatte er auch zwei Farmhelfer, denn sein Hof war größer als ihrer, und einer von ihnen war mit Sicherheit mit ihm im Stall. Rasch zog sie ihr Handy aus der Tasche und versuchte während des Telefonats weiterhin, das Mutterschaf auf den Boden zu drücken.

Es klingelte vier oder fünf Mal, bis Tom endlich abnahm.

»Tom.«

»Rachel, bist du das? Alles okay?« Er klang ziemlich verschlafen, offensichtlich hatte er doch keinen Dienst im Stall geschoben.

»Eins von meinen Texels hat Probleme. Das Lamm scheint festzustecken.«

»Verstehe.« Tom klang alarmiert. »Ich komm sofort rüber.« Sie beide wussten um den Ernst der Lage.

Rachel steckte das Handy wieder ein und versuchte nach bestem Vermögen, das Schaf zu beruhigen und auf dem Boden zu halten.

Erleichtert hörte sie kurze Zeit später, wie sich ein Quad der Scheune näherte. Tom begrüßte sie mit einem knappen »Hallo« und machte sich sofort an die Arbeit. Rachel hielt weiterhin den Kopf des Schafs, während Tom sich mithilfe des Geburtsstricks am hinteren Teil des Tieres zu schaffen machte. Er war ein großer und starker Mann, aber selbst er musste sich mit aller Kraft gegen die Strohballen stemmen. Endlich, nach schier endloser Kraftanstrengung, kam das Lamm. Es war sehr groß, voller Schleim … und bewegte sich nicht. Tom wischte vorsichtig den Schleim von seinem Maul und rieb den Körper beherzt ab. Immer noch rührte sich das frisch geborene Tier nicht – es wirkte leblos und tot. Tom versuchte es mit künstlicher Beatmung und blies ihm ein, zwei Mal ins Maul.

»Komm schon, Kleines, du schaffst es!«

Und plötzlich ein erstes Lebenszeichen, nur ein kleines Zucken des Beins. Dann hob das Lamm den feuchten, wolligen Kopf und erhob sich, um auf wackligen Beinchen zu stehen. Es schüttelte sich, als wäre es erschrocken über seine Ankunft in der Welt. Automatisch rutschte das Mutterschaf näher heran, um es abzulecken.

»Danke, Tom.« Rachel war ein bisschen ergriffen, Stress und Erschöpfung machten sich bemerkbar.

»Immer gerne. Gut, dass du mich angerufen hast.« Tom lächelte.

»Ich weiß. Allein hätte ich es nicht hingekriegt. Zu schwach.« Manchmal war es frustrierend, dass sie nicht die nötige Kraft besaß, die man für die schweren Arbeiten auf der Farm benötigte.

»Na … wir wollen aber auch nicht, dass du wie der Hulk aussiehst«, scherzte Tom. Seine dunkelbraunen Augen leuchteten.

»Hallo, kleines Kerlchen.« Rachel hockte sich neben das Lämmchen, dem es nach diesem nicht ganz reibungslosen Start ins Leben glücklicherweise gut zu gehen schien. Sie ließ es noch für einen Moment in Ruhe bei seiner Mutter, später würde sie es dann untersuchen. Aber jetzt brauchten sie alle erst mal eine Verschnaufpause.

»Möchtest du einen Tee? Ich hab auch was von Mums Sticky-Toffee-Pudding dabei.«

»Na bitte, wer sagt's denn! Dafür steht man doch gerne um drei Uhr nachts auf«, erwiderte Tom grinsend.

Rachel goss ihm Tee aus ihrer Thermoskanne ein und reichte ihm den dampfenden Becher. Toms Unterarm war noch voller Schleim und Blut, aber sie kümmerten sich nicht darum; so etwas war normal in der Lämmersaison.

Seite an Seite saßen sie auf einem Strohballen.

»Ich weiß deine Hilfe wirklich zu schätzen.« Erleichterung durchflutete Rachel.

»Kein Ding. Du weißt, ich bin jederzeit erreichbar, wenn du Hilfe brauchst. Das hab' ich dir schon oft gesagt.« Er sah sie ernst an.

»Danke. Du bist wirklich lieb zu uns.« Tom war wirklich ein großartiger Freund der ganzen Familie – auch in ihrer schwersten Zeit hatte er sich rührend um sie gekümmert. Manchmal hatte sich Rachel allerdings gefragt, ob sie ihm nicht vielleicht auch auf die Nerven gingen, die Frauen von der Nachbarfarm. Normalerweise versuchte sie, ihn nicht allzu oft zu belästigen und sich allein durchzuschlagen, aber das heute Abend war wirklich ein Notfall gewesen.

Tom war etwas älter als sie, Mitte dreißig. Sie kannten einander seit ihrer Kindheit. Er war natürlich schon ein Teenager gewesen, als sie noch ein kleines Mädchen war, und war wild auf dem Quadbike über die Feldwege gerast. Er hatte fast sein gesamtes Leben auf dem Hof seiner Familie verbracht – bis er geheiratet hatte und weggezogen war. Als bei seinem Vater vor ein paar Jahren eine schwere Arthritis diagnostiziert wurde, waren seine Eltern in einen Bungalow in Kirkton gezogen, und Tom hatte den Hof mit seiner damaligen Ehefrau Caitlin übernommen. Vor drei Jahren war die Ehe allerdings auseinandergegangen – auf ziemlich unschöne Weise, wie Rachel gehört hatte – und seitdem lebte Tom als Single auf seiner Farm. Da sie Nachbarn waren, liefen er und Rachel sich regelmäßig über den Weg.

»Wie lang bist du noch dran?«, fragte Tom.

»Simon kommt um halb acht. Also eine Zwölf-Stunden-Schicht. Ich sehe Maisy zum Frühstück, dann hau ich mich für ein paar Stunden in die Falle, während sie in der Schule ist.«

»Wunderbar. Ein paar Stunden gesegneter Schlaf.«

»Und morgen Abend geht dasselbe Spiel von vorne los …«

»Es hört nicht auf, was? Aber so ist es nun mal in der Ablammzeit. Kommt einem jedes Mal so vor, als würde sie nie enden. Dabei sind es nur drei Wochen im Jahr.«

»Das kriegen wir schon hin. Wie jedes Jahr. Ist irgendwie so, als wenn man zu viel getrunken und einen furchtbaren Kater hat. Man schwört sich, dass man nie wieder Schafe züchten wird, und wenn dann Verkaufszeit ist, hat man diese schreckliche Zeit und all die Schwüre wieder vergessen – und fängt von vorne an.«

»Genau, so ist es.«

Rachel fing an, in ihrem Rucksack herumzukramen. Sie holte Jills Backwerk heraus und goss sich noch eine Tasse Tee ein.

»Auf die zähen Farmer von Cheviot Hills«, sagte sie und hob den Becher. »Prost.«

Sie reichte Tom eine Portion des saftigen, süßen Biskuitkuchens und einen Plastiklöffel. Ihre Mum dachte wirklich immer an alles.

»Und auf diesen wunderbaren Kuchen!« Er lächelte und lud sich den Löffel voll. »Mein Gott, ist der lecker. Der richtige Treibstoff für uns Landwirte!«

»Wem sagst du das!«

Nachdem sie noch eine Weile geplaudert hatten, fuhr Tom zurück nach Hause, um noch ein bisschen zu schlafen. Tatsächlich hatte Rachel ihn mit ihrem Anruf aus dem Tiefschlaf gerissen. Es war eine der seltenen Nächte in der hektischen Zeit der Lämmergeburten gewesen, in der er mal nicht im Stall hatte sein müssen. Rachel fühlte sich schuldig, weil sie seine kostbare Nachtruhe gestört hatte – zumal er am nächsten Tag wieder alle Hände voll zu tun hatte.

Bald drang das goldene Morgenlicht durch die Ritzen im Scheunentor. Rachel war wieder allein und musste sich um die nächste Geburt kümmern. Ein einzelnes gesundes Lämmchen kam ohne Probleme zur Welt. Nicht viel später konnte sie zurück ins Haus und zu ihrer Familie gehen.

Zum Glück war am Ende alles gut ausgegangen für das kleine Texelschaf. Rachel schaute hinauf in den klaren Himmel, während sie über den Hof ging, und war dankbar für einen weiteren warmen und trockenen Frühlingstag. Der Wettergott meinte es gut mit ihnen in diesem Jahr. Das war weiß der Himmel nicht immer so gewesen. Rachel passierte das alte Steingebäude, das nicht mehr genutzt wurde. Wenn sie sich an den schicksalhaften Frühlingstag vor zwei Jahren erinnerte, überkam sie ein Schauer.

4. Kapitel

Lämmer-Patrouille

Maisy war schon auf, als Rachel das Farmhaus betrat. Zusammen mit Jill deckte die Kleine den Frühstückstisch. Gerade kämpfte sie mit zwei großen Packungen Frühstücksflocken, die sie schnell auf den Tisch stellte, als ihre Mutter hereinkam.

»Mummy! Wie geht's Pete?«

»Alles bestens, Maisy. Er hat gut geschlafen und trinkt auch gut.«

»Oh! Darf ich ihm die Flasche geben?«

»Nach der Schule. Jetzt musst du dich erst mal fertig machen und selbst was frühstücken.«

»Das ist gemein.«

»Pete hat schon gefrühstückt«, erklärte Rachel.

»Einen Tee, Liebes?«, fragte Jill und schaltete im selben Moment den Wasserkocher ein, denn sie kannte die Antwort.

»Ja, gern. Ein Tee wäre jetzt toll.«

»Ist alles gut gelaufen? Mir war so, als hätte ich heute früh ein Fahrzeug gehört?« Ihre Mutter sah sie besorgt an.

»Ja, ich musste Tom herbitten. Eins der Texelschafe hatte Probleme.«

»Und? Habt ihr es hingekriegt?« Als Frau eines Schafzüchters wusste Jill natürlich, welche Komplikationen auftreten konnten. Sie hatte selbst oft genug im Stall geholfen, wenn die Lämmer kamen. Erst in letzter Zeit erledigte sie nur noch die weniger anstrengenden Arbeiten und kümmerte sich dafür mehr um Maisy.

»Das Lamm war stecken geblieben. Die Geburt dauerte zu lange, das hat mir Sorgen gemacht. Deswegen habe ich Tom um Hilfe gebeten. Er hat es super gemacht, Mutterschaf und Lamm geht es gut. Das Lamm war ein echter Brocken.«

»Dann bin ich ja beruhigt. Ende gut, alles gut.«

»Dem Himmel sei Dank für Tom«, fügte Rachel hinzu. »Der Arme, ich hab' ihn auch noch geweckt. Er hatte sich gerade für ein paar Stunden ins Bett gelegt.«

»Oh, er ist ein netter Junge. Ich wüsste gar nicht, was wir ohne ihn machen würden. Er ist wirklich ein Geschenk des Himmels.«

Junge. Rachel musste lächeln. Tom war Mitte dreißig, aber bei ihrer Mum klang es, als wäre er gerade mal dreizehn. Trotzdem hatte sie recht – er hatte sich als wahrer Freund und unverzichtbarer Helfer erwiesen, vor allem seit dem Tod ihres Vaters.

»Darf ich Tom mal besuchen, Mummy?«, meldete sich Maisy zu Wort, die sich gesetzt hatte und ihre Frühstückscerealien löffelte.

»Aber nicht jetzt.« Rachel setzte sich neben ihre Tochter. »Wahrscheinlich hat er sich wieder schlafen gelegt, oder er ist schon in der Ablammscheune. Weißt du, im Moment hat er zu viel zu tun, Maisy. In einer Woche oder so, wenn die Lämmergeburten vorbei sind, kannst du ihn aber gerne besuchen gehen.«

»Diese Lämmerzeit ist so langweilig.«

»Was sagst du denn da? Du hast Pete und die anderen Schäfchen doch gern?«

»Ja, aber alle Erwachsenen sind dann immer so beschäftigt.«

»Das stimmt. Weil es eine wichtige Zeit ist. Hab noch ein bisschen Geduld, mein Schatz. Das ist nun mal unsere Arbeit.«

Und von dieser Arbeit leben wir und bezahlen unsere Rechnungen, fügte sie im Geiste hinzu.

»Vielleicht können wir Tom ja für Sonntagabend zum Essen einladen, als kleines Dankeschön?«, schlug Jill vor. »Darüber würde er sich bestimmt freuen. Selbst wenn es nur für ein Stündchen wäre, weil so viel zu tun ist.«

»Das ist eine schöne Idee«, sagte Rachel. »Ich sag ihm Bescheid, wenn wir uns in den nächsten Tagen über den Weg laufen.«

Maisy nickte begeistert. Sie fand die Idee auch toll.

Aber jetzt musste sie sich beeilen. Pünktlich um 8:20 Uhr hielt der Schulbus an der Zufahrt zur Farm. »Maisy, iss auf und dann geh hoch und putz dir die Zähne. Schuhe an, Rucksack fertig packen, dann bring ich dich zum Bus.«

»Das kann ich doch machen, Rachel«, bot ihre Mutter an. »Willst du dich nicht lieber schlafen legen?«

»Nein, ist schon gut, Mum. Ich mach das gerne.« Egal, wie müde sie war, sie genoss es, vor und nach der Schule Zeit mit ihrer Tochter zu verbringen.

»Hast du Hunger? Du hast noch gar nichts gegessen. Soll ich dir ein Rührei machen, wenn du zurückkommst?«

»Klingt perfekt. Danke.«

Sie hatten ein Dutzend Hühner, die frei auf dem Grundstück herumlaufen und herumpicken konnten. Tagsüber zumindest, nachts musste man sie in den Stall sperren, damit der Fuchs oder andere Wildtiere sie nicht holten. Die Eier dieser Hühner waren köstlich, das Eigelb hatte eine sattorange Färbung – perfekt für Rührei oder pochiertes Ei auf Toast.

Zehn Minuten später hatten Rachel und Maisy das Haus verlassen und überquerten den Hof.

»Darf ich Pete besuchen, bevor wir gehen?« Maisy schenkte ihrer Mutter ein unschlagbar süßes Lächeln.

»Maisy, du hast deine Schuluniform und deine besten Schuhe an. In der Scheune machst du dich nur schmutzig.« Rachel selbst trug ihre Gummistiefel, und sie konnte diesem Lächeln einfach nicht widerstehen. »Na gut, aber nur kurz. Nichts anfassen, nur gucken, denn wir haben keine Zeit, noch mal die Hände zu waschen. Komm, ich trag dich.« Sie setzte sich Maisy auf die Hüfte und steuerte die Ablammscheune an.

Die Flaschenlämmer befanden sich in einem abgetrennten Bereich gleich neben dem Eingang. Rachel hob Maisy hoch, damit sie sie sehen konnte.

»Hallo, Petie! Und bis später!«, rief das Mädchen und winkte dem kleinen Lamm zu.

Pete sah auf und blökte zur Antwort, dann hüpfte er auf sie zu in der Hoffnung auf Futter. Die anderen Flaschenlämmer lagen zusammengekuschelt neben einem großen Strohballen. Sie machten alle einen guten Eindruck, obwohl eins – Nummer vierunddreißig – viel kleiner war als die anderen. Rachel würde es im Auge behalten müssen. Immerhin wirkte es munter genug, um aus eigener Kraft auf die Beine zu kommen.

Im hinteren Teil der Scheune entdeckten sie Simon und winkten ihm zu.

»Viel Spaß in der Schule, Maisy!«, rief er.

»Hallo, Simon. Danke!«

»Guten Morgen. Alles okay, seit ich gegangen bin?«

»Alles bestens.«

»Wir müssen los, Maisy, Du willst ja nicht den Bus verpassen.«

Sie liefen Hand in Hand den Feldweg entlang bis zur Schulbushaltestelle. Zum Glück ging Maisy gern in die Vorschule.

Sie war vor einem halben Jahr eingeschult worden und hatte sich gut eingelebt. Die Kleinstadt Kirkton, in der sich die Schule befand, war rund sechs Kilometer von der Primrose Farm entfernt. Maisy war ein offenes, kontaktfreudiges Kind, und sie freute sich morgens genauso sehr auf ihre Freunde wie auf den Unterricht.

Der Feldweg war gesäumt von einer grasbewachsenen Böschung, auf der jetzt im Frühling unter den Weißdornhecken jede Menge hellgelbe Schlüsselblumen blühten. Zur Straße hin wiegten sich Nester von Osterglocken im Wind – eine schöne Begrüßung für alle Besucher der Farm. Rachel sorgte dafür, dass das Gras auf beiden Seiten des Zufahrtstors kurz und gepflegt war. Schon ihr Vater hatte darauf bestanden, dass dieser Bereich picobello war. »Der erste Eindruck zählt«, hatte er immer mit seiner tiefen Stimme gesagt. Rachel holte tief Luft, um die Traurigkeit zu verscheuchen, die sie bei diesem Gedanken befiel.

Da entdeckte sie ihre Freundin Eve, die mit ihrer kleinen Tochter Amelia ebenfalls zur Bushaltestelle ging. So ersparten sie dem Busfahrer die mühsame Einfahrt in die enge Zufahrtsstraße zu ihrem Cottage ganz in der Nähe. Amelia war Maisys beste Freundin.

»Hallo Eve, hallo Amelia!« Rachel winkte den beiden fröhlich zu.

»Hey Rachel. Geht's dir gut? Was machen die Lämmer?« Eve verzog das Gesicht. Jeder Landbewohner wusste, dass die Ablammsaison die anstrengendste Zeit des Jahres war.

»Wird schon. Letzte Nacht gab es ein paar Probleme …«

Der Schulbus, ein Minibus, kam und hielt neben ihnen an. Die Mädchen stiegen ein, ihre Schultaschen mit Büchern und Pausenbroten gefüllt. Auch die Erwachsenen stiegen kurz ein, um dem Fahrer Ted einen guten Morgen zu wünschen und um sicherzugehen, dass die Kinder nichts vergessen hatten und sich ordentlich anschnallten. Ein schnelles Küsschen und ein »hab 'nen schönen Tag«, und schon waren sie wieder draußen und winkten dem Bus hinterher.

»Also, was hast du gesagt? Letzte Nacht war viel los?«, hakte Eve nach.

»Ja, in der Ablammscheune ging's rund. Ein Texelschaf hatte Probleme, das Lamm wollte nicht rauskommen. Aber zum Glück ging am Ende alles gut aus, auch dank der Hilfe meines lieben Nachbarn Tom.«

»Ah, der reizende Tom. Dein sexy Nachbar.« Es war bekannt, dass Eve, die glücklich mit Ben verheiratet war, seit Jahren für Tom schwärmte. Rachel amüsierte sich darüber. Eve hatte nicht mit der Wimper gezuckt, als Tom, ihr Freund aus Kindheitstagen, damals in die Stadt gezogen war – wohl stark unter dem Einfluss seiner Frau Caitlin, wie man munkelte. Aber seit er auf den elterlichen Hof zurückgekehrt und wieder Single war, sah Eve ihn mit neuen Augen. »Ich raff immer noch nicht, wieso ihn sich noch keine geschnappt hat«, sagte sie jetzt verträumt. »Seine Scheidung ist doch inzwischen Jahre her.«

»Tja … gebranntes Kind scheut das Feuer, würde ich sagen.« Rachel kannte dieses Gefühl nur zu gut. »Ich versteh überhaupt nicht, wieso du dich so für ihn interessierst – du bist doch vergeben. Und außerdem ist Tom mindestens zehn Jahre älter als wir.« Die beiden Freundinnen waren nicht in die gleiche Klasse gegangen, Eve war ein Jahr älter, aber sie hatten immer in der Nähe voneinander gewohnt und waren schon als Teenager befreundet gewesen. Jetzt hatten sie das reife Alter von vierundzwanzig beziehungsweise fünfundzwanzig erreicht … obwohl Rachel sich nach dem Schlafentzug der letzten zehn Tage wie eine Frau von vierundsechzig fühlte.

»Er ist nur acht Jahre älter als ich. Dreiunddreißig.«

»Ach so? Und woher weißt du das so genau?«

»Er hatte vor ein paar Wochen Geburtstag. Hat er Ben im Pub erzählt.«

Tom sah gut aus, das fand Rachel auch, aber für sie war er einfach ein Freund der Familie. Sie kannte ihn, seit sie ein kleines Mädchen gewesen war. Im Gegensatz zu Eve, die ihn attraktiv fand, kam Rachel nicht mal auf den Gedanken, ihn unter diesem Aspekt zu sehen.

»Und? Was hast du heute noch auf dem Zettel?«, fragte Rachel, um das Thema zu wechseln.

»Ich habe ein neues Projekt, das ich sehr spannend finde. Du weißt ja, wie gerne ich Dinge selbst herstelle.«

Eve war die begabteste Kunsthandwerkerin, die Rachel kannte. Sie machte wunderschöne, weiche Kuscheltiere aus Filz, und ihre Strickwaren waren der Hammer. Vor allem ihre Pullover mit dem süßen Traktordesign kamen gut an. Außerdem entwarf sie Babyschuhe und Strickjacken für Kinder und Hüte und Schals. An Weihnachten und an den Geburtstagen tauchte sie üblicherweise mit einem wunderschönen handgemachten Geschenk auf. Außerdem stellte sie Grußkarten her, arbeitete mit Holz, stickte, nähte und so weiter. Seit sie im vergangenen Jahr zu Maisys Geburtstag eine traumhaft schöne Girlande gebastelt hatte, eine Wimpelkette aus verschiedenen pastellfarbigen Elementen und Rosen im Vintage-Look, nannte Rachel sie die »Wimpelkönigin«.

»Ja? Erzähl mal!«

»Ich habe vor, ein kleines Start-up mit Handarbeiten zu gründen und bei einer Internetplattform einzusteigen, bei der man online selbstgemachte Produkte kaufen und verkaufen kann«, erklärte Eve. »Dort will ich meine Sachen anbieten. Eine Aufbesserung der Haushaltskasse schadet nie. Und einen ›richtigen‹ Job zu finden, der mit den Schulzeiten vereinbar und nicht zu weit weg ist, ist bekanntlich nicht so leicht. Das Beste an dieser Idee ist: Ich kann von zu Hause arbeiten und von dort auch gleich alles verschicken, ohne dauernd zur Post zu rennen wegen des Portos. Was sagst du?«

»Klingt genial. Wahrscheinlich hast du alles schon genauestens recherchiert, so wie ich dich kenne – wieso also nicht? Hört sich nach einer super Sache an. Ich hab auch schon solche Dinge übers Netz gekauft. Ich freu mich für dich!« Rachel versuchte, ein Gähnen zu unterdrücken. »Entschuldige, hat nichts mit dir oder deinem Projekt zu tun. Ich hab nur seit gestern Nachmittag nicht mehr als ein paar Stunden geschlafen …«

»Ach du Schande! Dann leg dich aber schnell mal hin! Hast du heute wieder Nachtschicht?«

»Leider ja. Keine Ruhe für die Gottlosen.«

»Beziehungsweise Farmer.«

»Wohl wahr. Und viel Glück mit deinen Handarbeiten, Eve! Sobald die Ablammsaison vorbei ist, werde ich wieder unter den Lebenden auftauchen, versprochen. Dann trinken wir einen Kaffee zusammen und bringen uns mal wieder auf den neuesten Stand!«

»Das machen wir. Oder wir gehen zusammen einen trinken. Ich vermiss meine Freundin! Mach's gut, Rach.«

»Bis dann, Eve.«

»Und süße Träume!«

»Danke.«

Als sie zurück zum Haus ging, dachte Rachel, wie toll sie Eves Projekt mit dem Onlineshop fand. In ihr keimte bereits eine eigene Idee auf. Auch sie mussten sich überlegen, was sie zusätzlich machen konnten, um Geld zu verdienen. Eine neue Richtung einschlagen, das Angebot erweitern. Etwas, das sie in ihren Alltag mit dem Hof und mit dem Kind integrieren und mit dem sie gleichzeitig ihr Einkommen steigern konnten. Nur was? Das war die große Frage.

Wie herrlich es doch war, in die Kissen zu sinken. Rachel kuschelte sich unter ihre weiche Decke; die Vorhänge im Schlafzimmer waren zugezogen, damit der strahlende Frühlingstag sie nicht wachhielt. Das Vogelgezwitscher trat immer mehr in den Hintergrund, als Rachel in den wohl verdienten Schlaf glitt.

Als sie aufwachte, hörte sie in der Ferne einen Traktor dröhnen, und die Vögel zwitscherten immer noch. Ein Blick auf ihre Armbanduhr verriet Rachel, dass es fast vierzehn Uhr war. Sie hatte fünf Stunden geschlafen, doch es fühlte sich an wie gerade mal fünf Minuten! Sie gähnte und streckte sich. Zeit aufzustehen, ihrer Mutter zur Hand zu gehen und nachzusehen, was bei Simon im Stall los war. Mist, nur noch eine Stunde, bis der Schulbus Maisy wieder oben an der Straße ausspuckte.

Rachel schlüpfte in eine Jogginghose und ein T-Shirt und zog einen alten Fleecepullover drüber. Die dicken Steinmauern sorgten dafür, dass es im Farmhaus immer kalt war. Nur in der Küche, wo der Herd stand, war es kuschelig warm. Ihr Vater war in diesem Haus geboren worden. Als kleines Mädchen, daran erinnerte sich Rachel, hatte sie die meiste Zeit in der warmen Küche verbracht. Dort hatte sie auf einem Hocker gestanden und ihrer Mutter Jill dabei zugesehen, wie sie Scones, den englischen Teegebäckklassiker, zubereitete. Die süßen Brötchen entwickelten beim Backen einen betörenden

Duft und wurden mit Erdbeerkonfitüre und Streichrahm gegessen. Manchmal half sie ihrer Mum, wenn diese die leckere Teigmischung für Pancakes mit Zitrone und Zuckerstreuseln anrührte.

»Hallo, Schatz! Willkommen zurück im Land der Lebenden«, begrüßte Jill sie, als sie in die Küche kam. »Auf dem Herd steht Suppe und knuspriges Brot, das ich gerade gebacken habe.«

»Oh, danke. Das ist ja toll.« Rachel lüpfte den Deckel des Kochtopfs – Lauch und Kartoffeln. Lecker, ihre Lieblingssuppe. Sie dampfte herrlich und wartete nur darauf, von ihr gegessen zu werden. Ihre Mutter hatte sie extra warmgehalten. Jill war echt die Größte. Sie war das Zahnrad, das alles am Laufen hielt. Sie versorgte ihre Familie mit Essen und Trinken und half, soweit sie es noch konnte, auch bei der Farmarbeit. Rachel konnte sich glücklich schätzen, in ihrer Mutter eine so große Unterstützung zu haben. Sie bewunderte ihre Mum dafür, wie sie stoisch immer weitermachte, auch gerade in Anbetracht ihrer veränderten Lebensumstände. Alle drei hatten sie auch jetzt noch ab und zu Schwierigkeiten, sich auf diesem unbekannten Terrain zu bewegen. Aber vielleicht war genau das der Trick – immer etwas zu tun zu haben.

»Während du geschlafen hast, war ich einkaufen und bin auf dem Rückweg zufällig Tom begegnet. Ich hab ihn für Sonntag eingeladen. Er schien sich zu freuen. Ich wüsste ja nur zu gern, was er sich selbst kocht. Der arme Mann, so ganz allein die ganze Zeit.«

»Ich bin mir sicher, dass er sehr gut kochen kann, Mum. Wir leben ja nicht mehr im Mittelalter! Und garantiert ist er auch oft bei Jim und Barbara.« Seine Eltern wohnten ja nur ein paar Kilometer entfernt.

»Ja, aber trotzdem. Er freut sich bestimmt, mal verwöhnt zu werden. Auf dem Hof ist so viel zu tun. Und man macht sich ja keinen Sonntagsbraten für sich allein.«

»Eher nicht, das stimmt. Danke, dass du ihm Bescheid gesagt hast.« Das war doch ein nettes Dankeschön für seine Hilfe und Unterstützung in der vergangenen Nacht und in den ganzen letzten Monaten.

»Es ist auch schön, mal wieder einen Gast im Haus zu haben«, meinte Jill.

Ja, das Farmleben konnte auf die Dauer einsam machen, vor allem hier oben, im abgelegenen Norden von Northumberland. Es war wunderschön hier, keine Frage, ruhig und sehr besonders, aber man war eben auch ziemlich weit weg von größeren Städten, Kinos oder Flughäfen. Doch es lohnte nicht, darüber nachzudenken, denn so war es nun mal. Tatsächlich waren sie fast die ganze Zeit nur zu dritt: Rachel, Jill und Maisy. Manchmal kam auch Granny Ruth vorbei, die Mutter von Rachels Vater und ihre letzte lebende Verwandte aus der Großelterngeneration. Sie wohnte nicht allzu weit weg auf der anderen Seite von Kirkton. Sie, Simon, Eve und der Busfahrer waren oft wochenlang die einzigen »fremden« Gesichter, denen Rachel begegnete – vor allem jetzt, in der hektischen Zeit der Ablammsaison.

Schon war es Zeit, Maisy vom Schulbus abzuholen. Rachel schlenderte zur Straße und ließ auf dem Weg den Blick über die Weiden schweifen. Dabei kontrollierte sie automatisch, ob es den Schafen und Lämmern gut ging, die schon wieder draußen waren. Der Minibus hielt gerade an, als sie an der Straße ankam, und Maisy sprang heraus, rannte auf sie zu und schlang die Arme um sie. Rachel wechselte noch ein paar Worte mit

Eve und Amelia, dann machten sie sich auf den Weg zurück zum Haus.

Rachel erkundigte sich, wie es in der Schule gewesen war und was sie heute gemacht hätten. Malen, Lesen, echt schwere Rechtschreibübungen, Seilspringen und Spielen lautete die Antwort. Als sie auf dem höchsten Punkt des Feldwegs ankamen, wurde Maisy plötzlich ungewöhnlich still, dann blieb sie auf einmal stehen und sah Rachel mit ernster Miene an.

»Mummy … wieso hab' ich eigentlich keinen Dad?«, platzte es aus ihr heraus.

»Oh …« Die Frage traf Rachel völlig unvorbereitet.

»Amelia hat einen Dad und Nell auch, und sogar Harry erzählt von seinem Dad, obwohl er ihn immer nur samstags sieht.«

»Oh, Maisy … natürlich hast du einen Dad. Wie die anderen Kinder auch. Es ist nur so …« Rachel wusste, dass sie ihre Worte mit Bedacht wählen musste. Auf keinen Fall sollte Maisy das Gefühl bekommen, nicht gewollt zu sein. »Dein Dad kann einfach nicht so oft kommen. Er wohnt sehr weit weg.«

»Aber wieso wohnt er nicht bei uns … wie Amelias Vater? Mag er mich nicht?«

Rachel tat ihre Tochter leid. *Weil er ein verantwortungsloser, unreifer, egoistischer Mistkerl ist.*

»Natürlich hat er dich lieb, mein Schatz. Es ist einfach ein bisschen kompliziert bei uns. Dein Daddy und deine Mummy sind nicht mehr zusammen – so wie Harrys Eltern. Aber weil dein Daddy so weit weg ist, ist es nicht so einfach für ihn vorbeizukommen und dich zu besuchen, nicht mal samstags.« Sie versuchte, ihrer Vierjährigen möglichst kindgerecht zu erklären, dass Erwachsene Fehler machten und Beziehungen scheitern konnten. »Vor einem Jahr war er hier und hat uns besucht, weißt du das nicht mehr?« Es war zwar etwas länger her, aber »ein Jahr« hörte sich besser an.

Maisy stand da und schüttelte den Kopf, während sie angestrengt die Stirn runzelte. So ein Mist, dachte Rachel, es war sogar schon sechzehn Monate her, seit er sich das letzte Mal hatte blicken lassen. Kurz vor Weihnachten war es gewesen. Maisy war damals dreieinhalb. Jake war urplötzlich bei ihnen aufgetaucht, mit einem Weihnachtsgeschenk für seine Tochter und einem Zwanzig-Pfund-Schein zu Rachels finanzieller Entlastung. Haha! Die Kohle hatte verdammt lange gereicht. Hatte der Typ überhaupt eine Ahnung, was ein Paar Kinderschuhe kostete? Er hatte nie wirklich Unterhalt für seine Tochter gezahlt, weil er fast immer arbeitslos war – zumindest hatte er das den Behörden gegenüber behauptet. Für Rachel war es leichter, wenn er nicht da war. Sie kamen sehr gut allein zurecht, auch wenn sie keine großen Sprünge machen konnten. Aber auf diese Art von unregelmäßiger und unzuverlässiger Unterstützung konnte sie verzichten. Ein Kuss und eine Umarmung für Maisy, die leere Versprechung, ab jetzt häufiger vorbeizukommen – und zack, war er wieder weg gewesen.

»Erinnerst du dich an den Spielzeugaffen?«, fragte Rachel, um Maisy auf die Sprünge zu helfen.

Das kleine Mädchen nickte.

»Das war ein Weihnachtsgeschenk von deinem Daddy.« Jetzt saß der Affe in Maisys Zimmer auf dem Regal. Ein paar Monate hatte sie ihn immer mit sich herumgeschleppt, aber nachdem ihr Vater nicht mehr wiedergekommen war, hatte der Affe Platz machen müssen für das weiche Kuschellämmchen, das sie schon als Baby von ihrer Grandma Jill bekommen hatte.

»Oh«, war das Einzige, was Maisy dazu einfiel. Einen Moment lang sagte sie nichts, dann flötete sie mit fröhlichem Gesicht: »Aber bald hab' ich Geburtstag. Er könnte doch zu meiner Party kommen.«

Rachel wollte ihrer Tochter keine falschen Hoffnungen machen. Aber gut, sie würde ihm eine Textnachricht an seine letzte ihr bekannte Handynummer schicken. Vermutlich hatte sie auch noch irgendwo eine E-Mail-Adresse. Zu Maisy sagte sie: »Ich werde versuchen, ihm eine Einladung zu schicken, okay?« Maisy nickte vehement. »Aber es könnte sein, dass er ganz weit weg ist und arbeiten muss.«

Wer wusste schon, ob er überhaupt einen Job hatte? Oder Geld für eine Zugfahrt oder ein Auto? Wieso nur hatte sie sich damals einen so armseligen Typen ausgesucht? Jake war ihre erste große Liebe gewesen. Sie war damals siebzehn gewesen und so verdammt naiv. Zwei Jahre lang war er in ihrem Leben aufgetaucht, wann immer es ihm passte, und war schon damals nie irgendwelche ernsthaften Verpflichtungen eingegangen. Als sie schließlich mehr wollte als nur einen süßen Typen mit Boygroup-Look und Charme und kapiert hatte, dass ihr Freund ein Taugenichts war, war es zu spät. Da war sie bereits schwanger. Aber ehrlicherweise konnte sie sich heute auch nicht wünschen, dass das alles nie passiert wäre. Denn dass sie Maisy bekommen hatte, bereute sie nicht. Ihre Tochter war ihr Ein und Alles.

5. Kapitel

Brotauflauf und Sonntagsbraten

Der Sonntag nahte heran, nach einer Woche voller langer Ablammnächte und viel zu wenig Schlaf.

Als Rachel nach ein paar Stunden Schlaf dann gegen Mittag aufstand – sie hatte wieder die Nachtschicht im Lämmerstall übernommen – duftete es herrlich aus der Küche. Jill bereitete fürs Mittagessen einen Rinderschmorbraten vor, und zwar mit allem Drum und Dran. Fleisch und Kartoffeln köchelten im Ofen vor sich hin.

»Das riecht ja göttlich«, lobte Rachel ihre Mutter.

Maisy drehte sich zu ihr um. Sie saß auf einem Hocker neben ihrer Großmutter. »Mummy, ich bin heute Grandmas besondere Helferin. Wir haben für Tom einen Brotauflauf gemacht«, verkündete sie strahlend.

»Das klingt sehr lecker.«

»Hallo Liebes«, begrüßte Jill sie. »Ich bin erst in einer halben Stunde fertig, du kannst also noch in aller Ruhe unter die Dusche gehen.«

»Ich nehm mir nur schnell einen Tee.« Rachel unterdrückte ein Gähnen. Irgendwie schien sie überhaupt nicht mehr wach zu werden. Sie fuhr sich mit den Fingern durch ihr verwuscheltes Haar und fand dabei einen Strohhalm. Kein Wunder, dass ihre Mutter ihr vorgeschlagen hatte zu duschen. Vermutlich sah sie aus wie eine Vogelscheuche. Sie schaltete den Wasserkocher ein und erkundigte sich bei Maisy, was sie am Vormittag getrieben habe. Dann lauschte sie ihrem Geplapper, während sie sich mit ihrer Tasse an den großen Küchentisch setzte. Der Tee entfaltete schon bald seine erquickende Wirkung, und Rachel fühlte sich langsam wieder wie ein Mensch. »Gut, dann saus ich mal nach oben und mach mich fertig.«

»Bis gleich, Mummy. Und vergiss nicht, dass Tom kommt! Also putz dir die Zähne und wasch dir die Haare«, riet die Kleine ihr mit Ernsthaftigkeit.

Anscheinend hatte sie in den letzten Wochen doch gewisse Reinlichkeitsregeln vernachlässigt. Rachel blickte an sich herunter. Ausgeleierte Jogginghose und olles T-Shirt. Ungekämmte Haare. Und als sie wieder nach oben ging, stellte sie einen leichten Schweißgeruch fest, gemischt mit dem typischen Stalldunst. Lecker. Maisy hatte also recht gehabt. Lächelnd schüttelte Rachel den Kopf. Ganz schön neunmalklug, ihre Tochter.

Tom stand pünktlich um dreizehn Uhr mit einem freundlichen Lächeln, einer Flasche Rotwein und einem Einhorn-Malbuch für Maisy vor der Tür. Er hatte sich in Schale geworfen und die übliche Jeanskluft gegen ein hellblaues Hemd und beigefarbene Chinos getauscht.

»Hallo, Tom«, begrüßte Jill ihn, während sie weiter in der Soße rührte. »Was macht das Ablammen?«

»Es läuft gut. Wir sind zu drei Vierteln durch. Es gibt ein Licht am Ende des Lämmer-Tunnels.«

»Ja, bei uns sieht's ähnlich aus«, stimmte Rachel ihm zu. »Danke noch mal für deine Hilfe neulich.«

»Sehr gerne. So was passiert nun mal, gehört alles zur Jobbeschreibung.«

»Du sollst wissen, dass ich das wirklich zu schätzen weiß«, wiederholte Rachel.

Tom hob Maisy zur Begrüßung hoch und wuschelte ihr die Haare. »Na, Maisy? Wie geht's?«

»Gut. Ist das für mich?« Sie hatte das Malbuch entdeckt und wollte runtergelassen werden. Tom nickte und sagte: »Ja, ist es.« Überglücklich mit ihrem Geschenk bedankte sie sich schnell und verschwand dann, um ihre Buntstifte zu holen.

»Setz dich doch bitte«, lud Jill Tom ein, »und mach's dir gemütlich. Es dauert nicht mehr lang, dann ist das Essen fertig.«

Kurz darauf tauchte Maisy wieder auf und hockte sich neben Tom an den Tisch. Sie fragte ihn: »Hast du schon Pete gesehen, mein Lämmchen?«

»Nein, noch nicht.«

»Können wir zu ihm rausgehen, Mummy?«

Rachel wollte gerade den Braten aufschneiden, das Essen war so gut wie fertig. »Ich denke, Tom hat diese Woche genug Lämmer gesehen ...«

»Schon okay, ich hab' nichts dagegen«, erwiderte er lächelnd.

»Na gut. Aber erst nach dem Essen, Maisy. Es ist gleich so weit, also geh dir die Hände waschen, und dann kannst du vier Wassergläser und drei Weingläser für die Erwachsenen auf den Tisch stellen.«

»Okay.« Widerwillig trottete Maisy in Richtung Badezimmer.

»Tom, möchtest du vielleicht die Flasche Wein aufmachen?«, fragte Rachel und suchte in der Geschirrschublade nach dem Korkenzieher. Normalerweise tranken sie keinen Wein zum Essen. Aufgrund ihrer finanziellen Lage war Wein in letzter Zeit außerdem sowieso zu einem Luxusartikel geworden.

Wenig später saßen sie alle zusammen am großen Küchentisch. Rachel hatte den Rinderbraten mit Yorkshire-Pudding, frischem Gemüse und Kartoffeln und Jills köstlicher Bratensoße auf die Teller verteilt. Auf Jills Bitte hatte sich Tom ans Kopfende gesetzt. Rachel fühlte sich ein wenig unwohl, als sie ihn dort sitzen sah. Es war immer der Platz ihres Vaters gewesen. Als sie groß genug gewesen war, hatte sie ihm den Teller mit dem Sonntagsbraten bringen dürfen, gefüllt mit Fleisch und Gemüse und dem traditionellen Yorkshire-Pudding. Dad zwinkerte ihr dann zu und schenkte ihr ein breites Lächeln. Immer wieder diese Erinnerungen! Natürlich war Tom herzlich willkommen in ihrem Haus, aber sie fand es trotzdem schwierig, jemand anderen als ihren Vater auf diesem Platz sitzen zu sehen.

Das Gespräch bei Tisch war unbeschwert und kurzweilig. Sie sprachen über ihre Höfe, und Maisy berichtete Tom von ihrem Schwimmunterricht in der Schule und den Tierbildern, die sie gemalt hatte. Sie aßen und erzählten und genossen den Wein. Es war nett, den Sonntag auf diese Weise zu zelebrieren, und Rachel empfand es als echte Belohnung für die vielen kalten Nächte draußen in der Scheune bei den Schafen.

»Es schmeckt wirklich überaus köstlich. Vielen Dank, die Damen. Ich selbst mache so gut wie nie einen Braten. Es dauert einfach zu lang. Wenn ich hungrig nach Hause komme, muss es meistens schnell gehen.«

Jill sah Rachel wissend an. »Ist doch nicht schlimm, Tom. Du hast alle Hände voll zu tun.«

»Ich koche zwar auch, nur nichts Aufwendiges. Steak, Kassler, Pasta, und manchmal schiebe ich auch eine Tiefkühlpizza in den Ofen.«

»Granny hat auch Nachtisch gemacht!«, rief Maisy.

»Klingt gut.« Tom grinste.

»Es gibt einen Brotauflauf oder Brownies. Ich mag die ekligen Rosinen im Auflauf nicht, deswegen kannst du mein Stück haben«, bot Maisy Tom großzügig an.

»Du musst aber erst aufessen, Maisy«, erinnerte ihre Großmutter sie. »Auch den Brokkoli.«

»Ja-haa. Weiß ich.«

»Den Brotauflauf kann ich sehr empfehlen, trotz der *ekligen* Rosinen«, meinte Rachel lächelnd. »Er schmeckt ganz hervorragend – die Vanillesoße darin ist herrlich leicht und mit einem Hauch von Muskat versehen.«

»Das Rezept meiner Großmutter«, verriet Jill stolz. Sie strahlte. Das handgeschriebene Rezept fand sich im großen Koch- und Backbuch der Familie, das Rachel die »Backbibel« getauft hatte. Obwohl Jill die Rezepte auswendig kannte, schlug sic immer wieder gerne die Seiten mit der schönen geschwungenen Handschrift ihrer Großmutter Alice auf. Es gab ihr das Gefühl, als würde sie neben ihr stehen.

Wie schön, Mum wieder lächeln zu sehen, dachte Jill. Zu lange hatte die Traurigkeit sie niedergedrückt.

Sie ließen sich den Brotauflauf schmecken. Er hatte eine leckere Kruste und war mit Vanillesoße und Rosinen gefüllt. Ein Klecks Soße kam auch noch oben drauf. Maisy hatte schon jetzt klebrige Finger und einen verschmierten Mund von ihrem Schokoladen-Brownie.

»Schmeckt super, Jill«, lobte Tom sie begeistert. »Erinnert mich an die Besuche bei meiner Großmutter. Da roch es auch immer so köstlich aus der Küche, und dann kam etwas noch Köstlicheres aus dem Ofen. Sie machte auch so einen Brotauflauf, das weiß ich noch.«

»Die alten Rezepte sind oft die besten, finde ich. Ich habe

noch ein altes Kochbuch von meiner Mutter, das sie von ihrer Mutter übernommen hat. Mittlerweile habe ich es um meine eigenen Rezepte ergänzt. Dazu kommt natürlich das englische Standardwerk der Küche, ›Mrs. Beetons Kochbuch‹, und ein paar Rezeptideen von Mary Berry und Delia Smith.«

»Die beiden sind Mums beste Freundinnen, musst du wissen«, fügte Rachel grinsend hinzu.

»Du könntest eigentlich einen Laden aufmachen mit deinen Backkreationen, Jill. Wenn ich an den leckeren Sticky-Toffee-Pudding von neulich denke ... Ich wette, du hast noch jede Menge anderer Knaller-Rezepte drauf. Ich würde mich auf jeden Fall anstellen, um bei dir was zu kaufen!«

»Oh ja, deine tollen traditionellen Puddings und gebackenen Desserts«, stimmte Rachel zu. »An der Idee ist echt was dran, Tom.« Genau an so etwas hatte sie selbst auch schon gedacht. »Was hältst du davon, Mum?«

»Ich weiß nicht. Ich backe doch einfach nur für zu Hause.« Jill wischte die Unterhaltung mit einer Handbewegung weg. »Möchte noch jemand einen Nachschlag?«, fragte sie mit einem Blick auf Toms säuberlich leer geputzten Teller.

»Ich bin total satt. Aber trotzdem – bei diesem Angebot kann ich nicht Nein sagen. Aber nur ein bisschen, ja? Ich hab' fast den Eindruck, ich soll gemästet werden.« Tom lachte.

»Definitiv.« Jill grinste.

Rachel sah ihn an. Er war von mittlerer Statur, muskulös, um die einsachtzig groß. Aufgrund seiner körperlichen Tätigkeit war er fit und gesund, und vermutlich konnte er so ziemlich alles essen, ohne ein Gramm zuzunehmen. Er bemerkte ihren Blick und lächelte sie herzlich an. Seine Augen waren dunkelbraun. Das war ihr vorher noch nie aufgefallen.

»Ich glaube zwar nicht, dass ich mich nach dieser Völlerei

noch bewegen kann, aber ich sollte wohl mal aufbrechen und mich um meine Schafe kümmern.«

»Du hast Pete noch nicht gesehen«, erinnerte ihn Maisy.

»Das ist richtig. Du kannst ihn mir vorstellen, bevor ich fahre«, schlug Tom vor.

»Aber für eine Tasse Tee ist doch noch Zeit, oder?«, erkundigte sich Jill. »Das Essen soll sich ein bisschen setzen.«

»Ja, gerne, Jill. Ein schnelles Tässchen geht immer. Danke euch beiden noch mal. Ihr habt mich wirklich verwöhnt.«

»Schön, dass du da warst«, erwiderte Jill.

Rachel nickte zustimmend. »Ja. Danke für deinen Besuch. Es war echt nett.«

Eine Viertelstunde später machten sich Rachel, Maisy und Tom gemeinsam auf den Weg in die Ablammscheune, um Pete zu besuchen.

»Du musst sehr vorsichtig sein, er ist noch sehr klein«, erklärte Maisy wichtig, als hätte Tom noch nie in seinem Leben etwas mit Schafen zu tun gehabt.

Die beiden Erwachsenen sahen sich amüsiert an.

»Geht klar, Maisy«, antwortete er ernsthaft. »Und welches von den Kleinen ist es?«

»Das da.« Maisy lugte über das Metallgestänge und zeigte auf ein Lamm. »Komm her, Petie.« Das Lämmchen sah auf. Es schien seinen Namen zu kennen und trottete auf sie zu, die anderen im Schlepptau. »Mummy, dürfen wir ihn füttern?«

»Ja, wieso nicht. Dann sag ich Simon später Bescheid, dass Pete schon gefressen hat.« Heute Nacht hatte sie endlich frei – welch ein Segen. Ein heißes Wannenbad und ihr weiches Bett warteten auf sie.

Rachel hob das Lämmchen aus dem Verschlag. Seine Wolle

war weich und lockig. »Ich geh dann mal die Milch anrühren«, sagte sie und übergab das Lamm an Tom. Er ging in die Hocke, damit Maisy es streicheln konnte. »Bin sofort zurück.«

Als sie ein paar Minuten später zurückkam, waren Tom und Maisy in eine Unterhaltung über die Lämmer vertieft, die in der Nacht zuvor geboren worden waren. Tom erzählte ihr von dem Texelschaf, bei dem er den Geburtshelfer gespielt hatte. Maisy war völlig fasziniert.

»Ihr musstet ein Seil benutzen, Mummy?«, fragte sie mit großen Augen.

»Ablammen ist wohl doch nicht so langweilig, was?«

Es gefiel Rachel, wie gut sich die beiden verstanden. Tom berichtete voller Dramatik von den Ereignissen jener Nacht und erweckte die Geschichte für ihre Tochter noch einmal zum Leben. Sie dachte an die Zeit, als sie selbst noch ein kleines Mädchen gewesen war und ihr Vater ihr solche Geschichten erzählt hatte.

»Beeil dich, Rachel. Das Schaf ist gleich so weit.« Ihr Dad nahm sie am Arm und führte sie zum Pferch. »Wir lassen es aber erst mal in Ruhe und sehen nur zu. Ganz leise jetzt. Mir scheint, das kriegt sie prima allein hin.«

Sie saßen zusammen auf einem Strohballen. Das Mutterschaf keuchte heftig und legte sich auf die Seite. Auf einmal war eine klebrige weiße Flüssigkeit zu sehen und … oh … wow … zwei kleine schwarz-weiße Hufe, die aus dem Schleim herausragten. Dann fiel plötzlich alles heraus – in einer seltsamen, ballonartigen Hülle. Das Mutterschaf begann sofort, das Kleine abzulecken … da war es, das frisch geborenen Lämmchen. Neues Leben.

Das war vor beinahe zwanzig Jahren gewesen. Rachel hatte

extra länger aufbleiben dürfen, um die Geburt zusammen mit ihrem Vater zu erleben.

Damals war sie fünf Jahre alt gewesen, aber diesen besonderen Tag würde sie ihr Leben lang nicht vergessen – so war das nun mal mit manchen Erinnerungen.

Rachel wurde zurück in die Realität katapultiert, als Pete hungrig mit den Beinen zu zappeln begann, weil er die Flasche in ihrer Hand sah.

Es war ihr peinlich, dass sie von der Erinnerung feuchte Augen bekommen hatte, und sie drehte sich kurz zur Seite, um sich wieder zu fassen. *Tief ein- und ausatmen.*

»Dann wollen wir mal, Maisy. Du hältst die Flasche«, sagte Tom.

»Ich hab' das schon mal gemacht. Es geht so.« Sie hob die Flasche im richtigen Winkel an, und das Lamm begann, lautstark an der Flasche zu saugen.

»Das sieht sehr gekonnt aus«, lobte Tom sie.

Als die Milch alle war – wofür Pete nicht sehr lange gebraucht hatte – stand Tom auf und hob ihn zurück in den Pferch. »Sorry, ihr Lieben. Aber jetzt muss ich los.«

»Schade.« Maisy verzog das Gesicht.

»Ach, Maisy. Tom ist doch wegen Pete schon extra länger geblieben.« Rachel sah ihn an. »Du hast garantiert noch einiges auf dem Zettel.«

»Das kannst du laut sagen. Bauernhände ruhen nie.«

»Wem sagst du das.«

»Tschüss, Tom«, sagte Maisy widerwillig und umklammerte sein Bein.

»Tschüss, Maisy. Und sei brav, hörst du?«

»Okay.«

Rachel sah zu, wie er zu seinem Wagen ging. Er stieg ein und fuhr mit einem Winken und einem Hupen – extra für Maisy – davon. Rachel überkam ein wohliges Gefühl, das sie sich nicht recht erklären konnte. Es war toll, einen Nachbarn wie Tom zu haben. Jemanden, auf den sie zählen konnten.

6. Kapitel

Puddings und Pläne

Als Maisy im Bett und ihre Mutter in der Badewanne war, setzte sich Rachel mit ihrem Laptop und einer Tasse heißer Schokolade an den Küchentisch. Sie kaute an ihrem Kugelschreiber. Noch jede Menge Papierkram zu erledigen. Ein nie enden wollender Strom aus Dokumenten und Betriebsdokumentationen, die sie auszufüllen und zurückzuschicken hatte. Sie war müde, aber wenigstens musste sie heute Nacht nicht noch in die Scheune.

In der Küche war es still und gemütlich. Der gusseiserne Herd strahlte wie immer noch Wärme ab, und Moss lag neben ihr. Im Zimmer nebenan hatten sie zwar auch ein kleines Büro eingerichtet, aber Rachel saß lieber hier, in der Küche. Sie erledigte ein paar Verwaltungssachen und ertappte sich dabei, wie sie an die Unterhaltung vom Essen zurückdachte. Genauer: an Toms Vorschlag mit der hauseigenen Backstube. Vielleicht war die Idee ja in der Tat ausbaufähig.

Es wäre eine neue, sinnvolle Aufgabe für Jill. Nach dem Tod ihres Mannes vor zwei Jahren war sie für lange Zeit nicht mehr sie selbst gewesen – als wäre ein Teil von ihr mit ihm gestorben. Ihre Mutter so zu sehen, hatte Rachel sehr traurig gestimmt. Jill hatte früher immer gerne gebacken, und Rachel war nicht entgangen, dass das alte Funkeln in ihren Augen aufblitzte, seit sie wieder häufiger mit ihren Kochbüchern und all den Zutaten in der Küche hantierte. Abgesehen davon konnten sie ein zusätzliches Einkommen gut gebrauchen. Im Moment brauchten sie wirklich jeden einzelnen Cent. Die ersten Lämmer gingen erst in sechzehn Wochen in den Verkauf, und die Subventionen vom Jahresende waren so gut wie aufgebraucht. Sie musste endlich mit ihrer Mutter über die miserable finanzielle Lage des Hofes sprechen. Während der hektischen Ablammsaison war sie nicht dazu gekommen. Und natürlich hatte sich Rachel auch um das Thema gedrückt. Sie wollte ihrer Mutter keine zusätzlichen Sorgen bereiten, jetzt, wo sie gerade wieder ins Leben zurückfand.

Rachel machte Backen auch Spaß, wenn sie die Zeit dafür hatte. Ihr Käsekuchen mit Himbeeren und weißer Schokolade, ihre Baisers und ihre Möhrentorte wurden von Familie und Freunden heiß geliebt. Bald hatte sie vielleicht mal wieder mehr Zeit, um in der Küche zu experimentieren – die Ablammphase war fast vorbei und Maisy war inzwischen ein Schulkind. Womöglich nahm sie sich sogar die Backbibel vor und versuchte sich an einigen Klassikern.

Sie gab in die Internetsuchmaschine das Stichwort »Catering-Business eröffnen« ein und machte sich ein paar Notizen. Die Hygienevorschriften stellten jedenfalls kein Problem dar – falls ihre Mutter sich überhaupt für die Idee erwärmen konnte. Als Nächstes suchte Rachel nach dem Begriff »gebackene Desserts«. Herrliche Bilder wurden ihr angezeigt, die sie in ihre Kindheit zurückversetzten: ihr Vater am Küchentisch sitzend, während ihre Mum in einer Kochschürze etwas Leckeres aus dem Ofen holte. Einen Biskuitkuchen mit hellem Zuckerrübensirup, einen Sticky-Toffee-Pudding, den traditionellen Mürbeteigkuchen, Treacle Tart oder eine leckere Biskuitrolle …

Sie musste daran denken, dass ihr Vater sich nie hatte entscheiden können, was er am liebsten essen wollte. Er hatte drei Favoriten, und deswegen machte seine Mutter einfach alle drei.

»Liebe auf dem Teller« nannte er das, wenn er sich zwei Stunden nach dem Essen noch einmal eine riesige Portion von allen drei Leckereien gönnte. Lachend behauptete er dann, er würde nur so viel essen, um seiner lieben Frau eine Freude zu machen.

Rachel scrollte die Abbildungen durch. Sie verspürte einen Stich in ihrem Herzen, als sie zu Dads Stammplatz am Tisch hinübersah. Wieso hatte er sie verlassen müssen? Wie hatte es nur dazu kommen können? So viele Fragen und so wenige Antworten. Ihre Augen wurden feucht.

Aber Sentimentalität brachte sie nicht weiter. Sie musste dafür sorgen, dass die Farm weiterlief, und sich überlegen, wie sie wieder profitabel werden konnte, damit sie ihr Auskommen hatten. Den Hof eines Tages verkaufen zu müssen war keine Option. Die Primrose Farm war ihr Erbe – und ihr geliebtes Zuhause.

Es konnte nicht schaden, sich mit der Idee einer Backstube auf dem Hof zu beschäftigen. Ihre Region wurde von ziemlich vielen Touristen besucht, die bestimmt gern gute traditionelle Backwaren probieren wollten. Und viele Berufstätige kamen oft nicht mehr dazu zu kochen, geschweige denn zu backen. Oder Leute wie Tom, die alleinstehend waren oder schon älter und für die es sich nicht lohnte, diesen Aufwand zu betreiben. Es gab also eine ganze Reihe potenzieller Kunden, die als Abnehmer für Jills gebackene Desserts und Kuchen infrage kamen.

Gerade betrachtete sie auf dem Bildschirm einen Kuchen, der wunderschön verpackt und in Musselin eingeschlagen war. Sofort dachte Rachel an Eve, ihre kunsthandwerklich begabte Freundin. Wahrscheinlich war es für sie ein Leichtes, solche Verpackungen herzustellen. Rachel schwebte eine Auswahl an verschiedenen Kuchen vor, die sie mit einer ansprechenden

Verpackung und dem Etikett »Gutes von der Primrose Farm« versehen würden …

Die Idee nahm immer mehr Gestalt an. Zum ersten Mal seit Langem verspürte Rachel neuen Enthusiasmus.

Das war definitiv ein Denkanstoß.

Kurz darauf kam Jill aus dem Bad.

»Hallo Mum. Und? Konntest du dich ein bisschen entspannen?«

»Ja, Liebes. Wie hab' ich das gebraucht – ein schönes warmes Schaumbad.«

War jetzt der richtige Zeitpunkt, um ihrer Mutter die Idee mit dem Kuchen-Business zu unterbreiten? Vielleicht nahm ihr der Vorschlag ja allen Spaß am Backen, den sie doch gerade erst wiedergefunden hatte. Oder Jill fühlte sich unter Druck gesetzt, wenn sie erst einmal wusste, wie schlecht es um ihre Finanzen stand. Würde die Sorge um die Farm am Ende allen Fortschritt zunichtemachen, der gerade an ihr zu beobachten war?

Nein. Rachel beschloss, die Sache vorerst für sich zu behalten und ihrer Mutter nichts zu sagen. Sie konnte einfach nicht abschätzen, wie Jill die schlechten Neuigkeiten aufnehmen würde. Sie musste einen anderen Weg finden, den Hof aus den Schulden zu führen. Es war wichtiger, dass ihre Mutter nach der langen Trauerzeit wieder auf die Beine kam – Geschäft hin oder her. Jetzt freute sie sich erst mal, dass Jill langsam, aber sicher dabei war, wieder die Alte zu werden.

7. Kapitel

Einhörner und Cupcakes

Der Alltag auf der Farm war einfach zu hektisch, um Rachel Zeit dafür zu lassen, über ihre Probleme zu jammern – ganz egal, wie drängend diese waren. Die Ablammsaison war noch nicht zu Ende, und natürlich mussten auch täglich die Rinder versorgt, die Ställe ausgemistet und der elende Papierkram erledigt werden.

Außerdem beschäftigte Rachel die Tatsache, dass Maisy nach ihrem Vater gefragt hatte. Wie sehr machte seine Abwesenheit ihr zu schaffen? Und dann war ja auch noch Maisys Geburtstag, den sie planen und vorbereiten musste. Sie wollte ihrer Kleinen unbedingt einen unvergesslichen Tag bereiten, und das trotz ihres knappen Budgets. Rachel seufzte. Oh Mann, dachte sie. Wenn das irgendjemand hinkriegt, dann nur Jill.

Am Samstag darauf war es so weit – Maisys Geburtstag.

»Mummy! Steh auf! Heute ist mein Geburtstag!«

»Oh … hallo Maisy …« Rachel musste erst mal wach werden. Ihre sehr aufgeregte, jetzt fünf Jahre alte Tochter hüpfte aufgeregt auf ihrem Bett herum.

»Granny macht Pancakes!«

Worum geht's? Ach ja. »Wow! Das ist ja toll! Herzlichen Glückwunsch, mein Schatz!«

Rachel streckte sich und rieb sich die verschlafenen Augen. Sie war letzte Nacht bis nach Mitternacht wach gewesen, um die Überraschungsparty für Maisy vorzubereiten. Achtzehn

Kinder würden zu ihrer großen Freude am frühen Nachmittag bei ihnen aufschlagen. Rachel kam schon ins Schwitzen, wenn sie nur daran dachte.

Unten in der Küche war Jill mit der Zubereitung der Pancakes beschäftigt. Außerdem gab es dick mit Butter bestrichenen Toast und heiße Schokolade.

»Guten Morgen, Geburtstagskind«, rief sie Maisy zu. »Hier sind deine Pancakes, damit du groß und stark wirst!«

Die verschiedenen Füllungen für die Pancakes standen auf der Anrichte bereit: Zitronenabrieb und Zucker, Bananen, selbstgemachte Karamellsoße, Schokoladencreme. Maisy stürzte sich auf die Variante mit der Schokoladencreme, Rachel wählte erst einen Zitronen-Zucker-Pancake und dann einen mit Karamellsoße und Banane. Sie brauchte viel Energie für den Tag! Auch Jill entschied sich für einen Pancake mit Zitrone und Zucker und setzte sich mit einer Tasse Tee zu ihnen.

Jetzt durfte Maisy auch ihre Geschenke öffnen. Es gab eins von Grandma Ruth und ein paar kleine von Jill und Rachel, darunter ein neues Kleid für die heutige Party. Aber das Hauptgeschenk wartete draußen auf sie – was Maisy nicht wusste. In den letzten Wochen hatten Jill und Rachel eisern gespart, um diese Überraschung möglich zu machen. Jakes Eltern, die inzwischen weiter südlich, bei Leeds, wohnten, hatten ein Päckchen geschickt, was sehr nett von ihnen war. Von Maisys Vater selbst war wie immer nichts dabei, Rachel hatte auch keine Reaktion auf ihre Nachrichten per E-Mail und SMS erhalten. Aber daran wollte sie jetzt lieber nicht denken.

Nach dem Frühstück machte sich Jill gleich wieder ans Backen, und am späten Vormittag standen vierundzwanzig Cupcakes fein säuberlich nebeneinander auf dem Abkühlgitter auf der Anrichte. Sie mussten nur noch mit Puderzucker bestäubt und mit Einhörnern aus Zuckerguss und bunten Zuckerstreuseln dekoriert werden. Außerdem hatte sie zwei Biskuitböden gebacken, die Rachel mit Marmelade und Buttercreme zu einem Sandwich zusammenklappen und mit Zuckerguss überziehen würde. Das Highlight dieses Kuchens war jedoch die Deko: ein Regenbogen aus Zuckerguss, die essbaren Blumen und bunten Sternchen – die sie allerdings alle noch anfertigen musste. Rachel hatte ein goldiges Einhorn aus Fondantmasse gefunden, das sie zusammen mit der Zahl »5« auf den Kuchen setzen wollte.

Ihr schwirrte bereits der Kopf, wenn sie daran dachte, was noch alles zu erledigen war: den Kuchen fertig machen, die Scheune schmücken, die Hüpfburg samt Rutsche aufpumpen … Ruth, Jill und Rachel hatten monatelang Geld zurückgelegt, um Maisy diese Hüpfburg zu schenken. Hoffentlich würde ihre Idee gut ankommen und die Kinder begeistern. Und das nicht nur heute, sondern auch für den Rest des Sommers.

Rachel begann damit, die Zuckergussstreifen mit Lebensmittelfarben einzufärben, um den Regenbogen herzustellen. Aus den Resten der Zuckergussstreifen würde sie die Blumen machen. Sternchen gab es fertig zu kaufen.

Eine Viertelstunde später kam Jill vorbei, als Rachel gerade letzte Hand an die Einhorn-Dekoration legte. »Das sieht ja fantastisch aus. Ich bin beeindruckt.«

Rachel fand eigentlich, dass der Regenbogen etwas schief saß, aber als sie aufstand und den fertigen Kuchen begutachtete, sah er gar nicht so schlecht aus – doch, das hatte sie gut gemacht.

»Maisy wird ihn lieben«, sagte Jill voraus.

Das hoffte Rachel sehr. Sie hatte ihre Kleine heute Morgen schon enttäuschen müssen, als sie gefragt hatte, ob ihr Dad denn nun zu ihrer Party kommen würde. Jeden einzelnen Tag in dieser Woche hatte sie dieselbe Frage gestellt. Doch obwohl Rachel ihm mehrfach SMS geschickt, Nachrichten auf seiner Mailbox hinterlassen und Mails an seine letzte, ihr bekannte E-Mail-Adresse geschickt hatte, hatte Jake sich nicht gerührt. Rachel hatte versucht, es Maisy schonend beizubringen, aber sie wusste, dass ihre Tochter insgeheim damit rechnete, dass ihr Dad ganz bestimmt auftauchen würde.

An Maisys vergangenen drei Geburtstagen hatte er sich allerdings auch nicht gerührt, deswegen erwartete Rachel auch in diesem Jahr nichts anderes. Sie wusste nicht einmal, ob Jake überhaupt noch im Land war. Seine Eltern lebten zweihundert Kilometer entfernt und würden auch nicht vorbeikommen. Aber immerhin hatten sie ein Geschenk geschickt. Überhaupt meldeten sie sich immer zu Maisys Geburtstag und auch an Weihnachten. Wahrscheinlich wussten sie selbst nicht, wo ihr Sohn war. Rachel ihrerseits war nicht traurig, dass er nicht da war. So konnte sie Maisy nach ihren Vorstellungen erziehen. Nur langsam fehlte ihrer Tochter offensichtlich die Vaterfigur. Zumindest sollte sie wissen, wer ihr Vater war. Und das konnte Rachel ziemlich genau definieren: ein unzuverlässiger, verantwortungsscheuer, egoistischer Mistkerl. Wäre er hier, hätte er sicher einen negativen Einfluss auf Maisy, und womöglich wäre sie auch enttäuscht von ihm. Aber vielleicht war sie unfair und Jake war inzwischen ein bisschen erwachsener geworden. Natürlich sehnte sich Maisy nach einem Vater. Sie wollte sein wie die anderen Kinder, deren Väter da waren. Denn seit Maisy in der Schule war, wusste sie, dass es auch anders sein konnte. Sollte Jake tatsächlich auftauchen, wäre das ein mittleres Wunder und vermutlich auch ein echter Schock für sie, aber … sie würden sehen.

Als der Geburtstagskuchen fertig dekoriert war, musste Rachel mit dem Schmücken der Scheune beginnen. Sie ging auf die Veranda, um in ihre Stiefel zu schlüpfen. Dabei kam sie an Moss vorbei und streichelte ihm den Kopf.

»Na los Moss, wir machen alles startklar für die Party.« Rachel ging über den Hof und öffnete die schweren Holztore der alten Scheune. Ein Spatz flatterte ihr entgegen – wahrscheinlich nistete er irgendwo im Innern. Das Morgenlicht erhellte den dunklen Raum und ließ die alten Steinmauern leuchten. Es war wirklich hübsch hier drin. Jahrelang war alles voller Staub und Stroh gewesen, voll mit leeren Säcken, unbrauchbarem Werkzeug und einem Vorrat an Schaffutter. Aber gestern hatten sie die Scheune von Grund auf sauber gemacht, alles Brauchbare in der Ablammscheune gelagert und den alten Mist ausrangiert. Jetzt war der Steinboden frisch gefegt und alle Spinnweben weggeputzt. Das hatte eine Weile gedauert!

Rasch zählte Rachel die Stühle, die sie zusammengetragen hatten. Neunzehn Kinder wurden erwartet – plus Eltern. Tja. Sie griff zu ihrem Mobiltelefon. Jetzt war ihr freundlicher Nachbar gefragt.

»Tom?«

»Hey, Rachel. Alles okay?«

»Ja, danke. Ich hätte da nur eine kleine Bitte.«

»Schieß los.«

»Maisy hat ja heute Geburtstag, und wir veranstalten für sie und ihre Freundinnen und Freunde eine kleine Party. Ich bin gerade dabei, die Scheune herzurichten, und dabei ist mir aufgefallen, dass wir leider nicht genügend Stühle für alle haben.«

»Ha, da habt ihr ja was vor euch. Ich wusste, dass ihr Geburtstag irgendwann jetzt ansteht. Garantiert ist sie total aufgeregt.«

»Oh ja. Momentan ist sie drüben bei Eve und Amelia,

während wir hier alles vorbereiten. Sie hat zu meiner großen Freude achtzehn Kinder eingeladen«, stöhnte Rachel. »Ich wollte dich fragen, ob du ein paar Stühle übrig hast, die du uns für heute Nachmittag ausleihen könntest. Sie können ruhig alt sein, wir brauchen nichts Schickes.«

»Was Schickes findest du bei mir sowieso nicht. Ich kann dir die aus dem Garten und die aus der Küche bringen.«

»Das wäre genial. Vielen Dank, Tom.«

»Kein Ding. Ich komm dann später rum. Gerade bin ich noch oben auf The Ridge, um nach den Mutterschafen und den Lämmern zu sehen.«

»Kein Problem. So eilig haben wir's nicht. Es wäre nur gut, wenn du es vor vierzehn Uhr schaffen könntest. Dann geht es hier nämlich los.«

»Ja, krieg ich hin. Bis dann.«

»Du bist ein Held. Danke dir.« Rachel steckte das Handy wieder weg.

Tom mutierte langsam zu ihrem Ritter in strahlender Rüstung. Hoffentlich ging sie ihm mit ihren dauernden Hilferufen nicht total auf die Nerven.

Die Zeit verging wie im Flug mit den vielen Wimpeln und Papierketten, die aufgehängt werden mussten. Tom hatte die Stühle gebracht und nicht mit der Wimper gezuckt, als Rachel ihn kurzerhand gebeten hatte, dreißig knallrote Ballons aufzublasen und die Tische mit Papptellern und Einhorn-Servietten zu decken.

Sie sah auf die Uhr. Schon halb zwei.

»Oh nein, uns bleibt nur noch eine halbe Stunde! Maisy kommt garantiert auch gleich nach Hause, um sich für ihre Party umzuziehen.«

»Dann schwirr ich jetzt mal ab. Ich hab' für das Geburtstagskind auch eine Kleinigkeit besorgt und komm dann später noch mal rüber«, meinte Tom.

»Sehr mutig von dir. Bist du sicher, dass du dir neunzehn Vier- und Fünfjährige antun willst?«

»Ein Versuch ist es wert. Aber besser ist wohl, erst mal eine Stunde oder so verstreichen zu lassen, bis sie sich eingewöhnt haben. Wann soll denn Schluss sein?« Er lächelte schelmisch.

»Sehr taktisch gedacht. So gegen fünf, denke ich mal.«

»Dann viel Glück. Wir sehen uns später. Wünsch Maisy bitte viel Spaß von mir.«

»Geht klar.«

»Sieht übrigens super aus«, fügte er mit einem Blick auf die geschmückte Scheune hinzu.

»Ja, ich bin auch ziemlich zufrieden. Und alles ist besser, als die Horde im Haus wüten zu lassen.«

»Da sagst du was. Also dann, viel Spaß!«

In diesem Moment traf Jill ein, ausgestattet mit einem Tablett voller frisch gebackener Würstchen im Schlafrock und Sandwiches, in Zellophan gewickelt. Tom war schon auf dem Weg nach draußen.

»Und führe mich nicht in Versuchung«, sagte er grinsend und starrte gierig das Tablett an.

»Na los, greif zu. Ein Würstchen im Schlafrock kann ich verschmerzen, ich habe vorsichtshalber die doppelte Ration gemacht. In der Küche sind noch genug.«

»Dann wäre es wohl unhöflich, abzulehnen«, erwiderte Tom und biss in eins der knusprigen Blätterteigwunder mit Salbei, Zwiebeln und Würstchen. »Köstlich!« Damit ging er zurück zu seinem Wagen und fuhr mit einem Hupen davon.

Fünf Minuten später tauchte Eve mit einem sehr aufgeregten kleinen Mädchen im Schlepptau auf. Oder besser gesagt, zwei Mädchen.

Maisy hüpfte sofort aus dem Auto. »Mummy, wir haben Fingerpuppen für die Party gebastelt! Mit Tieren, guck mal. Sind die nicht süß? Eins für jeden Partyga...« Sie blieb mitten im Satz stehen und starrte mit offenem Mund in die Scheune. »Jippieh!«, schrie sie und rannte hinein. Sie umrundete die Biertische. »Wahnsinn!«

Gott sei Dank – es gefiel ihr. Rachel und Jill strahlten vor Freude. Also hatte sich die Mühe gelohnt.

»Jetzt lass uns aber erst mal nach oben gehen und dir dein neues Kleid anziehen, bevor alle deine Freunde kommen, mein Schatz.«

»Au ja!« Maisy flitzte in Richtung Haus, Amelia gleich hinterher. Moss heftete sich an ihre Fersen; er hatte sich von der ausgelassenen Stimmung anstecken lassen.

»Kann ich dir noch was helfen?«, erkundigte Eve sich. »Amelia ist schon umgezogen, ich hab' also Zeit. Es bringt nichts, jetzt noch mal nach Hause zu fahren, nur um in zwanzig Minuten wieder herzukommen.«

»Du bist ein Goldstück. Das wäre toll. Könntest du Mum dabei helfen, das restliche Essen rüberzutragen? Dann kann ich mich in Ruhe darum kümmern, dass Maisy sich fertigmacht.«

»Geht klar. Sieht übrigens echt klasse aus«, lobte Eve sie mit einem Blick auf die Deko. »Ich schätze mal, wir werden uns demnächst alle eure Scheune für unsere Kindergeburtstage ausleihen. So bleiben unsere Häuser frei von Verwüstung!«

»Erst mal abwarten, wie es läuft! Am Ende sagst du das nicht noch mal, wenn es hier ein Schlachtfeld gibt.«

»Wenigstens kannst du hinterher einfach die Scheunentore schließen, dich in Ruhe ins Haus zurückziehen und es dir mit einem Glas Wein gemütlich machen.«

»Auch wieder wahr.«

»Wir sollten die Tore vielleicht auch während der Party mal schließen«, schlug Rachel mit einem teuflischen Grinsen vor. »Alle Erwachsenen draußen und alle Kinder drinnen.«

Die Freundinnen lachten.

»Das wäre super«, fand Jill. »Und was kann eine Horde Fünfjähriger schon anstellen?«

Eve und Rachel tauschten einen Blick und verzogen dann gleichzeitig das Gesicht. Alles war möglich!

8. Kapitel

Geburtstagsgeschenke, Tränen und ein Schokoladenkuchen

Nach den Partyklassikern Reise nach Jerusalem, Mumienwickeln und dem – für die Eltern erholsamen – Schlafende-Löwen-Spiel war es Zeit für eine kleine Stärkung.

Die Snacks sahen großartig aus, und Jill, Rachel und Maisy strahlten um die Wette, als die Erwachsenen alles ausgiebig lobten und die Kinder die Sachen in sich hineinstopften. Außer den hausgemachten Würstchen im Schlafrock gab es Partywürstchen, säuberlich zugeschnittene Sandwiches, Kartoffelchips und zwei »Igel« – einen aus Käse-, einen anderen aus Ananaswürfeln. Granny Ruth hatte sie beigesteuert. Hinter den Igeln verbargen sich zwei mit Alufolie eingewickelte Grapefruits, in die Ruth die Spießchen gespickt und sie zusätzlich mit »Igelaugen« versehen hatte. Dann gab es noch eine Palette an Nachtischen – Einhorn-Cupcakes, Mini-Marmeladentörtchen und Rocky Road-Fudge mit Marshmallows.

»Granny Ruth, du musst neben mir sitzen!« Maisy klopfte auf den Stuhl neben ihr. Amelia saß bereits zu ihrer Linken.

Rachel fing den Blick der alten Dame auf und musste ein Kichern unterdrücken, als sich ihre Großmutter zu den Kindern setzte. Aber es schien ihr großen Spaß zu machen, denn sie grinste breit und bot den Kindern immer wieder die Leckereien auf dem Tablett an.

»Ich liebe deine Igel, Granny. Die sind sooo süß!«, sagte Maisy.

»Danke, Kleines. Das freut mich. Ich habe sie schon für deinen Opa so gemacht, als er noch ein kleiner Junge war.«

»Echt? Das muss ja ewig her sein!«

»Ist es auch.« Granny Ruths Augen wurden verräterisch feucht.

Auch Rachel hatte plötzlich einen Kloß im Hals, und Jill verkündete, sie müsse wieder rüber ins Haus, um die Schokoladenküchlein warm zu machen, die sie mit Sahne und Vanilleeis servieren wollte.

Die anwesenden Erwachsenen waren Eve, Charlotte – eine weitere enge Freundin von Rachel, die auch in der Nähe wohnte und als Grundschullehrerin arbeitete – sowie mehrere Eltern, die sie von der Schule kannte. Jills engste Freundin Jan, die ebenfalls mit einem Landwirt verheiratet war, war auch gekommen. Sie alle konnten sich ein bisschen entspannen, während die Kinder mit Essen beschäftigt waren. Aber sie wussten: Das war nur die Ruhe vor dem Sturm – die Ruhe vor dem Zuckerrausch!

Noch eine Stunde, dann war die Party zu Ende. Es war Zeit, die Kerzen auf dem Geburtstagskuchen anzuzünden. Als Rachel sich auf den Weg vom Garten ins Haus machte, kam Maisy angerannt und nahm sie an der Hand.

»Hallo Schätzchen. Ist alles in Ordnung? Hast du Spaß?«, fragte Rachel sie.

»Ja, die Party ist schön. Aber kommt Daddy noch?«

Oje. Sie hatte die Hoffnung immer noch nicht aufgegeben. Arme Maisy.

»Nicholas behauptet, es gibt ihn gar nicht«, platzte es aus Maisy heraus. Na toll. Nicholas war der kleine Rabauke, der sich mit einem anderen Kind um den letzten Cupcake gestritten hatte. »Er sagt, ich hätte in Wirklichkeit gar keinen Daddy. Aber das stimmt nicht, oder?«

»Natürlich hast du einen Daddy! Aber wie ich schon gesagt habe: Er ist gerade sehr weit weg und ich weiß nicht, wann er zurückkommen wird.« Sie musste ehrlich zu ihrer Tochter sein (ohne dabei zu sehr ins Detail zu gehen). Lügen hatten nur weitere Enttäuschungen zur Folge. Maisy wischte sich mit dem Handrücken eine dicke Träne aus dem Gesicht. Es brach Rachel das Herz, sie so traurig zu sehen, und sie nahm ihre Tochter auf den Arm. Manchmal war es nun mal so – die Kleinen waren traurig, so sehr man auch versuchte, sie davor zu bewahren.

»Ist schon gut, mein Schatz. Jetzt geh wieder zurück zu deinen Freunden. Zeig ihnen deine tolle neue Rutsche und die Hüpfburg. Ich wette, so was hat Nicholas nicht.«

»Okay, mach ich.«

Rachel setzte sie neben dem Gartentor ab.

»Komm mit, Amelia!«, rief Maisy ihrer besten Freundin zu. »Ich zeig dir meine neue Rutsche!« Die anderen Kinder hörten es und rannten ebenfalls los.

Da erschien Toms Wagen in der Einfahrt. Als er geparkt hatte, kam er zu Rachel rüber und wich dabei geschickt den heranstürmenden Kindern aus. »Hallo Rachel, Jill.«

Die Augen nicht weniger anwesender Damen leuchteten auf, als Tom sich näherte. Vor allem Eve zeigte unverhohlene Begeisterung.

»Wo ist denn das Geburtstagskind?«, fragte Tom, ohne sich gewahr zu sein, welchen Effekt er auslöste. Er hielt ein Päckchen in der Hand, das in Peppa-Wutz-Geschenkpapier eingepackt war.

Maisy hörte ihn, machte auf der Stelle kehrt und rannte glücklich zu ihm. »Tom!«

»Ich habe gehört, heute hat jemand Geburtstag?!«

Ihre Augen leuchteten, als Tom ihr das Geschenk überreichte. Sie setzte sich mitten in die Einfahrt und riss ungeduldig das Papier auf. Zum Vorschein kamen ein Bastelset zum Armbänder-Selbermachen und ein Bilderbuch samt Acrylfarben, bunter Pappe und jeder Menge Glitzer und Aufklebern, um es zu verschönern.

»Vielen Dank, Tom!«, quietschte die Kleine vor Freude.

Rachel war stolz auf ihre Tochter – sie hatte ihre Manieren nicht vergessen. Das Mädchen umarmte Tom schnell, dann rannte es zurück zu seinen Freunden, die schon die Rutsche und die Hüpfburg in Beschlag genommen hatten.

»Bisher alles schadlos überstanden?«, fragte Tom Rachel mit einem verständnisvollen Lächeln.

»Gerade so«, antwortete sie. »Möchtest du einen Tee oder was anderes? Gleich gibt es auch noch den Geburtstagskuchen.«

»Jetzt hast du mich«, sagte er grinsend.

»Hi, Tom.« Eve kam kokett grinsend zu ihnen herüber, und Rachel ließ die beiden allein, um Tom eine Tasse Tee zu holen und endlich die Kerzen auf den Kuchen zu stecken.

»Zum Geburtstag viel Glück! Zum Geburtstag viel Glück!«, sangen alle im Chor.

Der Einhorn-Kuchen wurde begeistert aufgenommen. Maisy war so beeindruckt, dass ihr die Worte fehlten. Aber ihr Gesicht sprach Bände. Rachel musste ein Tränchen der Rührung verdrücken.

Und jetzt war es Zeit, die Kerzen auszublasen. Maisy runzelte angestrengt die Stirn und wünschte sich stumm etwas. Rachel vermutete, dass sie sich einen Daddy wünschte, der auch zu Geburtstagsfeiern kam. Ihre Tochter tat ihr so leid.

Seit kurzer Zeit wusste auch Rachel, wie es war, ohne Vater auskommen zu müssen. Auch sie wünschte sich nichts sehnlicher, als dass ihr Vater zurückkäme – was in ihrem Fall nur leider unmöglich war.

Jill teilte den Biskuitkuchen mit Marmelade und Zuckerguss in rechteckige Stücke. Sie aßen draußen in der Sonne, auf Servietten, und dann durften die Kinder noch mal spielen gehen. Es war ein warmer, angenehmer Apriltag. Der Himmel war knallblau, und nur ein paar Bilderbuchwölkchen zogen vorbei. Die Felder und Hügel, auf denen die Schafe und Rinder weideten, prangten im satten Frühlingsgrün. Überall erwachte das Leben von Neuem.

Nachdem er ein Stück Kuchen und ein weiteres Würstchen im Schlafrock verzehrt hatte, verabschiedete sich Tom von der Gruppe. Zu Rachel sagte er: »Ich muss dann mal wieder los.«

»Danke, dass du dir die Zeit genommen hast zu kommen. Maisy freut sich immer, dich zu sehen.«

»Gern geschehen. Sie ist ein tolles Mädchen. Und, hey, du hast hier echt einen super Job gemacht, Rachel. Die Scheune, alles. Das ist bestimmt ein ganz besonderer Tag für sie.« Er legte ihr kurz die Hand auf die Schulter. Ein warmes, beruhigendes Gefühl erfüllte Rachel.

»Danke.«

Und dann fuhr Tom. Es war wirklich nett von ihm gewesen vorbeizukommen. Und offensichtlich, dachte Rachel und grinste in sich hinein, hatte sein Besuch auch Eve glücklich gemacht – jedenfalls ihrem versonnenen Lächeln nach zu schließen.

Die Party war für dieses Jahr vorüber. Nach der Verabschiedung, bei der ein paar Tränen der Müdigkeit flossen, vielen

Umarmungen und dem Verteilen der Abschiedsgeschenke waren endlich alle Besucher gegangen. Es herrschte wieder Ruhe auf dem Hof.

Zurück im Haus ließ sich Maisy in den alten Sessel neben dem Herd plumpsen – eigentlich Granny Ruths Lieblingsplatz. Wahrscheinlich hatte dieser Sessel schon dagestanden, als sie noch mit ihrem verstorbenen Mann Ken hier gelebt hatte. So viele Erinnerungen, die sich über so viele Generationen erstreckten! Die lange Geschichte der Farm hatte etwas Tröstliches für Rachel. Sie breitete eine kuschelige Decke über Maisy aus, gab ihrer müden Tochter einen Kuss auf die Stirn und machte sich dann an den letzten Abwasch des Tages.

Jill, die Granny Ruth nach Hause gebracht hatte, kam zur Tür herein. Rachel goss ihnen zwei Gläser von dem Sekt ein, der übriggeblieben war, und beide setzten sich völlig geschafft an den Tisch. Maisy war mittlerweile eingeschlafen. Jetzt spürte auch Rachel, wie erschlagen sie war.

»Das war wohl ein Erfolg auf ganzer Linie«, befand Jill.

»Oh ja.« Rachel unterdrückte ein Gähnen. »Vielen Dank, Mum, für deine Hilfe. Ohne dich hätte ich das nie hingekriegt. Dein Essen war sensationell, und die zweite Runde ›Schlafende Löwen‹ im Garten war ein echter Erfolg.« Tatsächlich waren zwei Kinder bei dem Spiel eingeschlafen.

»Die alten Spiele von früher sind immer noch die besten«, meinte Jill augenzwinkernd.

Rachel warf einen kurzen Blick auf ihre Tochter, um zu sehen, ob sie noch schlief, dann sagte sie leise: »Mum, ich mache mir in letzter Zeit Sorgen um Maisy.«

»Oh! Wieso das denn?«

»Sie fragt ständig nach ihrem Vater. Wieso er nicht da ist.

Ich schätze mal, die anderen Kinder in der Schule haben Fragen gestellt und sie gehänselt.«

»Meine Güte. Das arme Ding.« Jill seufzte. »Tja. Es ist nicht ganz einfach mit Jake. Ich schätze mal, du hast auch zu ihrem Geburtstag nichts von ihm gehört?«

»Was denkst du wohl?«, fragte Rachel voller Ironie.

»Wir können nur eins tun, Rachel: ehrlich zu ihr sein und ihre Fragen wahrheitsgemäß beantworten. Sie wird älter, sie wird neugieriger.«

»Ja. Ich glaube, sie vermisst ihn. Oder besser gesagt, sie vermisst eine Vaterfigur. Vor allem seit Dad …« Sie schaffte es nicht, die Worte auszusprechen.

»Ich weiß, mein Schatz. Wir müssen stark sein für sie. Für sie Mutter, Vater und Großeltern sein – alles in einem. Familien kommen doch heutzutage in allen möglichen Erscheinungsformen vor.«

»Da hast du recht. Danke, Mum. Wir können nicht mehr als unser Bestes geben, oder?«

»Du sagst es. Und mit der Geburtstagsfeier heute haben wir das ziemlich gut hingekriegt.«

»Stimmt. Ich jedenfalls werde heute ganz sicher keine Einschlafhilfe benötigen.« Rachel gähnte.

»Ich auch nicht.«

Sie saßen eine Weile schweigend in der Küche. Rachel blickte aus dem Fenster, auf die saftig grünen Weiden mit den weißen Punkten aus Schafen und auf ihr wunderschönes Tal. Das waren die sanften Ausläufer der Cheviot Hills, auf denen ihr Farmhaus stand. Rachel seufzte müde und zufrieden. Es war immer wieder schön, innezuhalten und diesen Blick zu genießen – nur war man manchmal einfach zu beschäftigt oder vergaß es schlichtweg.

Etwas später trug Rachel die schlafende Maisy nach oben. Sie musste sie allerdings noch mal wecken, um sie zu baden, und dann las sie ihr aus dem Buch vor, das Tom ihr geschenkt hatte. Magische Abenteuer in einer Feenschlucht – eine gute Wahl.

Maisy lag müde auf ihrem Kissen.

»Gute Nacht, Maisy. Und noch mal herzlichen Glückwunsch zum Geburtstag, mein Schatz.«

»Gute Nacht, Mummy.« Maisy schwieg einen Moment, dann sah sie ihre Mutter nachdenklich an. »Mummy … wäre das nicht schön … wenn Tom mein Vater sein könnte?«, fragte sie schläfrig.

»Oh, Maisy. Leider funktioniert das so nicht, Schätzchen.« Rachel küsste sie sacht auf die Stirn. »Gute Nacht, Kleines. Träum süß.«

Wenn das Leben nur so einfach wäre.

9. Kapitel

Ernste Themen beim Tee

Ein paar Tage nach dem Fest holte die Realität Rachel unweigerlich ein. Die Ablammsaison war endlich vorbei, der Geburtstag erfolgreich überstanden, und nun musste sie sich mit den unbarmherzigen Fakten auseinandersetzen: der zunehmend bedenklichen finanziellen Situation der Farm. Rachel konnte Jill die Wahrheit nicht länger verschweigen. Wenn sie noch länger den Kopf in den Sand steckten und so taten, als wäre alles in Ordnung, würden sie nur noch größere Probleme bekommen – was im Klartext bedeutete: Der Hof stand auf dem Spiel. Und das wollte Rachel auf keinen Fall riskieren.

Sie mussten den Tatsachen ins Auge sehen. Als Maisy in der Schule war und die morgendlichen Checks der Weiden durchgeführt waren, holte Rachel tief Luft und sagte zu ihrer Mutter: »Mum, wir müssen reden.«

»In Ordnung. Worum geht es denn? Du klingst ja so ernst.«

»Das ist es auch.«

»Wäre eine Tasse Tee angebracht?«

»Wohl eher ein Glas Gin.«

»Oha.«

Jill schaltete schnell den Wasserkocher ein und machte ihnen einen Tee. Sie stellte ein Milchkännchen und zwei Tassen auf den Küchentisch.

»Es geht um den Hof. Wir ringen um unsere Existenz, Mum.« Rachel brachte die Worte kaum heraus. Auch wenn sie selbst schon seit einiger Zeit wusste, wie tief sie in den roten Zahlen waren, war es schwer, es laut auszusprechen.

Das machte alles nur noch realer. Wie würde ihre Mum die Neuigkeiten aufnehmen?

»Oh … Na ja, es war doch schon lange ein Kampf, Liebes. Schon seit Jahren.« Ihre Mutter klang ganz entspannt.

In diesem Moment wurde Rachel bewusst, dass Jill den Ernst der Lage nicht erfasste; wie steil es seit dem Tod ihres Ehemanns bergab gegangen war mit der Farm.

»Es wird immer schwieriger für uns, überhaupt noch etwas zu verdienen, Mum. Ich wollte dich lange Zeit nicht damit behelligen, weil ich gehofft hatte, dass sich das Blatt noch mal wenden würde, aber … Die Preise für Schafe sind gefallen, die Kosten für den Unterhalt der Farm dagegen gestiegen. Und sie steigen weiter. Unsere Konten sind schon am Limit, und wenn es so weitergeht, sind wir in ein paar Monaten finanziell am Ende. Auch die Subventionszahlungen für dieses Jahr sind schon so gut wie aufgebraucht.« Das meiste davon ging sofort für den Überziehungskredit drauf.

»Was? Aufgebraucht?« Jill sah sie schockiert an.

»Ja. Es tut mir leid, Mum.«

Tatsächlich konnte ihnen die Bank jederzeit den Stecker ziehen – und dann war's das. Rachel beschloss, ihrer Mutter diese letzte Information vorzuenthalten.

»Oje …« Jill hielt sich am Tisch fest. »Aber es ist nicht deine Schuld, Liebes. So ist das nun mal, und so war es schon lange. Dein Vater…« Jill beendete den Satz nicht. Stattdessen rührte sie in der Teekanne und schenkte dann wie automatisch aus.

Ein paar Sekunden herrschte Stille zwischen ihnen.

Dann holte Jill tief Luft. »Also, was ist der Plan?«

Darüber hatte Rachel schon sehr oft nachgedacht. »Okay … Erstens: Ich denke, wir sollten einen Teil unseres Landes verkaufen. Zunächst nur ein oder zwei Felder, damit wir erst einmal genug zum Weitermachen haben.« Das war alles andere als ideal, aber vorerst ein Ausweg. Land aufzugeben war ein schlimmer Schlag für jeden Bauern, und innerhalb der Farmergemeinde schämte man sich dafür, dass man es so weit hatte kommen lassen. Aber, mein Gott! Sie hatten so viel durchgemacht. Was sollten sie sich da um das Geschwätz anderer Leute kümmern? Wenn sie auf diese Weise die Farm behalten und Zeit gewinnen konnten, um eine andere Lösung zu finden, dann war es nun mal so.

Jill konnte nicht verhindern, dass ihr ein tiefer Seufzer entfuhr. Es vergingen ein paar Sekunden, bevor sie – ganz pragmatisch – sagte: »Was muss, das muss. Aber langfristig wird das unsere Einkommensprobleme wohl auch nicht lösen, oder?«

»Nein. Aber …« Vielleicht sollte Rachel ihr jetzt die Idee mit dem Backen vorschlagen, ihr einen Ausblick darauf geben, wie ihr Leben in Zukunft aussehen könnte. Andere Vorschläge hatte sie ohnehin nicht zu bieten. »Pass auf. Ich habe ein bisschen recherchiert. Wir müssen etwas ganz Neues machen, unsere Angebotspalette erweitern.«

Jill nickte und hörte weiter zu.

»Also: Ich dachte an … deine Backkünste«, fuhr Rachel todesmutig fort. »Wir könnten deine leckeren Kuchen, Puddings, Muffins usw. verkaufen. Dazu bräuchten wir keine neuen Räumlichkeiten, sondern könnten es von hier aus machen. Meinst du nicht auch, das könnte klappen?«

»Ach herrje! Wie soll das denn funktionieren?«

»Na ja … Du verstehst dich doch großartig aufs Backen. Und es macht dir Spaß, oder nicht?« Rachel war ein bisschen nervös.

»Ja, schon. Aber damit ein *Geschäft* aufziehen? Ich wette, dazu gehört einiges mehr, als nur Freude am Backen zu haben.«

»Natürlich. Das weiß ich. Aber wenn wir die Farmhausküche zu unserer Basis machen? Was die erforderlichen Hygienevorschriften und Gesundheitszeugnisse angeht – das kriegen wir schon hin. Und wir können ja klein anfangen, es erst mal ausprobieren. Nur ein paar Puddings und Kuchen zum Verkauf anbieten. Denk einfach mal darüber nach, ja? In der Zwischenzeit versuche ich, mir noch etwas anderes einfallen zu lassen.« Rachel versuchte, die Reaktion ihrer Mutter zu lesen, aber deren Miene war ausdruckslos. »Also, was meinst du?«

»Da käme eine Menge Arbeit auf uns zu, Liebes. Ich brauche ein wenig Zeit, um mir das durch den Kopf gehen zu lassen.«

Rachel verkniff sich zu erwähnen, dass sie ausgerechnet Zeit gerade nicht hatten. Denn natürlich musste sie ihrer Mutter die Gelegenheit geben, sich die Sache gründlich zu überlegen. Sie selbst war ja schon seit Wochen mit der Thematik befasst.

»Na klar, das versteh ich. Aber versprich mir, dass du es ernsthaft in Erwägung ziehst.«

»Das tu ich.«

»Und morgen rufe ich den Makler an«, stellte Rachel klar. Das würde hart werden.

Jill legte ihre Hand behutsam auf die ihrer Tochter und nickte ihr traurig ihr Einverständnis zu.

Eine Woche später wurde ein großes Holzschild an der Einfahrt zur Farm aufgestellt, auf dem stand: »Land zu verkaufen«. Rachel tat es jedes Mal in der Seele weh, wenn sie es sah.

Als das Schild schon ein paar Tage stand, nahm Jill an einem Treffen ihrer Frauengruppe im Ort teil. Heute ging es darum, wie man Schmuck selbst herstellen konnte. Sie kam völlig genervt nach Hause und berichtete davon, wie eine gewisse Vanessa Palmer-Pilkington ihr auf den Wecker gefallen sei. »Diese Frau hat dermaßen penetrant nachgebohrt. Wollte alle möglichen Informationen aus mir rausquetschen. Ob denn die ganze Farm zu verkaufen sei? Es täte ihr ja so leid, bla, bla, bla. Es tat ihr natürlich überhaupt nicht leid, sie war nur auf Tratsch aus, um alles haarklein ihren Nachbarn und im Dorf herumzuerzählen!«

»Oje, das klingt nicht gerade nach dem schönsten Abend deines Lebens, Mum.« Wie schade. Jill war nach Rachels Empfinden in letzter Zeit ein bisschen sehr einzelgängerisch gewesen. Sie hatte eigentlich gehofft, dass ihr die Abwechslung guttun würde.

»Diese elende Person stürzte sich nach der Veranstaltung wie ein Geier auf mich, um mir nur jeden Fetzen Information zu entreißen. Sie tat so, als wäre sie besorgt, aber in Wirklichkeit ging es ihr nur um eins.«

»Denk nicht weiter an sie, Mum.« Rachel kannte die Frau, sie war ein echter Albtraum. »Manche Leute haben einfach nichts anderes zu tun in ihrem Leben. Ich wette, von allen anderen hast du dafür Unterstützung erfahren.«

»Ja. Ich habe ja meine Freundinnen. Und wer selbst einen Hof betreibt, weiß, wie schwer man es in diesen Zeiten hat. Irgendwann reichte es mir dann übrigens mit Vanessas ständigem Generve, deswegen habe ich behauptet, wir würden das Geld aus dem Verkauf der Felder für den Bau eines Innenpools verwenden. Da hättest du mal ihr Gesicht sehen sollen. Es war köstlich!«

»Großartig! Gut gemacht, Mum!«

»Danach hat sie den Mund gehalten und sich davongeschlichen. Jan, die auch dabei war, hätte sich beinahe an ihrem Tee und den Keksen verschluckt. Wir konnten nicht mehr aufhören zu lachen.«

»Sehr gut.«

Das war typisch für diese kleinen Ortschaften, in denen jeder alles über den anderen wusste – oder zumindest zu wissen glaubte.

»Und wie war die Veranstaltung sonst?«

»Gut. Sehr informativ. Die Dame hatte auch ein paar hübsche Beispiele mitgebracht. Es war nur die blöde V.P.P., die mir ein bisschen die Laune verdorben hat.«

»Ich finde, du hast super reagiert. Wir sind unerschüttert und wehren uns, Mum. Wir können hoch erhobenen Hauptes dastehen. Ich zumindest bin stolz darauf, dass wir uns bemühen, den Hof am Laufen zu halten, was auch immer wir dafür tun müssen. Mehr als unser Bestes können wir nicht geben.«

»Ja, das weiß ich, mein Schatz. Ich wünschte nur, die Leute würden sich einfach mal um ihren eigenen Kram kümmern.«

»Schon klar, da hast du auch recht. Sag mal, wieso geben wir der doofen Nuss nicht einen neuen Namen? V.P.P. – wie wär's mit ›Verdammte Penetrante Pissnelke‹? Klingt doch gut, oder? An diesen Namen werden wir jedes Mal denken, wenn sie wieder mal nervt – und uns über sie kaputtlachen.«

Jill verschluckte sich beinahe an ihrem Tee. »Genial!«

Doch trotz ihrer Worte musste Rachel zugeben, dass sie sehr besorgt war. Was, wenn sie das Land nicht schnell genug verkaufen konnten? Oder was, wenn das Geld trotzdem nicht lange genug reichte?

Sie schluckte die sich ankündigenden Tränen herunter. Dann lächelte sie ihre Mutter aufmunternd an. »Wir schaffen das, Mum. Zusammen finden wir schon einen Weg.«

Am Tag nach dem ernsten Gespräch mit ihrer Mutter nahm die Idee mit dem Backen in Rachels Kopf mehr und mehr Gestalt an. Und das hing nicht nur damit zusammen, dass im Kühlschrank noch ein großes Stück Zitronenkuchen stand, sondern weil es tatsächlich eine reelle Chance für sie war, Geld zu verdienen. Ihr fiel ein, wie überaus begeistert sich die Eltern bei Maisys Geburtstagsfest in der vergangenen Woche über Jills Schokoladenkuchen geäußert hatten. Charlotte hatte ihr sogar das Rezept aus den Rippen geleiert. Rachel hätte zu gern gewusst, was ihre Mutter wirklich von der Geschäftsidee hielt, aber sie hatte sich nicht umsonst Bedenkzeit erbeten. Und es war nur fair, ihr diese auch zu gewähren.

Natürlich musste Jill voll hinter der Sache stehen. Schließlich hing sowohl von ihrem Einsatz als auch von ihrem Können das Gelingen des Unternehmens ab. Sollte sie einverstanden sein, mussten sie zunächst einmal die Grundvoraussetzungen schaffen und die entsprechenden Vorbereitungskurse belegen. Erst dann konnten sie vor Ort ein paar Probeverkäufe starten. Bestimmt fanden sich im Umkreis einige Geschäfte, in denen man an ihren hausgemachten Backwaren interessiert war. Vielleicht konnten sie sogar einen kleinen Stand auf dem wöchentlichen Bauernmarkt auf die Beine stellen.

Rachel hatte sich am Morgen noch mal die Kontoauszüge angesehen. Für den Moment war alles noch so weit in Ordnung, aber bis die Lämmer im Herbst verkauft wurden, brauchten sie Geld zur Überbrückung. Es galt, Wurmkuren und Medikamente für die Tiere zu kaufen, die Angestellten zu bezahlen, die Maschinen warten zu lassen, und dann waren da auch noch die ganz normalen Rechnungen. Die Liste war endlos.

Der Grundstücksmakler kam vorbei, um den Wert des Landes zu ermitteln. Erst da begriff Rachel, wie die Sache in Wirklichkeit aussah. Er drängte sie, mehr Land zu veräußern, weil drei oder vier Felder besser zu verkaufen wären, aber darauf wollten sich Jill und Rachel nicht einlassen. Zwei Felder – das war der Kompromiss, den sie für sich gefunden hatten. Doch in diesem Fall, so informierte der Makler sie, würden sie wahrscheinlich länger auf einen Käufer warten müssen – falls nicht ein ortsansässiger Bauer zufällig gerade ein Stück Land als Weide für seine Ponys benötigte. Man würde sehen. Sie waren beide noch nicht bereit, mehr als die beiden Felder abzugeben. Es musste doch auch anders gehen! Sie mussten sich nur etwas einfallen lassen.

Die Sache mit der eigenen Backstube bedurfte dringend genauerer Recherche. Vielleicht gab es ja irgendwelche Kredite für ein Start-up wie ihres. Rachel musste das alles noch mal in Ruhe mit ihrer Mutter besprechen. Ohne die Backkönigin der Primrose Farm auf ihrer Seite wäre die Sache jedenfalls von Anfang an ein Rohrkrepierer.

10. Kapitel

Kaffee, Brownies und Gequassel

Am nächsten Morgen stellte Rachel bei ihrem Kontrollgang fest, dass in einem der Zäune ein Loch war, durch das die Lämmer ausbrechen konnten.

»Lust auf 'nen Kaffee?«

Rachel erschrak. Eves Kopf tauchte hinter der Hecke auf.

»Mensch! Eve, du hast mich zu Tode erschreckt!«

»Tut mir leid, das wollte ich nicht. Ich hab' dein Quad gesehen, deswegen dachte ich mir, dass du hier irgendwo rumschwirrst. Ich bin auf dem Rückweg vom Einkaufen in Kirkton.«

»Warte, ich muss nur diesen Zaun reparieren. Die Lämmer hatten Lust auf ein bisschen Freiheit.« Sie flocht ein Stück Hühnerdraht in den beschädigten Zaun, um die Lücke dicht zu machen.

»Okay, komm einfach runter zum Cottage, wenn du hier fertig bist. Dann können wir ein bisschen quatschen.«

»Ja, gerne. Danke und bis gleich!«

Als sie zehn Minuten später bei Eve eintraf, stand bereits die Kaffeekanne bereit und dazu ein Teller mit frischen Schokoladen-Brownies. In der Küche roch es verführerisch nach einer Mischung aus Kakao und Kaffee.

»Wollen wir rausgehen?«, schlug Eve vor. »Das Wetter ist so schön.«

»Klingt gut. Kaffee mit Aussicht.«

Eve stellte das Gebäck und zwei Tassen auf ein Tablett. »Esszimmer und Wohnzimmer sind ehrlich gesagt auch voll mit meinem Bastelkram. Mir geht hier langsam der Platz aus! Ben macht das verrückt, aber ich muss die Sachen um mich haben, vor allem, wenn ich mitten in einem Projekt stecke.«

Sie setzten sich an einen etwas wackeligen Tisch, der gerade groß genug für zwei Personen war. Er stand auf der mit Stein gepflasterten Terrasse auf der Gartenseite von Eves Häuschen. Sie wohnte hier mit ihrer Familie zur Miete. Der Besitzer war der stets mürrische Mr. Macintosh, dessen Land auf einer Seite an die Primrose Farm grenzte. Das Cottage war hübsch, aber vernachlässigt. Die hölzernen Fensterrahmen benötigten dringend einen neuen Anstrich, aber der Vermieter kümmerte sich nicht darum. Eve und ihr Mann bemühten sich trotzdem, alles gut zu pflegen und in Ordnung zu halten – inklusive des Gartens. Das Häuschen hatte Charakter und Eve fühlte sich wohl dort.

»Woran arbeitest du denn gerade?«, erkundigte sich Rachel. Sie trank einen Schluck Kaffee, der köstlich schmeckte.

»Kinderspielsachen. Strickmäuse, Kaninchen, ein Fuchs, Schafe, Teddybären. Warte, ich zeig dir mal was.« Eve stand auf.

»Die Kinder haben die Fingerpuppen geliebt, die ihr für Maisys Geburtstag gebastelt habt. Noch mal danke dafür«, sagte Rachel.

»Sehr gern geschehen. Freut mich, dass ich zu dem Fest etwas beisteuern konnte.«

Eve verschwand im Haus und kam ein paar Minuten später mit mehreren extrem niedlichen Strickspielzeugen zurück.

»Wie süß sind die denn?!«, rief Rachel.

»Ich verkaufe sie online als Dreierset, sozusagen als Gruppe von Freunden. Bis jetzt habe ich schon fünf Bestellungen.«

»Super. Die sehen toll aus. Du bist echt fit in so was.«

Stricken und sonstige Hand- oder Bastelarbeiten waren nie Rachels Ding gewesen. Sie bekam es gerade mal hin, einen Knopf anzunähen, und das auch mehr schlecht als recht. Sie war besser im Traktorfahren und im Versorgen von Tieren. Schon als kleines Mädchen hatte sie lieber Männerarbeiten erledigt. Ihr Vater hatte ihr das Traktorfahren beigebracht, als sie vierzehn war, indem sie im Hof Kreise fahren durfte. Und ab da saß sie jeden Tag neben ihm in der Kabine und lernte von ihm. Sie erinnerte sich noch daran, wie er während der ersten Fahrstunde warnend zu ihr gesagt hatte: »Das ist eine sehr starke und schwere Maschine. Man behandelt sie mit Respekt.« Rachel war sehr stolz, als sie sich zum ersten Mal allein ans Steuer setzen durfte. Schraubenschlüssel und Schraubenzieher waren ihr eindeutig lieber als Nadel und Faden! Aber jedem das Seine.

»Läuft diese Internet-Verkaufssache denn gut?«, erkundigte sich Rachel interessiert.

»Ja, ich habe schon einige Aufträge. Ich bin echt froh, dass ich da eingestiegen bin.«

»Freut mich. Wir überlegen auch gerade, ob wir nicht so was Ähnliches aufziehen sollen, Mum und ich.« Rachel wollte Eves Meinung zu ihren Plänen hören.

»Da bin ich aber gespannt. Lass hören!«

Eve war ihre beste Freundin. Zu ihr hatte sie Vertrauen. »Das bleibt aber bitte unter uns: Wir müssen gerade ziemlich kämpfen. Unsere finanzielle Lage ist mehr als eng, und deswegen müssen wir uns überlegen, wie wir jenseits der Farmarbeit zu ein bisschen Geld kommen können.« Es war eine große Erleichterung für Rachel, über das Thema mal mit jemand anderem als mit ihrer Mutter zu sprechen. Abgesehen davon wusste sie, dass Eve diskret war.

»Wenn es etwas gibt, das Ben und ich für euch tun können …«

Die gute Eve! Sie lebten selbst nicht gerade im Überfluss. Aber zum jetzigen Zeitpunkt Geld in den Hof pumpen – da konnte man es auch gleich verbrennen.

»Danke für das Angebot, Eve. Aber es geht schon. Wir müssen nur ein bisschen kreativ werden und unsere Komfortzone mal verlassen. Dann klappt das schon.«

»Und was ist deine Idee?«

»Okay. Was zaubert dir jedes Mal ein breites Grinsen aufs Gesicht, wenn du uns auf der Primrose Farm besuchst?«

»Das ist ja wohl klar: Jills geniale Küche. Ich gehe jedes Mal zwei Kilo schwerer nach Hause, wenn sie mal wieder Backtag hatte!«

»Ganz genau. Und eben darum geht es: Ich möchte gern was aus Mums Backtalent machen.«

»Hoch interessant. Ich bin bekanntermaßen ein großer Fan ihrer Kuchen und gebackenen Desserts. Noch immer träume ich von dieser köstlichen Erdbeer- und Passionsfrucht-Pavlova, die sie letztes Jahr zu unserem Grillabend beigesteuert hat. Und ihr Sticky-Toffee-Pudding an einem kalten Winterabend … göttlich!«

»Ja, das ist auch einer meiner Favoriten.«

»Ihr habt also vor, Jills Backwaren zu verkaufen? Das ist eine super Idee! Ab wann sind sie zu haben?« Eve klatschte begeistert in die Hände.

»Wir wissen noch nicht mal, wo und wie wir die Sachen vertreiben sollen. Ich dachte ans Kirkton Deli, was meinst du? Es ist nicht weit weg, und Mum kennt Brenda ziemlich gut.«

»Klingt sinnvoll. Und fragen kostet nichts.«

»Ja, ich bin diesbezüglich auch guter Dinge. Nur habe ich den Eindruck, dass Mum nicht so richtig mitzieht, obwohl sie so gerne backt und so gut darin ist. Momentan versuche ich, erst mal meine Hausaufgaben zu machen, was das Geschäftliche angeht. Ich habe versprochen, Mum so gut es geht zu unterstützen, wenn es dazu kommt. Beim Backen natürlich auch.«

»Ich verstehe.«

»Ich will sie ungern drängen, aber ich glaube schon, dass das funktionieren könnte. Und wir müssen einfach etwas tun. Der Hof soll nicht noch tiefer in die roten Zahlen rutschen. Natürlich habe ich mit Mum schon über das Thema Backstube gesprochen, und die eigentliche Arbeit macht ihr auch Spaß, aber ... Irgendwie scheint sie in letzter Zeit ihr Selbstbewusstsein verloren zu haben.«

»Aber Rachel – das ist doch kein Wunder. Bei dem, was ihr durchgemacht habt.«

»Ich weiß«, musste Rachel zugeben.

»Ganz egal, wofür ihr euch entscheidet – unsere Unterstützung ist euch sicher. Was auch immer ihr braucht, um dieses Business in die Tat umzusetzen: Sagt Bescheid, wenn ihr nicht allein zurechtkommt. Und sag deiner Mutter, sie soll sich keine Gedanken darüber machen, ob sie etwas verkaufen wird. Sie macht die besten Kuchen und Desserts im weiten Umkreis! Auf der High Street in Kirkton werden sich bald längere Schlangen bilden als beim Schlussverkauf bei Harrods!« Eve grinste.

Das ist wahre Freundschaft, dachte Rachel beglückt. »Danke.«

Sie kosteten ein paar der leckeren Schokoladen-Brownies, die Eve selbst gebacken hatte. Dazu tranken sie Kaffee und plauderten über das Leben auf dem Land, die neuesten

Eskapaden ihrer Töchter – und ein bisschen Dorfklatsch musste auch sein. Offensichtlich hatte Melanie Bates sich verlobt, und mehrere ehemalige Haustierkaninchen waren in der Nähe der Löcher der wilden Kaninchen gesichtet worden. Vermutlich war bald mit Nachwuchs zu rechnen ... Und dann war da noch die Geschichte von dem Paar aus der Stadt, das in den Bergen Trekkingurlaub gemacht hatte. Sie waren auf einer Schieferhalde ins Rutschen geraten, und einer der beiden hatte sich ein Bein gebrochen, sodass ein Hubschrauber angefordert werden musste.

»So, Schluss damit. Ich muss wieder los«, verkündete Rachel zehn Minuten später. »Mum wird sich schon wundern, wo ich abgeblieben bin, und ich hab' noch eine Latte von Dingen zu erledigen, bis Maisy aus der Schule kommt.«

»Ich kümmere mich auch besser wieder um meine Stricktiere. War schön, mal wieder mit dir geplauscht zu haben. Bis zum nächsten Mal!«

Rachel sah auf die Uhr. »Ja, bis in drei Stunden an der Bushaltestelle. Wie kann die Zeit so schnell vergehen? Danke für den Kaffee. War echt schön.«

»Gerne. Und gut, dass du wieder aus den Tiefen der Ablammscheune aufgetaucht bist!«

»Wem sagst du das.«

»Also, pass auf dich auf. Und viel Erfolg mit deiner Geschäftsidee!«

»Danke. Ich halt dich auf dem Laufenden.«

Als Rachel zu Hause ankam, überreichte Jill ihr ein Päckchen, das der Paketbote gerade gebracht hatte. Ihre Mutter konnte ein missmutiges Stirnrunzeln nicht verbergen. Das machte Rachel neugierig, und als sie das Päckchen näher inspizierte, erkannte sie die Handschrift ihres Ex-Freundes, Jake. Das Paket war an Maisy adressiert. Vermutlich ein verspätetes Geburtstagsgeschenk. Immer wieder diese kurzen Momente der Aufmerksamkeit – so unvorhersehbar, so unzuverlässig. Sie fragte sich, wie Maisy wohl über die Fernbeziehung zu ihrem Vater dachte – falls man das überhaupt als Beziehung bezeichnen konnte. Jake war ja eher abwesend als jemals anwesend.

Rachel ärgerte sich. Er hatte es nicht mal geschafft, rechtzeitig ein Geschenk für seine Tochter zu besorgen. Irgendwie kam Maisy bei ihm nie an erster Stelle. Aber ihre Tochter verdiente es nicht, als Nebensache behandelt zu werden.

11. Kapitel

Volle Kraft voraus

Ein paar Tage später machte sich Rachel zum Mittagessen auf den Weg zurück ins Farmhaus. Sie war mit dem Traktor unterwegs, um die Felder auf der unteren Weide zu düngen, damit sie im Sommer schönes Gras zum Heumachen hatten. Wenn sie Traktor fuhr, ging es ihr immer gut. In der Kabine des Traktors hatte sie es schön trocken und gemütlich. Sie hörte bei der Arbeit Countrymusik auf dem iPod. Momentan war ihr Lieblingssong »Try« von Colbie Caillat.

Als sie zu Hause angekommen war und auf der Veranda aus ihren Gummistiefeln schlüpfte, schlugen ihr wieder einmal köstliche Gerüche entgegen. Sie trat ins Haus und sah, wie Jill eine Reihe von Zutaten, Schüsseln und Backblechen anordnete. Dazu summte sie leise zu einem Lied aus dem Radio. Moss lag entspannt zu ihren Füßen.

Rachel grinste innerlich. Ihre Mutter sah so zufrieden aus in ihrem kleinen Backparadies. Nichts wärmte Rachel das Herz so sehr wie dieser vertraute Anblick. Sie hätte ihrer Mutter ewig zusehen können. Neben Jill lag aufgeschlagen die »Backbibel«. Ihre Mum hatte die Lesebrille aufgesetzt und studierte ein Rezept, dann maß sie ein paar kandierte Kirschen ab und nahm eine Dose Ananasringe zur Hand.

»Hallo, Mum.«

»Oh, hallo Rachel.«

»Du siehst beschäftigt aus.«

»Ich hab' eben ein paar Kirsch-Scones gemacht, und dann fiel mir das alte Rezept meiner Mutter für einen gestürzten

Ananaskuchen ein. Ich wusste, dass wir noch eine Dose Ananasscheiben haben, und die restlichen Kirschen finden so auch Verwendung. Hier ist das Rezept, von meiner Mutter in ihrer schönen Handschrift niedergeschrieben.« Jill lächelte und fuhr fort: »Deine Granny Isabel hat diesen Kuchen immer als Belohnung gemacht. Damals waren Ananas ja noch etwas wirklich Besonderes. So kam ich darauf, dass wir uns heute auch mal wieder verwöhnen könnten. Wir sollten das Leben feiern!«

»Absolut!« Es war schön, dass es ihrer Mum so gut ging. Ihr altes Selbst kam langsam wieder zum Vorschein, und das Backen machte ihr offensichtlich nach wie vor große Freude. War das der richtige Zeitpunkt, um ihre Geschäftsidee noch einmal anzusprechen? Die Zeit war nicht auf ihrer Seite – zumal es bisher noch keine Interessenten für die beiden zum Verkauf stehenden Felder gab.

»Mum, ich will dir bestimmt keinen Druck machen, aber … hast du schon über das nachgedacht, was ich dir vorgeschlagen habe? Die Idee mit unserem eigenen Back-Business? Du kannst das so gut, und alle sind spätestens seit Maisys Party verrückt nach deinem Schokokuchen.« Rachel hatte mehrere Dankes-SMS von Eltern bekommen, die davon schwärmten, wie lecker der Kuchen gewesen sei.

Rachel sah sofort, was los war. Oh Mist, sie hatte ihrer Mutter die Freude verdorben.

»Einen Kuchen an zahlende Kundschaft zu verkaufen ist ein bisschen etwas anderes, als Partygäste zu bewirten.« Jill klang unsicher, sogar ein bisschen nervös.

»Aber es gibt bestimmt viele Leute, die deine Kuchen kaufen würden! Du ahnst nicht, wie viele lobende Kommentare ich nach der Party zu hören bekommen habe, von ›absolut lecker‹ bis hin zu ›göttlich‹. Wenn es danach geht, wird die Schlange an Kundschaft endlos sein!« Rachel grinste ihre Mutter an.

»Ich weiß nicht, Liebes«, widersprach ihre Mutter. »Ich koche und backe wirklich gern, aber nur aus Vergnügen, für die Familie. Es hat damit angefangen, dass dein Dad nach der schweren Feldarbeit ein kräftiges Essen brauchte, einen herzhaften Auflauf, auf den er sich freuen konnte. Und du und Maisy natürlich auch. Und natürlich hat es auch mit den alten Rezepten deiner Großmütter Isabel und Ruth zu tun, die über Generationen hinweg weitergegeben wurden. Ich glaube, so ein offizielles Geschäft würde mir die Freude am Backen verderben. Das käme mir irgendwie seelenlos vor …« Sie seufzte.

»Aber denk doch mal – du würdest noch viel mehr Menschen eine Freude mit deinen hausgemachten Köstlichkeiten machen, die du mit so viel Liebe zubereitest. So was ist doch um Längen besser als irgendeine Backmischung aus dem Supermarkt, die voller Konservierungsstoffe steckt.« Rachel hielt kurz inne, dann wurde ihr Ton ernst. »Auf jeden Fall müssen wir uns etwas einfallen lassen, Mum.« Und damit ließ sie es bewenden. Noch mehr wollte sie ihre Mutter nicht drängen.

Jill nickte und sah sie sorgenvoll, aber auch skeptisch an. »Ach Rachel, Schätzchen … ich weiß ja auch nicht.«

An diesem Nachmittag und auch noch am Abend war Jill deutlich stiller als sonst, und Rachel machte sich Vorwürfe, dass sie ihrer Mutter den Backtag verdorben hatte. Also beschloss sie am nächsten Morgen, nachdem sie alle Vormittagsarbeiten erledigt hatte, sich bei ihrer Mutter zu entschuldigen. Sie fand Jill im Hühnerhaus, wo sie die Eier einsammelte.

»Bitte entschuldige, Mum. Ich hätte dich gestern nicht so

in die Ecke treiben dürfen mit meiner Geschäftsidee. Ich finde die Vorstellung nur so aufregend. Aber wenn das nichts für dich ist …«

Jill sah sie an, das Weidenkörbchen in der Hand, um ihre Füße liefen die gackernden Hühner herum. »Nein, das war schon richtig so. Es ist an der Zeit, dass ich endlich der Realität ins Auge sehe. Ich habe meinen Kopf zu lange in den Sand gesteckt, was die finanzielle Situation des Hofes angeht, und still und leise darauf gehofft, dass sich die Lage irgendwie von selbst verbessern würde. Vermutlich dachte ich, noch mehr schlechte Nachrichten könnte ich nicht vertragen. Deswegen habe ich auch noch mal nachgedacht. Und nicht nur das. Als ich heute Morgen in der Stadt war, habe ich bei Brenda vorbeigeschaut, in ihrem Deli in Kirkton. Sie fand die Idee mit den hausgemachten Backwaren gut, vor allem weil sie von hier stammen, aus der Region. Sie hat mir angeboten, unsere Produkte versuchsweise in ihr Sortiment aufzunehmen. Immerhin steht die Sommersaison bevor.«

»Oh, wow! Das sind ja großartige Nachrichten, Mum!« Was für ein Glück, dass Jill nun doch mit im Boot war!

Offensichtlich hatte ihre Mutter sich ihre eigenen Gedanken gemacht, denn jetzt fragte sie lebhaft: »Welche Sorten sollten wir als Erstes anbieten, was meinst du?«

»Dein Sticky-Toffee-Pudding ist das Allergrößte. Den also unbedingt, und der Schokoladenkuchen von der Party kam auch super an. Vielleicht sollten wir es für den Anfang bei den beiden belassen?«

»Ja, wir können die Auswahl später noch erweitern«, meinte Jill. Sie stand vor der malerischen Kulisse der alten steinernen Farmgebäude und der sanften Hügel. Die helle Aprilsonne verlieh ihrer Gestalt einen goldenen Schimmer.

»Ganz genau. Ich finde deine neue Begeisterung großartig! Aber wie kommt es, dass du deine Meinung geändert hast?«

»Ich habe einfach nachgedacht. Und außerdem bin ich heute Morgen auf der Hauptstraße Jan begegnet und habe kurz mit ihr geplaudert.« Jan war auch eine Bauersfrau, sie kannte die alltäglichen Kämpfe und Probleme nur zu gut. Jill und sie waren seit vielen Jahren befreundet. »Wir haben spontan beschlossen, einen Kaffee trinken zu gehen, und da erzählte sie mir, dass die Glen-Robertsons auf ihrer Farm einen kleinen Laden mit hausgemachten Marmeladen und Chutneys eröffnet haben. Da dachte ich: warum eigentlich nicht? Wir können es zumindest probieren. Und dann bin ich gleich zu Brenda gegangen.«

»Das ist einfach fantastisch, Mum. Ich freue mich so! Das Leben ist so kurz, da sollte man alles mal ausprobiert haben!« Niemand wusste das besser als sie. »Ich denke, wir sollten uns so schnell wie möglich für die erforderlichen Hygienekurse anmelden. Man kann sie auch online machen, das heißt, wir könnten abends immer zusammen lernen, wenn Maisy im Bett ist. Das wäre wie früher ... Weißt du noch, als du mich in der Zeit meiner Prüfungen jeden Abend bis Mitternacht mit Kakao und Pancakes versorgt hast?«

»Ich besorg am besten schon mal ein paar Vorräte.« Jill lächelte.

Oh ja, was du heute kannst besorgen, das verschiebe nicht auf morgen. Rachel spürte, wie neue Hoffnung sie erfüllte.

Noch am selben Nachmittag rief sie Eve an, und sie vertieften das Gespräch über ihre Geschäftsidee. Rachel fragte ihre Freundin, ob sie sich vorstellen könne, eventuell die Verpackungen für die Kuchen zu gestalten. Ihr schwebte ein schönes Vintage-Design vor, etwas im Landhausstil.

»Ihr wollt es also versuchen? Das ist ja fabelhaft«, meinte Eve begeistert. »›Hofbäckerei Primrose Farm‹ – klingt doch super!«

Über einen Namen hatte sich Rachel noch gar keine Gedanken gemacht. Aber dieser Vorschlag war optimal. »Genial! Gefällt mir.«

»Hmm …«, murmelte Eve. »Ich schätze mal, die Puddings und Kuchen müssen in einer Folienschale mit Deckel ausgeliefert werden. Musselin oder bedruckter Kattun wären als Verpackung schön, mit einer schicken Schleife drumherum. Und dazu ein Etikett mit dem Namen des Kuchens.«

»Ich bin jetzt schon begeistert. Wir fangen mit zwei Klassikern der Auflaufkuchen an. Das würde also passen. Ich wusste, dass dir sofort was einfällt. Du bist echt ein Handarbeitsgenie!«

»Da bin ich mir nicht so sicher … Sticky Toffee und Schokolade hattest du gesagt, ja?«

»So ist es. Für den Anfang.«

»Das heißt, ihr wollt in Zukunft mehr Varianten anbieten? Lecker, ich bin dabei!«

»Alles Schritt für Schritt. Besser, wir lassen es langsam angehen. Ich will Mum auch nicht überfordern. Sie war zuerst ja eher unentschlossen, auch wenn sie jetzt voll engagiert ist – was ich toll finde. Ich hoffe nur, dass sie es nicht allein meinetwegen tut. Aber zurück zur Verpackung. Vielleicht kannst du uns ja ein paar Vorschläge machen, das wäre perfekt. Und deine Arbeit stellst du uns natürlich in Rechnung.«

»Klingt gut. Ich probiere mal ein bisschen herum, dann können Jill und du mir sagen, was ihr davon haltet. Herrlich! Ich liebe neue Herausforderungen. So was ist genau mein Ding!« Eve sprudelte vor Begeisterung. »Ich sag dir Bescheid, sobald ich ein paar Entwürfe fertig habe. Dauert vermutlich ein, zwei Tage, denn ich habe noch ein paar Bestellungen reingekriegt.«

»Das ist vollkommen ausreichend, Eve. Wir müssen uns sowieso erst um die erforderlichen Kurse und den ganzen Behördenkram kümmern, inklusive Prüfung durch das Gesundheitsamt. Ein paar Tage mehr oder weniger spielen also überhaupt keine Rolle. Ich finde es übrigens super, dass dein Online-Business so gut läuft. Glückwunsch! Wir zwei Unternehmerinnen«, sagte Rachel lächelnd. Sie spürte ein angenehmes Kribbeln angesichts der bevorstehenden Veränderungen. »Hast du denn schon viele Bestellungen?«

»Ach, nur ein paar Stricktiere und ein paar Pullover – der mit dem Traktormotiv scheint sehr beliebt zu sein. Aber kein schlechter Anfang.«

»Freut mich echt für dich.«

»Danke. Und wie gesagt, gib mir ein paar Tage Zeit, damit ich mir was für eure Verpackungen einfallen lassen kann. Dann kommst du am besten mal mit deiner Mutter vorbei, und ihr seht es euch an.«

Das Team »Primrose Hofcafé« formierte sich.

Gleich nach ihrem Telefonat meldete Rachel sich und ihre Mutter für die erforderlichen Onlinekurse an. Sie wollte keine weitere Zeit verschwenden, schon allein in Anbetracht ihrer Finanzen nicht. Außerdem war da immer noch das ungute Gefühl, dass ihre Mutter es sich vielleicht doch noch mal anders überlegen könnte.

Da sie ohnehin schon am Computer saß, checkte sie auch gleich ihre E-Mails. Es gab ein paar Verwaltungsdinge zu erledigen, aber sie entdeckte auch eine Nachricht, die offensichtlich von Jake stammte. Er hatte anscheinend eine neue E-Mail-Adresse. In der Betreffzeile stand nur: »Hi«. Rachel fühlte sich unwohl. Es war immer nervenaufreibend, von ihm zu hören. Sie fragte sich, welche Absichten er eigentlich genau hatte.

Erst das verspätete Geburtstagsgeschenk für Maisy, und was jetzt? Ihre Tochter hatte sich so gefreut, als Rachel ihr das Geschenk überreicht hatte, und hoffnungsfroh den Karton aufgerissen. Ihr Daddy hatte an sie gedacht! Das Geschenk entpuppte sich als ein Kleid, das Maisy viel zu groß war. Er wusste vermutlich nicht mal, wie alt sie eigentlich geworden war. Maisy hatte es trotzdem angezogen und war damit fröhlich durchs Haus getanzt. Zum Herz erweichen.

Und jetzt diese Nachricht. Hatte er etwa vor, wieder in ihr Leben zurückzukehren? Für Maisy würde sie sich freuen. Aber eigentlich bedeutete Jakes Anwesenheit grundsätzlich Ärger, und über kurz oder lang würde er sowieso wieder verschwinden.

Rachel holte tief Luft und öffnete die E-Mail.

Hi Rach,
wie läuft's bei dir? Ich hoffe, Maisy hat ihr Geschenk erhalten und es gefällt ihr. Grüß sie bitte von ihrem Dad.

Na klar. Ich grüße sie von ihrem Vater, der nie da ist, und mache sie damit wieder total kirre.

Wie geht's dir und deiner Mum? Wohnt ihr immer noch auf dem Hof?

Natürlich. Wir arbeiten uns den Buckel krumm, um uns selbst und deine Tochter über die Runden zu bringen.

Ich wohne jetzt in Bedford und habe hier einen Job gefunden.

Toll. Er hat also einen Job gefunden. Und wo bleibt der Unterhalt für seine Tochter? Maisy kriegt von ihm einen Spielzeugaffen zu Weihnachten und zum Geburtstag ein Kleid, das ihr zu groß ist.

Ich habe vor, im Sommer in den Norden zu fahren. Ich werde auf jeden Fall durchklingeln und Maisy besuchen kommen.

Na super. Ich kann's kaum erwarten.

Wie geht es ihr? Ist sie schon in der Schule? Ich denke, ja. Bestimmt schon ganz groß geworden. Schick doch mal ein Foto.

Ein Foto! Damit er seine eigene Tochter überhaupt wiedererkennt!

Viele Grüße an sie und Umarmung.
Bis dann,
Jake

Rachel war ganz aufgewühlt. Ihre Finger zitterten. Er glaubte also, er könnte in Maisys Leben auftauchen und verschwinden, wie es ihm gerade passte? Wenn sie ihrer Tochter gegenüber erwähnte, dass ihr Dad vorhatte, sie zu besuchen und er dann wieder nicht auftauchte … Nein, dieses Spiel kannte sie schon. Auf keinen Fall würde sie Maisy sagen, dass er sie im Sommer besuchen kommen wollte. Bloß keine Hoffnungen schüren.

Oh nein. Rachel würde gar nichts sagen und einfach abwarten.

Sie wusste nicht mal, wie sie auf diese Mail reagieren sollte. Irgendwie brachte Jake sie immer wieder aus dem Tritt. Die Folgen seines Verhaltens waren schwierig für Maisy, und Rachel befürchtete, dass er eines Tages für immer auf der Matte stehen würde. Am Ende wollte er sogar das Sorgerecht für sie. Allein der Gedanke daran machte Rachel krank. Maisy kannte ihren Vater kaum. Eins stand jedenfalls fest: Dieser Mann war alles andere als zuverlässig. Sie würde ihm irgendwann später antworten. Höflich, aber distanziert.

Es war viele Jahre her, dass sie sich Hals über Kopf in Jake verliebt hatte. In sein hübsches Gesicht, das freche Grinsen und die vielen Versprechungen, die sich alle als haltlos herausgestellt hatten. Damals war sie ein naiver Teenager gewesen. Sie hatten sich in der sechsten Klasse kennengelernt. Er war im Herbst neu in ihre Klasse gekommen, der gut aussehende Typ, der in der Nähe von London aufgewachsen war. Sein Leben vor dem Umzug nach Kirkton hatte so aufregend geklungen – Ausflüge in die Großstadt, Partynächte, viele coole Freunde. Alle Mädchen aus ihrem Jahrgang waren sofort verknallt in ihn gewesen. Seine blonden Haare, sein Lächeln, sein charmantes Geplauder. Sie hatte gewusst, dass er ein Frauenheld war – na gut. Aber er war so viel selbstbewusster als die anderen Jungs an der Schule gewesen, die ihr plötzlich alle wie Kinder vorkamen. Jake war neu und spannend und so ganz anders als diese Landburschen. Und das Verrückte an der Sache war, dass er Rachel auch zu mögen schien. Er suchte sich sie aus, um mit ihr die Pausen zu verbringen, mit ihr über Musik, das Leben in Kirkton und seine Reisepläne zu quatschen. Irgendwann hatte er sie gefragt, ob sie nicht mal mit ihm in diesen Club in Berwick gehen wollte. Da hatte er gerade seinen Führerschein gemacht. Sie hyperventilierte fast, so begeistert war sie damals.

Natürlich war ihr Vater weniger angetan von dieser Idee gewesen. Als er von ihren Plänen erfuhr, sagte er, sie sei zu jung, um sich in Clubs herumzutreiben und Alkohol zu trinken. Rachel argumentierte, dass jeder, der ein bisschen cool war, dort hinging, auch wenn man noch nicht achtzehn war. Was ihr Vater nicht wusste: Auch sie hatte einen gefälschten Ausweis, mit dem sie in den Club kam. Ihr Dad bestand darauf, den jungen Mann kennenzulernen, der an seiner Tochter interessiert war, und so wurde Jake gleich für den nächsten Sonntag zum Abendessen eingeladen. Man saß gemeinsam am Küchentisch. Zum ersten Mal fiel Rachel auf, dass Jake sich nicht wohl in seiner Haut zu fühlen schien. Ihre Eltern fragten ihn nach seinen Zukunftsplänen, die recht vage waren. Aber wer wusste schon mit siebzehn, was er mit seinem Leben anfangen wollte? Das hatte Rachel damals gedacht. Und dass ihr Vater echt altmodisch war und vergessen hatte, was es bedeutete, jung und unbeschwert zu sein. Die Welt lag ihnen zu Füßen. Sie mussten nicht alles bis ins kleinste Detail durchplanen. Nun ja, im Rückblick ist man immer klüger.

Es folgten viele Wochen mit Knutschen auf dem Schulhof, Partys, Tanzen, Trinken und Spaß haben, sich verlieben und dann – der erste Sex. Das Ergebnis war Maisy.

Rachel hatte plötzlich sehr schnell erwachsen werden müssen – im Gegensatz zu Jake.

Als das Telefon klingelte, wurde Rachel in die Gegenwart zurückkatapultiert. Sie war allein im Haus; Jill war unterwegs, um Lebensmittel einzukaufen.

»Hallo, hier Primrose Farm.«

»Hi. Spreche ich mit Rachel? Hier ist Nick vom Maklerbüro.«

»Oh, hallo. Ja, ich bin am Apparat.« Gab es etwa einen Interessenten für die beiden Felder? Das wäre ja mal ein Fortschritt.

»Die gute oder die schlechte Nachricht zuerst?«

»Hmm …« Rachel zögerte.

»Also, die gute Nachricht ist die: Wir haben einen Kaufinteressenten.«

»Super.«

»Die schlechte ist: Er bietet deutlich weniger, als das Gutachten ergeben hat und als Sie haben wollen.«

»Aha. Wie viel genau?«

»Er bietet 500 Pfund pro Hektar.«

»Das soll wohl ein Witz sein! Das Land ist gut dreimal so viel wert! Darf ich fragen, um wen es sich bei dem Interessenten handelt?«

»Ja. Ein Mr. Macintosh. Soweit ich weiß, Ihr Nachbar.«

Das war ja mal wieder typisch. Der alte mürrische Geizkragen. Dieses Angebot kam Diebstahl gleich! Natürlich wusste er, dass sie in finanziellen Schwierigkeiten steckten und wollte seinen Vorteil daraus schlagen, indem er das Land weit unter Wert zu kaufen versuchte. Wahrscheinlich rieb er sich schon fröhlich die Hände. Aber diesen Spaß würde sie ihm vermiesen. Lieber würden sie weiter um ihre Existenz bangen, als zu diesem Preis zu verkaufen.

Bei Rachel stellten sich sämtliche Nackenhaare auf, als sie daran dachte, dass ihr Nachbar ihre Notlage so schamlos ausnutzen wollte. »Ich schlage vor, Sie richten Mr. Macintosh aus, dass sein Angebot eine Beleidigung ist. Auf keinen Fall werde ich zu diesem Preis verkaufen.«

»Ja, so etwas hatte ich mir schon gedacht.«

»Und sonst gibt es keine Interessenten?«, erkundigte sich Rachel. Man sollte die Hoffnung ja nie aufgeben.

»Leider nein.«

»Na gut. Dann werden wir uns wohl noch etwas in Geduld üben müssen.«

»Selbstverständlich. So etwas braucht Zeit. Außer natürlich, Sie würden noch mehr Land anbieten. Das könnte das Interesse potenzieller Käufer ankurbeln.«

»Im Moment noch nicht. Aber ich verstehe, was Sie mir sagen wollen.« Rachel wollte nicht mehr von ihrem Land abgeben, das sich seit Generationen in Familienbesitz befand und das ihr Erbe war. Das kam höchstens infrage, wenn sich gar keine andere Lösung auftat. Nur leider spielte die Zeit gegen sie …

12. Kapitel

Das wäre geschafft

Es war ein herrlicher Frühlingstag. Der Himmel erstrahlte in einem dunstigen Blau, Wolken wie Wattebäusche türmten sich in der Ferne, und die Narzissen standen in voller Blüte. Rachel ging die Einfahrt entlang, den braven Moss an ihrer Seite. Als sie das Ende der Straße erreichte, wartete dort bereits Eve an der Schulbushaltestelle. Ihre Freundin grinste sie an.

»Sie sind fertig!«, verkündete sie.

»Was? Die Kuchenverpackungen? Dir ist schon was eingefallen?«

»Ja, und ich bin sehr zufrieden mit meinen Entwürfen. Aber das habt ihr zu entscheiden. Wie wär's, wenn du mit Jill in einer Viertelstunde bei mir vorbeikommst und ihr sie euch anseht? Ich mach uns einen Tee, und Maisy kann in der Zeit mit Amelia spielen.«

»Klingt super. Ich bring Maisy nur rasch nach Hause und sage Mum Bescheid. Sie wird sich bestimmt freuen. Jetzt bin ich total aufgeregt! Los, erzähl mal ein bisschen … Was für ein Muster hast du dir einfallen lassen? Kariert? Blümchen? Oder ohne Muster?«

»Da musst du dich schon gedulden.«

»Spielverderberin!«

»Nein, darum geht es nicht. Ich glaube einfach, es ist besser, wenn ihr euch anseht, ob sie funktionieren. Stichwort erster Eindruck. So, wie es auch bei euren Kunden sein wird.«

»Stimmt, da hast du recht. Ich würde sagen, dieser besondere Anlass verdient einen Kuchen. Hast du was im Haus?«

»Leider nicht. War in den letzten Tagen zu sehr mit meinen Bestellungen beschäftigt.«

»Ich glaube, Mum hat heute Morgen gebacken. Mal sehen, was sie gezaubert hat. Irgendwas Leckeres findet sich immer in unserer Küche. Wenn wir Glück haben, hat sie vielleicht sogar ein paar neue Rezepte ausprobiert. Also mach dir keine Gedanken – wir bringen was mit.«

»Klingt nach einem guten Plan.«

Nicht viel später setzten sich Rachel, Jill und Maisy in den alten Geländewagen und machten sich auf den Weg zu Eve. Sie parkten vor dem alten Steincottage und gingen den Fußweg zum Haus hinauf, der von gelben Narzissen und hellrosafarbenen Tulpen gesäumt war.

Eve stand schon in der Tür und begrüßte sie mit einem breiten Lächeln. »Hallo, hallo. Kommt rein, ihr Süßen. Willkommen im Irrenhaus! Tut mir leid, dass hier gerade so ein Chaos herrscht. Ich bin wirklich aufgeregt. Mal sehen, wie euch meine Entwürfe gefallen. Wollt ihr vielleicht einen Tee?«

Sie führte sie ins Esszimmer, das derzeit allerdings mehr einer professionellen Nähstube ähnelte. Auf Tisch und Kommode stapelten sich allerlei bunte Materialien, Wollknäuel, Filzstreifen, Knöpfe, Nähgarn und Bänder in allen Farben.

»Tee wäre wunderbar«, antwortete Rachel. »Aber wollen wir uns nicht erst die Verpackungen ansehen?« Sie war einfach zu neugierig.

»Na klar. Also dann …« Eve hatte die verschiedenen Beispiele bereits auf dem Tisch platziert, gleich neben einer Kiste mit bunten Satinbändern. »Hier.« Sie klang nervös, als sie eine Pappschachtel öffnete und vier verschiedene Varianten herausnahm, deren Größe den Vorgaben entsprach, die Jill ihr genannt hatte. »Das wären meine Verpackungsideen.«

Jedes Modell war mit einem anderen Blumenmuster im Vintage-Landhausstil versehen, und alle vier waren großartig. Eve hatte sie mit dünnen Satinbändern verziert, was besonders schön aussah.

»Natürlich wird das Material erst nach dem Backen an der Folienschale befestigt, aber sie sehen wirklich hübsch aus. Und die Muster und Farben der Schleifen kann man jederzeit ändern – je nachdem, was euch besser gefällt. Ich hab' noch jede Menge anderer Materialien zur Auswahl.« Eve deutete etwas angespannt auf die Bänder in verschiedenen Farben.

Jill starrte die Verpackungen wortlos an, dann erschien ein breites Grinsen auf ihrem Gesicht.

»Oh, wow«, sagte Rachel. »Ich finde sie fantastisch. Der Vintage-Look ist super. So schön altmodisch.«

Jill sagte mit einem verräterischen Schimmern in den Augen: »Sie sehen aus wie aus Grandma Isabels Zeit.« Sie schniefte leise. »Dieses Muster ist einfach hinreißend.« Sie deutete auf ein kleines Blumenmuster in Rot und Grün, das an winzige Rosen erinnerte.

»Und mir gefällt *das* besonders gut«, erklärte Rachel und deutete auf das Modell, das mit seiner Farbkombination aus Braun-, Gelb- und Orangetönen an die Siebziger erinnerte. Diese Packung war mit einem dunkelbraunen Satinband umwickelt. »Das muss die Verpackung für deinen Schokokuchen werden, Mum. Findest du nicht?«

»Ja, Liebes. Und das mit den roten Rosen nehmen wir für den Sticky-Toffee-Pudding. Was findest du schöner? Das rote oder das grüne Geschenkband?«

»Hmmm.« Rachel kratzte sich am Kinn.

»Ich wäre für Grün«, sagte Eve. »Der Bezug zur Landschaft, zur Farm.«

»Da kann ich nur zustimmen«, meinte Jill fröhlich.

»Ich muss euch allerdings warnen: Es kann sein, dass ich nicht immer die hundertprozentig gleichen Muster bekomme«, erklärte Eve. »Um die Kosten zunächst möglichst gering zu halten, habe ich mit Reststücken gearbeitet – trotzdem natürlich alles Neuware. Ihr hattet ja ganz klar gesagt, dass nur neuwertige Materialien benutzt werden dürfen, weil es sich um die Verpackung von Lebensmitteln handelt. Sobald ihr euch endgültig für ein Design entschieden habt, werde ich versuchen, die Muster nachzubestellen. Auch wenn ich fürs Erste noch einiges davon hierhabe.«

»Kein Problem«, sagte Rachel. »Hier finden sich so viele tolle Optionen, Eve, dass wir ganz sicher auch andere Varianten finden, die uns begeistern. Und je nach Kuchensorte brauchen wir vielleicht ohnehin bald mehrere Varianten.« Sie zwinkerte Jill zu.

»Ich bin so froh, dass sie euch gefallen.« Eve wirkte nun deutlich entspannter.

»Mir war klar, dass du etwas ganz Besonderes kreieren würdest, Eve. Daran hatte ich nicht den geringsten Zweifel.« Rachel lächelte sie an.

»Fein, dann mache ich uns jetzt mal einen Tee. Puh.« Eve verschwand in der Küche. Rachel und Jill grinsten sich an.

Nicht viel später saßen sie bei Tee und leckeren hausgemachten Ingwerkeksen zusammen und unterhielten sich. Wie immer hatte Jill sich mit den Keksen selbst übertroffen. Amelia und Maisy kamen aus dem Kinderzimmer angerannt, wo sie gespielt hatten, nahmen sich jede einen Keks und verschwanden wieder.

»Habt ihr Spaß, Mädels?«, wollte Rachel wissen.

»Ja, wir spielen Kaufladen«, antwortete Maisy, die das Zimmer schon wieder halb verlassen hatte. »Amelia verkauft ihre Spielsachen. Wir haben sie alle in einer Reihe aufgestellt, und ich bin die Käuferin.«

»Klingt gut.«

Die beiden galoppierten davon.

»Und wie läuft's mit deiner Online-Verkaufsplattform?«, erkundigte sich Jill. Dieses Thema interessierte sie. »Rachel hat mir davon erzählt.«

»Ja, wir sind ja nicht die Einzigen, die ein neues Unternehmen aufziehen«, fügte Rachel hinzu.

»Na ja, ich habe gerade erst angefangen, aber es läuft nicht schlecht. Ich habe bereits einige Bestellungen. Die Filztiere, Strickwaren und ein paar von meinen neuen Herzen und Sternen aus Holz. Die Herzen kann man personalisieren, mit Nachrichten oder Namen versehen – je nachdem, was gewünscht ist. Tatsächlich habe ich gerade den Auftrag bekommen, ein individualisiertes Hochzeitsgeschenk zu gestalten. Ein großes Herz aus Holz zum Aufhängen. Es soll mit dem Namen des Brautpaars und dem Hochzeitsdatum versehen werden.«

»Das ist ja wunderbar, Eve. Wie schön für dich«, freute sich Jill.

»Kleinstunternehmen, die von zu Hause aus operieren – das ist doch genial«, sagte Rachel. »Zum Wohl, Ladys.«

Sie erhoben ihre Teetassen und prosteten sich zu.

»Hoch die Tassen!«, sagte Jill.

»Auf meine Bastelarbeiten und eure Kuchen!«, schlug Eve vor.

»Und auf viele erfolgreiche Verkäufe!«, fügte Rachel hinzu.

Es waren aufregende Zeiten. Sie alle waren abhängig davon, dass ihre Geschäftsideen aufgingen. Mit ein bisschen Glück – und einer Portion Teamarbeit – hatten sie die Chance, etwas wirklich Besonderes auf die Beine zu stellen.

13. Kapitel

Ein überaus schmackhafter Apple-Crumble

Sie saßen bei Bier und Cider zusammen und brainstormten.

Sie hatten ja verabredet, nach dem Ende der Ablammsaison mal wieder einen Mädelsabend zu machen, und heute war es nun so weit. Eve, Rachel und ihre gemeinsame Freundin Charlotte saßen im »Black Bull Inn« in Kirkton. Es war eine einfache Kneipe, kein schicker Laden, wie man sie in Newcastle oder Edinburgh fand. Aber von einem Ausflug in die Stadt hatten sie wegen der längeren Anreise – eine Stunde – und der höheren Kosten Abstand genommen. Deswegen saßen die drei im Pub des Dorfes – dem besseren der beiden, die es dort gab. Hier war es nett und gemütlich: dunkle Holzeinrichtung, ein abgewetzter dunkelrotkarierter Teppich, einige skurrile Erinnerungsstücke aus der guten alten Zeit und ein paar Furcht einflößende Werkzeuge aus vergangenen Tagen. Rachel wollte lieber gar nicht wissen, wozu sie mal benutzt worden waren. Die Auswahl an Lagerbieren und Ciders war groß, und an der Bar saßen die üblichen Gestalten aus dem Dorf.

Die drei Frauen hatten sich einen Tisch in der Nähe der vorderen Fenster gesucht.

»Schön, mal wieder ohne Kind auszugehen«, seufzte Eve und musste gähnen.

»Na, du bist ja eine Partykanone! In spätestens einer Stunde erwarten wir, dass du auf dem Tisch tanzt!« Rachel lachte und gab Eve einen freundschaftlichen Stups.

»Ich schätze eher, dass ich in einer Stunde *unter* dem Tisch *schlafe*. Tut mir leid, Mädels, aber ich hab' gerade extrem viel um die Ohren – der Bastelkram und Amelia und natürlich der Haushalt.«

»Ich hab zwar kein eigenes Kind, aber wenn man jeden Tag vor einer Klasse von Siebenjährigen stehen muss, weiß man abends auch, was man getan hat.« Charlotte war Grundschullehrerin in der Nachbargemeinde Alnwick.

»Hm, ich glaube, dass ich meine Ablammscheune eindeutig einer Schulklasse vorziehe.« Rachel grinste. »Aber die Arbeit nimmt einfach kein Ende, oder? Dauernd ist irgendwas. Auf der Farm auch. Erst die Ablammsaison, und jetzt versuchen wir, diese Geschäftsidee mit den Kuchen in die Tat umzusetzen.«

»Ach ja! Rachel, erzähl doch mal von euren Plänen! Klingt jedenfalls verheißungsvoll«, ermunterte Charlotte sie. »Und bitte sag deiner Mutter, dass sie unbedingt diesen göttlichen Schokoladenkuchen machen muss, den sie an Maisys Geburtstag gebacken hat.«

»Nun ja, es gibt bereits erste Fortschritte zu vermelden. Wir haben in der Küche einen offiziellen Backbereich abgetrennt, Mums Reich. Der arme alte Moss darf leider nicht mehr ins Haus, was ihn sehr verstört hat. Und wir haben unsere Gesundheitszeugnisse erhalten, sowie alle erforderlichen Kurse bestanden, tusch!« Ja, sie und Jill hatten abends fleißig zusammen gelernt und die Prüfungen mit Bravour bestanden. Große Erleichterung. Ein weiterer Schritt in die richtige Richtung. »Wir haben uns mit Zutaten eingedeckt, und eine großartige Verpackung für unsere Backwaren haben wir auch schon, dank meiner vertrauenswürdigen Assistentin hier neben mir …« Rachel lächelte und deutete auf Eve, die sich zum Spaß verneigte. »Und sogar eine erste Verkaufsstelle gibt es schon: das Kirkton Deli der reizenden Brenda.«

Langsam liefen alle Fäden zusammen. Morgen würde Jill ihre erste offizielle Charge Kuchen backen, und damit war ihr Geschäft dann Realität.

»Das klingt ja fantastisch! Ich wünsche dir und deiner Mum viel Erfolg, Rach«, sagte Charlotte. »Ihr hättet es echt verdient.«

»Danke, Charlotte. Es bedeutet mir sehr viel, dass du das sagst.«

»Es ist einfach eine Spitzenidee«, schaltete Eve sich ein. »Und jetzt …«, fragte sie mit einem schelmischen Zwinkern »folgende Frage: Wenn dein leckerer Nachbar Tom ein Kuchen wäre, welche Sorte wäre er?«

»Ah! Jetzt wird's interessant«, sagte Charlotte. »Ich würde sagen Ingwer. Scharf und echt stark, aber innen schön fluffig und weich.«

»Ich glaube, er wäre ein superleckerer und supersaftiger Schokoladen-Brownie – angelehnt an seine dunklen Haare, seine sonnengebräunte Haut und seinen intensiven Blick.« Eve sah sie mit Rehaugen an. »Was sagt du, Rachel?«

Musste sie wirklich bei diesem Spiel mitmachen? Zwei Augenpaare fixierten sie ungeduldig. »Okay. Er ist echt süß, deswegen …«

»Süß? *Süß?* Der Mann ist heißer als heiß, wie mit Schokosoße überzogen«, unterbrach Charlotte sie.

Eve lachte laut auf. »Dann ändere ich meine Definition«, sagte sie. »Und sage: Sticky-Toffee-Karamellsoße. Auf seinem ganzen Körper verteilt.« Der Weißwein verfehlte offenbar seine Wirkung nicht – Eve trank normalerweise kaum Alkohol. Aber Rachel wusste, dass sie es nicht ernst meinte und nur fantasierte. In Wirklichkeit war sie glücklich mit ihrem Ben. Das war das übliche Gerede, wenn sie als Mädels unter sich waren.

»Na los.« Charlotte wartete immer noch auf Rachels Antwort.

»Ich weiß nicht.« Rachel spürte, wie sie rot wurde und nannte den ersten Kuchen, der ihr in den Sinn kam. »Ein knuspriger Crumble. Soul-Food.«

In diesem Moment ging die Tür der Kneipe auf, und der gerade erwähnte Mann kam herein. Tom. Er trug ein rotkariertes Hemd und Jeans und war offensichtlich frisch geduscht – keine Selbstverständlichkeit bei Männern vom Bauernhof. Eves Augen begannen zu leuchten, während Rachel sich zusammenkrümmte – hoffentlich hatte er nicht mitbekommen, was sie gesagt hatte!

Eve und Charlotte fingen plötzlich an, wie die Teenager zu kichern. Tom entdeckte ihre kleine Runde und schaute etwas verblüfft wegen der Heiterkeit der Damen. Rachel hatte nicht vor, ihn über den Inhalt ihrer Unterhaltung aufzuklären und beschränkte sich daher auf ein knappes »Hallo« und ein unsicheres Winken, als er an ihrem Tisch vorbeiging. Er steuerte direkt auf den Tresen zu, wo er mit den anderen Einheimischen ein Gespräch begann.

»Oh, dein sexy Crumble-Nachbar ist da«, sagte Charlotte alles andere als diskret.

»Benimm dich.« Rachel schüttelte tadelnd den Kopf. »Eves Gekicher ist schon schlimm genug.«

»Nur gucken, nicht anfassen«, flötete Eve. »Eigentlich schade, dass wir nicht mal probieren dürfen.«

»Eve, jetzt sei doch mal leiser.« Aber Rachel musste selbst lachen. Vor allem, als Tom zu ihnen rüberschaute. Garantiert fragte er sich, was ihr albernes Gelächter zu bedeuten hatte.

Charlotte besorgte ihnen eine weitere Runde, und der Abend plätscherte angenehm dahin. Sie redeten und lachten viel. Ein Wort gab das andere, sie sprachen über ihr Leben heute und erinnerten sich gemeinsam an Geschichten von früher. Es tat Rachel gut, mal ein bisschen zu entspannen. Manchmal vergaß sie beinahe, wie jung sie noch war, gerade mal Mitte zwanzig. Aber mit ihrem Kind und der Farm und allem, um das sie sich kümmern musste, kam sie sich eher vor wie vierundvierzig als wie vierundzwanzig. Als ihre Freundinnen vor ein paar Jahren nachts durch die Clubs gezogen waren, unbeschwert und in Flirtlaune, hatte Rachel mit einem Kleinkind zu Hause gesessen, und ihr Leben hatte aus Windeln wechseln und Maisy füttern bestanden. Aber sie war natürlich froh, dass es Maisy gab – das war nicht das Problem. Das Problem war vielmehr die Tatsache, dass sie als alleinerziehende Mutter in dieser ländlichen Gegend einfach ziemlich isoliert lebte – auch wenn ihre Eltern ihr immer eine große Unterstützung gewesen waren. Sie hatte in einem Alter – mit neunzehn – Verantwortung übernehmen müssen, in dem alle ihre Freundinnen noch ein sorgloses, völlig anderes Leben gelebt hatten.

Eine Weile später kam Tom zu ihnen rüber.

»Hey. War eine nette Party neulich.«

»Ich vermute, du beziehst dich aufs Maisys Geburtstag«, antwortete Rachel lächelnd. »Nachdem wir beide wochenlang in unseren Ablammscheunen verkümmert sind.«

»Och, ich hätte nichts dagegen, mit einer gewissen Person wochenlang in einer Ablammscheune eingesperrt zu sein ...«, murmelte Charlotte. Rachel versetzte ihr einen Stoß in die Rippen, damit sie endlich den Mund hielt.

»Ja, genau«, fuhr Tom unbeirrt fort. »Wie geht es Maisy?«

»Sehr gut. Sie ist voller Energie. Schwirrt auf der Farm herum wie eine Biene. Oh, und das Buch, das du ihr geschenkt hast, ist übrigens der Hit.«

»Das freut mich. Ich wusste nicht genau, was ich nehmen sollte. Bin ja nicht so versiert, was den Lesestoff von Fünfjährigen angeht.«

Rachel musste plötzlich an die Unterhaltung mit ihrer Tochter am Abend ihres Geburtstags denken. Als Maisy erklärt hatte, sie hätte Tom gern zum Vater – weil ihr leiblicher Vater nicht mal zu ihren Geburtstagen auftauchte. Rachel sah Tom einen Moment lang an und sah ihn vielleicht das erste Mal wirklich. Sie kannte ihn schon seit so vielen Jahren. Er war einfach immer der große Junge von nebenan gewesen. Der Teenager, der auf dem Quad durch die Gegend raste. Und dann ein verheirateter Mann, der für eine Weile woanders gelebt hatte. Und jetzt war er der alleinstehende Farmer vom Nachbarhof … Sie konnte sich noch genau daran erinnern: Als sie klein war, hatte er ihr die Welpen seines Terriers gezeigt. Da musste er etwa sechzehn gewesen sein. Es hatte sie beeindruckt, wie sanft er mit den kleinen Hunden umgegangen und wie stolz er gewesen war, als er ihr erzählte, dass er einen von ihnen gerettet hätte – den, den er auf dem Arm hielt, der Kleinste von allen. Sein Vater hatte gesagt, der Kleine würde es nicht schaffen, weil er sich kaum bewegt hatte, aber Tom hatte ihn sozusagen reanimiert, sein kleines Mäulchen mit den Fingern geöffnet und Luft hineingeblasen. Und irgendwann viel später war der kleine Hund ausgewachsen und hatte selbst Junge bekommen. Toms jetziger Hund Mable war einer ihrer Welpen.

Für Rachel war Tom einfach Tom. Auch wenn sie zugeben musste, dass er durchaus dieses gewisse Etwas hatte. Er war groß, hatte kurze dunkle Haare, immer leicht zerzaust, freundliche Augen und auch ein freundliches Herz – da war sie sich sicher.

Woher kamen also ihre bescheuerten Gedankenspiele?

Ganz klar – Eve und Charlotte hatten sie dazu gebracht, ihre kindische Verknalltheit hatte wohl auf sie abgefärbt. Sie schob die irritierenden Gedanken beiseite. Dennoch hatte sie das Gefühl zu erröten.

»Was ist eigentlich schon den ganzen Abend so lustig?«, wollte Tom wissen. Er wandte sich an die anderen beiden Frauen und zog sich einen Stuhl heran.

»Ach, nur das übliche Zeug. Das Leben als solches, Kinder, die Arbeit, immer zu wenig Zeit«, meinte Eve.

»Und nie genug Wein im Glas«, fügte Charlotte hinzu und wedelte mit ihrem leeren Glas. Sie trank Rosé. »Eve, du bist dran mit der Runde. Tom, möchtest du auch was?«

»Danke, ich bin versorgt. Ich hab' gerade ein Bier getrunken und jetzt bleib ich bei Cola. Bin auch nur kurz hier, solange Adam mich vertritt. Ich habe das vage Gefühl, dass ich heute Nacht noch beim Kalben helfen muss.«

»Hoffentlich geht alles gut.«

»Weißt du schon das Neueste? Rachel startet einen Kuchenverkauf mit ihrer Mutter«, verkündete Eve.

»Das sind wirklich gute Neuigkeiten. Ihr zieht die Sache also durch?« Er schenkte Rachel ein warmherziges Lächeln. »Wie schön! Wann und wo kann man den Kuchen kaufen? Ich warte ja schon mein ganzes Leben darauf, dass Jill ihre Kuchen endlich zum Mitnehmen anbietet.«

Rachel musste grinsen. »In der nächsten Woche geht's los. Verkauf im Kirkton Deli. Aber das ist erst mal ein Versuchsballon.«

»Großartig. Auf dem Sticky-Toffee-Pudding sollte mein Name stehen …«

»Vielleicht bist du sogar ihr erster offizieller Kunde«, fantasierte Eve.

»Nein, das bin *ich*. Ich hole mir sofort am Montagmorgen, wenn das Geschäft aufmacht, einen Schokokuchen«, behauptete Charlotte, die gerade mit den Getränken zurückkam.

Pläne zu schmieden fühlte sich gut an. Sie bargen die Hoffnung auf einen Neuanfang, so klein die ersten Schritte auch sein mochten.

Gegen halb elf waren die drei ziemlich müde. Am nächsten Morgen war Schule, deswegen sagte Charlotte, sie werde sich nun langsam verabschieden. Eve gähnte wieder, und auch wenn sie noch nicht unter dem Tisch lag und schlief, standen die Zeichen auch nicht darauf, dass eine von ihnen noch bis in die frühen Morgenstunden auf dem Tisch tanzen würde.

»Ja, lasst uns aufbrechen.« Rachel trank den letzten Schluck von ihrem Cider. Charlottes Freund Sam, der sie abholte, bot an, auch die beiden anderen Frauen nach Hause zu fahren. Weder Jill noch Eves Ehemann konnten weg von zu Hause, weil sie auf die Kinder aufpassen mussten – die hoffentlich im Bett lagen und schliefen.

Tom streifte sich im selben Moment seine Jacke über. Er sah, dass die drei Freundinnen im Aufbruch waren. »Ich mach mich auch auf den Heimweg«, sagte er. »Kann ich jemanden mitnehmen?«

»Sam hat zwar gesagt, er würde uns bringen, aber eigentlich muss er nicht in unsere Richtung«, antwortete Rachel. Charlotte und Sam wohnten in einem kleinen Dorf auf der anderen Seite von Kirkton.

Eve nickte. »Ja, für dich wäre es kein Umweg. Danke, Tom.«

Sie verabschiedeten sich vor dem Pub voneinander und versprachen, sich möglichst bald wieder zu treffen.

Tom kutschierte sie in seinem Pick-up sicher über die dunkle Landstraße, die sich nach ein paar Drinks etwas kurviger anfühlte als sonst. Eve und Rachel saßen vorne auf der breiten Beifahrerbank neben ihm.

»War ein schöner Abend, nicht wahr?«, stellte Eve fest.

»Ja. Endlich mal wieder ausgehen und Spaß haben. Das hat uns allen gutgetan.«

»Ich freu mich gleich zu Hause noch auf einen leckeren Schokoladen-Brownie«, behauptete Eve und fing wieder haltlos an zu lachen.

»Was ist heute Abend eigentlich los mit euch?«, fragte Tom und sah kurz zu ihnen rüber.

»Nichts. Das war nur Eves Versuch, witzig zu sein.« Rachel versetzte ihrer Freundin einen Stoß in die Rippen, damit sie endlich Ruhe gab.

»Oder einen tröstenden Crumble«, machte diese allerdings weiter.

Auch Rachel konnte sich ein Grinsen nun nicht mehr verkneifen. »Sorry, Tom. Keine Ahnung, was in sie gefahren ist.«

»Eine Flasche Wein«, kiekste Eve.

»Oh ja. Das auf jeden Fall.«

Tom lächelte in sich hinein.

Kurze Zeit darauf erreichten sie Eves Haus.

»Da wären wir, Eve«, sagte Tom, als er vor dem Cottage hielt.

»Vielen Dank, Tom. Du bist der Beste.«

»Gern geschehen«, antwortete er. Bevor er wendete, wartete er noch ab, bis sie sicher im Haus angekommen war, dann fuhr er los und bog auf den Feldweg zur Primrose Farm ein.

Sie wurden von dem »Zu verkaufen«-Schild begrüßt, das im Scheinwerferlicht hell aufleuchtete. »Ihr habt Land zu verkaufen?«

»Ja. Es war keine leichte Entscheidung, aber wir müssen was tun.« Rachel verstummte.

»Ich verstehe«, sagte Tom mitfühlend.

Außer Jill und Eve wusste bisher niemand, wie schlimm es wirklich um den Hof stand, aber das Schild sagte eigentlich alles. Rachel beschloss, Tom anzuvertrauen, was Sache war. Er würde nicht weitertratschen, was sie ihm erzählte.

»Im Grunde bleibt uns keine andere Wahl. Wir brauchen dringend Geld.«

»Oje. Das tut mir leid.«

»Es ist alles so schwierig.« Der Alkohol half Rachel, ihre schützende Deckung zu verlassen. Toms teilnahmsvolle Miene zeigte ihr, dass er der richtige Gesprächspartner für sie war. »Irgendwie habe ich das Gefühl, als würde ich Dad enttäuschen, wenn ich einen Teil seiner Farm verkaufe. Aber ich muss verhindern, dass wir völlig untergehen. Das darf auf keinen Fall passieren.«

»Natürlich nicht. Du handelst nur pragmatisch – man muss tun, was getan werden muss. Ich verstehe das. Und dein Vater würde das auch verstehen.«

»Danke.« Rachel seufzte schwer. »Rate mal, wer mir heute ein Angebot für das Land gemacht hat?« Es fühlte sich gut an, ihren Frust mit jemandem zu teilen, endlich darüber zu reden. »Der elende Mr. Mac. Weißt du, was er mir angeboten hat?«

»Sag's mir.«

»Fünfhundert Pfund pro Hektar.«

»Nicht dein Ernst! Das soll wohl ein Witz sein?!«

»Tja. Warum nicht auch noch zutreten, wenn jemand schon am Boden liegt.«

»Ich hoffe, du hast abgelehnt!«

»Natürlich! Ganz so verzweifelt sind wir noch nicht.«

»Hast du mal überlegt, dass du das Land auch verpachten könntest? So bleibt es in deinem Besitz, und du verdienst trotzdem Geld damit. Und du kannst dir weitere Optionen offenhalten.«

»Ach ja … das wäre auch eine Möglichkeit. Aber wer würde denn nur ein oder zwei Felder pachten?«

»Ich zum Beispiel.«

»Echt?«

»Ja. Ich könnte ein paar zusätzliche Heuwiesen gebrauchen. Noch dazu wären sie gleich nebenan. Das wäre doch die perfekte Lösung für uns beide. Du bekommst Pacht, und ich habe mehr Weideland zur Verfügung. Ich bin sehr gerne bereit, den derzeit üblichen Preis zu zahlen.«

»Ja, das könnte echt funktionieren.« Rachel war überrascht, oder besser: erstaunt. War es wirklich so leicht? Meinte Tom dieses Angebot tatsächlich ernst?

»Denk mal drüber nach. Du hast gerade viel um die Ohren, und du wirst meinen Vorschlag sicher auch mit deiner Mutter besprechen wollen.«

Es klang beinahe zu gut, um wahr zu sein. »Tom, wieso bist du eigentlich so nett zu uns?« Offensichtlich löste der Cider wirklich ihre Zunge …

»Ich tue nur, was jeder Nachbar tun würde – ich greife euch in einer Notsituation unter die Arme.« Sie wussten beide genau, worauf er sich bezog, und tauschten einen vielsagenden Blick aus.

»Nicht Mr. Mac«, sagte Rachel und löste ihren Blick von

Tom. »Schon jetzt vielen, vielen Dank. Du bist wirklich ein sehr besonderer Freund. Aber das weißt du ja.« Sie berührte kurz seine Schulter.

»Ich weiß, was ihr durchgemacht habt«, sagte er einfühlsam. »Ich möchte nur, dass es dir gut geht.«

Im Halbdunkel sah Rachel, dass sein Lächeln aus tiefstem Herzen kam. Spontan beugte sie sich rüber zu ihm, sodass ihr Gesicht nur wenige Zentimeter vor seinem war. Er roch nach seinem Aftershave, frisch, zitronig und ein bisschen nach Meer.

Was hatte sie vor? Wollte sie ihn etwa küssen? Was war nur los mit ihr? Der Cider … sie hatte viel zu viel getrunken. Und dazu das lüsterne Geschwätz von Charlotte und Eve … Tom war ihr Nachbar! Ein Freund, mehr nicht! Besser, sie stieg sofort aus, bevor es noch peinlicher wurde.

»Okay.« Sie öffnete die Wagentür und sprang heraus. »Danke fürs Mitnehmen«, rief sie ihm noch über dic Schulter zu.

»Sehr gerne«, antwortete Tom leicht amüsiert aus dem offenen Fenster. »Schlaf gut, Rachel.«

»Gute Nacht.« Sie sah sich nicht noch mal um, sondern ging – leicht schwankend – aufs Haus zu. Zum Glück hatte ihre Mutter das Außenlicht eingeschaltet.

Als sie ins Haus trat, war dort alles dunkel und ruhig. Maisy und Mum waren also beide schon im Bett. Rachel stellte sich ans Küchenfenster und sah den Scheinwerfern von Toms Wagen hinterher.

Was war das denn bitte gerade gewesen? Oder machte sie aus einer Mücke einen Elefanten? Wahrscheinlich hatte sie der lustige Abend ermuntert – und die Tatsache, dass Tom so dicht neben ihr gesessen hatte. Trotzdem … auf einmal fühlte sich alles so anders an … Als würde sich der Boden unter ihren

Füßen verschieben. War sie etwa verliebt? Nein, sie hatte Tom nie anziehend gefunden … *nie*. Aber dieses neue Gefühl, was auch immer es war, war sehr befremdlich. Es liegt alles nur am Alkohol, versuchte sie sich einzureden. Der sorgt dafür, dass man die Dinge unverhältnismäßig viel stärker empfindet. Am nächsten Morgen war sicher alles wieder wie zuvor und Tom einfach ein netter Nachbar, der sie und Eve nach Hause gefahren hatte. Einfach Tom eben.

14. Kapitel

Kuchen wie am Fließband

Oh Mann. Der nächste Morgen war hart für Rachel. Ihr Gehirn fühlte sich so zermatscht an, als wäre in der Nacht eine ganze Rinderherde durch ihren Kopf getrampelt. Es war schon nach halb zehn, und Rachel hatte immer noch höllische Kopfschmerzen. Sie war einfach nicht mehr im Training, so wenig Alkohol, wie sie in letzter Zeit getrunken hatte. Eigentlich hätte sie wissen müssen, wie es ihr am nächsten Morgen gehen würde!

Nach einer ersten Tasse Kaffee zwang sie sich, zu ihrer üblichen Kontrollrunde aufzubrechen. Als sie bei den Schafen auf der unteren Weide ankam, fiel ihr bei ihrer Begutachtung der Tiere auf, dass ein Mutterschaf einen Abszess im Halsbereich hatte. Diese Infektion musste schnellstens behandelt werden, also holte sie aus dem Geländewagen ihre Stallapotheke. Sie musste den Abszess öffnen und die Wunde desinfizieren. Keine Arbeit, die man gern erledigte – erst recht nicht, wenn man einen Kater hatte. Aber es ging nicht anders. Rachel hielt die Luft an, als sie mit der Nadel in die Beule stach. Igitt.

Sie musste würgen, als der Eiter aus der Wunde quoll. Es stank erbärmlich, und ihr Magen krampfte sich zusammen. Rasch säuberte sie die Wunde und musste sich dabei stark konzentrieren, um sich nicht zu übergeben. Bevor sie wieder in ihren Wagen stieg, atmete sie ein paar Mal tief durch. Als sie dann hinterm Steuer saß, wurde ihr leicht schwindelig. Nie wieder würde sie in den Pub gehen!

Auf dem Weg zurück zum Farmhaus, wo sie sich auf eine Tasse Tee und eine Kopfschmerztablette freute, meldete sich ihr Handy mit einer Textnachricht. Sie war von Eve.

Was macht der Kopf? Bei mir nicht gut. X

Bei mir auch nicht, antwortete sie.

Gab's gestern Abend noch Crumble für dich? X

Haha! Rachel lachte kurz auf, was ihren Kopfschmerz unglücklicherweise noch verstärkte. Oh ja, ihre alberne Unterhaltung über Kuchen und Männer – und vor allem über einen ganz bestimmten Mann …

Und dann fiel ihr ein, wie sie beinahe eben diesen Mann geküsst hätte, aber stattdessen schnell aus seinem Wagen geflohen war. Oh Himmel, war das peinlich!

Natürlich nicht! antwortete sie.

Dieser halbe Kussversuch war etwas, das sie definitiv für sich behalten würde.

Sie stand schon auf der untersten Stufe der Veranda, als Eves Antwort kam.

Schade. Sonst hättest du mir alles haarklein erzählen müssen! Dann könnte ich in deinen Erinnerungen schwelgen! X

Rachel schüttelte lächelnd den Kopf.

Als sie die Küche betrat, kam Jill aufgeregt mit einem Brief in der Hand auf sie zu.

»Der ist von der Kommunalverwaltung. Wir haben die Überprüfung bestanden! Was für eine Erleichterung! Jetzt können wir also offiziell loslegen«, Jill strahlte Rachel an.

»Das ist ja wunderbar!« Die Dinge fügten sich. Und es war toll, dass ihre Mutter so begeistert war.

»Dann würde ich sagen: Ran an die Kuchen«, verkündete Jill. »Meine Küche wird ab sofort zur offiziellen Backstube!« Auf der Arbeitsfläche hatte sie schon sämtliche Zutaten bereitgelegt – Mehl, Butter, braunen Zucker, Datteln und Eier, frisch aus dem Hühnerstall. »Ein bisschen unter Druck setzt mich das Ganze aber auch. Immerhin muss ich die besten Kuchen meines Lebens backen.«

»Das sollte dir gelingen – denn das tust du immer! Mum, du bist ein Naturtalent. Stell dir einfach vor, du würdest für mich und Maisy backen. Deine Puddings schmecken immer!«

»Na, wenn du das sagst. Maisy kommt erst in ein paar Stunden aus der Schule, deswegen mache ich mich am besten direkt an die Arbeit. Was du heute kannst besorgen, das verschiebe nicht auf morgen.«

Jill war nervös, aber auch richtig aufgekratzt. Vielleicht war dieses neue Projekt genau das, was sie brauchte – was *sie alle* brauchten.

Als Rachel zwei Stunden später wieder in die Küche kam, war diese von einem göttlichen Geruch nach frisch gebackenem Kuchen erfüllt. Rachel hatte in der Zwischenzeit Heu auf den Weiden und im Stall verteilt und nach den Rindern gesehen. Sie besaßen nur wenige Tiere, und nur eine der sechzehn Kühe musste noch kalben. Auf dieses Tier musste Rachel allerdings ein Auge haben. Simon hatte die Nachtwache übernommen, aber noch gab es keine Anzeichen für die Geburt. Zum Glück hatte es dieses Jahr keine Probleme mit den Kälbern gegeben. Die meisten Rinder waren bereits wieder auf der Weide und labten sich am frischen Gras.

Die Ursache des köstlichen Duftes in der Küche war ein Dutzend frisch gebackener Sticky-Toffee-Puddings, ordentlich nebeneinander auf Kühlgittern aufgereiht. Die Karamellsoße, die Jill darübergegossen hatte, glänzte verführerisch. Nach dem Abkühlen mussten die gebackenen Köstlichkeiten nur noch in ihre Verpackungen gesteckt und mit Eves wunderschönem Papier und Geschenkband versehen werden.

»Hallo, Liebes.« Jill wirkte angespannt und sah ungewöhnlich zerzaust aus – ihre Schürze war zerknittert, sie hatte Mehl im Haar und auf dem Pullover. »Was sagst du?«

»Dem Duft nach zu urteilen würde ich sagen, ich bin im Paradies.«

»Danke. Trotzdem bin ich ein bisschen nervös. Hoffentlich kriegt Brenda ein paar von den Kuchen verkauft.«

»Sieh sie dir doch an, Mum. Natürlich wird sie sie verkaufen! Daran habe ich nicht den geringsten Zweifel.«

»Sobald sie abgekühlt und verpackt sind, sollten wir sie gleich ins Deli bringen«, sagte Jill.

»Ich fahr mit«, bot Rachel ihr an. »Wir sollten unseren ersten Auftrag gemeinsam abliefern. Dann können wir das Ereignis auch gleich bei einer Tasse Tee und einem Stück Kuchen im Café Cheviot feiern.« Sie sah auf die Uhr. »Wenn wir zeitnah aufbrechen, schaffen wir es ohne Hektik, bevor der Schulbus kommt. Was meinst du?«

»Eine sehr schöne Idee.«

»Vielleicht möchtest du dir aber vorher noch das Mehl aus dem Haar kämmen«, schlug Rachel vor.

»So sieht man nun mal aus, wenn man in der Küche knechtet!«, konterte Jill.

Das Einwickeln der Kuchen lief wie am Fließband. Eve hatte das Papier bereits auf die passende Größe zugeschnitten, und die Verpackung wurde abgerundet durch das schöne grüne Satinband. Eve hatte auch kleine Etiketten entworfen, auf denen die Zutaten verzeichnet waren. Außerdem gab es ein freies Feld, in dem sie eintragen konnten, wie lange der Kuchen haltbar war.

»Den hier habe ich übrigens zusätzlich gebacken«, erklärte Jill. »Meinst du nicht, wir sollten erst mal selbst probieren, bevor wir die Kuchen ausliefern? Falls ich mich vertan und Salz statt Zucker benutzt habe oder so was …«

»Ich bin bereit für die Qualitätskontrolle!« Rachels Katersymptome waren endlich verschwunden, und ein großer Bissen Sticky-Toffee-Pudding würde ihr Befinden sicher deutlich verbessern.

»Probieren …«, sagte Jill.

»… geht über Studieren«, ergänzte Rachel lachend. »Dann hol uns doch mal Löffel.«

Jill verteilte zwei großzügige Portionen auf zwei Schüsselchen. Rachel kostete. *Oh!* Der Biskuitteig hatte die perfekte Konsistenz und schmeckte einfach göttlich. Die süße Karamellsoße war noch warm, und zur Krönung gab es einen Klecks Sahne obendrauf, der aufs Schönste zerschmolz. Himmlisch.

»Und?«, fragte ihre Mutter.

Rachel konnte erst einmal gar nichts sagen. Die Geschmacksexplosion in ihrem Mund war zu gewaltig.

»Meine Güte! Ganz ehrlich, Mum – diese Kuchen werden sich auf jeden Fall verkaufen. Sobald die Leute einmal probiert haben, werden sie garantiert gleich den nächsten kaufen wollen!«

»Puh. Danke, mein Schatz. Ich bin stolz darauf, dass ich hoffentlich einen Beitrag zur Aufbesserung unserer Haushaltskasse leisten kann. Du hast in letzter Zeit so viel mehr getan als ich.«

»Ich bin eben noch jünger, und mir fällt die Farmarbeit nicht so schwer. Ich kümmere mich gern um die Tiere, dafür kümmerst du dich um Maisy. Wir arbeiten Hand in Hand.« Rachel mochte die Arbeit auf dem Hof, auch wenn sie manchmal kräftezehrend war. Aber der Hof war ein Teil ihrer Seele. Es war weniger ein Job als ein Lebensentwurf. Sie konnte sich nicht vorstellen, jemals in einem Büro oder in einem Geschäft zu arbeiten – den ganzen Tag dazu verdonnert, in einem Gebäude eingepfercht zu sein.

»Kuchen backen ist der ideale Job für mich. Wenn es gut läuft, meine ich.« Jill war immer noch vorsichtig. »Ich bin zu Hause und kann mich gleichzeitig um Maisy kümmern.«

»Ja, stimmt, das geht sich prima aus.«

»Aber eins nach dem anderen. Lass uns erst mal abwarten, wie unsere Geschäftsidee überhaupt ankommt.« Immer war sie so vernünftig, ihre Mutter. Aber ein bisschen aufgeregt war sie auch, das war Rachel durchaus nicht entgangen.

Als sie knapp zwanzig Minuten später im Auto saßen, die Kuchen sicher in einer Kiste auf Jills Schoß gelagert, sah ihre Mutter Rachel an und sagte sichtlich bewegt: »Ich glaube, dein Vater wäre stolz auf uns.«

Rachel nickte und biss sich auf die Unterlippe. Jetzt bloß nicht anfangen zu heulen! Aber sie konnte sich nicht helfen, schon tropfte eine dicke Träne ihre Wange herunter.

»Ja«, antwortete sie mit einem tapferen Lächeln. »Ja, das glaube ich auch.«

Manchmal fühlte sich der Verlust für sie noch immer so frisch an, auch wenn sie diesen Umstand vor ihrer Mutter zu verheimlichen versuchte. Das hier war nur ein kleiner Schritt, um den Hof wieder auf die Erfolgsspur zu führen. Sie hatten noch einen langen Weg vor sich. Aber trotzdem, es stimmte – sie konnten stolz auf sich sein.

»Ach Mum, ich wünschte, er wäre noch da. Wenn wir nur …« Rachel sprach nicht weiter. Sie konnten die Zeit nun mal nicht zurückdrehen oder mit einem Zauberstab wedeln, und alles wäre wie früher. Aus und vorbei.

»Ich weiß, Liebes, ich weiß.« Jill legte ihr zärtlich die Hand auf die Schulter. »Wir müssen jetzt nach vorn schauen.«

»Ein Schritt nach dem anderen«, sagte Rachel und versuchte zu lächeln, obwohl sie noch immer Tränen in den Augen hatte. Dann riss sie sich zusammen, holte tief Luft und fügte hinzu: »Heute ist ein großer Tag für uns.«

»So ist es!« Ihre Mutter schniefte ebenfalls und wischte sich die Augen. Dann tätschelte sie die Kiste mit den Kuchen, als wäre sie eine Schatztruhe.

»Also los, machen wir uns auf den Weg.« Rachel fuhr los. »Diese Kuchen brauchen ein neues Zuhause.«

Eine Viertelstunde später bewunderten sie stolz das Verkaufsregal mit ihren Kuchen im Kirkton Deli. Brenda hatte sie ganz vorn im Kühlregal platziert. Jetzt war es real: Das hausgemachte Backwerk von der Primrose Farm war käuflich zu erwerben!

»Die sehen toll aus«, sagte Brenda. »Und so eine hübsche Verpackung!«

»Die haben wir Eve zu verdanken«, erklärte Rachel.

»Wunderschön. Ich glaube nicht, dass wir Probleme haben werden, sie zu verkaufen. Vermutlich nehme ich mir sogar heute Abend selbst einen mit.«

»Wenn ich morgen die nächste Lieferung mit Schokoladenkuchen vorbeibringe, bekommst du einen extra – gratis, natürlich«, bot Jill ihr an.

»Das klingt großartig. Danke.«

»Nein, *wir* danken, dass du unsere Kuchen in dein Sortiment aufgenommen hast«, antwortete Rachel.

»Morgen bringen wir dir also noch mal zwölf Stück, okay? Und dann sehen wir weiter. Daumen drücken!« Jill lächelte hoffnungsvoll.

In diesem Moment kam eine Frau in den Laden und begann, sich umzusehen. Sie blieb interessiert vor dem Regal mit den Kuchen von der Primrose Farm stehen.

Rachel bemerkte, dass sie den Atem anhielt. »Dann machen wir uns mal wieder auf den Weg, Brenda. Bis morgen!«

»Danke, ihr zwei.«

Als sie an der Tür standen, musste Rachel sich einfach noch mal umdrehen. Hatte die Frau wirklich Interesse an ihren Kuchen? Sie hörte, wie Brenda fragte: »Kann ich Ihnen vielleicht helfen?«

Da sie ja leider nicht den ganzen Tag hierbleiben konnten, verließen sie den Laden. Aber wie gern hätten sie Mäuschen gespielt!

Wer war wohl ihr erster offizieller Kunde?

Sie feierten ihre Geschäftseröffnung in einem Café auf der Hauptstraße mit Tee für Jill, heißer Schokolade für Rachel und einem Stück Königin-Victoria-Torte für jede von ihnen – zwei

Biskuitböden mit einer Schicht selbstgemachter Marmelade und Sahne gefüllt und mit ein wenig Puderzucker bestäubt.

»Wir haben es echt durchgezogen, Mum.« Rachel strahlte.

Jill lächelte sie an. »Das haben wir. Jetzt wollen wir hoffen, dass es gut läuft und Brenda nicht auf zwei Dutzend Kuchen sitzen bleibt.«

»Ich glaube, es wird sich schnell rumsprechen. Eve sagt allen Bescheid, die sie kennt, und Tom hat versprochen, dass er gleich heute einen Kuchen kaufen wird. Ich hab' ihn heute Morgen getroffen. Ich soll ihm eine SMS schicken, sobald sie im Verkauf sind.« Sie waren sich am frühen Vormittag mit den Quads begegnet. Peinlicherweise war Rachel wieder mal rot geworden. Zum Glück hatte er aber den gestrigen Abend nicht erwähnt.

»Wie nett von ihm.«

»Du bist bald die Kuchenkönigin von Kirkton!« Rachel erhob ihren Becher. »Auf die Primrose Farm und ihre Erzeugnisse! Zum Wohl!«

»Ja, auf unser Wohl! Ist es zu fassen? Wir haben jetzt ganz offiziell eine Kuchenbäckerei! Nicht schlecht für zwei Bauersfrauen!«

Zwischen ihnen herrschte eine positive, aber ungewohnt nervöse Stimmung. Ab jetzt ging es bergauf!

15. Kapitel

Neununddreißig Kuchen und eine Küche

Obwohl ihre Kuchenverkäufe im Kirkton Deli ein echter Fortschritt für sie waren, war Rachel ihre Sorgen noch nicht los. Zwei Wochen war es jetzt her, dass sie ihr Business gestartet hatten, und insgesamt hatten sie bisher neununddreißig Kuchen verkauft – was super war. Aufgrund der steigenden Nachfrage wollten sie die Anzahl der Kuchen, die sie pro Woche auslieferten, erhöhen. Von Brenda erfuhren sie große Unterstützung, und das Feedback der Kunden war wohl durchweg positiv. Tom war extra bei ihnen zu Hause vorbeigekommen, um ihnen für ihren neuen Geschäftszweig alles Gute zu wünschen. Dabei verriet er ihnen auch, dass er bereits beide Geschmacksrichtungen probiert hatte und sehr begeistert war.

Doch an diesem Abend saß Rachel vor ihrem Laptop und ging die Buchungszahlen für den Monat April durch. Die Einnahmen durch die Kuchenverkäufe betrugen gerade mal etwas mehr als fünfzig Pfund für die zwei Wochen. Selbst wenn sich die Nachfrage erhöhte – brachte dieses Geschäftsmodell langfristig wirklich etwas? An Brenda mussten sie ja auch noch einen Anteil zahlen. Was die Einnahmen durch die Farm betrafen, sah es noch düsterer aus: die Kosten stiegen, die Profite sanken. Kein Wunder, dass ihr Vater dem Druck nicht mehr hatte standhalten können.

Dabei kontrollierten Jill und sie strikt ihre Ausgaben. Seit Jahren schon hatten sie sich keine neuen Klamotten mehr gegönnt – wozu auch? Den Schafen und Rindern war es egal, was sie anhatten, und Rachels Sachen endeten sowieso immer mehr oder weniger in einem gammeligen Zustand. Schick war in ihrem Business nicht gefragt, und zum Ausgehen in und um Kirkton reichte ihre normale Garderobe vollkommen.

Theoretisch war ihr Kuchen-Business also ganz gut angelaufen, aber sie mussten die Kapazitäten erhöhen und eventuell auch eine neue Vertriebsquelle finden. Die nächste größere Stadt, in der sie ihre Produkte anbieten konnten, war Alnwick, knapp fünfzig Kilometer entfernt. Nach Abzug sämtlicher Kosten – und Jill berechnete sich nicht einmal einen Stundenlohn – war das die ganze Mühe nicht wert. Rachel seufzte. Sie hatte so große Hoffnungen in diese Idee gesetzt. War sie am Ende vollkommen unrealistisch gewesen?

Natürlich würden sie weiter ans Kirkton Deli liefern, aber sie mussten noch eine andere Vertriebsquelle finden. Konnten sie nicht vielleicht potenzielle Kunden zu ihnen auf die Farm locken? Nur wie?

Rachel machte sich noch eine Tasse Kaffee, auch wenn ein Koffeinschub um diese Uhrzeit vermutlich nicht besonders ideal war. Aber sie musste noch ein bisschen wach bleiben und sich etwas einfallen lassen. Plötzlich hatte Rachel ein schlechtes Gewissen, weil sie ihre Mutter zu dieser unsinnigen Kuchengeschichte überredet und damit Hoffnungen in ihr geweckt hatte. Dabei war das Ganze überhaupt nicht richtig durchdacht gewesen. Die kümmerlichen Gewinne, die sie bisher gemacht hatten, würden wohl kaum das Überleben der Farm sichern.

Ihr entfuhr ein frustriertes Stöhnen.

Es war zwanzig nach vier am nächsten Morgen, als Rachel im Licht der fahlen Morgensonne, die durch ihr Schlafzimmerfenster hereinschien, aufwachte. Ihr war über Nacht eine Idee gekommen. Sie mussten *doch* nicht quer durch Northumberland fahren und Benzin verschwenden, um ihre Geschäftsidee zu promoten. Alles, was sie brauchten, hatten sie auf der Farm!

Kuchen, gebackene Desserts, Aufläufe, eine funktionierende Landwirtschaft … Was machte ihren Hof aus? Dass sich Gäste bei ihnen wohlfühlten. Früher hatten sie im Sommer oft Freunde und Nachbarn zu Grillabenden eingeladen, hatten in der Farmhausküche Kaffeetrinken für wohltätige Zwecke veranstaltet, und an Weihnachten stand ihre Tür jederzeit für Freunde und Familie offen. Selbst der Briefträger schaute dann auf einen Mince Pie – ein traditionelles süßes Weihnachtsgebäck – und ein kleines Schwätzchen vorbei. Einen wärmenden Tee gab es bei ihnen immer, und meistens stand auch eine frisch gebackene Leckerei auf dem Tisch. Jill war diesbezüglich wirklich unübertroffen, deswegen war ihre Geschäftsidee ja grundsätzlich auch gut. Nur wie konnten sie sie profitabler machen?

Maisys Geburtstagsfeier in der Scheune war ihnen auch gut gelungen. Selbstverständlich konnte sich Rachel nicht vorstellen, täglich einen Kindergeburtstag zu veranstalten, doch es wäre nicht schlecht, die Scheune grundsätzlich herzurichten. Strom- und Wasserleitungen lagen im Gebäude, und die alten Steinwände und das gesamte Erscheinungsbild versinnbildlichten das (vermeintlich) idyllische Flair des Landlebens – inklusive Spinnweben, Staub und Heuballen. Mit ein bisschen Mühe und liebevollem Einsatz durch sie selbst und vielleicht sogar mit einer kleinen Finanzspritze durch die Bank konnten sie hier doch ein Hofcafé oder eine Teestube einrichten. Oder eben eine kleine Backstube. Schlagartig setzte Rachel sich im Bett auf.

Ja, sie konnten Gästen Tee und Kaffee anbieten, dazu Kuchen, gebackene Desserts und auch herzhafte Snacks – und zwar direkt hier auf dem Hof. Natürlich auch zum Mitnehmen, zusätzlich zum Verkauf im Kirkton Deli. Jill würde nach wie vor das Regiment an Herd und Ofen führen, und Rachel würde ihr zur Hand gehen und im Café die Gäste bedienen. Und wenn der Ansturm für sie allein nicht mehr zu bewältigen war – groß zu denken schadete nie! – konnten sie ja eine Bedienung auf Stundenbasis einstellen.

Das war's doch! Das war die Idee! Rachel war plötzlich ganz aufgeregt.

Willkommen im Hofcafé auf der Primrose Farm!

16. Kapitel

Großmütter und Kuchen mit Ingwersirup

Rachel wäre am liebsten sofort rüber in Jills Zimmer gelaufen und hätte sie geweckt, um ihr ihre Idee kundzutun. Aber natürlich wollte sie um diese Uhrzeit niemanden wecken, vor allem nicht Maisy. Also blieb sie im Bett und dachte noch eine Weile über ihre Idee nach. Schließlich stand sie auf und holte ihren Laptop, der auf der Kommode stand. Sie setzte sich aufs Bett und begann, nach Gründungsfinanzierungen für ländliche Projekte zu suchen. Alle wichtigen Links und Informationen speicherte sie ab.

Es musste doch Beispiele von anderen Leuten geben, die ihre ehemaligen landwirtschaftlichen Nutzgebäude in Hofcafés umgewandelt hatten. Rachel gab entsprechende Tags in die Suchmaschine ein. Was waren die Fallstricke, wo lagen die Probleme? Mittlerweile war es halb sechs geworden, und sie fühlte sich einerseits zerschlagen, andererseits aber auch inspiriert und rege. Sie hatte tausend Ideen im Kopf, was sie aus ihrer Scheune alles machen könnten. Schließlich klappte sie den Laptop zu, kroch noch einmal unter die Decke und wachte erst auf, als um sieben Uhr ihr Wecker klingelte. Sie hatte vom Backen, glücklichen Tagen auf der Primrose Farm und einem Happy End geträumt.

Als Maisy in der Schule war und sie vom Versorgen der Rinder und Schafe zurück in die Küche kam, fand Rachel dort eine fröhlich vor sich hin summende Jill vor. Sie maß gerade einen Becher Mehl ab; wie immer standen weitere Zutaten auf der Anrichte.

»Könntest du mal eben nachsehen gehen, ob wir noch mehr frische Eier haben, Rachel? Unsere Vorräte schwinden schnell bei den Mengen an Kuchen, die zu backen sind. Wahrscheinlich kommen unsere Hennen bald nicht mehr hinterher!«

»Ja klar, ich geh mal nachsehen. Was machst du heute für eine Leckerei?« Rachel spähte ihrer Mutter über die Schulter und in die Rührschüssel.

»Ich versuche mich an einem Auflaufkuchen mit Ingwersirup. Der Rhabarber ist übrigens auch schon reif, daher dachte ich, es gibt dazu Rhabarberkompott und am besten auch einen Klecks Sahne.«

»Klingt wunderbar. Dann geh ich mal schnell in den Hühnerstall.« Rachel lächelte und zog mit dem Weidenkorb los, der neben der Verandatür stand.

Sie hatten etwa ein Dutzend Hühner und einen Hahn. Es handelte sich fast ausschließlich um Geflügel der Rasse Rhodeländer mit einer guten Legeleistung. Die braunen Eier enthielten ein ansprechend sattoranges Eigelb und schmeckten wunderbar. Tagsüber liefen die Tiere frei auf dem Gelände der Farm herum, abends kamen sie ins Hühnerhaus, damit der Fuchs sie nicht holte. Rachel sah als Erstes dort nach. Im Stroh fand sie neun Eier, aber in der nahegelegenen Hecke und in der Kuhle neben der alten Scheune lagen vermutlich weitere. Die Hennen hatten bestimmte Lieblings-Eiablagestellen.

Kurze Zeit später landeten die Eier in Jills Teigmischung. Ihre altbewährte Küchenmaschine kam diesmal jedoch nicht zum Einsatz. Der Duft nach Ingwer und feinem braunem Zucker erfüllte die Luft und wurde noch intensiver, als die Mischung zwanzig Minuten später in einer großen Pfanne auf dem Herd köchelte.

»Dieser Kuchen wird nach guter alter Art in einer Auflaufform gedämpft.«

»Ich glaube, das wird der absolute Hit«, sagte Rachel lächelnd.

»Meine Mutter hat diesen Kuchen vor Jahren mal gemacht. Ich auch schon mal, aber das ist ewig her. Aber der Duft weckt Erinnerungen!«

Granny Isabel, Jills Mutter, hatte in einem Dorf nahe der schottischen Grenze gelebt, etwa eine halbe Stunde Autofahrt entfernt. Sie war eine warmherzige und freundliche Frau mit einem sehr speziellen Humor, weißen Locken und außergewöhnlich strahlenden grünen Augen gewesen. Jill behauptete, Rachel hätte ihre Augen von ihrer Großmutter geerbt. Als Rachel noch klein war, hatten sie sie oft besucht. Rachel erinnerte sich an eine unbeschwerte Zeit mit langen Spaziergängen und Spielen in den Hügeln rund ums Haus, und sonntags hatte es zum Kaffee immer ein oder zwei verschiedene gebackene Desserts oder Kuchen gegeben – und zwar jeden Sonntag, bis zum Tod der alten Dame vor neun Jahren.

Das Backen war also ein Teil ihrer gemeinsamen Vergangenheit.

»Ja, seltsam, wie ein bestimmtes Aroma Erinnerungen hervorrufen kann«, stellte Rachel fest. »Ich fühle mich ganz oft in eine andere Zeit versetzt, wenn du hier in der Küche etwas Leckeres zubereitest.« Gerade empfand Rachel ein Gefühl von Behaglichkeit und Wärme, dachte an Blechkuchen und Torten, an Suppen und Aufläufe und daran, wie sie nass und durchgefroren mit ihrem Vater von der Feldarbeit ins Haus gekommen war und etwas Schmackhaftes dampfend auf dem Esstisch gestanden hatte.

Sie musste auch an ihre andere Großmutter denken, an

Granny Ruth, die Mutter ihres Vaters. Granny war mittlerweile einundachtzig und Rachels letzte noch lebende Verwandte aus der Großelterngeneration. Ihre Großmutter hatte in dieser Küche gestanden und gebacken, als Rachel noch klein war. Grandma und Grandpa hatten ja hier gewohnt. Leider war ihr Großvater schon vor ein paar Jahren gestorben, und jetzt lebte Ruth allein in einem kleinen Cottage am Rand von Kirkton. Das Farmhaus und den Hof hatte damals ihr Sohn mit seiner Frau übernommen – Rachels Eltern.

Ruth liebte es, Zeit mit Maisy zu verbringen und sich von ihr erzählen zu lassen, was sie alles erlebte und wie es so zuging auf dem Hof. Es war schwieriger für sie geworden, sie auf der Farm zu besuchen, seit ihr Mann gestorben war, aber sie kam trotzdem regelmäßig vorbei. Auch sie war eine begnadete Bäckerin, trotz der Arthrose in ihren Fingern. Eigentlich stand immer ein Crumble oder ein anderer selbst gebackener Kuchen in ihrer Speisekammer.

Rachel schaltete den Wasserkocher ein, während Jill die Anrichte aufräumte und Spülwasser einließ. »Auch einen Tee?«

»Ja, gern. Danke.«

Jetzt war eine günstige Gelegenheit, ihrer Mutter von ihrer nächtlichen Idee zu erzählen. Rachel goss das heiße Wasser in die Teekanne und stellte sie zusammen mit zwei Tassen auf den Küchentisch. Der Tee musste noch ziehen.

»Ich darf die Uhr nicht aus dem Auge lassen. Der Kuchen muss etwa zwei Stunden garen.« Jill setzte sich. »Man weiß ja nie …, aber wenn er mir gelingt, könnten wir diese Variante auch im Deli anbieten.«

»Oh ja, lass uns das unbedingt machen. Hör zu, Mum.« Rachel holte tief Luft. »Ich hab' noch einmal nachgedacht. Deine Backkunst ist fantastisch, und ich freue mich sehr, dass du so begeistert mitmachst und neue Rezepte ausprobierst. Wirklich, das finde ich super.«

»Ich muss zugeben, dass es mir nach meinen anfänglichen Bedenken wirklich Spaß macht. Oh, und Brenda hat mir erzählt, dass eine Frau gestern zwei Kuchen von jeder Sorte gekauft hat, um sie mit nach Hause nach Edinburgh zu nehmen. Sie hatte vorher meinen Sticky-Toffee-Pudding gekostet.«

»Das ist fabelhaft! Nur...«

»Wieso habe ich das Gefühl, dass du mir gleich die Freude verderben wirst?«

»Das habe ich nicht vor. Es ist nur so ... wir müssen die Sache deutlich größer aufziehen.«

»Was meinst du damit, um Himmels willen?«

»Der Kuchenverkauf über das Deli läuft super, das ist sehr erfreulich. Aber selbst wenn wir zwanzig oder von mir aus auch dreißig Kuchen pro Woche verkaufen und uns dafür eine neue Backstube suchen, bleibt uns nach Abzug aller anfallenden Kosten kein großer Gewinn. Sicherlich kein so großer, dass er unseren Hof retten würde.«

»Oh«, sagte Jill ernüchtert.

»Wir sind auf einem guten Weg, Mum, bitte versteh mich nicht falsch. Aber wir müssen größer denken, anders denken. Deswegen habe ich mir überlegt«, Rachel machte eine kleine Pause, bevor sie weitersprach, »dass wir hier auf der Farm unsere eigene Filiale eröffnen könnten.«

»Wie eine Art Markstand oder einen Hofladen?«

»Nicht ganz. Es muss mehr sein als das. Für einen Marktstand liegt die Farm zu ungünstig, zu weit ab vom Schuss. Wir müssen potenzielle Kunden auf andere Weise anlocken – zum Beispiel mit einem netten Café oder einer Teestube. Einem Backparadies.«

»Da hast du dir aber ordentlich Gedanken gemacht! Und wo sollen wir das machen?«

»Ich dachte, wir könnten dafür die alte Scheune nutzen. Maisys Party war doch ein voller Erfolg. Natürlich müssen wir erst ein bisschen renovieren. Ich hoffe, dass wir für dieses Vorhaben Zuschüsse bekommen, aber wir könnten auch etwas von der Pacht zurücklegen, die Tom für die Felder zahlt. Natürlich darf alles nicht zu kostenintensiv werden.«

»Aber Rachel, das klingt mir nach jeder Menge zusätzlicher Arbeit. Die Scheune ist in keinem guten Zustand. Da muss ja dann auch eine Küche rein, das wird garantiert nicht billig.«

»Ich weiß, es gibt viel zu bedenken. Aber lass dir meinen Vorschlag mal durch den Kopf gehen. Ich kann ja in der Zwischenzeit ein paar Kostenvoranschläge einholen.«

»Rachel, das geht mir alles zu schnell. Du warst schon immer ein bisschen voreilig in solchen Dingen.«

»Keine Sorge, diesmal werde ich meine Hausaufgaben machen. Und natürlich geht es nur, wenn du einverstanden bist. Diese Idee funktioniert nur, wenn wir beide an einem Strang ziehen.«

»Hör zu. Ich will nicht, dass wir uns übereilt auf eine so große Veränderung einlassen. Das ist kein Pappenstiel.« Jill sprach mit ruhiger, aber ernster Stimme. »Du hast auch noch die Farmarbeit, die mit mehreren Stunden pro Tag zu Buche schlägt, und Maisy dürfen wir in unseren Überlegungen auch nicht vernachlässigen. Und wenn die ganze Sache nicht funktioniert, stehen wir am Ende sogar noch schlechter da als jetzt und müssen vielleicht sogar den Hof aufgeben. Ich will deinen Plan nicht zunichtemachen, aber das müssen wir uns wirklich gründlich überlegen.«

»Ich weiß, ich weiß. Ich werde alles Nötige in Erfahrung bringen, und so lange konzentrieren wir uns auf den Kuchenverkauf im Kirkton Deli. Hoffentlich macht unser Name bald die Runde, und wir verdienen ein bisschen mehr. Aber natürlich braucht alles seine Zeit.« Rachel holte tief Luft, als sie an die aktuellen Kontoauszüge dachte.

Jill entging ihre sorgenvolle Miene nicht. »Aber viel Zeit haben wir nicht mehr, oder?«

»So, wie unsere finanzielle Lage im Moment aussieht – nein, realistisch gesehen nicht. Also wenn das etwas ist, das wir uns vorstellen können, sollten wir lieber früher als später damit anfangen, unsere Idee in die Tat umzusetzen. Am besten noch vor der Urlaubssaison, dann können wir von den Touristen profitieren. Meinst du nicht auch, das wäre gut?«

Es war allerdings schon Anfang Mai. Konnten sie es schaffen, die Scheune noch vor den Sommerferien auf Vordermann zu bringen? Oder waren das alles nur Luftschlösser?

»Okay, dann werde ich selbst auch recherchieren.« Jill war auf einmal voller Tatendrang. »Ich bin mir sicher, dass eine von meinen Freundinnen jemanden kennt, der so etwas auch schon gemacht hat. Es kommen ja immer wieder neue Projekte auf den Höfen dazu. Ich hör mich mal um. Aber die Sache darf auf keinen Fall schieflaufen, Rachel. Ich bin nicht bereit, ein unnötiges Risiko einzugehen.«

»Das weiß ich, Mum«, antwortete Rachel mit ernster Miene.

Aber gar nichts zu unternehmen war auch nicht gerade eine sinnvolle Option.

Es war ein regnerischer Nachmittag, und Rachel konnte draußen nicht allzu viel tun. Also nutzte sie die Gelegenheit, um lokale Baufirmen und Elektriker zu recherchieren und sich über Fördermittel zu informieren. In einer Regenpause ging sie rüber zur Scheune, öffnete die quietschenden Holztore und schaltete die einzelne Glühbirne ein, die an einem hölzernen Deckenbalken baumelte. Die zwei Biertische von Maisys Party standen immer noch da, ansonsten hatten sie alles weggeräumt. Die groben Steinwände der Scheune und der über die Zeit glatt geschliffene Steinfußboden warteten auf neue Aufgaben. Mit ein bisschen Vorstellungskraft, ein paar Umbaumaßnahmen und viel Arbeit konnten sie aus dieser Scheune wirklich etwas machen.

Durch die geöffneten Tore drang ein Sonnenstrahl herein, und Rachel schloss für einen Moment die Augen und wagte zu träumen. Ja, da hinten in der Ecke konnte man eine kleine Küche samt Holztresen einbauen, dazu eine bunte Mischung aus Stühlen und Tischen im Raum aufstellen, vielleicht auch ein, zwei alte Kommoden, mit etwas Deko ausgestattet. Sie dachte an traditionelles blau-weißes Geschirr oder Ähnliches.

Oh, und dann brauchten sie natürlich eine Theke, auf der sie ihre hausgemachten Leckereien anbieten konnten, die Aufläufe und Kuchen und Kekse – alle möglichen Backwaren und Desserts. Käsekuchen, Pavlovas, Crumbles, Brownies …

»Rachel?« Jills Stimme tönte über den Hof.

»Ich bin hier«, rief sie.

»Oh. Ich hab' mich schon gefragt, wo du bist.« Jill kam herein.

»Ich habe mir nur gerade vorgestellt, wie es aussehen könnte, unser Backparadies. Mit Tischen und Stühlen und gemütlicher Beleuchtung.«

»Ein Tagtraum, was?«

»Nicht nur. Ich möchte, dass das Realität wird. Ich habe da so ein Gefühl … Kannst du dir das vorstellen? Küche und Verkaufstresen da drüben, wo sich deine wunderbaren Backwaren stapeln werden, dazu Gäste, die entspannt bei Tee und Kuchen zusammensitzen und plaudern?«

»Eine schöne Vorstellung. Aber …«, Jill zögerte, sie wollte die Schwärmerei ihrer Tochter nicht zu brutal zerstören, »wir müssen wirklich vorsichtig sein. So viele neue Unternehmungen gehen sofort wieder pleite.«

»Ich weiß.« Aber waren manche Träume das Risiko nicht wert? Oder machte sie sich nur etwas vor? Sie musste einfach noch mehr Erkundigungen einholen.

Zurück im Haus tätigte Rachel einige Anrufe und verabredete Termine mit zwei Baufirmen, die in der kommenden Woche vorbeikommen und ihnen danach einen Kostenvoranschlag machen würden.

Die gute Nachricht war, dass es für ihre Art von Vorhaben verschiedene Möglichkeiten der finanziellen Förderung gab. Wenn man allerdings das Kleingedruckte las, stellte sich schnell heraus, dass die Hauptlast der finanziellen Aufwendungen der Projektinitiator selbst zu tragen hatte und dass es mehrere Monate dauern konnte, bis man das Geld erhielt – selbst wenn die Förderung bewilligt worden war. Woher sie das Geld für diese Eigeninvestitionen nehmen sollten, war Rachel schleierhaft. Aber davon ließ sie sich erst mal nicht abbringen – sie würde einfach ein paar Angebote einholen und sich mit dem Kredit beschäftigen, wenn es so weit war.

Sie verlor sich in ihren Recherchen, und viel zu schnell war es Zeit, Maisy vom Schulbus abzuholen. Es nieselte, deswegen fuhr sie mit dem Auto – Moss sprang mit rein. Rachel hatte kaum ein paar Worte mit Eve gewechselt, als auch schon der Bus kam. Maisy war die Erste, die ausstieg. Sie trug ihre dunkelblaue Schuluniform, ihr Rucksack hing lässig über einer Schulter, ein Strumpf war heruntergerutscht. Aber sie strahlte und rannte zu ihrer Mutter, um sie zu umarmen.

Maisy plapperte aufgeregt davon, dass Eleanors Mutter ihre beiden Rennmäuse Bubble und Squeak heute der Klasse vorgestellt hatte.

Die Kleine kicherte, als sie sagte: »Die waren so süß und ganz frech. Weißt du, was Bubble gemacht hat?«

»Nein.«

Maisy und Amelia schütteten sich aus vor Lachen – es war regelrecht ansteckend. »Er hat auf Mrs. Watsons Hand gemacht.«

»Ups.« Rachel konnte sich vorstellen, was in der Klasse losgewesen war.

»Ups. Pups«, sagte Maisy und kicherte wieder los.

»Komm, Zeit nach Hause zu fahren. Tschüss, Eve, tschüss Amelia.« Rachel winkte ihnen beim Einsteigen zu.

Maisy streichelte Moss liebevoll, als er sie zur Begrüßung abschleckte. »Hey, Mossilein.«

»Los geht's.«

»Darf ich zu Hause eine heiße Schokolade haben?«

»Kommt drauf an. Warst du denn brav in der Schule?«

»Natürlich. Und ich war die Beste!«

»Die Beste sogar? Dann würde ich sagen, hast du dir eine Tasse Kakao verdient.«

»Tschü-hüss!«, rief Maisy Amelia und ihrer Mutter zu, als sie davonfuhren.

Wenig später saßen sie mit ihrem Kakao am Küchentisch. Wie immer nach Grandma Jills Rezept – mit frischer Schlagsahne und Mini-Marshmallows. Zum Abendessen gab es Schinken-Käse-Omelettes und Salat.

»Maisy, ich geh nach den Schafen gucken. Willst du mitkommen und sehen, wie sich Pete auf dem Feld macht? Er ist jetzt schon fast so groß wie die anderen.«

»Oh, wow! Macht es ihm Spaß auf der Weide? Hat er schon neue Freunde gefunden?«

»Wahrscheinlich. Und so verrückt, wie er heute Morgen herumgesprungen ist, würde ich sagen, dass er sehr glücklich ist da draußen und sich über das frische Gras freut.«

Rachel und Maisy schlüpften in ihre Jacken. Es hatte zwar aufgehört zu regnen, aber es wurde schon kühl. Vor allem auf dem Quad, mit dem es sich besser zu den Feldern fahren ließ als mit dem Jeep. Rachel pfiff nach Moss, der sich sofort von seinem Beobachtungsposten auf der Veranda erhob. Leider hatten sie ihn wegen der Hygienevorschriften aus der Küche verbannen müssen, aber er hielt sich dennoch so nah wie möglich bei ihnen auf. Rachel versorgte ihn mit doppelt so viel Aufmerksamkeit wie vorher, und er begleitete sie fast immer auf dem Quad, wenn sie auf der Farm unterwegs war.

Schafe und Lämmer verteilten sich über zwei große Felder. Die frisch geborenen Lämmer waren auf dem Feld untergebracht, das am nächsten zum Hof war. Pete kam aufgeregt angelaufen, als er das Quadbike hörte. Maisy streichelte seinen Kopf und fütterte ihn mit Schaffutter, was ihn augenscheinlich sehr beglückte.

»Hallo Petie, magst du deine neue Weide?«, fragte Maisy ihren vierbeinigen Freund, der mit einem Blöken antwortete. Sie streichelten seinen Rücken – Rachel mochte den kleinen Kerl auch sehr –, dann sahen sie nach den anderen Schafen. Rachel musste feststellen, dass eins der Mutterschafe lahmte – die Klauen mussten geschnitten werden. Sie erledigte es und beendete die Prozedur, indem sie ein Desinfektionsmittel auf den Huf sprühte. Danach fuhr sie mit Maisy nach oben auf den Hügel, wo sie sich nebeneinander ins Gras setzten und sich einen von Jills superleckeren Schokoladen-Brownies teilten. Rachels Blick wanderte auf ihr Farmland hinunter: die sanften grünen Hügel, die Moorlandschaft bei Doddington Hill und weit in der Ferne das dunkelblaue Meer. Es war so friedlich hier oben, so still, nur das Blöken der Schafe und Vogelgezwitscher waren zu hören. Hier saßen sie gern zusammen und erzählten oder kamen einfach zur Ruhe.

»War es heute schön in der Schule, Maisy?«

»Ja. Ich habe heute mit der Neuen gespielt, sie heißt Bethany. Sie war nett, aber nicht so nett wie Amelia. Aber Mrs. Watson hat gesagt, wir sollen sie mitspielen lassen.«

»Das war nett von euch. Vermutlich war sie ein bisschen schüchtern. Es ist nicht immer leicht, wenn man neu in der Klasse ist.«

»So fühlt sich bestimmt auch Pete auf der Weide.«

»Ja, bestimmt.«

»Aber er hat schon neue Freunde gefunden. Ich habe gesehen, wie er mit den anderen Lämmern gespielt hat.«

»Ja, und Bethany hat bestimmt auch bald neue Freundinnen, wenn ihr alle nett zu ihr seid.«

Es war ein inniger Moment zwischen Mutter und Tochter. Sie saßen im Licht der untergehenden Sonne, auf den Weiden ringsum grasten zufrieden ihre Schafe und Rinder. Unten im Tal sah man im Farmhaus das Küchenlicht brennen. Grandma Jill machte sicher gleich auf dem Herd die Milch für Maisy warm, und dann war es auch schon Zeit für die Kleine, schlafen zu gehen. Friedlich war es bei ihnen im Tal, und trotz aller Probleme empfand Rachel ihren Hof, ihr Zuhause, immer noch als einen Ort der Zuflucht.

17. Kapitel

Das Muhen der Kühe

Am nächsten Morgen musste sich Rachel, die gerade nach den Hühnern gesehen hatte, beeilen ins Haus zu kommen, weil das Telefon klingelte. Aber mit einem Korb voll roher Eier ließ sich schlecht schnell laufen. Das Klingeln hörte auf und setzte kurz darauf von Neuem ein. Sie wusste nicht, wo ihre Mutter war, vielleicht hängte sie im Garten die Wäsche auf. Rachel stellte die Eier vor der Haustür ab und rannte ins Haus. Vielleicht war es ja die Schule, etwas mit Maisy.

»Rachel?« Eine Männerstimme, ziemlich ruppig.

»Ja.«

»Ihre Rinder sind bei mir eingebrochen und zertrampeln mir gerade mein Gerstenfeld. Ich schlage vor, Sie kommen sie schnellstens holen.« Es war die unfreundliche Stimme von Mr. Macintosh, ihrem Nachbarn.

Oh verdammt. Kühe konnten einen großen Schaden anrichten, wenn sie wild geworden waren. Offensichtlich waren sie durch die Hecke gebrochen. Mr. Macintosh war zu Recht sauer, wenn sie seine Ernte verwüsteten. *Verdammt. Verdammt.*

Sie griff nach ihrem Autoschlüssel und antwortete. »Bin schon unterwegs, Mr. Macintosh. Auf welchem Feld sind sie?«

»Das werden Sie gleich sehen. Auf dem Feld neben der Straße, wenn Sie Ihre Einfahrt hochfahren.«

Plötzlich dachte Rachel, es wäre vielleicht besser, nicht allein dort aufzutauchen. Rinder waren nicht leicht zusammenzutreiben, vor allem dann nicht, wenn sie in Panik gerieten.

»Ich bin so schnell wie möglich da.« Sie legte auf und rannte in den Garten, wo ihre Mutter tatsächlich mit Wäsche aufhängen beschäftigt war.

»Mum, kannst du schnell mitkommen? Die Kühe sind ausgebüxt.«

»Oje! Hat Macduff die Ladies mal wieder auf dumme Gedanken gebracht?«

Macduff war ihr schwarzer Aberdeen-Angus-Bulle, ein großes und hübsches, aber auch unberechenbares Tier. Jill hängte rasch noch das Hemd auf, das sie in der Hand hielt, und ließ den Rest der Wäsche stehen. »Wo sind sie hin?«

»Offensichtlich zertrampeln sie gerade Macintoshs Gerstenfeld. Er klang alles andere als glücklich.«

»So ein Mist. Ich kann verstehen, dass ihn das nicht gerade erfreut. Und mit diesem Nachbarn wollen wir es uns besser nicht verscherzen.«

Als sie ins Auto stiegen, erzählte Rachel, was er am Telefon zu ihr gesagt hatte.

»Was für ein Albtraum.« Jill wurde blass um die Nase.

Sie wussten beide nur zu gut, welchen Schaden Kühe anrichten konnten. Rachel startete den Geländewagen, und in einer großen Staubwolke rasten sie die Einfahrt hoch. Auf der Fahrt zum Unglücksort schwiegen sie nervös.

Es war schwierig, die Zäune immer alle perfekt in Schuss zu halten. Rachel fuhr sie zwar regelmäßig mit dem Quadbike ab und kontrollierte sie, aber eine einzige Schwachstelle genügte den Tieren, um auszubüxen, wenn sie etwa ein verlockendes Feld auf der anderen Seite des Zauns wähnten oder einfach nur Langeweile hatten. Und dem Gewicht eines ausgewachsenen Bullen hatte ein leicht wackeliger Zaun nichts entgegenzusetzen. Üblicherweise folgte die ganze Herde dem Leitbullen.

Rachel hoffte sehr, dass die Rinder noch nicht allzu viel Schaden angerichtet hatten. Mr. Macintosh hatte allerdings sehr wütend geklungen.

Schon waren sie an Eves Cottage vorbei und näherten sich dem Tor zu Macintoshs Farm. Gleich daneben befand sich das besagte Gerstenfeld. Und da waren sie, etwa ein Dutzend ihrer Rinder, die Kälber im Schlepptau, sowie ein erschöpft wirkender Mr. Macintosh mit einem großen Stock in der Hand, mit dem er versuchte, die Rinder von seiner Ernte fernzuhalten. Als Rachel aus dem Wagen stieg, sah sie allerdings schon die Hufabdrücke und die zertrampelten Ähren auf dem angrenzenden Feld. *Oh nein!*

Sie rannte auf den Mann zu. »Es tut mir leid!«

»Für so was haben wir jetzt keine Zeit. Treiben wir sie zusammen und dann runter von meinem Land. Aber eins sag ich Ihnen gleich: Dafür verlange ich von Ihnen eine Entschädigung!«

»Natürlich«, murmelte Jill, die neben Rachel stehen geblieben war.

Aus unserem Topf mit den Geldreserven, den wir nicht haben, dachte Rachel schweren Herzens.

»Treiben wir sie in diese Richtung, zum Tor«, schlug Rachel vor. »Dann kann ich sie gleich über die Straße nach Hause treiben.«

»Gut, so zertrampeln sie nicht noch mehr von meiner Ernte.«

»Mum, würdest du dich freundlicherweise darum kümmern, den Verkehr auf der Landstraße anzuhalten?«

»Ja, Liebes.«

»Kommt her«, rief Rachel den Kühen zu und fing an, mit den Armen zu rudern. Mr. Mac hatte die Rinder mit seinem lauten Gepolter schon zu sehr aufgeregt, jetzt brauchten sie eine eher ruhige, aber bestimmte Ansprache. »Komm schon, Macduff. Kommt schon, Kühe.«

Mr. Mac verschwand hinter den Ausreißern, die sich gerade an dem von ihm dort eigens abgelegten Grashaufen labten. Sie schauten unbeeindruckt auf, dann setzten sie sich langsam in Bewegung. Nachdem Macduff losgetrottet war, folgten ihm die anderen. Ein Glück.

Mr. Mac setzte sich auf sein Quadbike und umrundete die Herde. Das trieb sie an, schneller zu laufen. Rachel dirigierte sie mit ausgestreckten Armen und ermunternden Worten in die richtige Richtung. Jill ging voran, und die Herde folgte ihr geschlossen auf den Feldweg zu ihrer Farm. Rachels Mutter öffnete das Tor zur ersten Weide, an der sie vorbeikamen. Fürs Erste konnten sich die Rinder dort bei den Schafen aufhalten. Sie würden sie später auf ihre Weide zurückführen – nachdem Rachel sich den beschädigten Zaun auf ihrer Weide angesehen und ihn repariert hatte.

»Ich bitte noch mal um Entschuldigung, Mr. Macintosh«, sagte Rachel beinahe unterwürfig, als sie nun das Gatter schloss. Der sichtlich erschöpfte Farmer hielt mit laufendem Motor neben ihr – das Geknatter kam ihr vor wie eine Fortsetzung seines Gemotzes.

»Was für ein Wirbel.« Mr. Mac schüttelte den Kopf. »Und nicht vergessen: Wegen der Entschädigung melde ich mich noch bei Ihnen.«

Davon war auszugehen. Wahrscheinlich war der Mann auch frustriert, weil Rachel sein kümmerliches Kaufangebot für ihr Land abgelehnt hatte. Sie seufzte innerlich. Noch mehr Geld, auf das sie verzichten mussten. Irgendwas war immer.

Als der alte Mann sein Quad wendete, hörte sie ihn murmeln: »Verdammte Weiber! Tun so, als könnten sie eine Farm führen!«

Rachel spürte, wie die Zornesröte ihr ins Gesicht stieg. Was für eine verdammte Unverschämtheit! So etwas konnte jedem Farmer passieren, egal ob Mann oder Frau. Außerdem war sich Rachel relativ sicher, dass Macintoshs Kühe, als sie noch ein kleines Kind gewesen war, einmal die Primrose Farm gestürmt hatten. Ihr Vater war sehr wütend gewesen damals, auch weil die Gefahr von Krankheitsübertragungen auf ihre Rinder bestand. Nun ja. Es gab offensichtlich Menschen, die mit Beschimpfungen schneller bei der Hand waren als mit ihrem Erinnerungsvermögen.

18. Kapitel

Prosecco, Pläne und Mini-Baisers

Als Maisy am nächsten Morgen in der Schule war, machten sich Rachel und Jill daran, den beschädigten Zaun zu reparieren. Es war ein wunderschöner Tag, warm und trocken, und in den Hecken sangen die Vögel. Von hier oben konnten sie bis hinunter zur Primrose Farm blicken.

Jill erhob sich und streckte sich. Ihr Rücken war steif geworden von der anstrengenden und ungewohnten Arbeit. Sie ließ den Blick in die Ferne schweifen und fragte: »Ist es nicht schön hier?« Ihre Worte klangen fast wie ein Seufzer. »Zu schön, um es zu verlieren.«

Rachel unterbrach ihre Arbeit an dem verrotteten Zaunpfahl und stellte sich neben ihre Mutter. »Ja«, flüsterte sie. Was wollte Jill ihr damit sagen?

»Ich habe in den letzten Tagen viel über unsere Situation nachgedacht, Liebes. Und ich denke, du hast recht – hier muss sich etwas grundlegend ändern. Wir sind in einen gewissen Trott verfallen, aus dem wir wieder herauskommen müssen.«

»Ja. Etwas anderes bleibt uns nicht übrig, Mum. Aber wie hätten wir es sonst machen sollen?« Rachel dachte zurück an die letzten zwei Jahre. Unmittelbar nach dem Tod ihres Vaters war es ihr schon schwergefallen, überhaupt jeden Morgen aufzustehen, den Tag zu überstehen, etwas zu essen. Aber weil ihr Kind sie brauchte und die Tiere versorgt werden mussten, so war sie eben doch jeden Morgen aufgestanden und hatte irgendwie weitergemacht.

»Es ist höchste Zeit, dass wir nach vorne schauen, Rachel. Die Primrose Farm verdient eine erfolgreiche Zukunft, und deine Idee, hier etwas Neues aufzuziehen, erscheint mir als Schritt in die richtige Richtung. Ich habe mir das alles mal durch den Kopf gehen lassen und ... Ja, ich finde, wir sollten das mit der Backstube ausprobieren. Einen Versuch ist es wert.«

»Das finde ich ganz großartig von dir, Mum!« Rachel freute sich, denn sie wusste, dass das für Jill ein großer Schritt war. Aber ganz so einfach war es leider nicht. Ihre Recherche in Bezug auf finanzielle Hilfen war nicht gerade von Erfolg gekrönt gewesen. Man legte ihnen einfach zu viele Steine in den Weg – oder eher: regelrechte Felsbrocken. »Das Problem ist nur ... ich habe mich mal informiert, wie wir an Zuschüsse kommen könnten ... Damit wir überhaupt zuschussberechtigt sind, müssen wir sechzig Prozent der geplanten Kosten selbst aufbringen oder zumindest vorweisen, dass wir es können. Selbst mit der Pacht der zwei Felder und wenn wir ein halbes Jahr eisern sparen, können wir nicht genug beiseitelegen. Unser Hofcafé kann also frühestens im nächsten Jahr Realität werden – und vielleicht nicht einmal dann. Es tut mir leid, Mum. Ich war so begeistert von der Idee, aber wir haben einfach nicht das nötige Startkapital. Ich habe hin und her überlegt, aber ich weiß wirklich nicht, wie wir das stemmen wollen.«

Ihre Mutter schwieg für einen Moment und ließ den Blick über die Landschaft schweifen. Die Felder waren von Weißdornhecken umgrenzt, die jetzt in Blüte standen und die Hügel mit weißen Tupfen verzierten – zusätzlich zu den Schafen, die an den Hängen weideten.

»Ich habe selbst auch etwas Recherche betrieben und ebenfalls festgestellt, dass man eine nicht unerhebliche Summe selbst investieren muss. Aber da ist etwas, das ich dir noch nicht erzählt habe.«

Rachel sah ihre Mutter überrascht an.

»Weißt du, ich habe ein paar Ersparnisse. Nichts Großes. Es ist meine Notreserve, die ich für Maisy vorgesehen hatte, für ihre Zukunft. Das Geld stammt aus der Lebensversicherung, die dein Vater abgeschlossen hatte. Es sind nur ein paar Tausend Pfund, aber vielleicht reicht es ja für die Grundinvestition, die wir für den Ausbau der Scheune benötigen.«

»Aber Mum! Wenn du das Geld für Maisy eingeplant hast, dann soll es auch für Maisy sein.«

»Ja, ich habe es für sie vorgesehen, das stimmt, aber ich finde auch, dass die Idee mit der Backstube genauso Maisys Zukunft betrifft wie unsere. Wenn die Farm anders nicht überleben kann, gibt es für uns alle hier keine Zukunft mehr.«

»Ich weiß nicht recht, was ich denken soll. Eben noch erschien mir das alles in so weiter Ferne, und jetzt …« Rachel konnte es nicht fassen. Natürlich bestand darin auch ein Risiko. Mums letzte Ersparnisse standen auf dem Spiel, genau wie die Zukunft ihres Hofes. Aber die stand ja ohnehin schon auf dem Spiel. »Und was, wenn es nicht funktioniert, Mum? So, wie du es auch schon befürchtet hast?«

»Im Leben gibt es nun mal keine Garantien, Rachel. Sieh doch, was uns schon alles passiert ist …«

Rachel nahm sich die Worte ihrer Mutter zu Herzen. Unten im Tal sah sie das Farmhaus, daneben die alte Scheune. Es war ein verheißungsvoller Anblick, jetzt, im goldgelben Licht der Morgensonne.

»Also?« Jill wartete auf ihre Antwort.

Rachel drehte sich wieder zu ihr um. Sie bemerkte ein Funkeln in ihren Augen – ein Hoffnungsschimmer.

»Wow … Also dann: ja! Ich denke, wir sollten es probieren. Für uns drei.« Rachel grinste.

»Für uns drei«, wiederholte Jill und nahm die Hand ihrer Tochter.

Auf der Primrose Farm war die Aufregung aufgrund des neuen Projektes deutlich zu spüren. Rachel hatte eine ortsansässige Baufirma gefunden, die einen guten Ruf hatte und sich um den Aus- und Umbau der Scheune kümmern würde. Man hatte ihnen ein vernünftiges Angebot gemacht. In vier Wochen, sprich Mitte Juni, sollten die Arbeiten beginnen. Für den Umbau selbst waren weitere vier Wochen veranschlagt, also konnten sie das Hofcafé vielleicht schon Mitte Juli eröffnen – rechtzeitig zu Beginn der Sommerferien.

In der Zwischenzeit buk Jill fleißig weiter ihre Sticky-Toffee-Puddings und Schokoladenkuchen fürs Kirkton Deli. Die Arbeit auf der Farm ließ Rachel nicht zur Ruhe kommen. Wenigstens waren jetzt alle Kälber da, und die Rinder waren wie die Schafe auf der Weide. Das machte Rachel das Leben etwas leichter, und so fand sie ein bisschen Zeit, um Jill in der Küche zu helfen.

Gerade hatten sie einen Eilauftrag bekommen. Brenda hatte angerufen und ihnen mitgeteilt, dass die Kuchen weggingen wie warme Semmeln, und so machten sich Rachel, Jill und Maisy am Nachmittag gemeinsam an die Arbeit. Das Radio lief, und sie sangen eins von Jills Lieblingsliedern mit, »There She Goes« von The La's. Jill verteilte klebrige Karamellsoße über dem Biskuitteig, den sie in den Folienschalen gebacken hatte, Rachel war fürs Aufsetzen der Deckel zuständig, und Maisy legte das schöne Papier zurecht, mit dem Rachel die Schalen verpackte und danach noch mit dem Satinband versah.

Maisy stapelte anschließend die Kuchenpakete vorsichtig übereinander in einer Pappkiste, in der sie ausgeliefert wurden.

»Das machst du sehr gut, Maisy«, lobte Rachel sie. Ihre Tochter war voller Ernst bei der Sache. Mit gerunzelter Stirn konzentrierte sie sich darauf, dass sie die Behälter nicht schief hielt.

»Hast du noch was übrig, Grandma?«, fragte Maisy hoffnungsvoll, als sie den letzten Kuchen in die Kiste gestellt hatte. »Wir müssen doch probieren, ob die Kuchen gut geworden sind.«

»Ja, Qualitätskontrolle ist wichtig«, pflichtete Rachel ihr grinsend bei.

»Ich kenne euch zwei doch! Im Kühlschrank steht ein Schokokuchen, den ich für euch zurückbehalten habe.«

»Das hören wir gerne.« Rachel zeigte Maisy ein »Daumen hoch«, die daraufhin anfing zu kichern.

»Es schadet nicht, seine Helfer bei der Stange zu halten«, stellte Jill lächelnd fest.

»Genau«, sagte Maisy.

»Ja, sonst treten wir nämlich in Streik. Was, Maisy?«

Endlich herrschte wieder gelöste Stimmung im Haus. Die Kuchenproduktion hatte den alten Schwung zurückgebracht.

Abends suchte Rachel im Internet nach Einrichtungsinspirationen für die Scheune. Natürlich durfte es nicht zu teuer sein, aber sie wollte der Scheune einen typischen Landhausstil verpassen, der einladend und gemütlich war. Sie hatte Fotos von weiß bemalten Möbeln ausgedruckt, und als Beleuchtung hatte sie wunderschöne Kronleuchter entdeckt, die man gut an den mächtigen Deckenbalken aufhängen konnte. Sie würden für einen Hauch Glamour sorgen. Aber vermutlich können wir uns die Leuchter ohnehin nicht leisten, dachte Rachel bedauernd. Auch der Bereich rund um den Verkaufstresen musste ansprechend gestaltet werden. Leider fehlte ihr im Moment die rechte Vorstellungskraft, wie das aussehen konnte.

Sie brauchte dringend Unterstützung von jemandem mit einer künstlerischen Ader. Also erzählte sie Eve am nächsten Tag an der Schulbushaltestelle von ihren neuesten Plänen.

»Das klingt ja fabelhaft, Rach. Wir beide sollten dringend ein gemeinsames Brainstorming machen und uns jede Menge Sachen zur Gestaltung eures Hofcafés ausdenken. Die besten Ideen kannst du dann Jill vorstellen. Was meinst du? Möchtest du irgendwann diese Woche mal abends vorbeikommen?«

Gute Idee. Sie sollte erst mit ihrer kreativen Freundin sprechen, bevor sie Jill allerhand ungeordnete Ideen auftischte.

»Perfekt. Mum wird gern für einen Abend auf Maisy aufpassen.«

»Dann sag mir Bescheid, wann du kommst. Bring die Fotos von den Möbeln mit und was du sonst noch so an Inspiration gefunden hast. Und«, fügte sie mit einem Zwinkern hinzu, »vergiss den Prosecco nicht. Nichts fördert die Kreativität so sehr wie ein kleines bisschen Blubberwasser.«

»Das wollte ich hören! Wunderbar. Danke, Eve!«

Sie verständigten sich für ihren Prosecco- und Planungsexzess auf den Donnerstagabend.

Rachel hatte Maisy noch ins Bett gebracht, und Jill hatte vor, den Abend zu nutzen, um weitere Schokoladenkuchen auf Vorrat zu backen. Nach getaner Arbeit wollte sie sich ein Vollbad einlassen und in ihrem Krimi weiterlesen.

»Und jetzt ab mit dir«, sagte sie zu Rachel. »Es kann gerne später werden, mach dir wegen der Uhrzeit keine Gedanken. Also dann, genieß den Abend!«

Rachel fuhr mit dem Quad zu Eve. Falls sie zu viel Prosecco trinken sollte, konnte sie das Ding einfach stehen lassen und es am nächsten Tag abholen. Es war ein milder Abend, nur leicht bewölkt. Die Abende wurden wieder länger, und es war noch hell, als Rachel aufbrach, obwohl sich am Himmel schon die ersten Sterne zeigten. Eve begrüßte sie mit einer Umarmung und einem Kuss auf die Wange und schlug vor, sich in den Garten zu setzen.

»Im Haus ist nach wie vor kein Platz«, entschuldigte sie sich. »Ich stecke wieder mitten in einem Auftrag, überall fliegen Filz- und Wollreste und Pailletten rum. Es sieht aus wie in einem Kurzwarenladen!« Eve lachte.

»Darf ich sehen, woran du gerade arbeitest?« Rachel liebte die Dinge, die ihre kluge und künstlerisch begabte Freundin herstellte. Sie war so talentiert! Vielleicht hatte sie ja sogar etwas im Angebot, dass sie in ihrem Hofcafé verkaufen konnten. Denn sie und Jill liebäugelten mit dem Gedanken, eventuell einen kleinen Laden für Kunsthandwerk zu integrieren. Das musste sie Eve noch berichten. Sie wollten ihre Kuchen und die anderen Backwaren auch zum Mitnehmen anbieten, und Rachel konnte sich gut vorstellen, auch ein paar von Eves Kreationen anzubieten. Kinderspielzeug, Geschenke, Holzschilder, Kerzenhalter und solche Dinge. So konnte sie sich für ihre Hilfe revanchieren und ihr eine zusätzliche Plattform bieten, um ihre Waren und ihr Talent zu präsentieren. Zumal Eve darauf bestanden hatte, kein Geld für ihre Designentwürfe zu nehmen.

»Na gut, dann komm mit ins Esszimmer – bzw. mein Studio. Ich muss dich allerdings warnen – es sieht echt schlimm aus.«

Alle möglichen Materialien, Nadelsets, bunter Karton, Scheren, Wollknäuel, Spulen mit farbigen Bändern und mittendrin fertige Spielzeuge aus Filz und Stoff. Niedliche Gestalten waren das, die Eve gebastelt hatte: ein rotes Eichhörnchen, ein Hase, ein Igel, Mäuse, Schafe, Kühe, Hunde und Katzen, von denen einige Tweedwesten trugen oder Mini-Schürzen mit Blumenmuster. Manche hatten auch eine Krawatte oder eine Fliege um. Den Igel einzukleiden musste besonders schwierig gewesen sein! Die Tiere ähnelten den Fingerpuppen, die Eve für Maisys Party gemacht hatte, waren aber etwas größer und leichter zum Festhalten für Kinder.

»Sind die süß, Eve!«

Dann entdeckte Rachel die Holzarbeiten auf der Kommode. Herzen und Sterne und Schilder, auf denen »Home Sweet Home« oder »Das Leben ist schön« stand. Rachel gefielen vor allem die Untersetzer aus künstlich gealtertem Holz mit der Aufschrift »Gin Time« oder »Prosecco-Momente«. Außerdem stand dort eine Kiste mit handgemachten Grußkarten. Rachel sah sie durch und entdeckte einige dreidimensionale Karten mit ausgeschnittenen Motiven, die alle wunderschön gearbeitet waren. »Happy Birthday«, »Danke«, »Das Baby ist da« und so weiter. So was würde sich in ihrem Café bestimmt gut verkaufen.

»Du bist echt der Hammer«, sagte Rachel und lächelte ihre Freundin an. In diesem Moment fiel ihr Blick auf eine wunderschöne Wimpelkette an einem weißen Satinband, die perfekt an einer Kinderwiege aussehen würde. »So toll, Eve! Meinst du, du könntest uns für unser Café auch so eine Wimpelkette machen? Irgendwas vintagemäßiges? Ich weiß zwar noch nicht mit welcher Farbe als Grundthema, aber ich hatte an weißes Mobiliar gedacht. Mal sehen, was sich dazu am besten macht.«

»Ja, klar. Wir brainstormen zu den Themen Kuchen, Hofcafé und Scheune. Aber jetzt gibt's erst mal ein Gläschen Prosecco«, verkündete Eve.

Sie nahmen im einsetzenden Dämmerlicht an dem kleinen schmiedeeisernen Tischchen Platz. Zum Prosecco reichte Eve selbstgebackene Mini-Baisers und frische Erdbeeren.

»Ich freue mich so für euch und euer Projekt.« Eve lächelte. »Nach allem, was ihr durchgemacht habt, bin ich doppelt stolz darauf, dass ihr diesen Schritt wagt. Das ist sehr mutig von euch und auch sehr bewundernswert, und ich glaube wirklich, dass das klappen kann.«

»Das will ich schwer hoffen.« Rachel trank einen Schluck Prosecco.

»Erinnerst du dich, welche großen Träume und wilden Ideen wir früher hatten? Immer, wenn wir Verkleiden gespielt haben, wollte ich Modedesignerin werden und hab dich in alle möglichen bunten Schals und Strickjacken gehüllt ...«

»Und heute machst du eigentlich genau das – du entwirfst Kinderpullover und Strickspielzeug.«

»Das ist aber nicht gerade was für die Londoner Fashion Week ...«

»Nein, aber du brauchst dein Licht trotzdem nicht unter den Scheffel zu stellen. Deine Kreationen sind toll, und du kannst dein Talent ausleben, deine Leidenschaft, deine Kreativität.«

Eve nickte und lächelte. »Und du warst damals schon die Pragmatischere von uns beiden, hast dich in Gummistiefeln wohler gefühlt als in schicken Schuhen. Obwohl es mir mal gelungen ist, dich dazu zu bringen, in den Stilettos deiner Mutter herumzuspazieren, die dir natürlich viel zu groß waren. Aber du hattest schon damals Pläne für eure Farm. Und als Teenager wolltest du unbedingt Agrarwissenschaften studieren, um die neuesten Entwicklungen in der Landwirtschaft kennenzulernen. Du wolltest alles auf den Kopf stellen.«

»Ja, und dann kam Maisy«, stellte Rachel fest. Das war dann ihre Realität gewesen.

»Richtig, du musstest deine großen Ideen erst mal für eine Weile auf Eis legen. Dafür hast du deine Sache als Mutter wirklich gut gemacht. Auch das ist eine echte Leistung.«

»Und kurz danach wurdest du mit Amelia schwanger«, fügte Rachel hinzu.

»Ja, aber ich war ja schon lange mit Ben zusammen und wollte unbedingt ein Kind. Vermutlich hast du mich mit deiner Schwangerschaft angesteckt. Das Leben kann sich manchmal in Sekundenschnelle ändern.«

Sie schwiegen beide einen Moment. Für die Primrose Farm waren danach schwere Zeiten angebrochen. Sogar Eve musste seufzen, sagte dann aber mit einem Lächeln: »Und jetzt das – ihr steht kurz davor, wesentliche Veränderungen auf der Farm vorzunehmen. Vielleicht ist es nicht genau das, was du dir damals als Teenager erträumt hast, aber trotzdem ziehst du die Sache mit dem Hofcafé kraftvoll und entschlossen durch.«

Rachel sah Eve an. Wie schön, wenn eine Freundschaft so viele Jahre überdauerte! Sie war ganz gerührt von Eves Worten. Aber vielleicht überschätzte sie ihren Mut ja? »Nur fühle ich mich manchmal gar nicht so stark, wie ich anscheinend rüberkomme …«

»Das ist doch vollkommen normal, Rach. Und genau in dem Moment, komme ich dann ins Spiel oder deine anderen Freundinnen oder jemand aus deiner Familie.«

Rachel hatte plötzlich Tränen in den Augen. »Jetzt sieh dir an, was du angerichtet hast!« Sie hob rasch das Glas mit der perlenden Flüssigkeit an ihre Lippen. »Wirklich lecker, dieser

Prosecco. Jetzt sollten wir aber mal mit dem Brainstormen anfangen.«

»Unbedingt.« Eve steckte sich eine Erdbeere in den Mund. »Hier ist Papier, da sind Stifte – einfach alles aufschreiben, was uns einfällt!«

»Genau. Was das Café oder von mir aus auch die Teestube angeht«, sagte Rachel voller Tatendrang, »habe ich schon ziemlich konkrete Vorstellungen für den Look und das Mobiliar. Darf ich sie dir kurz skizzieren?«

»Schieß los.«

»Ich dachte an einen gehobenen Landhausstil mit einer guten Mischung aus alt und neu. Es soll ein Ort werden, an dem man sich gern mit seinen Freunden entspannt, an den man aber auch mal seine Großmutter zum Mittagessen entführt. Ich habe ein paar Bilder von entsprechenden Lokalen auf dem Handy gespeichert. Warte, ich zeig sie dir. Hier. So einen Verkaufstresen wie diesen könnte ich mir zum Beispiel vorstellen, alles aus Naturholz. Die Theke für die Kuchen und anderen Backwaren sollte aber natürlich aus Glas und mit Kühlung sein.«

»Natürlich. Und die Kuchen sind ja sowieso die Stars der Veranstaltung.«

Rachel zeigte Eve ein paar Bilder. »Die Steinwände sollen eigentlich so bleiben, wie sie sind, finde ich«, fuhr sie fort. »Und die Möbel würde ich gerne weiß streichen. Zu den Tischen und Stühlen vielleicht ein oder zwei Kommoden, die man mit ein bisschen Deko ausstaffieren kann.«

»Oh ja, das klingt gut! Was hältst du denn von Einmachgläsern mit kleinen Trockenblumensträußchen auf den Tischen? Und die Tischnummer könnte man auf große Holzlöffel schreiben. Das würde doch auch gut zum Oberbegriff Backen passen.«

»Stimmt. Sehr gut. Blumen sind immer gut, und kleine Strohblumensträußchen sind auch nicht so teuer. Und – falls wir uns das jemals leisten können … Mein Traum wären diese beiden Glaslüster, nicht ganz so groß wie die auf dem Foto. Darin fängt sich das Licht so schön, das gäbe dem Raum eine besondere Note.«

»Kronleuchter in einer Scheune – das ist mal was anderes. Kann ich mir aber auch sehr gut vorstellen.«

»Ich fürchte nur leider, dass sie zu teuer für uns sind. Ich hab' mir nämlich schon mal ein paar Preise angesehen«, gab Rachel zu. »Nur wenn ich Tische, Stühle und sonstige Einrichtungsgegenstände aus zweiter Hand bekomme, ist vielleicht noch genug Geld für die Leuchter da. Aber das bleibt abzuwarten. Es gibt wichtigere Dinge, um die wir uns zuerst kümmern müssen.«

»Ich hoffe sehr, dass das mit den Kronleuchtern klappt. Sie gäben dem Café einen glitzernden, fast magischen Touch.«

»Und eine andere Sache möchte ich auch unbedingt haben. Das heißt, ich wollte dir einen Vorschlag machen. Mit Mum gesprochen habe ich deswegen schon.«

»Ach ja? Was denn?«, fragte Eve neugierig.

»Hättest du Lust, ein paar deiner Kunsthandwerkssachen bei uns zum Verkauf anzubieten? Ich dachte an eine eigene Vitrine mit dem Schild ›Original-Handwerkskunst aus Eves Cottage‹ oder so ähnlich.«

»Ist das dein Ernst?«

»Ja klar! Deine Kuscheltiere und Strickwaren würden sich doch super machen in solchen Vintage-Regalen und dazu deine Holzarbeiten und die selbstgemachten Grußkarten. Ich finde, das wäre eine wunderbare Ergänzung für unsere Teestube.«

Eve sah sie überrascht an. Was für eine tolle Idee!

»Und wenn wir uns auf einen Preis einigen können«, spann Rachel die Idee weiter, »können wir ja vielleicht einen geringen Anteil Provision berechnen.«

»Das ist eine super Sache. Ich darf allerdings meine Onlinebestellungen deshalb nicht vernachlässigen.«

»Natürlich nicht! Aber ich weiß, dass du jede Menge Sachen auf Lager hast. Guck doch mal, was sich alles in deinem Esszimmer stapelt. Die Vitrine wäre eine zusätzliche Verkaufsgelegenheit für dich. Und regionales Kunsthandwerk ist stark im Kommen.«

»Handwerkskunst aus Eves Cottage. Ich hab' mir selbst noch nicht mal einen Namen für mein Unternehmen überlegt, aber der gefällt mir. Darf ich mir den klauen?«

»Logisch.«

»Das ist alles so aufregend! Ich finde, das schreit nach einem zweiten Glas Blubberwasser!«

Sie füllten die Gläser noch einmal auf.

»Wer hätte das gedacht? Wir machen bald Geschäfte zusammen!« Eve grinste. »Und natürlich liefere ich euch auch weiterhin die Verpackungen für eure Kuchen, wenn ihr damit zufrieden seid.«

»Das sind wir. Es ist toll, dass wir dich mit ins Boot holen konnten, meine liebste Freundin«, sagte Rachel mit einem glücklichen Lächeln.

Dieses Planen unter Prosecco-Bedingungen war fabelhaft. Wer hätte gedacht, dass ein Business-Meeting so lustig sein konnte? Sie stießen an und plauderten über die Kuchensorten, die sie unbedingt auf der Karte haben sollten. Um ein paar Fotos auszudrucken, die einem schon vom bloßen Ansehen das Wasser im Mund zusammenlaufen ließen, gingen sie kurz ins Haus. Dann hefteten sie die Bilder an eine Pinnwand, die

Eve extra für ihr Brainstorming vorbereitet hatte. Bei den Kuchen handelte es sich um den berühmten Sticky-Toffee-Pudding und Jills begehrten Schokoladenkuchen, eine Pavlova mit Sommerfrüchten, ein Bananen-Toffee-Dessert, eine Biskuitschnitte mit Sirup, einen Apple-Crumble, einen Brotauflauf, Schokoladen-Brownies sowie Rachels legendären Käsekuchen mit weißer Schokolade und Himbeeren, vom dem Eve sagte, er wäre ein absolutes Muss.

»Ich schätze mal, Mum wird alle Hände voll zu tun haben«, stellte Rachel fest, als sie sich wieder draußen hinsetzten. »Ich sehe mich selbst auch schon die Küchenschürze umbinden.«

Sie seufzte zufrieden, als sie sich ein Baiser und die letzte Erdbeere in den Mund steckte. Von hier hatte man einen wunderbaren Blick ins Tal. Die Sonne ging unter, und der Himmel bot ihnen ein atemberaubendes Farbenspiel. Dabei kam die Natur langsam zur Ruhe; nur hier und da zwitscherte noch ein Vogel oder blökte ein Lamm. Über ihnen schoss eine Schwalbe auf der Jagd nach Insekten durch die Luft, und unten im Tal hörte man die Geräusche eines Traktors – vielleicht war Tom noch unterwegs auf dem Feld. Der Gedanke an ihn erfüllte Rachel mit Freude.

»Ist es nicht ein großes Glück, dass wir hier leben dürfen?«, fragte Rachel. »An einem so schönen Abend wie diesem fällt mir das besonders auf. Man muss sich nur mal die Zeit nehmen, alles bewusst in sich aufzusaugen.« Es wurde dunkel, und die beiden Freundinnen genossen den Augenblick. Sie waren wie umhüllt von einer Wolke aus Liebe und Freundschaft.

»Ja, normalerweise geht das in der Hektik des Alltags unter«, pflichtete Eve ihr bei. »Ich liebe es auch, hier zu leben. Es ist ein kleines Stückchen Himmel … Oh, entschuldige bitte.« Eve unterbrach sich, als ihr bewusst wurde, was sie gesagt hatte.

»Ist schon gut, ich weiß, was du meinst. Und es ist ja auch himmlisch hier – trotz allem. Trotz aller Schmerzen und Trauer der letzten zwei Jahre liebe ich diesen Ort, die Farm, unser Leben.« Rachel blickte hinaus auf die dunkler werdenden Schatten und Hügel im Tal. Sie kannte hier jedes einzelne Feld und jeden einzelnen Weg. »Ich kann mir gar nicht vorstellen, irgendwo anders zu leben.«

Eve legte ihr die Hand auf die Schulter und nickte.

Rachel saß eine Weile schweigend da und schwelgte in Erinnerungen. Ihr Kopf war aber auch voll von Träumen, von Plänen für eine neue Primrose Farm.

Das alles war aufregend und wunderbar, auch wenn eine Menge auf dem Spiel stand. Aber dieses Risiko mussten sie eingehen. Ihre neuen Pläne mussten einfach ein Erfolg werden!

19. Kapitel

Handwerker und Biskuitrolle

Rachel saß mit einer Tasse dampfendem Tee am Küchentisch. Sie war verärgert. Schon wieder war eine Mail von Jake gekommen, in der er sich nach Maisys Befinden erkundigte.

Schon bei seiner letzten Nachricht war sie wütend auf ihn gewesen. Erstens hatte sie nicht recht gewusst, wie sie ihm antworten sollte, und zweitens war zu diesem Zeitpunkt gerade alles drunter und drüber gegangen auf der Farm. Maisy hatte eine Dankeskarte für ihren Vater gebastelt, mit viel Glitzer und Aufklebern und einem selbstgemalten Bild von Lämmchen Pete. Erst als sie die Karte abschicken wollten, fiel Rachel auf, dass sie keine Adresse hatte, an die sie sie schicken konnte, und per E-Mail war es ja schlecht möglich. Darüber war Rachel echt sauer gewesen.

Aber ihr war natürlich trotzdem klar, dass Maisy Kontakt zu ihrem Vater haben sollte, wenn sie es gerne wollte. Sie sollte dieses Mal antworten und Jake ein aktuelles Bild ihrer Tochter schicken und ihn bitten, ihr eine Postanschrift mitzuteilen, damit Maisy ihm die Karte schicken konnte. Hätten sie nicht das gemeinsame Kind, wäre Rachel wunderbar ohne Jake ausgekommen. Die Tatsache, dass er auf einmal ein so starkes Interesse an Maisy hatte, kam Rachel spanisch vor, und sie hatte keine Lust, sich mit ihm herumzuschlagen. Wieso glaubte er eigentlich, immer wieder nach seiner Lust und Laune in ihrem und Maisys Leben auftauchen zu können? Aber Jake war einfach immer schon ein widerlicher Egoist gewesen.

Immerhin hatte sie ein spannendes Projekt, das sie von ihrem Ex ablenkte. Nach den sehr anstrengenden vergangenen Wochen hatten sie endlich den Startschuss für das Projekt Hofcafé gegeben. Schon bald würde in ihrem Hof ein Haufen Bauschutt lagern, und die Luft war schon jetzt von Bohrgeräuschen, Hämmern und lautem Scheppern erfüllt. Rachel, der nicht nur wegen der Sache mit Jake der Kopf schwirrte, hielt es nicht mehr aus.

»Ich kann diesen Lärm nicht ertragen!« Rachel unterbrach ihre Arbeit am Laptop. So konnte sich doch niemand auf irgendwelchen Verwaltungskram konzentrieren!

Rasch machte Jill alle Fenster in der Küche zu, obwohl es ein schöner, warmer Tag war. Aber so kam wenigstens nicht auch noch der Staub von draußen herein.

»Der Dreck hat sich auf meine Kuchen gesetzt«, schimpfte sie. Die neueste Lieferung fürs Deli stand zum Abkühlen auf der Anrichte.

»Dann gibt es heute eben ein besonders knuspriges Topping«, meinte Rachel trocken. »Aber immerhin bedeuten Staub und Lärm, dass es vorangeht.« Die Handwerker hatten aufgrund einer Verzögerung bei einem vorigen Projekt erst eine Woche später als verabredet anfangen können, deswegen freute sich Rachel, dass sie da waren.

»Ich weiß. Viel mehr Zeit hätten wir nicht ungenutzt verstreichen lassen dürfen, aber nun stehen uns ein paar laute und volle Wochen bevor«, stellte Jill fest. »Das ist dann wohl der Preis des Fortschritts. Doch wenn alles gut läuft, werden wir schon in wenigen Wochen unser Hofcafé eröffnen können.«

»Ja. Ich kann's noch gar nicht fassen. Wir machen es tatsächlich wahr, Mum.«

Der Elektriker kam vorbei, um sich die Leitungen in der Scheune anzusehen und gegebenenfalls erste Veränderungen vorzunehmen. Rachel freute sich auf ihn. Er war ein freundlicher Mann, mit dem sich gut ein Schwätzchen halten ließ, und vor allem hatte er einen fähigen Eindruck gemacht, als er vor ein paar Wochen zum ersten Mal dagewesen war und eine erste Einschätzung nebst Kostenvoranschlag vorgenommen hatte. Er hieß Carl, hatte blonde Haare und grüne funkelnde Augen. Erstaunlich, dachte Rachel, dass mir sein Gesicht so präsent ist …

»Kann ich dir noch bei irgendwas helfen, Mum?«, fragte Rachel, um nicht vollends in Tagträumen zu versinken.

»Im Moment nicht, danke. Alle Kuchen sind fertig. Ich möchte aber ein paar neue Rezepte für den Eröffnungstag ausprobieren. Immerhin müssen wir unsere zukünftigen Gäste ja mit einer spannenden Auswahl locken.«

»An was hattest du denn gedacht?«

»Wenn wir eröffnen, sind wir mitten im Hochsommer. Ein leichter Sommerkuchen wäre daher angebracht. Hab ich ewig nicht mehr gemacht dieses Rezept. Eine Biskuitrolle mit dunkler Schokolade und Himbeeren.«

»Klingt vorzüglich!«

»Und sieh dir das mal an. Ich war auf der Suche nach ein paar altmodischen, traditionellen Rezepten und bin auf Ruths ›Spotted Dick‹ gestoßen, einen Dessertkuchen mit Trockenfrüchten und Vanillesoße. Das Rezept steht in der Backbibel. Aber guck mal …« Jill grinste, als sie Rachel die betreffende Seite zeigte.

Ein loses Blatt war zwischen die Seiten gelegt und von Ruths säuberlicher Handschrift bedeckt. Daneben war – in Kinderschrift – ein »Hahaha!« gekrickelt und eine zum Titel des Dessertkuchens unmissverständlich passende Zeichnung. Rachel grinste. Das war garantiert ihr Vater gewesen, als er noch klein war!

»Wie lustig! Ob Ruth damals böse auf ihn war?« Rachel konnte sich die beiden vorstellen: ihr Dad mit seiner Mutter, wie sie zusammen in der Küche standen und Kuchen buken. Oder ihr Dad, der am Tisch saß, seine Hausaufgaben machte und Bildchen ins Kochbuch kritzelte, wenn seine Mutter nicht guckte.

»Ich muss das Rezept unbedingt ausprobieren – und noch ein paar andere. Mal sehen, was dabei herauskommt und welche euch am besten schmecken.«

»Das heißt, wir werden in den kommenden Wochen deine Versuchskaninchen sein?«

»In der Tat.«

»Ach herrje! Was man nicht alles auf sich nehmen muss als Unternehmensgründerin!« Rachel zuckte die Achseln. »Die Kuchenbranche ist wirklich ein knallhartes Business.«

Jill lächelte.

»Ich dreh eben noch eine Runde mit Moss und treib dann die Schafe zusammen. Die Schur steht an. Big Bob kommt morgen rein«, erklärte Rachel.

Big Bob war professioneller Schafscherer und reiste während der Schurzeit über Land zu den verschiedenen Höfen, auf denen es Arbeit für ihn gab. Auf der Primrose Farm warteten einhundertneunzig Muttertiere und drei Böcke – die sich nicht ganz so leicht zu Boden ringen ließen – darauf, geschoren zu werden. Die Schafschur nahm einen vollen Tag in Anspruch und fand mindestens einmal im Jahr statt. Traditionell wurden die Schafe im Frühsommer geschoren, damit sie für die heißen Sommermonate von ihrem schweren Winterfell befreit waren und sich keine Parasiten in der Wolle einnisten konnten. Rachels Aufgabe bestand darin, zusammen mit Moss die Tiere auf die Weide zu treiben, die am nächsten zur Ablammscheune gelegen war. In der Scheune fand am Folgetag die Schur statt.

Dann mussten auch Simon und Jill mit anpacken. Alle wurden gebraucht, wenn Big Bob sich ans Werk machte. Rachel wusste zwar, wie man Schafe schert, aber sie war nicht besonders erfahren darin. Deswegen sahen sowohl die Vliese als auch die von ihr geschorenen Schafe hinterher nicht besonders schön aus. Außerdem brauchte man viel Kraft dafür, gerade bei so vielen Tieren – deswegen fungierte sie traditionell lieber als Helferin des Scherers. Sie war dafür verantwortlich, die Wolle zu sortieren und die Vliese zu stapeln. Die brauchbare, gute Wolle wurde später in Säcke gestopft, die sie mit der alten Schurnadel ihres Großvaters zusammennähte und die dann in den Verkauf ging oder anderweitig abgeholt wurde.

Es war Schwerstarbeit, und es stank. Schon vor der Scheraktion wusste Rachel, dass sie es am Abend dieses Tages in den Knochen spüren würde. Sie freute sich schon jetzt auf das heiße Wannenbad, das sie sich traditionell hinterher gönnte.

Am Tag nach der Schafschur wachte Rachel früh am Morgen auf. Ihr Körper schmerzte zwar von der anstrengenden körperlichen Arbeit, aber vor drei Tagen hatten die Renovierungsarbeiten in der Scheune begonnen, und sie wollte unbedingt einen Blick darauf werfen. Sie lief in den Hof, öffnete erwartungsvoll das Scheunentor und sah – ein einziges Chaos. Alles war voller Staub und Dreck, und der Fußboden war aufgerissen, weil er geebnet werden sollte, kurz: Der Raum war nicht wiederzuerkennen. Ihr wurde bang ums Herz. Es war der Klassiker: Man begann voller Enthusiasmus mit einer Renovierung und fragte sich dann, worauf man sich da eigentlich eingelassen hatte. Natürlich mussten sie bei null anfangen, bevor die eigentlichen Arbeiten durchgeführt werden konnten, um aus der alten Scheune ein hübsches Hofcafé zu machen, das war ihr schon klar. Rachel schloss die Augen und versuchte, sich die schönen Inneneinrichtungsbilder von ihrer Pinnwand vorzustellen. Mit ein bisschen Kreativität und harter Arbeit war alles machbar.

Sie schloss das Tor wieder und stieg aufs Quad. Es war Zeit für ihre Morgenrunde. Auf dem höchsten Punkt des Geländes hielt sie an. Hier war der Handyempfang am besten. Sie musste Carl, den Elektriker, anrufen, um einen zeitnahen Termin mit ihm auszumachen. Es sollte keine unnötigen Verzögerungen geben.

»Hi Rach«, begrüßte er sie freundlich. »Ich hab' noch ein paar andere Aufträge im Umkreis der Farm, deswegen hab' ich mich in einer Pension vor Ort eingemietet. Am Donnerstag könnte ich vorbeikommen und mir alles ansehen, und am Freitag dann die Arbeiten durchführen. Wäre das in Ordnung für Sie?«

»Das passt. Vielen Dank, dass Sie uns dazwischenquetschen.«

»Kein Ding. Dann bis am Donnerstag um neun.«

»Perfekt, danke.«

Am Donnerstagmorgen rollte pünktlich um neun Carls weißer Lieferwagen mit dem Schriftzug »CJT Elektro« – Carl John Turner – den Feldweg zur Farm entlang.

»Hallo Rachel«, rief der Handwerker beim Aussteigen. Er trug Jeans und ein schwarzes Polohemd. »Wie geht's?«

»Hallo Carl. Im Moment herrscht Chaos in der Scheune, aber das wird schon … sagen zumindest die Arbeiter«, antwortete Rachel.

»Keine Sorge, das ist bei solchen Projekten immer so«, beruhigte Carl sie.

»Kommen Sie mit, dann zeige ich Ihnen, worum es geht. Möchten Sie vielleicht einen Tee oder einen Kaffee? Unsere Handwerker Ian und Dan sind sicher auch dabei.«

In den letzten Tagen hatten die Arbeiter den frisch gebrühten Kaffee immer gern genommen. Sie tranken ihn mit zwei Stücken Zucker, wie Rachel inzwischen wusste. Seit ihrer Ankunft schien Jill permanent damit beschäftigt zu sein, Kaffee zu kochen, und sie ging auch ziemlich freigiebig mit ihren Kuchen um. Rachel vermutete, dass sie ihre neuesten Backrezepte an den Männern ausprobierte, die ihr den Gefallen gerne taten.

»Ein Kaffee mit Milch und Zucker wäre toll.« Carl schenkte ihr ein strahlendes Lächeln.

Er sieht wirklich gut aus, dachte Rachel. »Sie können gern schon rüber zur Scheune gehen, wo Ian und Dan zugange sind. Ich komme dann gleich mit dem Kaffee nach.«

»Alles klar. Ich seh mir schon mal alles an. Bin ja nicht zum Vergnügen hier.«

Später am Vormittag klopfte Carl an die Haustür.

»Welche Nachricht zuerst – die gute oder die schlechte?«, fragte er. Dann informierte er Jill und Rachel darüber, dass die Kosten vermutlich etwas höher werden könnten als im Kostenvoranschlag. Denn er hatte dort, wo der Küchenbereich eingerichtet werden sollte, einige brüchige Kabelverbindungen gefunden, die er ersetzen musste.

»Keine Frage, dass wir das machen lassen. Am besten schicken Sie mir per Mail einen neuen Kostenvoranschlag«, schlug Rachel vor.

»Mach ich. Ist übrigens echt schön hier«, fügte er hinzu. »Ich fahre in meiner Freizeit Mountainbike – bestimmt gibt es hier ein paar tolle Routen mit grandiosen Ausblicken von den Hügeln.«

»Ja, es ist wirklich ein schönes Fleckchen Erde. Ich bin selbst zwar keine Mountainbikerin, aber ich weiß, dass die Trails hier in der Gegend sehr beliebt sind.«

Wie nett, dass es ihm hier gefiel!

»Vielleicht kann ich ja mal an einem freien Tag vorbeikommen und Hallo sagen.« Er zog fragend die Augenbrauen hoch. Rachel war irritiert. Flirtete Carl gerade mit ihr, oder war er einfach nur nett?

»Ich muss los. Morgen Nachmittag komme ich wieder. Aber jetzt muss ich mich erst mal um einen Getreidetrockner in Belford kümmern. Wird bestimmt todlangweilig. Naja. Bis morgen also.« Er lächelte sie freundlich an. »Ich freu mich drauf«, sagte er noch.

Rachel konnte es nicht recht einordnen. War das ein Flirt gewesen, oder hatte sie sich das nur eingebildet? Sie war vollkommen aus der Übung, was solche Dinge anging, aber das freche Blitzen in seinen knallgrünen Augen hatte ihr auf jeden Fall gefallen …

20. Kapitel

Ein Absacker-Super-GAU

Der Freitag war da, und Carl hatte sich den ganzen Tag um die Elektrik in der Scheune gekümmert. Die Handwerker hatten mit der Mittagspause auch ihr Wochenende eingeläutet; nur Carl war noch fleißig. Rachel hatte ihm zwischendurch einen Becher Kaffee gebracht und sich erkundigt, wie es voranging. Er hörte bei der Arbeit mit einem tragbaren Radio Musik und sang lauthals mit. Ein wirklich angenehmer Zeitgenosse, gut gelaunt und jederzeit offen für ein Schwätzchen. Und sein Lächeln war der Hammer.

Am späten Nachmittag klopfte er ans Farmhaus und bat Jill und Rachel, mit ihm rüber in die Scheune zu gehen. Dort zeigte er ihnen, welche Arbeiten er vorgenommen hatte. Er hatte seine Sache gut gemacht.

»Fantastisch. Vielen Dank«, sagte Rachel, nachdem sie sich alles angesehen hatte. Ihre Idee nahm immer mehr Gestalt an!

»Wunderbar, Carl. Herzlichen Dank«, sagte auch Jill.

»Ich bin dann so weit fertig hier. Jetzt muss ich nur noch mein Werkzeug einsammeln, und dann bin ich weg. Darf ich Ihnen die Rechnung per E-Mail schicken?«

»Ja, kein Problem«, antwortete Rachel.

Rachel versuchte, sich wegen der Kosten keine Sorgen zu machen. Die Ersparnisse ihrer Mutter schmolzen rasch, aber das Geld aus den Gründerkrediten musste eigentlich bald eingehen. Falls sie ihnen gewährt wurden – was immer noch definitiv nicht feststand.

»Ich bleibe noch bis morgen hier«, sagte Carl und sah Rachel erwartungsvoll an. »Hätten Sie Lust, nachher mit mir was trinken zu gehen?«

»Oh, ich …« War das etwa eine richtige Verabredung, oder wollte er nur ein bisschen Gesellschaft haben? Rachel geriet ins Schwimmen.

Zum Glück sprang ihre Mutter ihr bei. »Ja, mach das doch, Liebes. Ich werde auf Maisy aufpassen, ich bin ja sowieso zu Hause. Geh du ruhig aus und amüsier dich.«

»Ja gut. Dann gerne.« Wieso auch nicht? Es kam nicht jeden Tag vor, dass man von einem netten, gutaussehenden Mann auf einen Drink eingeladen wurde.

»Fein. Ich hole Sie gegen halb acht ab. Dann kann ich vorher noch in aller Ruhe unter die Dusche gehen.«

»Prima.« Rachels Stimme klang irgendwie piepsig – vielleicht, weil sie sich gerade Carl unter der Dusche vorgestellt hatte. Und das, obwohl ihre Mutter neben ihr stand!

In diesem Moment kam Maisy in die Scheune gelaufen. Sie hatte im Garten gespielt. »Mir gefällt's hier drin nicht, Mummy. Es sieht nicht schön aus. Alles ganz dreckig und hässlich. Und es riecht komisch.«

»Es ist ja auch noch nicht fertig«, erklärte Rachel ihr. »Es ist noch jede Menge zu tun. In ein paar Wochen wird alles ganz anders aussehen.«

»Hoffentlich. Denn hier drin will niemand Kuchen essen!«, stellte Maisy mit kritischer Miene klar.

Carl hatte inzwischen seine Werkzeugkiste eingeräumt und schickte sich an, zu seinem Wagen zu gehen. »Also dann … Bis später, Rachel!« Maisy ignorierte er vollkommen, schenkte Rachel aber ein bezauberndes Lächeln und sagte noch rasch zu Jill: »Auf Wiedersehen.«

»Wieso hat er gesagt bis später?«, wollte Maisy wissen, als er gegangen war.

»Ich werde nachher noch mit ihm ausgehen«, antwortete Rachel. »Grandma passt heute Abend auf dich auf.«

»Oh.« Maisy machte ein Motzgesicht, sagte aber nichts weiter. Stattdessen rannte sie – immer noch in der Schuluniform – durch die Scheune und staubte ihre Schuhe ein, was bei ihrer Mutter nicht gerade für Begeisterung sorgte. Als die Kleine schlitternd vor ihnen zum Stehen kam, verschränkte sie die Arme vor der Brust und verkündete entrüstet, dass die Scheune an ihrem Geburtstag viel schöner ausgesehen hätte. Was ja auch stimmte.

Was sollte sie anziehen? Rachel hatte so lange schon keine neuen Klamotten mehr gekauft. Normalerweise trug sie Jeans, T-Shirt und eine Fleecejacke und bei der Farmarbeit ab und zu auch einen alten Blaumann. Aber heute Abend wollte sie sich doch ein bisschen herausputzen. Sie durchforstete ihre Garderobe und summte dazu ihre Lieblingssongs mit, die im Hintergrund liefen. Nach einer Weile entdeckte sie im Schrank ein dunkelblaues Kleid mit Blumenmuster, das zusammen mit einem kurzärmeligen Cardigan auf einem Kleiderbügel hing. Passte ihr das noch?

Zuletzt hatte sie dieses Kleid getragen, als sie vor drei Jahren den Geburtstag ihrer Mutter in einem Restaurant gefeiert hatten. Damals hatte Maisy noch im Kinderstuhl gesessen, und natürlich hatte ihr Vater noch gelebt. Das Leben war schön gewesen. Auch früher war auf dem Hof nicht immer alles glattgegangen, klar. Aber wie schlimm es sie eines Tages treffen würde, hatte damals niemand geahnt. Rachel seufzte, als sie das Kleid aus dem Schrank nahm. Es war ein hübsches Sommerkleid, aber es weckte keine schönen Erinnerungen.

Schluss jetzt mit diesen melancholischen Gedanken! Sie musste sich umziehen, in einer Viertelstunde würde Carl sie abholen. Sie schlüpfte in das Kleid. Es saß nicht mehr so perfekt wie beim ersten Mal – offensichtlich hatte sie abgenommen. Aber *zu* dünn war sie auch nicht. Schon als Teenager hatte Rachel durchaus weibliche Kurven gehabt und fühlte sich wohl in Größe vierzig. Jake hatte immer gesagt, sie hätte die Kurven an den richtigen Stellen – damals hatte er sich gut darauf verstanden, ihr Komplimente zu machen. Inzwischen achtete Rachel nicht mehr allzu sehr auf ihr Aussehen. Hauptsache ihr Körper funktionierte. Sie verbarg ihn die meiste Zeit unter einer praktischen und warmen Kleidungsschicht.

Rasch kämmte sie ihre dichten, dunklen Haare, die sie heute Abend mal nicht zu einem Pferdeschwanz zusammenband, sondern offen trug. Ihr Haar fiel in sanften Wellen bis auf ihre Schultern. Ein bisschen Mascara, ein Hauch pinkfarbener Lippenstift und ein Spritzer Parfum – fertig.

Als sie nach unten kam, rannte Maisy auf sie zu. »Mummy, du siehst toll aus!«

»Danke, Schätzchen.«

»Da hat sie recht! Ich mag dich in diesem Kleid.« Jill lächelte sie liebevoll an. Ob sie mit dem Kleid auch bestimmte Erinnerungen verband?

Rachel war ein bisschen nervös, als sie draußen einen Wagen vorfahren hörte. Carl war da. Okay, sagte sie zu sich. Das hier ist nicht wirklich ein Date. Wir gehen nur zusammen was trinken. Reichte ihr das, oder hätte sie lieber eine »echte« Verabredung gehabt? Sie konnte die Frage nicht beantworten.

»Also dann. Gute Nacht, mein Schatz. Wir sehen uns morgen früh, denn wenn ich nach Hause komme, bist du schon im Bett.« Sie küsste ihre Tochter auf die Nasenspitze. »Bis dann,

Mum. Und danke noch mal. Ich komm nicht allzu spät nach Hause.«

»Alles gut. Maisy und ich werden uns die Zeit mit dem Backen von Cupcakes vertreiben, was? Und dann gibt es eine schöne lange Gutenachtgeschichte.«

Maisy nickte begeistert. »Machen wir die mit der rosafarbenen Glasur?«

»Aber sicher.«

»Okay, dann tschüss. Viel Spaß!«

Rachel trat hinaus, als Carl gerade anklopfen wollte. Er trug dunkle Jeans und ein blaues Hemd.

»Oh, hallo.« Rachel fiel auf, wie nervös sie war.

»Sie sehen toll aus!« Carl musterte sie von oben bis unten und grinste sein umwerfendes Grinsen.

»Danke, danke. Sie sehen aber auch schick aus.«

Er stand sehr nah vor ihr und roch nach Duschgel und Aftershave. Sein blondes Haar war noch feucht von der Dusche, und seine grünen Augen funkelten erwartungsvoll. Ja, der Mann sah wirklich verdammt gut aus.

»Einen schönen Abend euch«, sagte Jill, die sich in die Tür gestellt hatte.

Maisy stand im Schlafanzug neben ihr. »Tschüss, Mummy.«

»Tschüss! Bis später! Und sei brav!« Rachel winkte.

Auch Carl winkte ihnen zu, bevor er in den Lieferwagen stieg.

»Sie sind bestimmt heilfroh, mal rauszukommen«, sagte er, als sie neben ihm saß.

»Nun ja, also …« Glaubte er etwa, ihre Familie wäre eine Belastung für sie? Wie unsympathisch! Aber wer weiß, vielleicht war Carl selbst auch ein bisschen nervös. Rachel jedenfalls fing vor lauter Nervosität an, an ihrem Daumennagel zu kauen. Als es ihr auffiel, ließ sie die Hand sofort sinken. Das wirkte nun schließlich alles andere als attraktiv oder selbstsicher. Verdammt, sie war so dermaßen aus der Übung! Wieso hatte sie nur zugesagt?

Sie beschloss, sich auf die Musik zu konzentrieren, die im Radio lief. Eine Art Disco-Tanzmusik, vermutlich irgendwas, das gerade angesagt war. Rachel kannte den Song nicht. Sie war immer ein großer Fan von Countrymusik gewesen, also fiel das Thema Musik als Gesprächseinstieg wohl auch flach.

Zum Glück brach Carl das Schweigen. »Das Kleid steht Ihnen wirklich ausgesprochen gut.« Und dann erzählte er ihr von seiner Arbeit an dem Getreidelager. Puh. Es lief noch etwas holprig, aber wenigstens hatten sie nun etwas, über das sie sich unterhalten konnten.

Rachel war erleichtert, als sie nicht nach Kirkton fuhren, sondern nach Milfield, ins nächste Dorf. Offensichtlich wollte Carl wirklich nur etwas trinken gehen. Dieser Gedanke entspannte Rachel, doch trotzdem war sie froh, dass sie nicht in eine der Kneipen im Ort gingen, das hätte nur für Gerede gesorgt. Aber so war das nun mal, in Kirkton kannte jeder jeden.

Der Abend ließ sich gut an. Rachel bestellte ein Glas Weißwein, was ihr etwas niveauvoller vorkam als der Cider, den sie sonst gerne trank. Sie saßen an einem Tisch in der Ecke und plauderten über das Leben auf der Farm und ihre Pläne für das Hofcafé. Danach ging es um Carls Arbeit. Er erzählte ihr von seinen aktuellen Aufträgen, aber als er zu der Geschichte kam, wie er ganz allein die komplette Sanierung eines Luxushotels vorgenommen hatte, beschlich sie das Gefühl, dass er wohl ein bisschen zum Angeben neigte. Wie viele Fünf-Sterne-Hotels gab es überhaupt an der Küste von Northumberland? Sie hatte keine Ahnung. Vermutlich handelte es sich eher um einen kleinen Familienbetrieb … Aber sie sollte nicht zu streng mit ihm sein. Vielleicht war er ja wirklich der Superheld der Elektrikerszene?

Die nächste Runde ging auf Rachel. Sie hatte festgestellt, dass Wein zur Abwechslung auch mal nicht schlecht war. Carl trank mehrere Pints Lager. Zum Glück waren sie auf der englischen Seite der Grenze unterwegs, denn in Schottland wäre er damit schon längst über dem Alkohollimit gewesen. Der Gedanke, dass er sie noch nach Hause fahren sollte, beunruhigte Rachel allerdings etwas. Hoffentlich würde er als Nächstes etwas Alkoholfreies trinken.

Seine Pension befand sich in Kirkton, und eine halbe Stunde später schlug er vor, aufzubrechen und vielleicht noch einen Absacker dort zu trinken. Keine schlechte Idee – auch wenn sie dann wieder in der Klatsch-und-Tratsch-Zone waren.

Als sie beim Black Bull in Kirkton ankamen, bestellte Carl für sich ein weiteres Pint und für Rachel ein Glas Weißwein. Der Besitzer, Mick, musterte Carl erst mal von oben bis unten, bevor er ihn begrüßte. Zu Rachel sagte er: »Wie geht's, Rachel?«

»Danke, gut. Und dir?«

»Bestens. Was machen deine Kleine und deine Mum?«

»Auch gut. Alles im Lot.«

»Das hört man gern.« Natürlich wussten alle im Dorf, was die Swintons durchgemacht hatten, und bis heute stand man ihnen mit Rat und Tat zur Seite.

Wieder wählten sie einen Tisch in einer ruhigen Ecke und waren bald ins Gespräch vertieft. Carls Arm ruhte auf Rachels Stuhllehne, aber so, dass es sie nicht störte. Plötzlich kam Tom herein. Er entdeckte sie sofort und lächelte sie an, bis er den Mann neben ihr sah. Rachel hob die Hand zum Gruß, aber

Tom beachtete sie nicht weiter und ging direkt zum Tresen. Rachel fühlte sich plötzlich etwas unbehaglich, ohne genau sagen zu können, weshalb.

Sie und Carl unterhielten sich noch eine Weile, über Fernsehsendungen, Musik und seine Lieblingsfilme. Die meisten davon hatte Rachel nie gesehen. Er schien sich vor allem für Action- und Kriegsfilme zu interessieren. Als er aufstand, um noch eine Runde Getränke zu holen, fand Rachel eigentlich, dass sie genug hatte. Wein war deutlich stärker als Cider.

»Ich weiß nicht …«, sagte sie.

»Kommen Sie schon, Rach. Entspannen Sie sich. Es ist noch früh am Abend!«

Sie fügte sich, und Carl ging rüber zum Tresen. Es war klar, dass er sie nicht mehr nach Hause fahren konnte nach so viel Bier, und Rachel wollte nicht mehr allzu lange bleiben. Sie musste morgen ganz normal aufstehen und hatte keine Lust, schon wieder einen Kater zu haben. Das war jetzt ihr viertes Glas Wein, es schmeckte ihr gar nicht mehr richtig. Sie überlegte, ob sie sich ein Taxi organisieren sollte, um nach Hause zu kommen. Die Farm war knapp fünf Kilometer entfernt, daran hatte ihr Begleiter offensichtlich nicht gedacht. In ihre Überlegungen hinein fragte Carl: »Hätten Sie Lust auf einen Absacker bei mir? Also, in meinem Bed & Breakfast?«

»Tut mir leid«, entgegnete Rachel. »Ich muss jetzt wirklich nach Hause, zu meiner Tochter.«

Was für ein seltsamer Vorschlag! Sie kannte diesen Mann doch kaum! Natürlich wusste sie, dass viele Leute für One-Night-Stands zu haben waren, aber sie gehörte nicht dazu. Sie wusste nur zu gut, wie solche Nächte enden konnten. Definitiv nicht ihre Welt. Außerdem warteten zu Hause Maisy und ihre Mutter.

»Jetzt komm schon! Die Nacht ist noch jung. Du kannst noch früh genug zurück nach Hause.«

Nach einem schnellen Fick, meinte er wohl. Rachel störte sich zunehmend an seiner zudringlichen Art, aber sie wollte keine Diskussion provozieren und auch keine laute Szene, deswegen blieb sie höflich.

»Es war ein schöner Abend.« *Bis jetzt.* »Aber so gut kennen wir uns nicht, Carl.«

»Man muss jemanden nicht immer kennen, um mit ihm Spaß zu haben.« Selbst sein eben noch so attraktives Lächeln erschien ihr jetzt nur noch arrogant.

Darum war es ihm wohl von Anfang an gegangen – ums »Spaß haben«. Vögeln. Sie hasste dieses Wort, aber zu Carl Turners Erwartungen passte es wohl.

So lief das also bei ihm. Er lud eine Frau zu ein paar Drinks ein und erwartete im Gegenzug einen kleinen Gefallen. Auf diese Weise versüßte er sich offensichtlich seine langweiligen Abende, wenn er beruflich unterwegs war. Wahrscheinlich fing er überall Affären an. Rachel traute ihm zu, dass er noch dazu zu Hause eine Freundin hatte. Sie wurde schlagartig nüchtern.

In diesem Moment bemerkte sie, wie Tom von der Bar zu ihnen rübersah. Sah er ihr an, wie unwohl sie sich fühlte? Egal, sie kam mit der Situation sehr gut allein klar.

»Ich rufe mir jetzt ein Taxi, Carl. Das heißt, da draußen steht sogar eins.« Sie nahm ihre Handtasche und stand auf. Zum Glück hatte sie noch genügend Geld dabei. Carl unternahm nicht den leisesten Versuch, sie aufzuhalten oder sie zum Taxi zu begleiten. Also verließ sie hoch erhobenen Hauptes den Pub. Jim, der örtliche Taxifahrer, stand auf seinem Stammplatz. Rasch ging sie zu seinem Wagen.

»Hallo, Rachel«, begrüßte er sie. Natürlich kannten sie sich. »Hattest du einen netten Abend?«

»Nicht übel«, log sie.

»Zurück zur Farm?«

»Ja, bitte.« Zurück zur Farm. Zurück ins echte Leben. Bloß keine bescheuerten Verabredungen mehr. Sie und die Männer, das war echt eine Katastrophe. Immer wieder fiel sie auf irgendwelche Idioten rein.

Sie wollte diesen ätzenden Carl Turner nie wiedersehen! Natürlich, seine Rechnung musste sie noch bezahlen, aber das war's dann auch. Um die Kronleuchter aufzuhängen, würde sie sich einen anderen Elektriker suchen. (Falls sie sich die Teile überhaupt leisten konnte!)

Als das Taxi losfuhr, sah Rachel, wie die Tür des Pubs aufging und Tom heraustrat. Er sah sich mit sorgenvoller Miene um. Da entdeckte er das Taxi und Rachel, die im Fond saß und ihn aus dem Fenster ansah. Er nickte ihr zu und hob zögerlich die Hand, wie um ihr eine gute Nacht zu wünschen. Sie lächelte ihm zu und sah im Wegfahren, wie er wieder hineinging.

21. Kapitel

Heu und Verspätungen

Einige Tage später war Rachel gerade losgefahren, um ein paar Besorgungen zu machen, als Toms Pick-up ihr auf der Landstraße entgegenkam. Rachels Magen zog sich seltsam zusammen, als Tom anhielt und sein Fenster herunterließ. Auch sie ließ die Scheibe herunter.

»Hallo, Rachel. Ich wollte dir nur Bescheid sagen: In den nächsten Tagen werde ich auf den gepachteten Feldern mit der Heuernte beginnen. Und wenn ich schon dabei bin – dachte ich mir – könnte ich deine Felder gleich mitmachen, denn die Wettervorhersage ist gut. Dann können wir es in den Tagen darauf wenden und Ende der Woche bündeln.«

»Oh, das wäre wirklich super. Vielen Dank! Aber das Bündeln übernehme ich, dann sind wir quitt. Okay?«

»Überredet. Außerdem kannst du mich jederzeit mit Kuchen bezahlen«, sagte er grinsend. »Wie läuft es mit eurem Projekt? Ihr müsstet eigentlich mitten in der Renovierung stecken, oder? Ich sehe andauernd die Fahrzeuge des Bauunternehmens hin- und herfahren.«

»Ja, wir stecken mittendrin«, sagte sie. »Aber seit gestern haben wir Baustopp, weil die Küche nicht geliefert wird.«

Am Tag zuvor hatte Ian sie morgens darüber informiert, dass sich die Fertigstellung der Scheune um mindestens eine Woche verzögern würde, weil die von ihnen ausgewählten Kücheneinheiten nicht rechtzeitig geliefert werden würden. Das wiederum bedeutete, dass auch die anderen Arbeiten nicht beendet werden konnten, und so blieb ihnen nichts anderes übrig, als Geduld zu haben.

»Oh, das tut mir leid.« Tom sah sie mitfühlend an.

»Es ist alles schon ganz schön hektisch. Na ja, so kommt man wenigstens nicht auf dumme Gedanken!«, sagte Rachel lachend. »Diese kleine Krise überstehen wir auch noch.« Sie versuchte, weiterhin optimistisch zu bleiben.

»Schön. Wenn alles fertig ist, komme ich auf jeden Fall mal vorbei. Was meinst du, wann ihr eröffnen könnt?«

»Ich hoffe, in zwei bis drei Wochen, rechtzeitig zum Beginn der Schulferien.«

In diesen zwei bis drei Wochen musste sie sich um die Inneneinrichtung der Scheune kümmern und Möbel kaufen. Sie freute sich schon darauf, sich in ein paar Secondhand- und Antiquitätenläden umzusehen oder auch bei Haushaltsauflösungen nach Tischen, Stühlen und einer geeigneten Vitrine zu suchen. Dann musste alles noch gestrichen werden. Jill würde sich in der Zwischenzeit um die Herstellung der Kuchen kümmern. Ihr neuer großer Kühlschrank platzte allerdings jetzt schon aus allen Nähten.

»Dann hast du wohl einiges um die Ohren …«

»Oh ja. Schon allein deswegen ist dein Angebot, die Heuernte für uns zu übernehmen, echt toll.«

Plötzlich sah er sie besorgt an. »War neulich abends alles okay bei dir? In Kirkton im Pub.« Es folgte ein beredtes Schweigen. Die Worte »mit deiner Verabredung« hingen unausgesprochen in der Luft.

»Im Pub, in Kirkton?« Rachel fühlte sich auf einmal irgendwie ertappt. »Ja, das war nur der Elektriker, der bei uns die Arbeiten durchgeführt hat. Zu Anfang hat er einen sehr netten Eindruck gemacht, aber dann hat er sich als ziemlicher

Arsch entpuppt. Ich schätze mal, dass wir ihn hier nicht mehr so schnell zu Gesicht bekommen.«

»Tut mir leid, dass der Abend nicht so gut gelaufen ist«, sagte Tom und klang merkwürdig erleichtert. Seine Schultern entspannten sich. »Gut, ich muss wieder weiter. Bis bald.«

»Danke, Tom. Bis bald!«

In Kirkton gab es einen kleinen Trödel- und Antiquitätenhändler, wo Rachel tatsächlich eine Vitrine für ihr Hofcafé fand. Passende Tische und Stühle gab es dort aber leider keine. Mobiliar aus der Georgianischen Epoche erschien ihr dann doch etwas unpassend, und das nicht nur aus Kostengründen. Neben dem Mobiliar stand auf ihrer To-do-Liste, Waschpulver und beim Großhändler für Agrarerzeugnisse ein Entwurmungsmittel für die Schafe zu holen. Nachdem sie das erledigt hatte, beschloss sie ganz spontan, ihrer Granny Ruth einen Besuch abzustatten.

Sie hatte ihre Großmutter schon seit über einer Woche nicht gesehen. Das kam nicht häufig vor, aber in letzter Zeit war sie so beschäftigt gewesen, und Ruth konnte ja nicht mehr selbst zur Farm fahren.

Rachel parkte ihren Wagen an der hübschen, kleinen Straße am Rand der Ortschaft, die von Feldern umgeben war. Hier standen vier Cottages hinter einer niedrigen Steinmauer, in deren Ritzen sich bunte Löwenmäulchen selbst ausgesät hatten und nun in allen Farben blühten. Vor dem Cottage ihrer Großmutter stand außerdem eine blassrosa Kletterrose in voller Blüte. Rachel klopfte an und rief »Hallo!«, bevor sie das Haus betrat.

»Oh, hallo Schätzchen.« Ruth erhob sich aus einem Sessel, in dem sie gesessen und gehäkelt hatte. Sie fertigte Bettüberwürfe und Kissenbezüge an, die im örtlichen Charity-Shop zum Verkauf angeboten wurden. »Wie lieb, dass du vorbeikommst. Soll ich uns einen Tee machen?«

»Ja, gern. Tut mir leid, dass wir letzte Woche nicht bei dir waren, aber auf dem Hof ist gerade so viel los.« Rachel folgte Ruth in die Küche.

»Mach dir keine Gedanken. Mir geht's gut. Ich weiß ja, dass deine Mum und du gerade viel um die Ohren habt. Und ich muss sagen …«, sie sah ihre Enkelin prüfend an, »du siehst ein bisschen blass aus. Du musst auf dich aufpassen.«

»Ich versuch's. Aber irgendjemand muss sich ja um alles kümmern. Die Farm läuft nicht von allein.« Wenn sie es nicht tat, wer dann? In absehbarer Zeit würde sie sicher nicht zur Ruhe kommen.

Aber Rachel wusste, dass ihre Großmutter es nur gut gemeint hatte. Selbst mit Ende siebzig war Ruths Mutterinstinkt noch stark ausgeprägt.

»Ja, ist schon klar. Ich hab übrigens gestern Bananenbrot gemacht. Möchtest du ein Stück?«

»Klingt gut. Oh … bevor ich's vergesse: Ich hab dir ein paar Eier mitgebracht. Ich hol sie schnell aus dem Wagen.« Sie brachten Ruth immer einen frischen Vorrat mit.

»Danke. Wenn ihr in Zukunft so viel backen werdet, müsst ihr euch bald wohl noch ein paar mehr Hühner anschaffen.«

»Machen wir auch. Diese Woche kommen zwölf neue Hennen. Ich muss das Hühnerhaus noch vergrößern.« Ein weiterer Punkt auf ihrer schier endlosen Liste von Dingen, die noch erledigt werden mussten. Deswegen genoss sie diese kleine Verschnaufpause bei ihrer Großmutter umso mehr.

Als sie kurz darauf im Wohnzimmer zusammensaßen, fragte Granny: »Und wie geht es voran bei euch?«

»Gar nicht schlecht. Allerdings verzögern sich die Bauarbeiten, was frustrierend ist.« Sie berichtete von der verspäteten Lieferung, erzählte aber auch, wie weit die Arbeiter inzwischen gekommen waren. Irgendwie machten diese Veränderungen auf der Farm Rachel auch ein bisschen traurig. Sie wusste, dass Ruth sie verstand. »Ich wünschte, wir hätten damit schon viel früher angefangen, Granny. Wir hätten uns schon zu Dads Lebzeiten über eine Neuausrichtung Gedanken machen sollen.«

»Ja, ich weiß.« Ruth seufzte. »Aber dein Vater war jemand, der seine Probleme lieber für sich behielt. Das war *seine* Art, damit umzugehen. Er hat niemandem gesagt, wie es wirklich um den Hof stand. Niemand von uns wusste es.«

Die Situation bedrückte also nicht nur sie, sondern auch ihre Großmutter. Rachels Vater war ihr Sohn gewesen. Wie musste es sein, das eigene Kind zu verlieren? Allein der Gedanke daran war kaum auszuhalten. Maisy war der wichtigste Mensch in Rachels Leben. Rachel riss sich in die Gegenwart zurück. Jetzt hieß es, nach vorne zu schauen.

»Du machst das alles wirklich toll, Rachel. Dein Vater wäre stolz auf dich, da bin ich mir ganz sicher.«

Rachel bekam feuchte Augen und atmete tief durch. »Danke, Granny.«

Sie schwiegen einen Moment und hingen ihren Gedanken nach. Rachel betrachtete ein Foto ihrer Eltern, das auf dem Kaminsims stand. Es stammte aus der Zeit vor ihrer Geburt, ihr Vater und ihre Mutter sahen sehr jung und sehr glücklich aus.

»Du musst unbedingt vorbeikommen, sobald alles fertig ist«, sagte Rachel, um das Thema zu wechseln.

»Das mach ich gerne. Und wenn du zwischendurch mal durchschnaufen musst, bist du hier jederzeit willkommen auf eine Tasse Tee und ein Stück Kuchen und ein kleines Schwätzchen.«

»Danke.«

Man hört wohl nie auf, Großmutter oder Mutter oder Tochter zu sein, dachte Rachel. Der Gedanke an die Familie war auch bei ihr immer da, geprägt von Liebe und Fürsorge. Es war schön, mit ihrer Großmutter zusammenzusitzen und zu wissen, dass ihrer beider Herz vor Liebe überquoll.

22. Kapitel

Muffins und Erinnerungen

Zwei Tage später blätterte Rachel gerade die Backbibel durch, um Inspirationen für weitere Kuchenkreationen zu bekommen, als sie draußen das Tuckern eines Motors hörte. Sie sah aus dem Küchenfenster und beobachtete, wie oben an der Zufahrtsstraße ein Traktor vor dem Tor anhielt. Tom sprang heraus und öffnete es. Offensichtlich wollte er mit der Heuernte beginnen.

»Es ist Tom«, sagte sie zu ihrer Mutter.

»Dachte ich mir schon. Sehr nett von ihm, dass er uns beim Mähen hilft.«

»Ja, er ist wirklich ein guter Freund.«

»Ein wahres Gottesgeschenk. So. Ich werde mich jetzt wieder an die Arbeit machen.« Wie immer lief in der Küche das Radio, und Jill begann summend damit, ihre Zutaten bereitzustellen. »Ich habe übrigens vor, für unseren Eröffnungstag eine kleine Auswahl an Minikuchen zu backen«, erläuterte sie, während sie das Mehl siebte.

»Oh, das klingt gut. So kann man gleich mehrere Varianten kosten. Perfekt.«

Es war keine Frage, dass sie eine offizielle Eröffnungsfeier ausrichten würden. Nicht nur für Freunde und Familie, sondern für das ganze Dorf. Auch die Lokalpresse war informiert. Auf diese Weise würden sie nicht nur eine erste Werbung fürs Hofcafé bekommen, sondern konnten sich auch bei allen bedanken, die ihnen auf diesem Weg unterstützend zur Seite gestanden hatten.

Am späten Vormittag beschloss Rachel, bei Tom auf den Feldern vorbeizuschauen und ihm als Dankeschön ein kleines Mittagessen vorbeizubringen.

Sie machte ein paar Schinkenbrote zurecht, packte außerdem eine Schweinefleischpastete und ein paar Äpfel ein, und Jill gab ihr zwei Mini-Muffins mit Himbeeren und dunkler Schokolade mit, die sie gerade frisch gebacken hatte. Sie ging in ihrer neuen Mission inzwischen voll und ganz auf.

Ein Feld war bereits abgeerntet und das Gras in Reihen geschichtet. In den kommenden Tagen musste es trocknen, bevor Rachel es bündeln konnte. So hatten sie im Winter hoffentlich genügend Futter für ihre Schafe und Rinder.

Rachel stellte das Quad am Feldrand ab und wartete, bis Tom mit dem Traktor wieder in ihre Richtung kam. Der Blick von hier oben war ein Traum. Die Wiesen leuchteten saftig grün, unten im Tal schlängelte sich der Fluss entlang, und am Horizont leuchtete die Nordsee knallblau in der Sonne. Das frisch geschnittene Gras roch herrlich würzig. Als Tom Rachel entdeckte, winkte er ihr zu, und nach zwei weiteren Runden hielt er den Traktor an.

»Hey«, rief er, als er ausstieg. »Alles okay?«

»Ja. Ich hab Mittagessen für dich dabei. Ich will ja, dass du bei Kräften bleibst!«

»Das hört man gerne. Mir knurrt nämlich schon seit einer halben Stunde der Magen. Hat man das etwa bis runter zum Farmhaus gehört?« Er grinste. »Aber ich dachte mir: Halt noch ein bisschen durch und mach erst mal fertig. Tja, und jetzt bist du hier!«

Rachel setzte sich ins Gras und nahm die Brote aus dem Rucksack. Natürlich hatte sie auch für sich selbst etwas dabei.

Tom hockte sich neben sie. »Wow – genau das brauche ich jetzt.« Er biss hungrig in eins der Sandwiches. Rachel reichte ihm eine Dose Cola.

»Danke. Sehr gut.«

»Nur ein kleines Dankeschön dafür, dass du uns hilfst. So hab ich mehr Zeit, mich um die Möbel fürs Hofcafé zu kümmern. Inzwischen haben wir zum Glück alles an Mobiliar, was wir brauchen.«

Sie hatte eine Anzeige in der Lokalzeitung gesehen. Eine Geschäftsaufgabe bescherte ihr drei Garnituren Tische und Stühle, zwei weitere Garnituren stammten aus einer Haushaltsauflösung. Jetzt mussten die Sachen nur noch aufgehübscht und gestrichen werden.

Tom ließ den Blick in die Ferne schweifen. »Ein toller Platz hier oben.«

»Ja, es ist schön. Mum hat für Dad auch immer ein Picknick zurechtgemacht, wenn er auf den Feldern arbeitete, und ich habe es ihm dann hochgebracht. Damals machte er alles selbst, und unsere Maschinen waren noch gut in Schuss. Ich selbst war aber noch zu klein, um zu helfen.« Bei der Erinnerung an glücklichere Tage lächelte Rachel versonnen.

Tom nickte. Einen Moment lang schwiegen sie.

»Vielen Dank, Tom, dass du das hier machst. Es ist ja nicht so, als hättest du nicht selbst genug zu tun! Danke überhaupt für alles, was du in den letzten zwei Jahren für uns getan hast. Du bist echt ein Held.« Rachel musste tief durchatmen. Die Last der Erinnerung wog immer noch schwer.

»Gern geschehen. Ich möchte einfach nur, dass es euch wieder gutgeht nach der schweren Zeit, die ihr durchstehen musstet.«

Rachel hatte plötzlich einen Kloß im Hals.

»Du verdienst eine gerechte Bezahlung für all das, Tom.« Sobald sie etwas Geld übrig hatten, würde sie ihn für seine Arbeit entlohnen. Und bis dahin konnte sie wenigstens das Bündeln auf seinen beiden Feldern übernehmen, als kleinen Ausgleich sozusagen.

»Alles gut.« Er sah sie warmherzig an. »Rachel, ich weiß, was du durchgemacht hast. Niemand sollte sehen müssen, was du sehen musstest.«

Rachel konnte darauf nichts erwidern. Seine Worte brachten die schreckliche Erinnerung mit aller Gewalt zurück.

»Dad?«

Er war schon viel zu lange weg. Rachel war bereits alle Felder abgefahren, aber ihr Vater war nirgends zu sehen. Selbst zum Abendessen war er nicht nach Hause gekommen, was äußerst ungewöhnlich war. Rachel hatte Tom und Mr. Mac von nebenan angerufen, um zu fragen, ob er ihnen vielleicht spontan bei der Arbeit zur Hand gegangen war, aber die beiden hatten ihn den ganzen Tag nicht gesehen.

Ihre Eltern hatten sich auch nicht gestritten oder so etwas. Mum hatte nur gesagt, Dad wäre außergewöhnlich schweigsam gewesen am Morgen. Dann sei er aufgebrochen, um nach der Schafherde zu sehen – beziehungsweise den wenigen Tieren, die ihnen geblieben waren.

Einige Wochen zuvor hatten sie einen wahren Albtraum erlebt. Anfang März hatte es noch einmal einen Wintereinbruch mit starken Schneefällen gegeben. Vierzig trächtige Muttertiere waren in den Schneeverwehungen gestorben. Sie hatten sich zum Schutz vor der Kälte in die Hecken gedrückt – genau dort, wo sich über Nacht die Schneeverwehungen gebildet hatten. Als ihr Vater am nächsten Morgen entdeckte, was geschehen war, war er sofort zusammen mit Simon losgefahren, um die Tiere auszugraben – aber für die meisten kam die Hilfe zu spät. An einem so schönen Tag wie heute, an dem es warm war und die Sonne schien, konnte man sich kaum vorstellen, wie bedrohlich und gefährlich die Wettersituation hier sein konnte.

Ihre Mum übernahm an diesem Abend die Aufgabe, Maisy ins Bett zu bringen, damit sich Rachel noch einmal auf die Suche nach ihrem Vater machen konnte. Es war gegen neunzehn Uhr, kurz vor der Dämmerung. Vielleicht hatte Dad noch dringend etwas erledigen müssen, das keinen Aufschub duldete, irgendwo auf einem entlegenen Winkel der Farm? Oder vielleicht hatte eins der Tiere Probleme? War er am Ende sogar auf dem Weg zum Tierarzt? Und wo war überhaupt Moss? Sie musste die beiden finden.

In der Ablammscheune hatte Rachel bereits nachgesehen. Auch in der alten Steinscheune war sie gewesen. Nichts. Nur das ungenutzte Stallgebäude, das sie kaum noch betraten, hatte sie noch nicht kontrolliert. Seit vor ein paar Jahren Rachels Pony aus Kindertagen gestorben war, lagerten hier nur noch Materialien, die selten gebraucht wurden.

Vielleicht sollte sie trotzdem einen Blick hineinwerfen. Plötzlich hörte sie Moss bellen, der in seinem Zwinger war. Sein Bellen klang anders als sonst, aufgeregt, verzweifelt. Offensichtlich hatte Dad ihn also eingesperrt. Komisch. Normalerweise waren die beiden immer gemeinsam auf Tour. Rachel ließ den Hund heraus.

Sofort rannte Moss auf das alte Stallgebäude zu und kratzte aufgeregt an der Tür, um hineinzukommen. Rachel stellten sich die Nackenhaare auf. »Ist schon gut, Moss. Alles okay«, sagte sie beruhigend zu dem Tier und versuchte, das ungute Gefühl zu ignorieren, das sich in ihr ausbreitete.

Der Riegel war nicht vorgeschoben, was Rachel irritierte. Sie drückte die schwere Holztür auf.

»Dad?« Ein Angstschauer überkam sie.

Das schwache Tageslicht fiel durch die Türöffnung herein. Und dann brach ihre Welt zusammen.

»Dad! Nein!«, schrie sie. »Nein!« Dann verstummte sie augenblicklich, sie wollte nicht, dass ihre Mutter und Maisy herübergelaufen kamen. Dieser Anblick sollte ihnen erspart bleiben.

Sie rannte zu ihm, konnte aber nur knapp seine Füße erreichen. Sie zu packen, schlug fehl. Da lag der umgekippte Hocker, den ihr Vater absichtlich umgestoßen haben musste. Aber vielleicht lebte er noch. Sie musste es versuchen. Sie musste sich auf den Hocker stellen, ihren Vater hochziehen. Sie hatte große Angst, aber davon durfte sie sich nicht abhalten lassen.

So eine verdammte Scheiße! Das war kein Traum. Sie musste jetzt schnell sein. Sie stellte den Hocker auf, stieg darauf und versuchte unter Aufbietung all ihrer Kräfte, ihren Vater anzuheben. Ihren armen Vater, der sich am Deckenbalken des Stalles aufgehängt hatte.

Sein Körper war schon steif, er war ganz kalt. Rachel brauchte Hilfe. Aber wen konnte sie darum bitten? Einen Arm hatte sie noch immer um die Füße ihres Vaters gelegt und fummelte gleichzeitig ihr Handy aus der Hosentasche, um Tom anzurufen.

Er kam sofort und half ihr, ihren Vater abzunehmen. Und er blieb bei ihr, bis der Krankenwagen da war. Aber zu spät. Es war alles zu spät.

Rachel saß in der warmen Sonne und hatte trotzdem eine Gänsehaut. Tom legte den Arm um sie. Sie lehnte sich an ihn, legte den Kopf an seine Brust und war dankbar für seine Wärme, seinen Trost. Und dann auf einmal änderte sich die Stimmung: Die körperliche Nähe zwischen ihnen, dieses Gefühl von Verbundenheit – das alles fühlte sich nach weit mehr an als nur Freundschaft. Sie spürte durch sein weiches T-Shirt hindurch sein Herz schlagen. Beruhigend und erregend zugleich.

Dass ihre Gefühle verrücktspielten, lag bestimmt nur daran, dass sie so aufgewühlt war. Noch nie hatte es eine sexuelle Anziehung zwischen ihnen gegeben. Für Fantasien dieser Art waren Eve und Charlotte zuständig. Rachel setzte sich wieder auf und schob die irritierenden Gedanken weg, weil sie fand, dass sie unangemessen waren. Sie hatte sich irreleiten lassen von ihrem Anlehnungsbedürfnis und ihrer Traurigkeit. Tom war ein guter Freund, ihr hilfsbereiter Nachbar – mehr nicht.

Doch als sie den Kopf hob und ihn ansah, schien sich in seinem Blick dasselbe Gefühlswirrwarr zu spiegeln, das auch sie empfand. Ging es ihm etwa genauso?

Sie sahen sich einen Moment lang in die Augen, dann ließen Rachels Verwirrung und Angst nach. »Tja … Ich fahr wohl besser mal zurück«, stotterte sie und stand bereits. »Das Essen lass ich dir natürlich da. Bestimmt kriegst du später noch mal Hunger.«

Tom wirkte etwas überrascht von ihrem hektischen Aufbruch und dem abrupten Stimmungswechsel. »Okay, dann … danke. Es war sehr lecker. Pass auf dich auf, Rachel.«

»Klar. Bis später.«

Schon saß sie wieder auf dem Quad und raste davon, bevor ihre Gefühle weiter verrücktspielen konnten. Was auch immer los mit ihr war, sie sollte es lieber gar nicht erst herausfinden. Das Leben war so schon kompliziert genug.

23. Kapitel

Picknick mit Kuchen

Die Sonne wärmte Rachel und Maisy den Rücken, als sie nebeneinander im Erdbeerfeld der Farm knieten, um die reifen und saftigen Früchte zu ernten, die beinahe wie Zuckerwatte rochen. Maisy stopfte sich heimlich immer wieder Beeren in den Mund, wie Rachel lächelnd feststellte, als sie die rotgefärbten Lippen ihrer Tochter sah.

Was für eine wunderbare Erholung vom Baulärm und der Julihitze! Aber immerhin gingen die Arbeiten endlich weiter. Rachel hatte Maisy versprochen, nach der Schule mit ihr ein Picknick zu machen, unten am Fluss, der auch zur Farm gehörte. An einer Stelle bildete der Fluss ein natürliches Schwimmbecken. Dessen gegenüberliegendes Ufer gehörte bereits zu Toms Land, doch dieser hatte selbstverständlich nichts dagegen, dass sie sich dort aufhielten.

In der Küche packten Mutter und Tochter gemeinsam den Picknickkorb: Schinkenbrote, hartgekochte Eier, Tomaten von Jim – der Taxifahrer hatte ihnen einen ganzen Beutel voll vorbeigebracht, in seinem Gewächshaus waren zu viele auf einmal reif geworden – und natürlich eine kleine Auswahl an Kuchen und anderem Gebäck. Jills neueste Experimente hatten Mini-Baisers und Cupcakes mit Zitronenglasur hervorgebracht. Rachel, die sich schon einmal daran gewöhnen wollte, ihrer Mutter beim Backen unter die Arme zu greifen, hatte außerdem einen Blechkuchen mit Schokolade und Honig gemacht. Dazu gab es die selbst gepflückten Erdbeeren und Himbeeren.

Sie setzten sich in den Geländewagen und fuhren über die holprigen Wege zwischen den Feldern entlang, bis sie auf der unteren Wiese ankamen. Dort trocknete das gemähte Gras in der Sonne und verströmte einen herrlichen Geruch. Auf dem ungemähten Feldrand blühten wilde Kornblumen und roter Mohn, die sich sanft in der leichten Brise wiegten.

Maisy sprang aus dem Wagen, gefolgt von Moss. Neben dem Fluss breitete Jill die Picknickdecke aus. Moss verschwand im Dickicht, wo er wie wild herumschnüffelte; dann spielte er mit Maisy, die ihm immer wieder seinen Ball ins Wasser warf, den er brav holte und sie jedes Mal dabei nass spritzte. Maisy kreischte vor Vergnügen. Sie hatte ihren Badeanzug an und hüpfte bald auch selbst ins Wasser. Um diese Jahreszeit führte der Fluss nur wenig Wasser und war deswegen nicht gefährlich. Sie musste nur wegen der glitschigen Steine aufpassen. Ab und zu schossen kleine Fische vorbei. Rachel steckte die Zehen ins Wasser und legte sich ins weiche Ufergras. Sie genoss die Sonne auf ihrer Haut – bis Moss sich neben ihr schüttelte und sie mit kalten Tropfen sprenkelte.

»Iiiieh, Moss!«

Jill lachte. »Zeit fürs Picknick!«, rief sie. »Komm aus dem Wasser, Maisy. Ich rubbel dich mit dem Handtuch trocken.«

Maisy bibberte ein bisschen. Das Wasser kam aus den Bergen und war ziemlich kalt, auch im Sommer, aber ins weiche, flauschige Handtuch gehüllt, war ihr schnell wieder warm.

»Guck mal, Omi. Da, auf der anderen Seite, wo es ganz grün und schattig ist … Ich glaube, da ist eine Feenschlucht, wie in meinem Buch.«

»Könnte gut sein.«

Es sah wirklich ein bisschen mystisch aus auf der anderen Uferseite. Ein kleiner Baum war umgekippt, seine Wurzeln ragten in die Luft, und Farne und Moose wucherten drumherum. Auch ein paar Steine lagen dort, die durch die Reflexion des Wassers glitzerten.

»Bei Feenschluchten darf man sich was wünschen«, sagte Maisy ganz ernsthaft.

»Ich verstehe. Das müssen wohl ganz besondere Orte sein«, erwiderte Rachel.

»Sind sie auch. Man kann die Feen zwar nicht immer sehen, aber sie sind da.«

Gegen die Vorstellungskraft einer Fünfjährigen kam kein Argument an.

Maisy setzte sich auf die Decke. Ihre Zehen ragten aus dem großen Handtuch, in das Jill sie eingewickelt hatte. »Darf ich einen Cupcake haben?« Schon streckte sie ihre Hand nach der Tupperdose mit den kleinen Zitronenkuchen aus.

»Erst isst du bitte eins von den Broten«, sagte Rachel.

Maisy nahm widerwillig ein Sandwich, das sie dann aber mit offensichtlichem Appetit verzehrte. Der lange Schultag und das Planschen im Wasser hatten sie hungrig gemacht. Moss lag neben ihr auf der Decke und sah ihnen beim Essen zu, geduldig darauf wartend, dass für ihn etwas abfiel.

Es war schön, mal einen Sommernachmittag gemeinsam zu verbringen. Man musste sich zwischendurch kleine Auszeiten wie diese gönnen und bewusst frische Luft tanken. Wenn man einen landwirtschaftlichen Hof bewirtschaftete, kam man selten genug dazu, das Hier und Jetzt zu genießen. Und gerade im Moment, mit den Vorbereitungen für das Café, hatten sie noch weniger Zeit. Das Leben kann so schön sein, dachte Rachel mit einem Hauch von Erleichterung. Ihr Blick auf die Zukunft war nun hoffnungsfroher als noch vor ein paar Monaten.

Sie musste eine Wespe verscheuchen, damit sie einen der überaus leckeren, saftigen Zitronen-Cupcakes ungestört genießen konnte. Dazu gab es erfrischende, selbst gemachte Limonade.

»In einer Woche eröffnen wir, Mum. Das ging jetzt doch alles irgendwie schnell.«

»Finde ich auch. Es ist der Wahnsinn, dass das wirklich alles passiert. In den nächsten Tagen muss ich noch sehr viel backen. Aber zu früh darf ich natürlich nicht anfangen, die angebotene Ware soll ja frisch sein!«

»Und keine Sorge, ich werde dir unter die Arme greifen. Ich habe vor, meinen legendären Käsekuchen mit weißer Schokolade und einen Karottenkuchen zu machen. Wenn du magst, backe ich für die Eröffnung gern einen besonders großen.«

»Ja, das wäre toll. Ich werde mich auf meine traditionellen Sorten und die Mini-Varianten konzentrieren. Und eine Pavlova will ich auch noch machen.«

»Übrigens arbeitet Eve gerade an einem Schild für unser Café. Eins soll oben ans Tor und eins an die Scheunentür. Wir hatten an Dunkelgrau mit einem weißen, geschwungenen Schriftzug gedacht. Was hältst du davon?«

»Klingt perfekt.«

»Sie kommt morgen vorbei und hilft mir beim Streichen der Möbel. Hoffentlich bleibt es trocken, dann können wir das draußen erledigen.« Eve war fast so aufgeregt wie Rachel und Jill, was die Eröffnung des Hofcafés anging. Obwohl sie selbst so viel zu tun hatte, wollte sie ihnen auf jeden Fall helfen.

»Mum«, meldete sich Maisy. »Moss ist wieder im Wasser. Darf ich mit ihm spielen?«

»Hast du genug gegessen?«, fragte Rachel.

»Ja.«

»Okay.«

Glücklich verschwand der kleine Wirbelwind. Manchmal fragte sich Rachel, ob ihre Tochter nicht zu kurz kam. Vernachlässigte sie sie nicht allzu häufig wegen der Farmarbeit? Und für teure Ausflüge oder Urlaubsreisen war kein Geld da. Sie mussten mit allem jonglieren – mit ihrer Zeit und mit ihrem Geld.

Auf einmal hörten sie Lärm von einem der gegenüberliegenden Felder. Ein Quad? Ein Tor quietschte, und plötzlich tauchte Tom vor ihnen auf. Grinsend parkte er neben ihrem improvisierten Picknickplatz.

»Hallo zusammen. Hab ich doch richtig gehört, dass hier eine Party stattfindet.«

»Genau. Moss bellt und Maisy quiekt vor Freude.« Rachel sah Tom an und dachte daran, wie vor ein paar Tagen dieser Moment der Nähe zwischen ihnen beiden entstanden war, als er den Arm um sie gelegt hatte. Wieder hatte sie dieses merkwürdige Gefühl in der Magengrube.

»Hallo, Tom«, begrüßte ihre Mutter ihn.

»Hallo, Jill.«

Und Maisy, die fröhlich im Wasser herumplanschte, rief: »Tom!« und rannte zu ihm.

»Wie ich sehe, habt ihr Spaß.« Er begutachtete die Szene und störte sich nicht daran, dass Maisy sich klitschnass und kalt an sein Bein drückte, gefolgt von einem sehr nassen Border Collie. »Hallo Maisy, hallo Moss.«

Sein Jack Russell Terrier Mable war auch schon vom Quad gesprungen und rannte im Kreis um sie herum.

»Hoffentlich hast du nichts dagegen, dass wir hier sind«, sagte Rachel.

»Natürlich nicht, ich freu mich. Ihr macht ja nichts kaputt. Außer, ihr fangt ein paar Fische. Aber damit kann ich leben.«

»Möchtest du auch etwas essen oder trinken?«, bot Jill an. »Wir hätten selbst gemachte Limonade im Angebot.«

»Klingt verlockend. Bei der Hitze heute bin ich echt ausgedörrt.« Er trug wie immer Jeans und T-Shirt, seine Arme waren schon braun gebrannt.

Jill goss ihm einen Becher ein. »Hier.«

Er stürzte die Limonade herunter. Rachel fiel auf, dass ein paar Tropfen auf seiner Oberlippe gelandet waren, die er mit einer schnellen Handbewegung wegwischte.

»Cupcakes gibt es auch«, sagte sie, denn sie wusste ja, wie gern er Süßes aß.

»Noch besser. Da sag ich natürlich nicht Nein.«

Jill reichte ihm einen der Cupcakes aus der Tupperdose. Er biss hinein. »Köstlich. Und? Sind die Planungen im Endstadium?«

»Absolut. Bald ist es geschafft, was, Mum?«

»Ja, Gott sei Dank. Am Freitag nächste Woche öffnen wir offiziell unsere Tore und am Donnerstagnachmittag gibt es eine kleine Eröffnungsfeier. Du bekommst noch eine Einladung. Um vierzehn Uhr geht es los. Du musst unbedingt vorbeikommen«, sagte Jill.

»Oh ja, bitte versuch, es einzurichten«, pflichtete Rachel ihr bei. »Es gibt natürlich Kuchen ohne Ende.«

»Das werde ich mir doch keinesfalls entgehen lassen. Außerdem interessiert mich, was ihr aus der alten Scheune gemacht habt. So, und jetzt mache ich mich wieder auf den Weg. Ich wollte nämlich eigentlich nach meinen Rindern gucken.«

»Keine Ruhe für die Gottlosen«, meinte Jill.

»Ja, so ist das Leben als Farmer. Euch noch viel Spaß. Und

noch mal: Ihr könnt hier gern jederzeit herkommen. Ich freue mich, wenn es euch hier gefällt.«

Rachel sah ihn an. Bestimmt war er manchmal einsam, auf jeden Fall aber war sein Leben wohl sehr ruhig. Immerhin lebte er ganz allein auf seinem Hof. Okay, sie war zwar auch Single, aber bei ihr war immer etwas los – dank Maisy und ihrer Mutter.

Sie lächelte ihn an und dachte wieder an ihren intimen Moment.

»Dann also viel Glück mit der Scheune und eurem Hofcafé. Wenn ihr Hilfe braucht, einfach Bescheid sagen.«

»Machen wir. Danke.«

»Tschüss, Maisy! Viel Spaß noch!«, rief er.

»Ja. Aber pst!« Das Mädchen legte einen Finger auf die Lippen. »Ich suche nach der Feengrotte. Vielleicht haben wir die Feen aber auch verscheucht. Moss bellt zu viel und spritzt überall rum.«

»Okay. Dann fahr ich wohl besser ganz langsam, um nicht so viel Lärm zu machen.«

»Gut.«

»Dann komm, Mable, aufsteigen.« Mit einem Satz sprang der Terrier aufs Quad. »Tschüss zusammen.«

»Tschüss, Tom.«

Es war ein schönes Picknick gewesen und Rachel hatte den freien Abend genossen. Davon hatte sie wirklich nicht viele. Doch sie und Jill wussten, dass vor der großen Eröffnung noch viel zu erledigen war; die Bauarbeiten gingen in die letzte Runde. Leider fehlte am nächsten Morgen von den Handwerkern jedoch jede Spur. Ihr weißer Lieferwagen war nicht da, und aus der Scheune drang kein Lärm. Beunruhigend.

Rachel versuchte, Ian auf dem Handy zu erreichen – eine andere Nummer hatte sie nicht –, aber niemand meldete sich. Normalerweise kamen die Männer morgens gegen halb neun, und sie hatten auch nicht Bescheid gesagt, dass sie später kommen würden. Sie hatten die Hälfte der Kücheneinheit eingebaut, waren aber noch lange nicht fertig. Auch mussten noch die Scheunentore durch ein großes Fenster mit kleinerer Eingangstür ersetzt werden, damit es im Inneren heller war.

Gegen zehn vor zehn klingelte Rachels Handy. »Hallo, Ian hier. Tut mir leid, aber heute schaffen wir es nicht raus zu euch. Wir sind in Alnwick, wo wir einen Auftrag übernommen haben, während wir auf eure Küche warten mussten. Jetzt müssen wir hier erst noch Fliesen legen, das haben wir dem Kunden versprochen. Dauert einen Tag.«

Was interessiert mich dieser andere Kunde, dachte Rachel frustriert. »Aber das verzögert doch alles noch weiter. Unser Zeitplan ist ohnehin schon so eng. Ich wollte gerade losfahren und im Dorf die Flyer für unsere Eröffnung am Donnerstag nächste Woche verteilen.«

»Morgen gegen Mittag sind wir da.«

»Gegen Mittag?« Das wurde ja immer besser.

»Nicht sauer sein. Wir werden auf jeden Fall bis nächsten Donnerstag fertig.«

»Hmm.« Davon war Rachel nicht überzeugt. Sie seufzte. »Das heißt aber, Sie müssen spätestens am Mittwochabend fertig sein. Wir haben dann noch jede Menge vorzubereiten.«

»Kein Ding, das schaffen wir schon.«

Ian klang für Rachels Begriffe ein bisschen zu entspannt. Aber was blieb ihr übrig? Sie musste sich darauf konzentrieren, was sie selbst zu erledigen hatte, und hoffte, dass die Handwerker Wort hielten.

Und dann ging auch noch der Rasenmäher kaputt. Na toll. Sie hatte doch noch vorne beim Tor zu mähen, damit für die Eröffnung alles ordentlich aussah! Benzin hatte der Mäher noch genug, trotzdem war er einfach ausgegangen. Sie zog mehrfach an der Schnur, um ihn wieder zu starten, aber nichts passierte. Vielleicht hatte Tom ja einen Rasenmäher, den er ihr leihen konnte? Sie beschloss, rasch bei ihm vorbeizufahren. So würde sie es heute vielleicht doch noch schaffen.

Es war ein warmer, etwas schwüler Nachmittag. Das trockene Wetter hielt an. Rachel sprang aufs Quad und erreichte wenig später Toms Farm. Offensichtlich war er zu Hause, denn sein Pick-up und sein Quadbike parkten im Hof. Als sie auf sein Wohnhaus zuging, hörte sie hinter dem Gebäude einen lauten Knall. Besser, sie sah dort zuerst nach. Bei dem schönen Wetter hatte Tom vielleicht draußen zu tun.

Sie öffnete das niedrige Eingangstor und folgte dem Weg am Haus vorbei. Als sie um die Ecke bog, sah sie die Ursache für das laute Geräusch – und blieb wie angewurzelt stehen. Tom war dabei, Holz zu hacken. Gerade hob er die Axt – was für ein Bizeps! Tom arbeitete mit freiem Oberkörper, und sein Anblick raubte ihr kurz den Atem. Auf seiner Brust glänzte der Schweiß.

»Wow«, keuchte Rachel. Sie hatte nie überlegt, wie Tom unter Jeans und T-Shirt wohl aussah. Seine Brust war nicht so sonnengebräunt wie seine Arme – die typische Farmer-Bräune – aber insgesamt ein äußerst angenehmer Anblick, äußerst. Als ihr bewusst wurde, wie krass sie ihn anstarrte, musste sie schlucken und wandte rasch den Kopf ab.

Doch er hatte sie noch gar nicht bemerkt, sondern war ganz in seine Arbeit vertieft.

Sollte sie ihn rufen? Ihn unterbrechen? Leider hatte sie schon jetzt das Gefühl, eine knallrote Birne zu haben. Außerdem wollte sie ihn auf keinen Fall erschrecken – nicht, dass er am Ende mit der Axt abrutschte oder so was. Sie selbst hatte jedenfalls gerade kurz die Fassung verloren bei seinem Anblick. Vermutlich würde sie ohnehin keinen Ton rausbringen.

Sie beschloss, diese Augenweide noch eine Sekunde zu genießen und ihn dann besser in Ruhe zu lassen. Dann musste sie ihn eben morgen früh nach dem Rasenmäher fragen. Darauf kam es jetzt auch nicht mehr an. In ihrem momentanen Zustand war sie vermutlich ohnehin unfähig, etwas Sinnvolles zu tun. Ihre Beine fühlten sich an, als wären sie aus Gummi.

Das reicht jetzt, Rachel! Dreh dich um und geh!

Ihr war ein bisschen schwindelig, als sie wieder auf ihr Quad stieg. Sie konnte ja auch noch ein paar Minuten hier warten und es dann noch mal versuchen. Aber dann würde sie ihn zuerst laut rufen, bevor sie um die Ecke bog, um ihn sozusagen zu warnen. Dennoch blieb ein Problem: Er wäre vermutlich immer noch halbnackt.

Also fuhr sie wie ein Roboter zurück zur Primrose Farm und versuchte dabei krampfhaft, nicht an seinen Körper zu denken. Sie redete sich ein, dass das eine völlig natürliche, rein körperliche Reaktion ihrerseits gewesen war, die nur davon herrührte, dass sie schon so lange Single war. Trotzdem ging ihr die Szene, wie er in all seiner Pracht am Hackklotz gestanden hatte, nicht aus dem Sinn.

Aber sie durfte sich jetzt nicht ablenken lassen. Sie hatte zu tun. Sie stand kurz vor einer Geschäftseröffnung. Mum, Maisy … Ganz egal was … Nur leider, ahnte sie, würde nichts helfen, um sie von ihm abzulenken.

24. Kapitel

Kuchen ohne Ende

Am Sonntagnachmittag trafen sie sich auf der Farm zum Ideen sammeln.

Rachel, Jill, Ruth und Eve saßen am Küchentisch. Vor ihnen lag aufgeschlagen die Backbibel, jede von ihnen hatte eine Tasse Kaffee vor sich stehen und in der Mitte stand ein Teller mit selbstgemachten Schoko-Müsliriegeln für alle – Gehirnnahrung vom Feinsten. Selbst Maisy und Amelia hatten es vorgezogen, angesichts dieser wichtigen Sitzung ihr Spiel im Garten zu unterbrechen und sich dazuzusetzen. Die Frage lautete: Welche Gerichte und Kuchen sollten sie auf die Speisekarte nehmen?

Die Vertreterinnen der verschiedenen Generationen hatten allesamt etwas zu sagen.

»Auf jeden Fall werden wir die zwei Klassiker anbieten, die es auch im Deli in Kirkton gibt, Sticky-Toffee-Pudding und Schokoladenkuchen«, sagte Jill.

»Einverstanden«, befand Rachel.

»Was wären eure Favoriten?«, wollte Jill wissen. Sie war auch gern bereit, neue Rezepte auszuprobieren.

»Ich fände ja gebackene Dessertküchlein mit Zitronencreme gut«, sagte Eve.

»Schön. Delia hat da ein tolles Rezept. Vor allem für den Sommer eine gute Idee.«

»Wie wäre es denn überhaupt mit gebackenen Desserts?«, fragte Rachel. »Man muss ja nicht nur Biskuitkuchen anbieten. Was haltet ihr von süßen Pies, Banane-Toffee-Kuchen zum Beispiel, oder einem leckeren Käsekuchen?«

»Oh ja, darüber haben wir ja schon mal gesprochen, ich erinnere mich. Du kannst doch diesen fantastischen Käsekuchen mit Himbeeren und weißer Schokolade. Und was ist mit einer leckeren Desserttorte? Eine Pavlova mit frischen Erdbeeren und Sahne?« Eve war ganz begeistert. Sie befand sich bereits im siebten Kuchenhimmel.

»Ja, an eine Pavlova habe ich auch schon gedacht«, schaltete Jill sich wieder ein. »Ich möchte gern zusätzlich zu unserem Stammangebot immer auch eine wechselnde Auswahl anbieten. Wie wäre es denn mit einem ›Kuchen der Woche‹ oder so was?«, warf Jill in die Runde.

»Geniale Idee, Mum.«

»Oder eine Art Probierplatte«, sagte Eve »auf der von allem etwas dabei ist. So was finde ich immer gut.«

»Ein Kuchentrio vielleicht«, meinte Rachel.

»Für die Eröffnungsparty hatte ich ohnehin Mini-Kuchen vorgesehen. So was könnten wir ja auch sonst anbieten.«

»Und Cupcakes!«, rief Maisy. Die Miniatur-Törtchen waren ihr Lieblingsgebäck.

»Mit schönen Blumen drauf«, steuerte Amelia bei.

»Die essbaren aus Zuckerguss?«, hakte Jill nach.

»Ja, genau die!« Das kleine Mädchen strahlte, stolz auf seinen Beitrag.

»Super Idee, ihr zwei.«

»Ich fände ja auch eine traditionelle Königin-Victoria-Torte mit selbstgemachter Marmelade und Sahne gut«, meinte Ruth.

»Ein schön saftiger Karottenkuchen«, kam von Eve.

»Kaffee-Walnuss-Kuchen«, sagte Jill. »Das Repertoire an Biskuitkuchen lässt sich sehr leicht variieren, sodass wir wochenweise immer etwas Neues anbieten können.«

»Ich finde, etwas Glutenfreies sollte auch dabei sein«, schlug Rachel vor. »Kirstys Tochter zum Beispiel hat Zöliakie. Sie haben immer Probleme, in Restaurants etwas zu essen für sie zu finden. Es wäre doch schön, wenn wir für Personen mit Lebensmittelallergien oder Unverträglichkeiten auch etwas anbieten könnten.«

»Sehr gute Idee. Ich werde mir mal ein paar Rezepte ansehen, die man mit glutenfreiem Mehl backen kann.«

»Und noch mehr englische Klassiker«, mischte sich Granny Ruth noch einmal ein. »Biskuitrolle oder einen Pudding mit Trockenfrüchten, den traditionellen Spotted Dick. Den haben wir früher gern gebacken. Und dazu eine leckere, cremige Vanillesoße.«

Rachel und Jill brachen in Lachen aus. »Das wollten wir euch auch schon vorschlagen. Seht mal.« Rachel blätterte in der Backbibel, bis sie die kritzelige Kinderzeichnung ihres Vaters gefunden hatte.

Ruth setzte ihre Lesebrille auf und betrachtete das Bild. »Ja, stimmt, das war dein Vater, der kleine Schlingel. Hielt sich immer für besonders witzig.«

Maisy guckte sich die Seite an. »Wieso?«

Musste man einer Fünfjährigen unbedingt erklären, worum es ging? Verlegenes Schweigen in der Erwachsenenrunde.

Eve sah Rachel an und versuchte, nicht zu lachen.

»Weißt du, dein Opa hat im Rezeptbuch seiner Mutter rumgekritzelt und lustige Bildchen reingemalt.« Das kam der Wahrheit ziemlich nah.

Die zwei kleinen Mädchen kicherten unschuldig, dann rief Maisy: »Und Eis muss es auch geben!« Sie leckte sich die Lippen.

»Ja, wir könnten die Eiscreme von Doddington's anbieten,

sie kommt auch hier aus der Gegend«, sagte Jill. »Die kann man gut zum Kuchen servieren.«

»Regionale Produkte sind sowieso eine gute Idee«, sagte Rachel. »Aber findet ihr nicht, dass wir auch ein paar herzhafte Gerichte anbieten sollten, für alle die, die es lieber deftig statt süß mögen? Eine nicht zu große Auswahl natürlich, denn hauptsächlich geht es uns ja um den Kuchen. Aber ein paar üppig belegte Sandwiches mit Schinken aus der Region oder Käse aus Northumberland, und dazu selbstgemachtes Chutney. Oder Eggs Benedict mit Eiern von unseren eigenen Hühnern? Die Leute lieben so was.«

»Oder Räucherlachs aus dem Fluss Tweed mit Ei auf Toast«, fügte Eve hinzu. »Das ist lecker und regional. So unterstützen wir unsere Region, und die Urlauber lernen sie auch auf kulinarische Weise kennen.«

»Und das Brot lassen wir uns von der Bäckerei in Kirkton liefern«, sagte Jill.

»Genau. Das klingt doch alles schon super. Das wird eine tolle Speisekarte«, fasste Rachel zusammen.

Sie brainstormten noch eine Weile weiter. Die Schoko-Müsliriegel gingen zum zweiten Mal herum, als es an der Tür klopfte.

Rachel öffnete. »Oh … Hallo, Tom.«

»Hab dir gerade den Rasenmäher gebracht.«

»Danke.« Rachel spürte, wie sie errötete. Einen Tag nach ihrem misslungenen Versuch, ihn um den Rasenmäher zu bitten, hatte sie ihren Mut zusammengenommen und war noch einmal zu ihm gefahren. Diesmal hatte sie ihn dabei angetroffen, wie er den Kuhstall ausmistete. Zum Glück trug er dabei einen Overall. Damit konnte sie deutlich besser umgehen, auch wenn sie seinen Anblick »oben ohne« nicht vergessen hatte. Bis heute nicht.

»Ja … das ist super. Äh …«

»Alles okay?«

»Ja.« Sie war so kurz angebunden, weil sie sich krampfhaft bemühte, normal zu klingen. »Komm doch kurz rein. Wir halten hier gerade eine kleine Versammlung ab.«

»Hallo zusammen.« Tom steckte den Kopf in die Küche. »Und worum geht's?«

»Wir sammeln Ideen«, sagte Maisy als Erste.

»Für die Speisekarte des Hofcafés«, ergänzte Jill.

»Aber wir haben noch gar keinen Mann gefragt, Mummy! Tom kann doch auch mitmachen.«

»Von mir aus gerne. Gute Idee, Maisy. Du bist also unser Quotenmann, Tom. Neben Moss natürlich.« Rachel grinste. »Der uns allerdings bereits kundgetan hat, dass ihm alles schmecken wird.«

»Boah, du bist voll albern, Mama. Moss kann doch gar nicht sprechen.« Maisy verschränkte die Arme vor der Brust und schüttelte den Kopf.

Rachel lachte. »Also, Tom. Kaffee? Falls du überhaupt Zeit hast. Wahrscheinlich hast du ja zu tun.«

»Nein, passt schon. Ich hab' ein bisschen Zeit mitgebracht.« Er setzte sich. »Dann werde ich mal scharf nachdenken. Was würde ich denn gern essen in eurem Hofcafé … Auf jeden Fall den Sticky-Toffee-Pudding.«

»Steht schon auf der Liste«, entgegnete Jill.

»Verstehe. Was habt ihr denn bis jetzt?«

Jill las es ihm vor.

»Find ich alles gut. Würde ich essen.«

»Alles auf einmal?«, fragte Maisy erschrocken.

»Nein. Eher in zwei Portionen.«

»Das klingt dann doch nach Moss«, sagte Eve lachend. »Aber manche Männer können so was.«

»Was könnte es denn noch geben?« Tom rieb sich nachdenklich das Kinn. »Wie wär's denn mit einem Crumble?«

Eve sah Rachel an und fing sofort an zu kichern. Wieder wurde Rachel knallrot. Sie versetzte ihrer Freundin unterm Tisch einen Tritt.

»Wie konnten wir das nur vergessen?«, fragte Jill erstaunt. »Eine super Idee. Crumble können wir je nach Jahreszeit in verschiedenen Sorten anbieten. Apfel-Heidelbeere, im Winter Apfel mit Zimt, im Sommer mit Rhabarber oder mit Himbeere«, sprudelte es aus Jill heraus.

»Wahlweise mit Sahne, Vanillesoße oder Eis serviert«, schlug Rachel vor.

»Oder mit allen drei zusammen«, sagte Tom grinsend.

»Klingt hervorragend«, fand Eve und zwinkerte Rachel zu.

»Es soll auch ein paar herzhafte Kleinigkeiten geben. Fällt dir da was ein?«, fragte Rachel. Es war gar nicht schlecht, auch mal einen Mann nach seinen Wünschen zu fragen.

»Also, nach einem anstrengenden Morgen auf der Farm esse ich gern als zweites Frühstück ein Speck-Sandwich.«

»Ja, genau! Dafür nehmen wir den selbstgeräucherten Speck von der Glendale Farm auf frischem Brot von der Bäckerei in Kirkton. Ich glaube, langsam ist die Karte komplett.« Rachel klang aufgeregt. »Ich tipp das alles mal in den Computer, und wenn wir dann die Preise festgelegt haben, drucken wir die Speisekarte auf schönem Papier aus. Und zwar eine für jeden Tisch und noch eine oder mehrere zusätzlich für die Theke.«

»Das war ja wohl ein erfolgreiches Meeting. Noch jemand einen Müsliriegel?« Jill hielt den Teller hoch. »Ich mache mich am besten gleich wieder ans Backen.«

Rachel lächelte ihre Mutter an. Sie wusste, dass Jill genauso aufgeregt war wie sie selbst. Wie wunderbar! Ihre Mum war voller neuer Energie, das hatte sie lange vermisst. Und wie schön, dass alle sie bei ihrem Vorhaben so unterstützten und ihnen die Daumen drückten. Rachel war froh, dass sie so tolle Freunde hatte – ihr wunderbares »Primrose-Hofcafé-Team«.

25. Kapitel

Letzte Vorbereitungen

Die Einladungen waren verschickt, die Flyer verteilt. Die große Eröffnung für die Allgemeinheit fand am zwölften Juli statt, einen Tag davor die Eröffnungsparty mit den geladenen Gästen. Alle mussten mit anpacken, damit sie rechtzeitig fertig wurden. Es würde ein bisschen hektisch werden, aber sie wollten den Termin auf keinen Fall weiter hinauszögern, sondern unbedingt gleich zu Beginn der Sommerferien öffnen.

Es war Mittwoch, einen Tag vor dem großen Ereignis. Immer noch waren die Arbeiter in der Scheune zugange, was Rachel etwas nervös machte. Angeblich wollten die Männer am frühen Nachmittag fertig sein, aber sie selbst hatten ja auch noch einiges auf dem Zettel.

Jill stand in der Küche im Farmhaus und buk einen Kuchen nach dem anderen. »Heute Nachmittag mache ich die Brownies und morgen früh mache ich mit den Mini-Kuchen und den Baisers weiter. Außerdem habe ich kleine Kuchenformen für die Königin-Victoria-Torte. Die kleinen Kuchen werden toll aussehen mit einem Klecks frischer Sahne und einer Erdbeere obendrauf. Was sagst du?«

Rachel fiel auf, dass Jill in einer ungeheuren Geschwindigkeit sprach. Sie hatte einen Hauch Mehl auf der Wange, und ihre Schürze, die auch noch schief umgebunden war, war mit Schokoladensoße vollgespritzt.

»Ja, das sieht sehr sommerlich aus. Aber sag mal … ist alles okay bei dir, Mum? Du wirbelst hier rum wie ein drehender

Derwisch! Ich habe noch nie jemanden in diesem Tempo Teig rühren sehen. Das ist vermutlich Weltrekord!«

»Mir geht es bestens, keine Sorge! Ich befinde mich nur gerade in der heißen Backphase!«

»Mach aber trotzdem zwischendurch mal Pause, hörst du? Hoffentlich hält das Wetter. Weißt du eigentlich inzwischen, wie viele Leute morgen genau kommen?«, fragte Rachel.

»Eigentlich sollte es keine große Veranstaltung werden, aber die Anzahl der Gäste scheint von Tag zu Tag zu steigen«, sagte Jill, als könnte ihr das nichts anhaben.

»Oh, na gut, auf jeden Fall ist das eine schöne Werbung. Abgesehen davon scheinst du mir so viel gebacken zu haben, dass wir das ganze Dorf versorgen könnten.«

»Vermutlich. Na ja, ich kann nicht anders. Ich weiß von mindestens zwanzig Personen, die definitiv kommen werden. Brenda vom Deli mit ihrem Mann, eine Reporterin von der Zeitung in Alnwick, ein Mann von der Touristeninformation, ein paar Freunde aus der Nachbarschaft und Jan natürlich. Ich habe auch Toms Eltern gefragt, ob sie kommen wollen, ich habe sie gestern im Supermarkt getroffen. Eve kommt mit ihrer Familie, dann noch Charlotte und Sam und unsere beiden Handwerker. Ich habe sie heute Morgen gefragt, ob sie Lust haben zu kommen, und sie meinten, sie kämen sehr gerne.« Jill hatte die Zahl der Gäste an den Fingern mitgezählt, aber jetzt reichten ihre Finger nicht mehr aus.

»Und ich hab' ein paar Müttern Bescheid gesagt, die aber erst am Freitag vorbeikommen wollen. Und morgen kommt natürlich auch Tom«, ergänzte Rachel Jills Aufzählung. »Granny Ruth kommt ja wohl auch, oder?«

»Natürlich! Das wird sie sich doch nicht entgehen lassen! Oje. Da sind wir aber bei weit mehr als zwanzig Leuten, oder?

Könnte übrigens sein, dass ich auf dem letzten Treffen des Frauenvereins eine Art öffentliche Einladung ausgesprochen habe …«

»Mum!«

»Das passt schon. Je mehr, desto besser! Immerhin spricht es sich auf diese Weise rum, und das wollen wir doch.«

Aber die Eröffnung würde sie erst mal eine schöne Stange Geld kosten. Wenn es im Gegenzug einen Artikel in der Zeitung gab, war das natürlich auch nicht schlecht und sorgte ja vielleicht sogar für einen regen Besuch in den kommenden Wochen.

Endlich gab es auf der Primrose Farm wieder etwas zu feiern! Zwei der härtesten und traurigsten Jahre ihres Lebens lagen hinter ihnen, aber das war nun ein echter Neuanfang. Endlich konnten sie wieder positiv in die Zukunft schauen!

Trotz anderslautender Versprechungen hatten Ian und Dan, die Handwerker, ihre Arbeit erst nach siebzehn Uhr beendet. Zum Schluss hatten sie noch den neuen Eichenholztresen geölt, dann hatten sie endlich ihre Sachen zusammengepackt und in den Lieferwagen gestellt. Sie verabschiedeten sich rasch von Jill und einer leicht verstimmten Rachel. Es war höchste Zeit, mit den Vorbereitungen anzufangen!

»Wir sind fertig«, sagte Ian.

»Sie haben's wirklich spannend gemacht«, entgegnete Rachel leicht sarkastisch.

»Kommen Sie mit, wir zeigen Ihnen das Endergebnis. Wir müssen ja auch wissen, ob alles in Ordnung ist.«

Rachel hatte im Lauf des Tages zwar immer wieder mal reingeschaut, aber da hatte überall noch Werkzeug herumgelegen und alles war verhängt gewesen, sodass man den eigentlichen

Fortschritt nicht recht beurteilen konnte. Als sie jetzt mit Maisy und Jill die Scheune betrat, blieb ihr der Mund offenstehen. Ihr war, als wäre kurz die Zeit stehen geblieben, während sie sich umsah. Ihr Hofcafé war Realität. Die alten Steinmauern waren sorgfältig restauriert und schimmerten hell, dank der cleveren Beleuchtung. Die neue Küche mit dem weißgrau gefliesten Wandbereich über dem Ofen glänzte wie in der Fernsehwerbung, und auch die gläserne Kühlvitrine, die Jill zu einem Spottpreis auf einer Auktion in Berwick-upon-Tweed ersteigert hatte, machte sich gut neben dem Eichentresen.

Wow. Die Männer hatten sogar die Möbel wieder hereingetragen, die nebenan im Schuppen gestanden hatten, seit Eve und Rachel sie gestrichen hatten. Zwei Kommoden waren auch da – eine war eine Spende von Ruth, die behauptet hatte, sie würde bei ihr im Haus nur Staub ansetzen.

»Oh, mein Gott! Es ist genauso, wie ich es mir erträumt hatte. Nein, noch besser.« Rachel hatte Tränen in den Augen. Sie fuhr mit einer Hand über die glatte Oberfläche des Verkaufstresens. Bald würden hier die leckeren Backwaren stehen.

»Fantastisch«, sagte Jill. »Herzlichen Dank.«

Maisy rannte mit ausgebreiteten Armen durch die Scheune und spielte Flugzeug. »Noch schöner als an meinem Geburtstag. Darf ich hier noch mal eine Party feiern, Mummy?«

»Morgen gibt's erst mal eine Party für alle.«

»Hurra!«

»Vielen, vielen Dank.« Rachel schüttelte Ian und Dan die Hände. »Sie haben unseren Traum wahr gemacht.«

»Gern geschehen. Es war uns eine Freude, für Sie zu arbeiten. Obwohl es meiner Linie gar nicht gutgetan hat«, beschwerte sich Ian im Scherz. »Wir wünschen Ihnen alles Gute für die Zukunft.«

»Sie kommen morgen doch auch, oder nicht?«, hakte Jill noch einmal nach.

»Ja, das wäre schön«, sagte Rachel.

»Wir müssen zwar zur nächsten Baustelle, aber die ist nicht weit weg.« Ian sah zu Dan rüber, der nickte. »Wir kommen bestimmt mal kurz vorbei. Ein Brownie geht immer.« Er tätschelte lächelnd seinen Bauch.

»Wie schön. Also noch mal – vielen Dank.« Jill strahlte.

»Dann lassen wir Sie jetzt mal in Ruhe, meine Damen.«

»Ja, wir haben noch einiges vorzubereiten.«

Heute Abend würden sie richtig ins Schwitzen kommen!

Nach einem schnellen Abendessen – Schinkenspeck mit Eiern – machten sich Rachel und Jill an die Arbeit. Sie putzten gründlich und trugen dann alle Sachen, die sie in der Scheune brauchten, aus dem Haus herüber.

Danach brachte Rachel Maisy ins Bett. Als sie wieder in die Küche kam, war Jill immer noch mit Backen beschäftigt. Sie hatte Angst, dass der Kuchen für die vielen Gäste nicht reichen würde und es nicht genügend Probierteller gab. Vermutlich werden unsere Gäste eher platzen, als dass sie zu wenig zu essen bekommen, dachte Rachel im Stillen. Aber lieber zu viel als zu wenig.

Erst nach dreiundzwanzig Uhr holte Jill das letzte Blech aus dem Ofen. Sie wandte sich an Rachel. »Meinst du, das reicht?« Sie sah müde und angespannt aus, die Arme.

»Mum, alles okay. Du hast mehr als genug getan. Wirklich mehr als genug.« Und damit meinte Rachel nicht nur das viele Backen. Sie war stolz auf ihre tapfere Mutter, die es geschafft hatte, sich aus den Tiefen der Verzweiflung wieder emporzukämpfen.

Sie sahen sich in der Küche um, in der alles voller Kuchen und anderer gebackener Leckereien stand. Auch der Kühlschrank war so voll, dass beim Öffnen der Tür akute Lawinengefahr herrschte.

»Selbst wenn morgen eine ganze Armee hier auftauchen würde, Mum – jeder bekäme genug Kuchen.«

»Dann hau ich mich jetzt mal hin. Morgen wird ein anstrengender Tag.«

»Ja, mach das. Schlaf gut.«

»Du auch.«

Sie drückten sich fest und etwas länger als sonst.

»Hab dich lieb, Mum.«

»Ich dich auch, mein Schatz.« Jill schniefte leise.

Die letzten Handgriffe hoben sie sich für den nächsten Morgen auf. Dann würden sie ihr Hofcafé aufs Allerfeinste herausputzen.

Als Rachel einige Zeit später auch im Bett lag und ihrem vielbeschäftigten Hirn den Befehl gab, endlich abzuschalten und sie schlafen zu lassen, musste sie noch einmal an ihren Vater denken. Sicher wäre er einverstanden mit den Veränderungen, die sie auf der Farm vornahmen. Natürlich konnte sie darüber nur spekulieren – aber immerhin war er es gewesen, der ihr beigebracht hatte, mutig und fleißig und stets freundlich zu sein. Rachel glaubte zu spüren, dass ihr Vater sie in ihrem Tun anfeuerte – wo auch immer seine Seele sich befand.

26. Kapitel

Eine wahre Kuchenschlacht

Womit eröffnet man im Sommer ein Hofcafé? Mit viel Kuchen, Pimm's und Prosecco!

Eine herrliche Auswahl an Mini-Kuchen standen auf blau-weißen Porzellantellern zum Probieren in der Scheunenküche bereit, darunter die Varianten Sticky-Toffee-Pudding und Schokolade. Es gab kleine Pavlova-Törtchen mit frischer Sahne und Himbeeren als Dekoration, Königin-Victoria-Torte mit Erdbeermarmelade, Schokoladen-Brownies, Zitronen-Cupcakes und noch warme Biskuitrollen mit Marmeladenfüllung, selbstgebacken von Granny Ruth. Sie hatte außerdem herzhafte Muffins mit Käse und Schnittlauch beigesteuert. Rachel hatte ein großes Blech Karottenkuchen gebacken und in kleine Probierstückchen geschnitten. Klar war, dass an diesem Nachmittag niemand verhungern würde – am allerwenigsten die dreißig geladenen Gäste, mit denen sie rechneten.

Maisy und Amelia trugen Schürzen und wollten Kellnerinnen spielen. Rachel befürchtete, dass das keine allzu gute Idee war, denn Maisy konnte etwas tollpatschig sein, aber es war süß, dass sie mitmachen wollten.

Ihre tolle Freundin Eve hatte den ganzen Vormittag geholfen, die Scheune zu schmücken und vorzubereiten. So hatte sie zum Beispiel die großen Holzlöffel mit den Tischnummern in große Milchflaschen gesteckt und auf den Tischen verteilt. Ihre selbstgemachten Stofftiere, Kinderpullover und Dekoartikel aus Holz lagen in den Kommoden bereit. Es sah alles sehr schön aus. Außerdem hatten sie Leiterregale aufgestellt, an denen sie Eves hübsche hellgrüne Wimpelketten mit Blümchen- und Pünktchenmuster aufgehängt hatten.

Bei einer kleinen Kaffeepause zwischendurch hatte Eve den beiden stolzen Inhaberinnen des neuen Cafés zu ihrer Überraschung und großen Freude ein wunderschönes Holzschild geschenkt, das sie natürlich selbst gemacht hatte. Darauf stand in weißer Kursivschrift »Willkommen im Primrose Hofcafé«. Das liebevolle Geschenk hatte Rachel zu Tränen gerührt. Überhaupt war es ein Vormittag der Rührungstränen gewesen.

Jetzt hatten sie nur noch zehn Minuten Zeit, bis es offiziell losging. Rachel lief mit Papierservietten und Tellern in die Scheune. Dort hielt sie einen Moment inne und sah sich um. Was für eine Veränderung! Was sie da in kürzester Zeit auf die Beine gestellt hatten, war schon enorm – und das trotz der vielen Schwierigkeiten, auf die sie gestoßen waren. Nun warteten die Platten mit den verschiedenen Kuchen, sorgsam auf der einladenden Holztheke nebeneinander aufgereiht, auf Kundschaft. Daneben stand ein Stapel bunt zusammengewürfelter Teller und Tassen bereit.

Die liebevoll im Shabby- und Vintage-Stil weiß gestrichenen Möbel waren ebenfalls bereit für den Ansturm. Auf allen Tischen standen als Deko Einmachgläser mit Bohnen, Linsen und getrockneten Erbsen, was wirklich nett aussah. Entlang der Wände waren Girlanden gespannt. Ihre Traumkronleuchter hatte Rachel leider noch nicht kaufen können, weil das Geld zu knapp gewesen war, daher baumelten fürs Erste einfach die nackten Glühbirnen von der Decke. Außerdem hatten sie aus dem Haus ein paar Kerzenleuchter geholt und aufgestellt. Durch das neue große Bogenfenster drang aber auch ausreichend Tageslicht ins Innere.

Rachel holte tief Luft. Sie hatten es also wirklich geschafft. Alles war rechtzeitig fertig geworden.

Jill kam herein und stellte sich neben sie. Sie legte ihrer Tochter die Hand auf die Schulter. »Sieht es nicht wunderschön aus? Das hast du wirklich gut gemacht.«

»Nein, das haben *wir* gut gemacht«, korrigierte Rachel sie.

Einen Moment lang standen sie einfach nur da, voll Freude und Stolz. Sie hatten geschafft, was sie sich vorgenommen hatten. Sie wussten, dass sie gerade beide an Dad dachten, aber keine von ihnen sprach es aus, denn sie wollten nicht die Beherrschung verlieren. Und es gab noch etwas, das sie beide wussten – dass sie dieses Geschäft zum Erfolg führen mussten.

Eine Weile konnten sie beide nichts sagen und bewunderten nur stumm ihre alte Scheune.

Das Geräusch eines ankommenden Fahrzeugs katapultierte sie zurück in die Gegenwart, und schon trat der erste Besucher in die Scheune – es war Tom. Er hatte einen wunderschönen, üppigen Blumenstrauß dabei.

»Da seid ihr ja«, sagte er strahlend. »Meinen herzlichen Glückwunsch.« Er reichte Jill den Strauß. »Der ist für euch beide.«

»Die sind ja wunderschön«, erwiderte Jill erfreut.

»Vielen lieben Dank«, sagte Rachel, die ihm irgendwie nicht in die Augen sehen konnte. »Und ich weiß auch schon, wo wir sie hinstellen werden. Gleich da drüben auf den Tresen. Oder, Mum?«

»Oh ja. Da sieht man sie auch gut. Vielen Dank, Tom. Sehr lieb von dir.«

»Heute ist ja auch ein wichtiger Tag. Wie läuft's denn? Seid ihr bereit?«

»Ich denke schon«, antwortete Jill. »Es war noch ziemlich

nervenaufreibend, bis alles fertig war, aber wir haben getan, was wir konnten. Ich hol nur schnell eine Vase.«

Tom sah sich um. »Das ist aber wirklich schön geworden. Wie viele Leute kommen denn heute?«

»Wir rechnen mit etwa dreißig Personen, aber Mum war etwas freigebig mit ihren Einladungen, sodass es leicht auch ein paar mehr werden könnten … Man wird sehen.«

»Kann ich noch irgendwas tun?«, bot Tom an.

»Ich glaube, wir sind so weit fertig. Aber vielleicht kannst du gleich während der Eröffnung mit darauf achten, dass immer alle genug zu trinken haben. Könnte passieren, dass ich hier und da länger mit ein paar Gästen plaudere … Da steht der Prosecco, und Eve macht gerade drüben in der Küche ein Tablett mit Pimm's fertig, damit wir genügend Nachschub haben.«

»Kein Problem. Dann übernehme ich den Pimm's-Ausschank. Hab schon Schlimmeres gemacht.«

»Das glaub ich gern.« Als Farmer durfte man nicht zimperlich sein.

Da kam Maisy hereingerannt. »Tom, ich bin heute die Oberkellnerin. Ich habe sogar eine Schürze bekommen und alles. Amelia wird mir helfen. Dürfen wir anfangen, Mummy? Wann soll ich die Kuchen herumreichen?«

»Lass uns noch ein paar Minuten warten, Maisy, bis noch mehr Gäste da sind. Vorausgesetzt, Tom hat nichts dagegen?«

»Dann muss ich wohl warten.« Tom verzog zum Spaß das Gesicht. »Nein, alles gut, Maisy. Rachel gibt uns das Startkommando.« Er zwinkerte ihr zu. »Hübsches Kleid übrigens.«

»Danke, Tom«, sagte die Kleine und knickste wie eine Prinzessin. Dann verschwand sie wieder, mit Amelia und Moss im Schlepptau, um sich einer anderen wichtigen Mission anzunehmen.

Jill kam mit den Blumen in einer Glasvase zurück und platzierte sie auf dem Eichenholztresen. Dort machten sie sich ausnehmend gut. Damit war das Werk vollendet.

Als die ersten Gäste eintrafen, spürte Rachel auf einmal, wie angespannt sie war. Eve kam mit einem großen Tablett mit Pimm's-Gläsern aus dem Haus. Maisy und Amelia waren noch zu klein dafür, obwohl die Mädchen ihre Aufgabe sehr ernst nahmen. Sie balancierten die Kuchenteller mit hoch konzentrierter Miene zwischen den Tischen hindurch und boten sie den Gästen an.

Die Sonne war wieder herausgekommen, nachdem eben ein kurzer Schauer niedergegangen war. Einige Gäste bewunderten die Einrichtung der Scheune und lobten, wie schön alles geworden war, andere hielten sich vorerst im Hof auf. Jills Freundinnen vom Frauenverein kamen als Gruppe mit vier Autos, und es wurde schlagartig voller. Tom stand bereits mit dem zweiten Krug Pimm's bereit, und sein Angebot wurde von mehreren Gästen dankend angenommen.

Bisher lief alles bestens, Gott sei Dank. Auch die Dame von der Presse war gerade eingetroffen, um ihren Hals baumelte professionell eine Kamera. Der einzige Dämpfer war, dass auch Vanessa Palmer-Pilkington da war, die mit einer Frau aus Jills Frauenverein in der Scheune zusammenstand und gerade Rachels Karottenkuchen probierte. Die schreckliche Person rümpfte die Nase. »Der könnte aber ein bisschen saftiger sein, was, Clara?«

»Ich finde ihn ziemlich gut.«

Rachel wusste, dass sie keine so versierte Kuchenbäckerin war wie ihre Mutter, aber trotzdem – die Kritik hatte sie getroffen.

»Meiner ist besser«, behauptete Vanessa lautstark.

»Ja, mit *dem* ist er natürlich nicht zu vergleichen«, sagte Clara voller Ironie, die von Vanessa allerdings nicht verstanden wurde. Rachel bekam es jedoch mit und konnte sich ein Grinsen nicht verkneifen, während sie hinter den Tresen ging, um noch eine Kanne Tee zu kochen.

Maisy hatte inzwischen etwas mehr Selbstvertrauen gewonnen, was ihre Serviertätigkeit anging. Ihr Mund war mit verräterischen Spuren von Karamellsoße und Zitronenguss verschmiert. »Darf es noch etwas sein? Ein Schokoladen-Brownie oder die Biskuitrolle?«

Einige Gäste hatten Eves Handarbeitsecke entdeckt, und Rachel stellte voll Stolz fest, dass Eve tatsächlich schon etwas verkaufte.

Eine Stunde verging wie im Fluge. Die Reporterin – sie hieß Amanda – hatte jede Menge Fotos gemacht. Am Samstag sollte ihr Artikel über die Neueröffnung in der Lokalzeitung erscheinen, das war perfekt.

Nun war es an der Zeit für Rachel, ein paar Worte zu sagen. Als sie sich vor die Gäste stellte, war sie reichlich nervös, und ihr Herz hämmerte in ihrer Brust.

»Hallo! Hallo!« Es war nicht leicht, auf sich aufmerksam zu machen.

Langsam wurde es still – bis auf Maisy, die ganz laut rief: »Pst, Mummy will was sagen!«

Die Anwesenden lachten.

»Danke, Maisy. Jetzt hören mir alle zu, denke ich.« Rachel lächelte und holte tief Luft für ihre Rede. Es war ein so bedeutender Tag für sie. »Herzlich willkommen zur Eröffnung des ›Primrose Hofcafés‹! Vielen Dank, dass Sie alle gekommen sind.«

Alle Augen waren auf sie gerichtet. Hoffentlich verhaspelte sie sich jetzt nicht. Gestern Abend im Bett hatte sie sich ein paar Notizen gemacht, aber sie wollte nicht ablesen, sondern vielmehr ihr Herz sprechen lassen. Sie lächelte, um sich selbst zu beruhigen, und konzentrierte sich darauf, was sie sagen wollte.

»Es war viel Arbeit damit verbunden, dass wir unser Café rechtzeitig eröffnen konnten. Dabei haben uns Freunde und viele Menschen aus unserer Gemeinde geholfen, denen ich auf diesem Wege herzlich danken möchte. Ganz besonders erwähnen möchte ich meine Mutter Jill, meine wunderbare Freundin Eve, meine Granny Ruth, meine zwei kleinen Helferinnen Maisy und Amelia und unseren Nachbarn Tom. Und natürlich Brenda vom Kirkton Deli, die unsere Idee von Anfang an tatkräftig unterstützt hat, indem sie ein kleines Sortiment unserer Kuchen in ihrem Geschäft zum Verkauf anbietet – seit mittlerweile vier Monaten. Denn erst wussten wir nicht, wie wir diese Unternehmung aufziehen sollten. Besonderer Dank gilt auch unseren fleißigen Handwerkern Ian und Dan für ihre großartigen Renovierungsarbeiten. Oder besser: für die Verwandlung der Scheune.« Die beiden Männer hatten es tatsächlich geschafft zu kommen und nickten ihr zu. Ian machte ein Daumen-hoch-Zeichen.

Applaus brandete auf, vereinzelte Jubelrufe waren zu hören.

»Wie Sie wissen, haben wir ein paar schwierige Jahre hinter uns.« Bevor der Kloß im Hals zu dick wurde, räusperte sich Rachel und sprach schnell weiter. »Deswegen haben meine Mutter und ich uns einen Neuanfang für die Primrose Farm gewünscht.«

Jemand rief laut »Bravo, richtig!« Rachel sah erstaunt, dass der alte Mr. Mac im hinteren Teil der Scheune stand und zustimmend nickte. Verdammt, der olle Miesepeter rührte sie. Sie schluckte und brachte einen letzten Satz heraus. »Ihnen allen vielen Dank! Bitte sagen Sie es weiter, wenn es Ihnen bei uns gefallen hat. Und jetzt weiterhin guten Appetit und auf Ihr Wohl!«

Eve drückte ihr ein Glas in die Hand und flüsterte: »Gut gemacht.« Jill wollte auch etwas sagen und ging nach vorne. »Auch ich möchte mich von Herzen bedanken, vor allem bei meiner sehr eigensinnigen und entschlossenen Tochter Rachel. Sie hat dafür gesorgt, dass das hier Realität geworden und kein Hirngespinst geblieben ist. Ich danke dir für alles, was du für unsere Familie hier auf der Primrose Farm leistest. Ein Hoch auf Rachel!«

»Sie lebe hoch!«

»Bravo!«, rief Tom laut und erhob das Glas. »Auf euer Hofcafé!« Sein Blick kreuzte sich mit Rachels, und sie sahen sich einen Moment lang an. »Auf Jill und Rachel!«

Weitere Lobesrufe ertönten, dann nahm die Einweihungsfeier ihren Lauf.

Rachel wischte sich kurz mit dem Handrücken über die Augen. Sie war gerade doch ein bisschen emotional geworden. Jill rieb ihr den Rücken, eine kleine, ermutigende Geste, die Rachel seit ihrer Kindheit kannte. Ihr Blick fiel auf Tom, der ihr gegenüberstand und sie mit einem Ausdruck in den Augen ansah, den man als Stolz interpretieren konnte.

Als die meisten offiziellen Gäste, darunter auch die unangenehme Palmer-Pilkington, gegangen waren, entspannten sich Jill und Rachel etwas. Ihre Kuchen waren gut angekommen und fast alles war aufgegessen worden. Eve goss ihnen allen noch ein Glas Pimm's ein – sie hatten es sich verdient.

Aber auch die anderen noch anwesenden Gäste kamen nicht zu kurz. Die meisten standen vor der Scheune, obwohl die Wolken sich wieder vor die Sonne geschoben hatten.

Rachel stellte sich neben ihre Mutter. »Das lief doch schon mal gut.«

»Ja, mein Liebling. Um nicht zu sagen, *sehr* gut. Ich habe jedenfalls den Eindruck, es hat den Leuten gefallen.«

»Nur Vanessa hat natürlich über meinen Kuchen gemeckert.«

»Vergiss sie. Sie muss immer was zu meckern haben, sonst ist sie nicht glücklich. Diese doofe Nuss mit ihrem Rottweilergesicht!«

Rachel lachte laut auf.

Dunkle Wolken zogen auf, und schon fielen die ersten Tropfen. Schnell flüchteten sich alle in die Scheune. Es war ein typischer englischer Sommertag, Sonne und Regen im Wechsel. Aber das tat der Stimmung keinen Abbruch.

Als alle Gäste in der Scheune versammelt waren, schnappte sich Eve einen Löffel und klopfte damit auf den Tresen, um sich Gehör zu verschaffen.

»Bitte entschuldigen Sie. Hallo! Ich möchte auch noch etwas sagen!«

Rachel sah ihre Freundin überrascht an. Was hatte Eve vor? Vielleicht hatte es etwas mit ihrem eigenen Warenangebot zu tun? Sie sah fragend zu ihrer Mutter rüber, die aber auch nur mit den Achseln zuckte. Sie hatten beide keine Ahnung.

»Okay«, sagte Eve. »Wir wissen ja, dass das Leben den beiden hier in letzter Zeit übel mitgespielt hat. Abgesehen davon, dass sie meine absolut besten Freundinnen sind, sind sie aber auch eine Quelle der Inspiration für mich. Was die beiden leisten, um die Farm am Laufen zu halten, ist unbeschreiblich. Und jetzt haben sie auch noch dieses wunderschöne Hofcafé eröffnet. Das ist einfach der Hammer! Ihr beide habt wirklich in sehr kurzer Zeit sehr viel erreicht.«

Wieder erklang Applaus und ein »Bravo, bravo!«.

Rachel spürte, wie ihre Augen feucht wurden. Hätte sie heute Morgen doch bloß wasserfestes Mascara aufgetragen! Ein Blick auf ihre Mutter verriet ihr, dass Jill ebenfalls gerührt war.

»Ein paar von uns haben sich zusammengetan, um euch ein kleines Geschenk zu machen, sozusagen als weitere Ermunterung … Was soll ich lang reden, hier ist es.« Eves Mann Ben bahnte sich einen Weg durch die Gäste. Er trug eine große Kiste. Hinter ihm kam Tom, der eine Kiste in etwa derselben Größe schleppte.

»Vorsicht, zerbrechlich«, sagte Eve.

Die Männer stellten die Kisten vor Jill und Rachel ab, die sich neugierig daran machten, sie zu öffnen. Kaum hatte Rachel den Deckel abgehoben, wusste sie, was es war. Glitzerndes Kristallglas in Tropfenform … es waren die wunderschönen Kronleuchter! Oh Gott. Rachel konnte es nicht fassen. Sie schluchzte und bekam ein Taschentuch gereicht.

»Oh Eve! Danke, und danke euch allen! Das ist das perfekte Geschenk. Aber woher wusstest du, dass ich genau die haben wollte?« Sie hielt einen Kronleuchter hoch.

Eve grinste. »Ich hatte mir im Stillen eine Notiz gemacht, als du mir davon erzählt hast, und dann im Internet nach den Bildern gesucht, die du mir gezeigt hattest. Du weißt schon, nur für den Fall der Fälle …«

»Aber die waren so teuer«, sagte Rachel.

»Wir haben uns die Kosten ja geteilt.«

Rachel sah sich im Raum um, und alle lächelten – ihre Freunde, ein paar Eltern aus Maisys Klasse, andere Farmer, Brenda, Ruth, Tom …

»Vielen Dank euch allen! Ich kann es noch gar nicht fassen.« Rachel war fast ein bisschen schwindelig.

»Wir dachten, das verleiht eurem Hofcafé *noch* mehr Glanz«, erklärte Eve. »Nicht, dass das zwingend nötig wäre, denn es ist auch so wunderschön.«

»Was für ein wunderbares Geschenk«, sagte Jill, die sich auch erst hatte fassen müssen. »Ganz herzlichen Dank euch allen!«

»Also dann«, verkündete Rachel. »Lasst uns weiterfeiern! Auf euer Wohl!«

Weitere Kuchen und Pavlovas machten die Runde, und Pimm's war auch noch da. Der Tee wurde nachgefüllt, und man saß entspannt zusammen, manche Gäste drinnen, manche draußen, denn die Sonne war wieder zum Vorschein gekommen. Maisy und Amelia spielten mit ein paar anderen Kindern im Garten und rutschten vergnügt mit nassen Hosenböden die Rutsche herunter.

Als nur noch ein paar Nachzügler da waren – darunter ihre engsten Freunde und Verwandtschaft – begannen Jill und Rachel mit dem Aufräumen. Mittlerweile war es nach achtzehn Uhr. Wie schnell die Zeit vergangen war! Während Rachel mit einem Stapel Teller aus der Scheune kam, um sie ins Haus zu tragen, rollte ein weiteres Auto auf den Hof.

»Rachel!«

Die Stimme ließ sie auf der Stelle stehen bleiben, und der Stapel Teller in ihrer Hand fing bedenklich an zu wackeln. Es war eine Stimme aus der Vergangenheit. Ein Schock.

»Oh …« Rachel sah eine Gestalt, die sie größer in Erinnerung gehabt hatte, mit sandblondem Haar und kühlen blauen Augen.

In diesem Moment tauchte Maisy an ihrer Seite auf, die wissen wollte, wer jetzt noch gekommen war.

»Wer bist du?«, fragte sie den Fremden, bereit, ihm ein Stück Kuchen zu holen.

»Hallo Maisy. Ich bin dein Daddy.«

Hätte Maisy in diesem Moment einen Teller in der Hand gehabt, hätte sie ihn sicher fallen lassen. Ihre überraschte Miene sprach Bände.

27. Kapitel

Sei vorsichtig mit dem, was du dir wünschst

Dafür, dass ihr Wunsch endlich in Erfüllung gegangen war, wirkte Maisy recht ratlos.

Ein fremder Mann stand vor ihr und behauptete, ihr Vater zu sein. Aber er sah ganz anders aus als die Daddys, die sie von der Schule oder vom Spielplatz kannte. Er war keiner von der Sorte, die ihre Kinder in den Arm oder an die Hand nahmen oder sie auf der Schaukel anschubsten. Und er hatte anscheinend nicht mal Süßigkeiten für sie dabei.

»Hey, Maisy.« Er setzte ein Lächeln auf und bückte sich zu ihr runter, um ihr das Haar zu zerzausen. »Alles okay?«

Die Kleine nickte schüchtern und verließ die sichere Zone neben ihrer Mutter nicht. Sie sagte kein Wort.

»Vermutlich ist sie etwas überrumpelt«, erklärte Rachel. *So wie wir alle.* Sie hörte die Anspannung in ihrer Stimme – sie klang verzerrt, regelrecht mechanisch. Sie war wie angewurzelt stehen geblieben, versuchte aber, Maisy wegen, sich so normal wie möglich zu verhalten. »Wir hatten einen anstrengenden Tag wegen der Eröffnung unseres neuen Hofcafés. Maisy war uns eine große Hilfe, nicht wahr? Also, wir sind alle geschafft. Und offensichtlich haben wir nicht mit dir gerechnet«, konnte sie sich nicht verkneifen zu sagen.

»Ich hab' eine Woche frei und spontan entschieden, meine Tochter zu besuchen.«

»Nett, dass du dich angekündigt hast«, bemerkte Rachel sarkastisch.

»War so ein Last-minute-Einfall. Du weißt schon.«

Nein, wusste Rachel nicht.

»Maisy, lauf los und such Grandma, ja? Frag sie, ob sie noch Hilfe beim Aufräumen braucht, mein Schatz.«

»Okay.« Maisy wirkte verwirrt und erleichtert, dass sie gehen durfte.

Dieser Mistkerl. Rachel selbst würde niemals unangemeldet bei ihrem Kind auftauchen, wenn sie es zwei Jahre lang nicht für nötig gehalten hatte, es zu besuchen. Abgesehen davon würde so etwas in ihrem Leben ohnehin nicht vorkommen. Sie war lieber vorsichtig, was diesen Mann anging. Im Grunde hatte er sie gleich nach Maisys Geburt verlassen und sie seitdem nur ein paar Mal besucht. Vor allem, wenn es hart auf hart kam, ließ Jake sich nicht blicken, aber ausgerechnet jetzt musste er unangemeldet auftauchen. Was hatte er bei ihnen zu suchen? Natürlich standen ihm als dem leiblichen Vater auch Rechte zu, aber verdient hatte er sie nicht.

»Darf ich reinkommen, oder was?«

»Von mir aus.« Rachel deutete widerwillig auf die Scheune. Sie fühlte sich vollkommen überrumpelt und konnte es immer noch nicht fassen. »Tee oder Kaffee?«

»Hättest du auch ein kaltes Bier da? Ich hab' stundenlang im Auto gesessen.«

»Keine Ahnung.« Erwartete er etwa, von ihr bedient zu werden? So wie früher, als sie alles getan hatte, was er von ihr verlangt hatte? Wenn er das glaubte, hatte er sich geschnitten. »Vermutlich haben wir irgendwo drüben im Haus eins. Aber ich habe gerade was anderes zu tun, kann ein bisschen dauern.«

Sie hatte keine große Lust, ihm zu erklären, wieso sie so beschäftigt waren – der Grund ging ihn auch gar nichts an. Genauso wenig, wie ihr Leben ihn etwas anging. Andererseits wollte Rachel aber auch nicht, dass er selbst ins Haus ging, um sich das Bier zu holen.

»Obwohl .... Ich hol dir das Bier doch besser jetzt. Warte kurz.« Rachel fühlte sich äußerst unwohl und sah sich suchend nach Jill um, in der Hoffnung, dass Maisy sie bereits informiert hatte. Da entdeckte sie sie. Ihre Mutter sah ebenfalls sehr überrascht aus – und auch besorgt.

»Du bist also für eine Woche in der Gegend?«, hakte Rachel nach.

»So was in dem Dreh.« Vage und unverbindlich wie eh und je.

»Hallo, Jake.« Jill kam zu ihnen rüber. Maisy hatte sie Eves Obhut überlassen. »Da bist du also wieder.«

Inzwischen waren nur noch Tom, Eve und ihre Familie sowie Granny Ruth da, die über Nacht auf der Farm blieb. Und jetzt auch Jake, der sich bei ihnen sehr wohl zu fühlen schien. Er lag mit einer Flasche Bier auf einer Bank im Garten und sah Amelia und Maisy beim Spielen zu.

Eves Ehemann Ben kannte Jake noch aus Schulzeiten. Er hatte ein paar Worte mit ihm gewechselt, aber jetzt halfen er und Eve beim Aufräumen. Als Rachel aus der Scheune kam, blieb sie kurz stehen und sah zu ihrem Ex rüber. Ihr reichte es für heute – sie hatte keine Lust, mit diesem Mann irgendwelche Höflichkeiten auszutauschen. Außerdem wusste sie nicht, was sie von dieser neuen Entwicklung zu halten hatte – extremes Missbehagen war das vorrangige Gefühl im Moment.

Sein unangekündigtes Eindringen in ihre und Maisys Privatsphäre war ein Schock für sie, und sie hatte keine Ahnung, wie die Sache weitergehen würde. Wollte Jake plötzlich im Leben seiner Tochter eine Rolle spielen? Am Ende sogar regelmäßig? Vielleicht wollte er ja auch, dass Maisy ihn ab und zu bei ihm zu Hause besuchte, wo auch immer er gerade wohnte? In dieser Gleichung waren zu viele Unbekannte, als dass Rachel sich jetzt damit hätte befassen können. Sie war sowohl körperlich als auch emotional erschöpft nach dem heutigen Tag. Aber immerhin war ihre Eröffnungsfeier super gelaufen. Mit einem solchen Erfolg hatte sie nicht gerechnet. Die Unterstützung nicht nur durch ihre Freunde und Familie, sondern durch die gesamte Ortsgemeinschaft war wunderbar. Das gab ihr ein äußerst positives Gefühl, fast konnte man sagen: Es machte sie glücklich. Und das würde sie sich von niemandem verderben lassen, vor allem nicht von Jake.

»Alles okay?« Tom kam zu ihr.

»Ich glaub schon. Aber der Tag war wirklich anstrengend.«

»Deine Mutter und du, ihr habt Tolles geleistet. Das Hofcafé wird garantiert ein Erfolg. Ich wünsche euch jedenfalls das Allerbeste dafür!«

»Hoffentlich.« Rachel beobachtete noch immer neugierig, wie Maisy auf ihren Vater reagierte. Sie hatte – nachdem die anfängliche Schüchternheit überwunden war – bereits bei Amelia mit ihm geprahlt.

Tom folgte ihrem Blick. »Irgendwoher kenne ich den Typen. Ist das nicht dein Ex?«

»Ja. Woher weißt du das?« Sie klang frustriert.

»War irgendwie logisch. Er hat sich nicht oft blicken lassen bisher, was?«

»Nein. Jake ist ein Vollidiot. Ich fand es ehrlich gesagt besser, dass er sich rar gemacht hat.« Jetzt war es raus. »Tut mir leid, das klingt vermutlich echt egoistisch. Aber wenn du ihn kennen würdest und wüsstest, wie unzuverlässig er ist …

Ich möchte nicht, dass er Maisy mit seinem Verhalten verletzt, verstehst du? Dass er sie wieder enttäuscht.«

»Das kann ich gut verstehen.«

Er legte ihr mitfühlend die Hand auf die Schulter – eine Geste, die ihr sagte: »Ich bin für dich da.« Zumindest interpretierte sie es in diesem Augenblick so. Zwischen ihr und Tom gab es eindeutig eine Verbindung. Wieder musste sie an den besonderen Moment auf dem Feld denken. War das nur Freundschaft? Oder war es mehr?

Meine Güte, was war denn los mit ihr? In ihrem Kopf kreisten die Gedanken, ohne dass sie sie sortieren konnte.

»Ich mach mich mal auf den Weg. Pass auf dich auf, Rachel. Und noch mal: Das habt ihr echt gut gemacht.« Er warf einen Blick auf Maisy und Jake. »Und du weißt, wo du mich findest, wenn du was brauchst.«

»Ich weiß. Danke.«

Wenn sie nur selbst gewusst hätte, was sie brauchte …

28. Kapitel

Gespräch bei einer Tasse Tee

Als die Sonne in strahlenden Farben unterging, sah Rachel aus dem Küchenfenster. Jake saß immer noch auf der Bank im Garten, und Maisy spielte auf ihrer Rutsche. Obwohl Sommerferien waren, hätte sie ihre Tochter eigentlich schon längst ins Bett bringen müssen. Und auch Jake sollte langsam aufbrechen. Hoffentlich hatte er sich wirklich eine Übernachtungsmöglichkeit organisiert und baute nicht darauf, bei ihnen schlafen zu können. Denn das würde auf keinen Fall passieren!

Sie ging in den Garten. »Maisy, reinkommen und Zähne putzen! Zeit fürs Bett!«, rief sie. Als sie die schmutzigen nackten Füße der Kleinen sah, stand fest, dass sie sie auch duschen musste. Sie hoffte, dass Jake den Wink mit dem Zaunpfahl verstehen und sich auf den Weg machen würde.

»Menno!« Maisy verzog protestierend das Gesicht. Aber Rachel sah, dass sie in Wirklichkeit todmüde war.

»Fünf Minuten länger sind ja wohl drin«, mischte Jake sich ein.

Was dachte er eigentlich, wer er war? Dass er hier einfach so auftauchen und dann auch noch entscheiden konnte, wann Maisy ins Bett zu gehen hatte? Rachel kochte vor Wut. Sie biss sich auf die Unterlippe. »Maisy ist schon eine Stunde über ihre normale Schlafenszeit, und sie hat einen anstrengenden Tag hinter sich. Jetzt wird schlafen gegangen. Ende. Wo übernachtest du eigentlich, Jake?«, fragte sie scharf.

»Ich hab da so ein Bed & Breakfast im Sinn.«

Es klang einigermaßen vage. Anscheinend hatte er nichts fest gebucht.

»Darf ich Maisy morgen wiedersehen? Wie fändest du das, Maiz?«

»Super!« Sie strahlte. Endlich hatte sie ihren Daddy gefunden, und nachdem sie ihre anfängliche Schüchternheit überwunden hatte, platzte sie jetzt vor Aufregung.

»Ich würde gern einen Ausflug mit ihr machen. Vielleicht zum Strand. Gehst du gern an den Strand, Maisy?«

»Au ja. Darf ich, Mummy?« Ihre Tochter klang so begeistert, dass es Rachel in der Seele wehtat, es ihr zu verbieten. Aber sie durfte sich nicht überrumpeln lassen. Hatte Jake überhaupt irgendwelche Erfahrung mit Kindern? Konnte sie ihm wirklich ihre Tochter anvertrauen? Zeigte er genügend Verantwortung? Maisy war ja erst fünf.

Rachel wollte das alles erst mal in Ruhe mit ihrer Mutter besprechen. Aber zwei erwartungsvolle Gesichter wollten eine sofortige Antwort.

»Pass auf … Maisy, kannst du schon mal reingehen zu Grandma? Ich glaube, sie wollte die Badewanne für dich einlassen.« Eine kleine Lüge, damit sie kurz allein mit Jake reden konnte.

»Okay.« Maisy hüpfte davon. »Bis morgen, Da…« Sie unterbrach sich, weil sie nicht wusste, ob sie ihn so nennen sollte. Dieser Moment brach Rachel fast das Herz.

»Ich kann es kaum erwarten, mein Schatz.« Er grinste, aber kaum war sie außer Hörweite, änderte sich sein Tonfall. »Also? Was ist los?«

»Sie kennt dich kaum, Jake. Und ganz ehrlich – weißt du überhaupt, wie man sich um kleine Kinder kümmert?«

»Das kann ja wohl nicht so schwer sein. Ich kauf ihr halt

ein Eis und dann gehen wir an den Strand. Sie ist auch meine Tochter, Rach. Ich dachte, du würdest dich freuen, wenn ich mich kümmere.« Er sah wütend aus.

Rachel wusste, dass sie jetzt vorsichtig sein musste. Jake war unberechenbar. »Ja, es ist ja auch gut, dass du da bist«, behauptete sie, um die Situation zu entschärfen. »Es kommt nur alles etwas plötzlich. Das überfordert Maisy. Komm gerne morgen wieder vorbei, aber ich schlage vor, dass ihr dann hierbleibt. Sie kann dir ja die Farm zeigen, und auf diese Weise könntet ihr euch ein bisschen besser kennenlernen.« Rachel fand, dass das ein vernünftiger Kompromiss war. Auch wenn ihr klar war, dass ihre Tochter es spannender fände, mit ihrem Vater einen Ausflug zu machen.

»In Ordnung. Obwohl ich echt nicht verstehe, dass du mir das nicht zutraust.« Er klang eingeschnappt. Diesen Tonfall kannte sie noch von ihm.

»Es geht nur darum, wie es für Maisy am besten ist, Jake. Das ist alles.«

»Gut, dann verschwinde ich jetzt. Ich bin morgen so gegen zehn wieder hier.«

»Okay.«

Sie verabschiedeten sich mit einem frostigen Kopfnicken. Rachel versuchte, höflich zu bleiben. Sie musste Maisy beschützen und fand, dass sie das Recht dazu hatte, auf gewisse Grenzen zu bestehen. Jake hatte sich zu lange nicht blicken lassen.

Im Gegensatz zu ihm war das Elterndasein für sie eben nicht optional.

Wenige Minuten später betrat Rachel das Bad, wo Jill bereits die Dusche für Maisy angemacht hatte.

»Ich kann jetzt übernehmen, Mum.«

»Ist alles okay, mein Schatz?« Jill saß auf dem geschlossenen Toilettendeckel und sah sie besorgt an.

»Ja, alles gut.« Sobald Maisy im Bett war, würden sie reden. »Bist du fertig, Schätzchen?«

»Ja.« Maisy klang müde.

»Dann komm raus. Das flauschige Handtuch wartet.«

»Ich komm gleich noch mal und geb dir einen Gutenachtkuss«, sagte Jill.

»Okay, Grandma«, hallte es aus der Dusche.

Rachel drehte das Wasser ab. Dann trocknete sie ihre Tochter ab und wünschte sich, sie könnte sie immer so nah und sicher bei sich haben. Maisy roch wunderbar frisch und nach ihrem Erdbeerduschgel.

Schlafanzug an und ab ins Bett. Jill kam kurz rein, wie versprochen, und auch Granny Ruth sagte der Kleinen noch gute Nacht. Dann setzte sich Rachel zu ihrer Tochter auf die Bettkante. Maisy war schon unter die Decke geschlüpft.

»Ist er gefahren?«, fragte Maisy und sah sehr verletzlich aus.

»Ja, aber nur für heute. Es ist schon spät, weißt du. Morgen kommt er wieder.«

»Oh.«

»Und wie war es so … mit deinem Dad?« Rachel wollte Maisy die Gelegenheit geben, darüber zu sprechen.

»Okay.« Sie schien sich nicht festlegen zu wollen und sah aus, als müsste sie konzentriert nachdenken, um ihre Gefühle zu entwirren. Nach einer Weile fügte sie hinzu: »Ich glaube, er muss das Daddysein noch lernen.«

»Da hast du wohl recht.« Rachel lächelte. Maisy hatte den Nagel auf den Kopf getroffen. »Hast du denn Lust, ihn morgen zu sehen? Hier auf der Farm?«

»Ja.« Sie nickte ernst.

»Okay. Willst du mir denn noch irgendwas erzählen? Ich weiß, dass das mit deinem Dad ganz neu für dich ist.« Rachel wollte ihrer Tochter klarmachen, dass sie auch in dieser neuen Situation jederzeit mit ihren Sorgen oder Fragen zu ihr kommen konnte.

Maisy nickte, dann fragte sie: »Liest du mir jetzt vor?«

»Natürlich. Die Feenschlucht?« Das war in letzter Zeit ihre Lieblingsgeschichte – vor allem seit sie am Fluss gepicknickt hatten und Maisy das farnbewachsene Ufer so fasziniert hatte.

Rachel nahm das Buch vom Nachttisch und begann, vorzulesen, und schon nach wenigen Sätzen fielen Maisy die Augen zu. Auch Rachels Lider wurden schwer. Am liebsten hätte sie sich gleich neben ihrer Tochter ins Bett gekuschelt.

Jill und Ruth saßen unten in der Küche bei einer Tasse Tee und diskutierten.

»Ich hab dir auch eine Tasse eingegossen«, sagte Jill. »Steht schon auf dem Tisch.«

Rachel setzte sich zu ihnen. Dabei entfuhr ihr ein Seufzer.

»Was macht die Kleine?«, fragte Ruth.

»Sie ist okay, wenn auch total übermüdet. Aber es war ja auch viel los heute. Ich hätte mir nur gewünscht, dass Jake uns vorwarnt, dann hätten wir sie ein bisschen vorbereiten können.«

»Typisch Jake«, meinte ihre Mutter nur. »Aber wie geht's *dir* damit, dass er hier einfach aufgetaucht ist?«

»Ach, Mum … Ich bin einfach vorsichtig. Ich frage mich die ganze Zeit, was er mit seinem Besuch bezwecken will. Aber ich kann ihm ja schlecht verbieten, sie zu sehen.«

»Nein, das kannst du nicht. Immerhin ist er ihr Vater.

Aber du kannst ein Wörtchen mitreden, was seine Besuche betrifft«, sagte Ruth.

»Das habe ich schon probiert.«

»Und was sagt er dazu?«, wollte Jill wissen.

Rachel berichtete ihnen von ihrer Unterhaltung im Garten. Dass er behauptet habe, er sei nur für ein paar Tage hier – vorerst jedenfalls.

»Ich weiß, dass ich es nicht verhindern kann, dass er sie besucht. Trotzdem traue ich ihm nicht. Keiner von uns kennt ihn wirklich, oder? Er war immer total unzuverlässig und nachlässig mit allem. Weiß er denn, wie man mit Kindern umgeht? Und was, wenn er doch länger bleibt und ihr Hoffnungen macht – nur um am nächsten Tag einfach weg zu sein? Wie beim letzten Mal, der blöde Arsch?! Entschuldigt bitte meine Ausdrucksweise.«

Ruth nickte nur. Wo Rachel recht hatte, hatte sie recht.

»Ja, es ist nicht einfach. Ich bin auch lieber wachsam, muss ich sagen«, erklärte Jill. »Aber vielleicht müssen wir ihm eine Chance geben.«

»Und dann – und das bereitet mir sogar noch größere Sorgen – was, wenn er hierbleiben will? Was will er von Maisy, was will er von uns? Will er nur die Wochenenden mit ihr verbringen, oder sollen wir sie uns wochenweise teilen? Welchen Einfluss wird er auf sie haben? Sie ist noch so klein, sie braucht eine feste Struktur, einen geregelten Alltag. Vor allem, seit das mit Dad passiert ist.«

»Jetzt wollen wir mal nichts überstürzen«, beruhigte Ruth sie. »Warten wir erst mal ab, was in den kommenden Tagen passieren wird. Dann können wir immer noch handeln.«

»Er hat gesagt, er will mit ihr zum Strand fahren. Für morgen habe ich es nicht erlaubt und ihm gesagt, dafür wäre es zu früh. Ich will erst mal sehen, wie er mit ihr umgeht. Deswegen kommt er morgen nur zur Farm und verbringt hier den Tag mit ihr.«

»Klingt vernünftig«, meinte Jill. »Bitte versteh mich nicht falsch. Ich denke auch, dass wir ihn im Auge behalten müssen, und ich werde alles tun, um dich und Maisy vor ihm zu beschützen. Aber wer weiß, vielleicht hat er sich ja auch geändert, ist ein bisschen erwachsener geworden.«

»Das wäre schön.« Rachel trank einen Schluck Tee. Das war alles so frustrierend, und ein schlechteres Timing für all das hätte es auch nicht geben können. »Und jetzt müssen wir noch alles für morgen vorbereiten, oder?«

»Stimmt«, Jill blieb gelassen. »Aber heute lief es doch sehr gut, und wir haben Kuchen ohne Ende. Morgen früh backe ich noch frische Scones und eine Königin-Victoria-Torte, und dann können wir wie geplant um zehn Uhr dreißig das Café öffnen. Das wird uns schon auf Trab halten! Und versuche, dir nicht zu viele Sorgen wegen Maisy zu machen, Liebes. Das wird sich alles finden.«

»Genau. Morgen ist ein neuer Tag.« Ruth lächelte sie liebevoll an. In diesem Lächeln schwang all ihre Lebenserfahrung mit, die guten und die schlechten Zeiten. Rachel empfand es als sehr beruhigend.

»Danke«, antwortete sie. Ihre Familie war wirklich Gold wert.

29. Kapitel

Ein neuer Tag

Rachel erwachte mit einem Gefühl von Panik. Kalter Schweiß stand ihr auf der Stirn. War es nur ein böser Traum gewesen oder eine reale Erinnerung? Sie kam nur langsam zu sich. Sie lag in ihrem Doppelbett, warm und kuschelig, in der Sicherheit des alten Farmhauses. Ihr Traum hatte sie in längst vergessene Zeiten zurückkatapultiert. Damals war sie so alt gewesen wie Maisy heute und hatte in genau diesem Zimmer einen schlimmen Albtraum gehabt. Sie konnte sich nicht mehr daran erinnern, worum es in ihrem Traum in der letzten Nacht gegangen war, aber sie war mit genau demselben schlimmen Angstgefühl aufgewacht wie damals als Kind.

Sie wusste noch, dass ihr Dad in ihr Zimmer gekommen war, weil er sie hatte schreien hören. Er hatte sie beruhigt, sie in den Arm genommen und getröstet. Hand in Hand waren sie die Treppe hinuntergegangen, und in der Küche hatte er ihr eine heiße Milch gemacht. Dann hatten sie sich zusammen auf den großen, gemütlichen Sessel gesetzt und über alle Tiere auf der Farm gesprochen.

Rachel hatte damals gerade gelernt, die Uhr zu lesen, und der große und der kleine Zeiger standen beide ganz oben. Dad hatte ihr erklärt, dass es Mitternacht war, und dass ihre Mutter tief und fest schlief. Nur sie beide wären wach. Er versprach ihr, wenn sie gleich wieder zurück ins Bett ginge, dass am nächsten Morgen alles vergessen wäre. Und so war es auch – zumindest für die folgenden siebzehn Jahre.

Vielleicht war ihre Sorge um Maisy wegen Jakes plötzlichem Auftauchen der Grund für ihren Albtraum – oder die Situation der Farm inklusive des großen Eröffnungstags morgen. Sie wusste es nicht. Aber der Gedanke daran, wie ihr Vater sie in seine Arme genommen hatte, tröstete Rachel. Sie schlief noch einmal ein, bis der Wecker klingelte.

Es war Freitag, der zwölfte Juli, fünf Minuten vor halb elf am offiziellen Eröffnungstag des »Primrose Hofcafé«. Jill stand hinter dem Tresen, der mit frisch gebackenen Köstlichkeiten eingedeckt war, und Rachel war gerade dabei, die Tür zur Scheune zu öffnen, um die ersten Besucher hereinzulassen.

Sie hatten es also wirklich wahrgemacht. Sogar die Scheune schien vor Stolz zu strahlen. Die honigfarbenen Wände schimmerten einladend, Eves Handarbeiten waren sorgfältig auf den Kommoden platziert, und die Vielfalt der Kuchen war der absolute Wahnsinn. Ihre Mutter hatte sich noch einmal selbst übertroffen. Im Haus passte Granny Ruth auf Maisy auf, bis Jake kam. Es funktionierte nur mit Teamarbeit. Rachel hob beide Daumen und grinste ihrer Mutter zu.

»Ta-dah!« Rachel öffnete die Tür und funktionierte das alte gusseiserne Bügeleisen, das sie in der Scheune gefunden hatte, zum Türstopper um. Rachel hatte Ruth danach gefragt und erfahren, dass das Bügeleisen einst Grannys Mutter gehört hatte. Man hatte es erst auf dem Ofen erhitzen müssen, bevor man die Wäsche bügeln konnte. Ein weiteres »altes Schätzchen«, das über Generationen hinweg benutzt worden war und zum authentischen Vintage-Look des Hofcafés beitrug.

Doch trotz Rachels Begeisterung hatten sich noch keine Gäste eingefunden.

Sie seufzte. »Die Leute rennen uns ja nicht gerade die Bude ein«, rief sie Jill zu und steckte den Kopf aus der Tür, um einen

Blick auf den Parkplatz im Hof zu werfen. »Wollen wir zwei dann noch einen Kaffee trinken?«

»Gute Idee. Dann kann ich mich auch gleich noch ein bisschen mit dieser Maschine vertraut machen.«

Sie hatten in letzter Minute noch eine gebrauchte Kaffeemaschine gefunden, die unter wunderbarem Gurgeln den köstlichsten Kaffee zubereitete – auch wenn Jill sich mit der Technik des Geräts noch ein bisschen schwertat. Granny Ruth war gleich ausgestiegen, als sie das Modell gesehen hatte.

»Wo kommt noch mal der gemahlene Kaffee rein?«

»Hier.« Rachel zeigte es ihr. »Und zwar zu zwei Dritteln gefüllt für eine schöne starke Tasse.«

»Alles klar. Jetzt hab ich's.«

Fünf Minuten später saßen die beiden an dem Tisch, der am nächsten zum Eingang stand, und tranken ihren Kaffee. Auf einmal hörten sie ein Motorengeräusch – aber in dem kleinen roten Lieferwagen saß nur ihr Briefträger, Trevor. Immerhin wurde Rachels Verkaufstalent mit einem Kaffee zum Mitnehmen belohnt. Sie versuchte, ihn auch mit den hausgemachten Brötchen, Scones und Kuchen zu locken. Leider heute ohne Erfolg.

»Dann noch einen schönen Tag, Trevor!«, riefen sie ihm hinterher, als er ihnen ihre Post auf den Tisch gelegt hatte. Hoffentlich waren das nicht noch mehr Rechnungen. Bei all den Investitionen, die sie gerade getätigt hatten, war das Geschäftskonto der Farm leerer denn je. Die kommenden Monate versprachen, ein echter finanzieller Balanceakt zu werden.

Kurz vor elf tauchte Jake auf – wie immer zu einer vollkommen anderen Uhrzeit als ausgemacht. Es waren immer noch keine Gäste da, und Rachel war ziemlich enttäuscht.

»Geh du mit Jake rüber ins Haus«, sagte Jill zu ihr. »Ich warte hier auf den großen Ansturm.«

»Okay, danke.« Rachel ging raus zu ihrem Ex. »Hallo Jake«, begrüßte sie ihn. »Hatten wir nicht eigentlich zehn Uhr gesagt?« Sie sah demonstrativ auf ihre Uhr.

»Musste noch ein paar Dinge erledigen, solange ich Internet hatte.«

»Okay.« Sie beschloss, erwachsen zu reagieren. »Maisy ist drüben im Haus. Ich bring dich rüber.«

»Alles klar.«

Maisy saß mit Granny Ruth am Küchentisch. Sie war mit einem halb fertigen Puzzlespiel beschäftigt.

»Hey, Maisy.« Jake grinste sie an.

»Oh, hi …« Maisy sah kurz auf, dann setzte sie ein Puzzleteil ein.

»Gut gemacht«, lobte ihre Urgroßmutter sie.

»Willst du mitspielen?«, fragte Maisy ihren Vater und schob ihm ein Puzzleteil rüber.

»Ja, wieso nicht.« Er stand mit gerunzelter Stirn hinter ihr. Es dauerte eine Weile, bis er wusste, wohin das Teil gehörte. »Da.« Er klang erleichtert.

»Gut.«

»Wolltest du mir nicht die Farm zeigen, Maisy? Es gibt bestimmt viel zu sehen, mein Schatz.«

»Ja, okay.« Rachel hörte einen zögerlichen Ton in Maisys Antwort.

Sie war noch so zerbrechlich, diese neue Beziehung. Würde das alles gut ausgehen? Rachel wagte keine Prognose. Aber sie musste den beiden eine Chance lassen. Das war nur fair.

»Bleibt aber bitte auf dem Gelände der Farm, okay, Maisy? Ihr könnt ja mal gucken gehen, ob Pete auf dem unteren Feld ist, ruf ihn einfach, wenn ihr am Gatter seid. Pete ist ihr Flaschenlamm, obwohl er inzwischen schon fast ausgewachsen ist«, erklärte sie Jake. »Zu den Hühnern könnt ihr auch gehen. Und nehmt Moss mit, dann bekommt er ein bisschen Bewegung. Für ihn ist es langweilig, wenn wir den ganzen Tag in der Scheune sind, weil er nicht reindarf.«

»Geht klar, Mummy.«

»Und wenn ihr mit dem Besichtigungsprogramm durch seid, kommt rüber in die Scheune. Da gibt es dann Mittagessen für euch.«

»Danke, Rach. Klingt doch cool, was, Maisy? Und wir dürfen sogar das Essen probieren!«

»Es ist lecker. Tom mag am liebsten Grandmas Sticky-Toffee-Pudding. Stimmt's, Mummy?« Ihre Tochter war mal wieder ganz sie selbst, doch Jake hob die Augenbrauen bei der Erwähnung von Toms Namen.

»Ist das so?«, fragte er leicht verstimmt.

»Ja«, antwortete Rachel nüchtern. Was ging es Jake an, wer Tom war oder was zwischen ihnen beiden war? Jake hatte sich schon vor Jahren aus dem Staub gemacht. »Dann zieh deine Gummistiefel an, Maisy. Und viel Spaß!«

Maisy stand auf und ging zur Veranda. »Komm, Ja…« Sie war immer noch unsicher, wie sie ihn nennen sollte. »Zuerst zeig ich dir die Hühner. Da ist ein echt lustiges dabei, mit fluffigen Federn an den Beinen. Es gackert die ganze Zeit. Deswegen nennen wir es ›Frau Gack‹.« Das unschuldige Geplauder eines Kindes.

Rachel und Ruth tauschten einen Blick, als Maisy Jake an der Hand nahm und mit ihm rausging. Immerhin würden die beiden das Grundstück nicht verlassen – fürs Erste zumindest.

Um elf Minuten nach elf – Rachel wusste die Uhrzeit ganz genau, weil sie gerade in der Scheune auf die Uhr gesehen hatte – traf ihr erster offizieller Gast ein.

Er kam mit einem alten, aber gut gepflegten Wagen. Es war Frank, ein netter älterer Herr, der in der Nähe von Kirkton wohnte.

»Guten Morgen, meine Damen«, sagte er und lüpfte seine Schiebermütze. Er hatte dichte weiße Haare, und mit seinen blauen Augen blickte er sie freundlich an.

»Herzlich willkommen, Frank. Setzen Sie sich doch«, begrüßte Jill ihn lächelnd. »Was dürfen wir Ihnen bringen? Oder wollen Sie lieber erst einen Blick auf die Speisekarte werfen?«

»Erst mal hätte ich gern einen Kaffee. Und dann seh ich mal, ob mich was anspringt …« Er nahm die Speisekarte zur Hand, die neben dem Deko-Einmachglas auf dem Tisch lag.

»Sie können auch gern einen Blick in die Kuchenvitrine werfen. Vielleicht lacht Sie davon ja etwas an«, sagte Rachel.

»Danke.«

»Den Kaffee mit Milch?«, erkundigte sich Jill, die mit der Kaffeemaschine kämpfte.

»Ja, gern. Mit heißer Milch.«

»Dann schäum ich die schön auf für Sie. Und los«, sagte sie an Rachel gewandt, während sie Milch in ein kleines Kännchen goss. Langsam hatte sie den Dreh raus.

Sie ließen Frank in Ruhe die Karte studieren, dann fragte Rachel ihn, ob er vielleicht auch etwas zu essen bestellen wolle.

»Sieht wirklich schön aus hier drin. Das haben Sie richtig gut gemacht. Brenda aus dem Dorf hat mir schon viel davon erzählt. Deswegen habe ich beschlossen, mir das Café mal persönlich anzusehen.«

Die gute alte Brenda machte also Werbung für sie.

»Ich hatte bei ihr einen Ihrer Schokoladenkuchen gekauft. Superspitze lecker – so, wie meine Mary ihn auch gemacht hat. Ich musste ihn nur noch im Ofen warm machen. Vanillesoße hatte ich zum Glück im Haus. Köstlich.« Franks Frau war vor ein paar Jahren gestorben. Rachel dachte daran, was für ein reizendes Paar die beiden gewesen waren. Überall waren sie zusammen hingegangen. Es musste schwer sein, einen Menschen zu verlieren, mit dem man so viele Jahre verbracht hatte – ob nun als alter Mensch oder wenn man im Alter ihrer Eltern war. Aber davon durfte man sich nicht unterkriegen lassen – so wie Frank sich nach dem Tod seiner Frau nicht hatte unterkriegen lassen. Auch sie hatten weitergemacht und sogar etwas Neues aufgebaut.

»Hier ist Ihr Kaffee.« Jill sah so stolz aus, weil sie ganz allein mit der Maschine klargekommen war. Und der Kaffee sah aus, wie von einem hippen Barista gemacht.

Rachel grinste. Auch sie war stolz. »Darf es noch etwas sein?«

»Ich probiere mal die Biskuitrolle mit Vanillesoße. Erinnert mich an alte Zeiten, als ich noch ein kleiner Junge war. Das war die Sonntagsspezialität meiner Ma.«

»Hoffentlich wird sie Ihren Erinnerungen gerecht«, entgegnete Jill.

»Das wird sie ganz bestimmt.«

In diesem Moment kamen zwei Spaziergänger herein, ein Mann und eine Frau mittleren Alters. Sie erzählten Jill, dass sie einen Morgenspaziergang in den Cheviot Hills unternommen und auf dem Rückweg nach Kirkton zu ihrer großen Überraschung das Café entdeckt hätten.

Sie bestellten beide einen Tee, ein Speck-Sandwich und ein Stück von Rachels hausgemachtem Karottenkuchen. Als sie sich hingesetzt hatten, hörte Rachel, wie sie die Einrichtung der Scheune lobten und bewunderten. Sie fühlte sich in ihren Bemühungen bestätigt.

Während sie den Tee machte, fragte Rachel sich, wie Maisy und Jake klarkamen. Inzwischen war es fast zwölf Uhr. *Sie können nicht weit sein*, beruhigte sie sich, und obwohl Maisy noch klein war, wusste sie sehr gut, was man auf einer Farm tun durfte und was nicht. Vielmehr sorgte sich Rachel um das emotionale Wohlergehen ihrer Tochter. Sie hatte zum ersten Mal länger mit ihrem Vater zu tun, und Rachel hoffte sehr, dass es eine positive Erfahrung für sie war.

Sie riss sich von ihren Gedanken los und servierte den beiden Ausflüglern die bestellten Getränke und Backwaren.

»Das ist wirklich ein nettes Café«, sagte die Frau. »Wir kannten es gar nicht, dabei waren wir schon ein paar Mal in der Gegend im Urlaub.«

»Heute ist auch erst unser Eröffnungstag.«

»Ach so! Na, da haben wir ja Glück! Das haben Sie toll hingekriegt, wirklich schön. Und das Essen sieht lecker aus. Vielen Dank.«

»Herzlich gerne. Lassen Sie es sich schmecken.«

Frank verabschiedete sich wenig später mit einem netten Winken und einem Lächeln. Er versprach, bald wiederzukommen und allen seinen Freunden von ihrem Café zu erzählen. Als die Ausflüglerin ihren Kuchen aufgegessen hatte, stand sie auf und ging zu einer der Kommoden mit Eves Kunsthandwerk hinüber. Sie sah sich ein paar Kuscheltiere genauer an und entschied sich dann für das Schaf, mit dem sie zum Tresen ging.

»Das hätte ich gern.«

»Schön, das freut mich. Eine Freundin von mir stellt sie hier vor Ort her«, informierte Rachel sie.

»Wirklich ein süßes Spielzeug. Sehr begabt, Ihre Freundin. Meine Enkelin wird das Schäfchen lieben.«

Rachel freute sich für Eve. Sie konnte es kaum erwarten, ihr von dem Verkauf zu erzählen.

Kurz darauf erschienen weitere Gäste zum Mittagessen. Zwei Damen aus dem Ort, eine Familie mit zwei kleinen Kindern, die in der Gegend Urlaub machte, sowie Jim, der Taxifahrer. Er holte sich einen Kaffee und einen gebackenen Haferriegel zum Mitnehmen.

Kurz darauf kündigte Maisys lautes Geplapper ihr und Jakes Eintreffen in der Scheune an – zu Rachels großer Erleichterung. Maisy sah ziemlich glücklich aus und kommandierte ihren Vater herum. Sie sagte ihm, an welchen Tisch er sich setzen solle. Rachel musste lächeln.

»Und, wie war's?«

»Schön, Mummy. Petie hat uns begrüßt. Ich habe ihm Gras und Schaffutter gegeben.«

»Ja, es war schön.« Jake klang nicht ganz so enthusiastisch.

»Hast du Hunger? Was möchtest du haben?«

»Ich möchte einen von Grandmas Cupcakes.«

»Erst, wenn du etwas Gesundes gegessen hast. Lieber Suppe oder lieber ein Sandwich?«

»Ein Käsesandwich. Isst Jake auch was?« Dieser Name schien ihr besser zu gefallen als das Wort ›Daddy‹. Jake schien sich nicht daran zu stören.

»Ja, natürlich. Was hättest du denn gern, Jake?«

Er las die Speisekarte quer und bestellte einen Kaffee und ein Speck-Sandwich.

»Alles klar. Bin gleich wieder da.«

Sie war auf dem Weg zur Küche, als Jake rief: »Sieht gut aus hier drin, Rach. Echt schick. Muss ein Vermögen gekostet haben, so wie das aussieht. Anscheinend läuft's bei dir ja gut.«

Dieser Kotzbrocken. Er musste doch mitbekommen haben, dass ihr Vater nicht mehr lebte, und was sie deswegen durchgemacht hatten. Rachel biss sich auf die Zunge, um ihn nicht anzublaffen. Schön wär's, wenn es so wäre!

»Bist wohl zu Geld gekommen«, quasselte er weiter und lehnte sich in seinem Stuhl zurück.

War er etwa deswegen hier? Weil er dachte, sie wäre auf einmal reich geworden?

Rachel warf ihm einen wütenden Blick zu. Wie konnte er sich nur einbilden, etwas über ihr Leben zu wissen?

»Nicht alles ist immer so, wie es scheint, Jake. Aber ist klar, dass du das nicht wissen kannst. Du warst ja nie hier«, sagte sie scharf und drehte sich auf dem Absatz um, um die Bestellung fertig zu machen.

»Alles okay?« Jill deutete die Körpersprache ihrer Tochter augenblicklich richtig.

»Es ist alles okay, wenn er wieder dahin verschwindet, wo er hergekommen ist«, fauchte Rachel. Sie hatte eine anstrengende Woche vor sich, das wusste sie jetzt schon. Hoffentlich blieb es bei dieser einen Woche. Sie ließ ihren Frust an der Kaffeemaschine aus. Wäre da doch etwas anderes im Mahlwerk als nur Kaffeebohnen! Als der Kaffee durchgelaufen war, bat sie Jill, die Sachen an den Tisch zu bringen.

Am Nachmittag schaute Eve mit Amelia im Schlepptau vorbei.

»Und wie läuft's, meine Lieben?«, erkundigte sie sich.

»Hallo, Eve. Ganz gut. Es kommen durchgehend Gäste, und von allen bekommen wir ein super Feedback. Und wir haben auch schon eins von deinen Kuscheltieren verkauft – Simon, das Schaf.« Ja, sie hatten alle Namen.

»Das ist ja super! Ich bin sprachlos. Und vielen Dank auch! Es sieht wirklich toll aus hier drin. Übrigens, bevor ich's vergesse … Ich habe jemanden aufgetrieben, der die Kronleuchter aufhängen kann.« Eve wusste natürlich Bescheid, was mit Elektriker Carl passiert war und dass seine Anwesenheit hier nicht mehr erwünscht war.

»Echt? Super.«

»Und zwar Susans Mann. Er übernimmt auch manchmal kleinere Hausmeistertätigkeiten für die Schule. Er wird demnächst mal vorbeikommen und sich die Sache ansehen. Ich denke, mit einem Trinkgeld und einem Stück Schokoladenkuchen ist der Fall erledigt.«

»Fabelhaft. Apropos … möchtest du auch was trinken? Und dazu einen von deinen Lieblingskuchen? Und Amelia, du vielleicht einen Milchshake?«

»Au ja, gerne.« Amelia grinste. »Mummy, darf ich Schoko haben?«

»Ja klar. Und ich nehme einen Tee. Habt ihr Kamille da?«

»Ja, kein Problem.«

»Wo ist denn Maisy?«, fragte Amelia und sah sich suchend um.

»Sie ist mit ihrem Vater unterwegs.«

Nach dem Essen waren sie sofort wieder aufgebrochen.

Eve hob fragend die Augenbrauen in Richtung Rachel. Schulterzuckend antwortete diese: »Sie streifen irgendwo auf dem Farmgelände rum, vielleicht seht ihr sie gleich.«

Als Rachel die Getränke gemacht hatte, meinte Jill zu ihr, sie solle sich ruhig einen Moment zu ihrer Freundin setzen, sie selbst schaffe den Tresen auch allein. Amelia hatte ihren Milchshake gerade leer getrunken, als Maisy hereinkam. Beim Anblick ihrer Spielgefährtin strahlte sie übers ganze Gesicht.

Sofort rannten die beiden Mädchen in den Garten, um rutschen zu gehen. Ruth, die Jill spontan in der Scheune zur Hand gegangen war, bot an, ein Auge auf die beiden zu haben.

Jake stand wie bestellt und nicht abgeholt im Türrahmen.

»Sekunde, Eve.« Rachel ging zu ihm.

»Das war's für heute für mich«, verkündete er, als hätte er eine schwere Aufgabe bewältigt. »Morgen fahre ich dann mit ihr an den Strand, wie abgemacht. Okay?«

»Ja, okay.« Positiv denken, ermahnte Rachel sich. Es war nur ein Tag, und Maisy schien sich gut mit ihm zu verstehen.

»Bin dann so gegen halb elf da.«

»Prima.« Rachel war kurz angebunden, und sie wusste es. Ihre Antwort widersprach allerdings dem, was sie wirklich meinte.

Jake machte sich auf den Weg. Maisy brüllte er noch laut ein »Tschüss« zu.

Rachel sah, wie Maisy ihm zuwinkte. Sie seufzte und spürte eine leichte Verspannung im Schulterbereich.

»Und, wie läuft es zwischen Jake und Maisy?«, fragte Eve, als Rachel zurück an den Tisch kam.

»Ach, so lala. Sie scheinen ganz gut klarzukommen. Morgen will er allein mit ihr an den Strand fahren, was ich wohl oder übel erlauben musste. Aber ich weiß, dass ich morgen den ganzen Tag ein Nervenbündel sein werde. Er kennt sich mit Kindern doch gar nicht aus, und wirklich kennen tun sich die beiden auch nicht. Doch was soll ich machen? Er ist nun mal ihr Vater. Ich kann es ihm nicht verbieten, sie zu sehen.«

»Nein, vermutlich nicht. Und abgesehen davon, will er ihr mit dem Ausflug eine Freude machen. Er wird schon gut auf sie aufpassen. Und wenn er irgendwas nicht richtig macht, wird Maisy es ihm bestimmt sagen. Du kennst doch deine Tochter!«

»Ja, da hast du wohl recht. Sie hat ihn schon einen ›Vater in Ausbildung‹ genannt.«

»Ha! So kenn ich sie!«

»Trotzdem fällt es mir nicht leicht, sie gehen zu lassen. Sie ist noch so klein, und er kann so ein Arsch sein. Ich werde keine ruhige Minute haben … Stell dir doch bitte mal vor, es wäre Amelia.«

»Ja, natürlich würde ich mir auch Sorgen machen. Aber er verdient es auch, es probieren zu dürfen. Und Maisy hat sich doch in letzter Zeit auch mehrfach nach ihrem Vater erkundigt. Vielleicht kommt ja am Ende etwas Gutes dabei heraus.«

»Das hoffe ich sehr. Ich möchte nur einfach nicht, dass sie wieder enttäuscht wird. Und ich gehe nicht davon aus, dass er für längere Zeit hierbleibt.«

»Nein, wahrscheinlich nicht. Aber wenn er diesmal wieder verschwindet, wird sie sich wenigstens an ihn erinnern.«

»Daran, was er für ein Arsch ist, meinst du.« Rachel konnte nicht anders. Sie versuchte ja, um Maisys Willen gute Miene zum bösen Spiel zu machen, aber Jake wusste ganz genau, welche Knöpfe er bei ihr drücken musste. Ihre kleine Tochter war das Wertvollste auf der ganzen Welt für sie. Und wenn es auch nur den Hauch einer Möglichkeit gab, dass er Maisy wehtat, ob unbeabsichtigt oder auch nicht, würde sie ihn zum Teufel jagen.

30. Kapitel

Kita für Väter

Maisy war bereit. Pünktlich um viertel nach zehn stand sie mit ihrem gepackten Einhorn-Rucksack auf der Veranda. Rachel hatte ihr Kleidung zum Wechseln eingepackt und ihren Badeanzug, ein Handtuch, Badeschuhe, etwas zu trinken und etwas zum Knabbern. Jake wusste Bescheid, dass sie nur bis zu den Knien ins Wasser durfte.

Um fünf vor halb elf fuhr Jakes kleiner grauer Lieferwagen in den Hof. Ein kleines Wunder, dass er tatsächlich pünktlich war. Rachel begrüßte ihn und erklärte ihm noch mal, was alles zu beachten war. Dann vereinbarte sie mit ihm, dass er Maisy um siebzehn Uhr wieder zu Hause abliefern sollte, denn dann war Zeit für ihr Abendessen. Außerdem gab sie ihm ihre Handy- und ihre Festnetznummer und fragte ihn, ob seine Nummer noch die alte war.

Sie befestigte Maisys Kindersitz in seinem Wagen und checkte ihn doppelt – Jake verdrehte die Augen –, doch erst danach ließ sie Maisy einsteigen. Sie zeigte Jake, wie man die Gurte im Kindersitz richtig befestigte, dann gab sie ihrer Tochter einen Kuss und wünschte den beiden viel Spaß. Mit einem kleinen Seufzer schloss sie die Wagentür.

»Wir machen uns einen schönen Tag am Strand, was Maisy?«, sagte Jake. »Bis später.«

»Tschüss!« Rachel hatte einen Kloß im Hals.

»Tschüss, Mummy!« Maisy winkte. Sie sah aufgeregt, aber auch ein bisschen ängstlich aus. Bisher war sie nie so weit weg gewesen, höchstens mal bei Eve und natürlich in der Schule.

Es fühlte sich seltsam an, sie gehen zu lassen. Es konnte so viel passieren.

Mutter zu sein bedeutete, viele Sorgen und viele Freuden zu erleben, und irgendwann musste man auch lernen, loszulassen. Das Wissen darum machte es Rachel allerdings nicht unbedingt leichter.

»Pass gut auf sie auf«, flüsterte sie, als der Wagen den Hof verließ.

Sie sah ihm hinterher, bis er in der Ferne verschwand. Als sie sich umdrehte, um wieder ins Haus zu gehen, bemerkte sie Jill, die hinter ihr stand.

»Alles in Ordnung, Liebes?« Ihre Mutter legte ihr beruhigend die Hand auf die Schulter.

»Ja, ich glaub schon. Und jetzt brauch ich einen Kaffee.« Oder noch lieber einen Gin. Aber es war erst halb elf – sie hatten noch den ganzen Tag vor sich. Und es würde wieder ein langer Tag werden.

»Dann komm, machen wir uns einen Kaffee, und dann öffnen wir das Café.« Jill ging mit ihr rüber zur Scheune. Tag zwei ihres Unternehmerinnendaseins begann.

Es fühlte sich immer noch ein bisschen surreal an, die Tür zur Scheune zu öffnen, alle Lichter einzuschalten und die Kreidetafel draußen aufzustellen. Hoffentlich kamen heute noch ein paar mehr Gäste. Gestern war es zwar nicht schlecht gelaufen, aber ein größerer Ansturm war noch ausgeblieben. Da ja die Schulferien bereits begonnen hatten, hoffte sie auf noch mehr Kundschaft. Sie hatten so viele Flyer verteilt und Rachel hatte extra eine Homepage für ihr Hofcafé erstellt. Außerdem war heute der Artikel in der Zeitung. Noch wussten sie nicht, wie viele Kuchen sie täglich vorbereiten mussten – zu viel wegwerfen wollten sie natürlich nicht, aber eine leere Kuchenvitrine sah nun mal alles andere als einladend aus.

Rachel machte ihnen zwei starke Tassen Kaffee. Sie wusste selbst, dass sie zu ungeduldig war. Jill stellte die frisch gebackenen Scones und eine Rocky-Road-Kekstorte mit Marshmallows auf den Tresen. Zumindest die traditionellen Kuchen ließen sich im Kühlschrank gut über eine längere Zeit aufbewahren. Jills erster »Kuchen der Woche« war ein Favorit der ganzen Familie, ein herrlich leichter Sommerkuchen, den sie in kleinen Schalen zubereitet hatte und der sich deshalb gut aufbewahren ließ. Der Kuchen wurde traditionell mit Sahne und leckerer roter Fruchtsoße serviert. Rachel freute sich schon darauf, später ein Stück davon zu kosten und dazu eine schöne Tasse Earl Grey zu trinken.

Wie sie erfahren hatte, hatte die Teemischung Earl Grey eine Verbindung zu der Gegend, in der ihre Farm stand. Charles Grey, der zweite Earl Grey, stammte ebenfalls aus Northumberland. Der Landsitz der Familie, Howick Hall, befand sich unweit der Küste. Charles Grey war ab 1830 britischer Premierminister gewesen. Er liebte es, seinen Tee mit dem Öl der Bergamottefrucht zu aromatisieren. Rachel hatte das alles im Internet recherchiert und eine kleine Anmerkung auf der Speisekarte gemacht. Solche Informationen mochten die Gäste.

Jill und sie genossen in Ruhe ihren Kaffee.

»Bereit für einen weiteren Tag im Backparadies?«, fragte ihre Mutter, um Rachels Stimmung zu heben. Sie wusste, dass der Tag ohne Maisy nicht leicht für sie werden würde.

»Ich denke schon. Es sieht hier wirklich richtig gut aus, nicht wahr? Und deine Kuchen sind Weltklasse.«

»Das Backen macht mir nach wie vor große Freude. Ich komme mir schon vor, als wäre ich Mary Berry, diese Fernsehköchin. Wenn ich bedenke, was wir hier mal eben auf die Beine gestellt haben … und dann kommen die Leute und loben uns auch noch … Es ist eigentlich zu schön, um wahr zu sein.« Jill klang ein wenig sentimental.

»Ja, ich finde es auch unfassbar. Nur hoffentlich kommen heute noch ein paar mehr Leute.« Rachel wollte unbedingt mehr Umsatz machen.

»Ja, Daumen drücken!«

»Dann wollen wir mal.« Rachel leerte ihren Kaffee. »Ich fahr kurz mit dem Quad zum Tor und hänge das Schild auf.« Sie hatten die große Tafel, die auf ihr Hofcafé hinwies, am Vorabend in die Scheune gestellt, weil sie nicht wollten, dass Regen oder Tau die Schrift verschmierten. Zwar sollte Eve ihnen noch ein Holzschild machen, das sie permanent an der Einfahrt aufstellen konnten, aber dafür war bisher keine Zeit gewesen. Immerhin hatte Eve ihnen schon ein paar Entwürfe gezeigt, die alle großartig aussahen und dem Schild ähnelten, das sie ihnen zur Eröffnung geschenkt hatte. Sie hatte sogar ein paar Zeichnungen gemacht, um ein Logo für ihr Café zu entwerfen. Das war alles sehr aufregend.

Nachdem sie das Schild aufgestellt hatte und zurück auf dem Hof war, wässerte Rachel die beiden Pflanztöpfe, die neben dem Eingang zur Scheune standen. Sie hatte sie extra für den Eröffnungstag angeschafft, eine Mischung aus bunten Petunien und dunkelblauen Lobelien. Zwei hängende Blumenkörbe sorgten zudem für knalliges Pink und Malvenrot. Das sah alles sehr fröhlich und einladend aus.

Rachel fiel ein, dass ihre Mutter noch ein altes, leicht verrostetes Fahrrad irgendwo herumstehen hatte, das sie schon lange nicht mehr benutzte. Vielleicht konnte sie den Fahrradkorb mit Komposterde befüllen und mit bunten Sommerblumen bepflanzen und das Rad dann als Hingucker am Tor aufstellen, um potenzielle Gäste auf sie aufmerksam zu machen. Eventuell bastelte Eve ihnen dafür auch noch ein Schild. Wow, sie hatte ja ein paar richtig gute Einfälle heute! Das lenkte sie davon ab, sich andauernd zu fragen, wo Maisy gerade war und was sie wohl machte.

Auch an diesem Morgen war der erste Besucher des Cafés der Postbote, der wieder einen Kaffee zum Mitnehmen und diesmal einen herzhaften Scone mit Käse und Lauchzwiebeln bestellte. Rachel lud ihn zu dem Snack ein und bat ihn im Gegenzug, ein bisschen Werbung für ihr Café zu machen.

Jan und Maureen, zwei Freundinnen ihrer Mutter, kamen etwas später auf einen Kaffee und ein Stück Kuchen vorbei. Eine fünfköpfige Familie, offensichtlich Urlauber, waren die nächsten Gäste. Sie bestellten je ein Stück Schokoladenkuchen, einen Biskuitkuchen mit Vanillesoße, ein Karamell-Brownie (eine neue Kreation von Jill) und eine Mürbegebäckschnitte, dazu Tee und Milchshakes. Die Kinder interessierten sich für Eves Spielsachen. Rachel hoffte, dass die Eltern ihre Spendierhosen anhatten.

Kurz nach elf tauchte Tom auf. »Guten Morgen. Wie läuft der Laden?« Er strahlte sie an.

»Nicht schlecht – wenn man bedenkt, dass wir gerade erst aufgemacht haben. Es sind schon einige Gäste da«, antwortete Rachel.

»Ich möchte wie immer ein Speck-Sandwich und einen Kaffee, bitte. Ich hatte heute Morgen viel zu tun und kann echt eine Pause gebrauchen. Das Gute ist: Wenn ich zu euch komme, muss ich mir nicht selbst was machen. Und für später nehme ich dann noch ein Stück von Jills Sticky-Toffee-Pudding mit.«

»Kommt sofort«, sagte Jill lächelnd. Sie nahm den Speck aus dem Kühlschrank und legte ihn auf den Grill.

»Und wo ist eure kleine Helferin heute Morgen?«, fragte er Rachel.

»Maisy?«

»Die einzig wahre.«

»Macht heute mit ihrem Dad einen Ausflug.«

»Ich verstehe.«

»Zum ersten Mal überhaupt. Ich frag mich die ganze Zeit, wie es ihr ergeht.«

»Ich kann mir vorstellen, dass das nicht ganz leicht für dich ist … Und für sie vermutlich auch nicht.« Tom hatte offensichtlich Verständnis für die etwas seltsame Situation.

»Ja, das stimmt. Ich hoffe aber, dass alles gut läuft.« Rachel hatte sich vorgenommen, positiv zu bleiben. Eine Stunde waren sie inzwischen weg, blieben nur noch sechs. »Viel los auf der Farm, Tom?« Rachel wechselte das Thema, um nicht länger an Maisy denken zu müssen.

»Jupp. Heute muss ich die Schafe zusammentreiben und sie entwurmen. Außerdem schätze ich mal, dass wir schon bald mit der Ernte beginnen können. Anfang August würde ich sagen. Mein Weizen ist schon so gut wie reif.« Tom hatte neben seinen Schafen und Rindern auch Ackerland. Seine Farm war größer als die Primrose Farm. Seine Felder reichten bis in die flacheren Gebiete des Tals hinein, wo sich besser Ackerbau betreiben ließ als in dem steilen, steinigen Gelände rund um Primrose. Wie jedes Jahr um diese Zeit hatte er viel auf dem Zettel.

»Bitte sehr, Tom.« Jill stellte seine Bestellung auf den Tresen. »Ein Kaffee und ein Speck-Sandwich.«

»Danke, sieht lecker aus. Wie viel bin ich schuldig?«

»Oh …« Jill zögerte. »Ich finde nicht, dass wir nach all deiner Hilfe etwas dafür nehmen dürfen.«

»Aber ich bestehe darauf zu bezahlen. Wenn ich nicht bezahlen darf, kann ich nicht mehr herkommen. Ihr habt hier ein Business, und das möchte ich unterstützen.«

»Na gut.« Jill gab nach. »Macht neun Pfund neunzig, inklusive des Kuchens.«

Tom zahlte, trank einen Schluck Kaffee und setzte sich hin, um die Tageszeitung zu lesen, die Rachel liegen gelassen hatte. »Und es schmeckt sogar noch besser, als es aussieht«, fügte er hinzu.

Als er aufgegessen hatte, holte er sich seinen Kuchen am Tresen und machte sich wieder auf den Weg.

»Abendessen gesichert«, scherzte er.

»Perfekt. Wer braucht schon ein deftiges Hauptgericht, wenn es Kuchen gibt?«, erwiderte Rachel.

»So sehe ich das auch. Das solltet ihr zu eurem Motto machen! Ich bin weg, bei den Schafen. Man sieht sich.« Er sah sie einen Moment lang an, als wollte er noch etwas sagen, entschied sich dann aber offensichtlich dagegen.

»Ja, bis bald.« Und zwar wirklich bald, dachte Rachel. Sie hatte in letzter Zeit so oft an Tom gedacht, und zwar anders als früher. Vielleicht lag es an »dem Vorfall«, wie sie es inzwischen für sich nannte. Trotzdem erschien es ihr falsch, den nächsten Schritt zu machen und sich mit ihm zum Dinner zu verabreden oder so was. Sie wusste nicht, was Tom von ihr hielt, und sie wollte es vermeiden, sich zum Affen zu machen. Nein, es war schon gut so, wie es war: Sie waren Freunde und Nachbarn. Außerdem sollte sie jetzt besser ihre Gedanken zusammenhalten und sich auf ihre Arbeit konzentrieren. Romantische Fantasien halfen ihr nicht weiter.

Vermutlich würde das Ganze ohnehin in einem Desaster enden.

Ja, das war eindeutig die beste Lösung für alle. Doch als Tom sich zum Gehen wandte, wünschte Rachel, er würde wieder umdrehen und einen Grund finden, doch noch zu bleiben.

»War klar, dass Jake sie zu spät abliefern würde«, sagte Rachel frustriert. Sie war mit Jill drüben im Haus, das Café war geschlossen. »Maisy hat doch bestimmt schon Hunger.« Normalerweise aßen sie um kurz nach fünf.

»Soll ich uns Schinken und Eier und dazu ein paar Bratkartoffeln machen? Wir haben heute ziemlich viel Schinken übrig.«

»Ja, das klingt gut. Aber ich weiß nicht, ob ich überhaupt was essen kann, Mum. Ich bin viel zu aufgewühlt.«

»Mach dir nicht so viele Sorgen. Lass uns einfach noch eine Weile warten. Maisy ist bestimmt gleich da und erzählt uns alles. Ich bin sicher, dass es ein spannender Tag für sie war«, sagte Jill beruhigend.

»Wie sie wohl mit allem klargekommen ist? Hoffentlich war Jake nett zu ihr.«

»Er wird sich schon Mühe gegeben haben. Wahrscheinlich hat er sie total verwöhnt.«

»So wie ich sie kenne, hat sie ihn auch noch in einen Spielzeugladen manövriert …«

Zehn weitere Minuten vergingen. Fünfzehn. Zwanzig. Rachel starrte auf die Uhr. Immer noch keine Spur von Maisy oder Jake. Sie versuchte, ihn auf dem Handy zu erreichen – keine Antwort. Verdammt. Natürlich machte sie sich jetzt erst richtig Sorgen. Jill wiederholte immer wieder, sie kämen sicher jede Minute. Vermutlich hätte Jake einfach die Zeit vergessen.

Aber Rachel spürte, dass auch ihre Mutter langsam nervös wurde.

Endlich hörten sie, wie sich ein Motorengeräusch der Farm näherte. Reifen auf dem Schotter. Rachel sprang sofort auf. Gott sei Dank! Es war Jakes grauer Lieferwagen, und ihr Ex stieg gerade aus.

Rachel rannte auf die Veranda. »Wo bleibt ihr denn so ewig? Wir hatten siebzehn Uhr ausgemacht! Es ist weit nach Maisys Essenszeit!« Rachel war stinksauer.

»Kein Stress, okay? Es ist doch alles gut. Wir haben auf dem Rückweg im Seahouse Fish and Chips gegessen«, sagte Jake cool.

»Und du bist nicht auf die Idee gekommen, mir vielleicht mal Bescheid zu sagen? Weil ich mir Sorgen machen könnte? Jake, so geht das nicht! Ich hatte keine Ahnung, wo ihr seid und was ihr macht!« Seine gechillte Auffassung, was das Leben betraf, machte sie fertig. So funktionierte das nicht, wenn man ein Kind hatte.

Maisy stieg aus. Sie stand mit hängenden Schultern zwischen ihnen. Rachel begriff, dass sie sich zusammenreißen musste. Das Ganze war ja nicht Maisys Schuld. »Na ja, jetzt seid ihr ja da.«

Maisys Haare waren feucht und ihr T-Shirt noch feuchter, als hätte Jake ihr nach dem Spielen im Meer die Haare nicht abgetrocknet. Oh Mann! Rachel ballte die Fäuste. Es kostete sie eine gewaltige Kraftanstrengung, nicht schon wieder loszumeckern.

Jake entging ihr zorniger Blick nicht. »Wir waren schwimmen. Das heißt, planschen. Hat Spaß gemacht, Maisy, oder?«

Maisy nickte. Rachel sah, dass Jake ihr auch nicht die Haare gebürstet hatte, nachdem sie im Wasser gewesen war. Jetzt würde es ewig dauern, ihr die vielen Knötchen herauszukämmen. Sie durfte ihr also vor dem Schlafengehen auch noch die Haare waschen. Um Maisys Willen zwang sie sich, mit ruhiger Stimme zu sagen: »Dann hattet ihr einen schönen Tag, mein Schatz?«

»Ja, total. Wir waren Eis essen und Pommes und guck mal …« Sie zog ein neues Kuscheltier aus der Tasche – einen wirklich niedlichen Papageientaucher.

Dieser Souvenirladen machte offensichtlich alles richtig.

»Wie süß! Hat er schon einen Namen?«

»Puffy.«

»Guter Name.«

Kurz fragte sich Rachel, ob sie Jake hereinbitten sollte – mehr aus Höflichkeit denn aus irgendeinem anderen Grund – aber sie war immer noch sauer auf ihn, weil er nicht Bescheid gesagt hatte. Außerdem musste sie Maisy jetzt baden und ins Bett bringen. Sie konnte unmöglich jeden Abend so spät schlafen gehen. Rachel musste ihre Tochter nur ansehen, um zu wissen, dass sie nur so tat, als wäre sie nicht total müde.

»Also dann«, sagte Rachel. »Zeit für die Wanne und fürs Bett.«

»Och Menno …«

»Na komm, du hattest einen aufregenden Tag. Und Jake muss sich auch ausruhen.«

»Kommst du morgen wieder?«, fragte Maisy ihn erwartungsvoll. Sie klang auch ein bisschen nervös, als hätte sie Angst, die Zeit mit ihrem Daddy könnte schon wieder vorbei sein.

»Natürlich, Schätzchen. Ich komm auf jeden Fall vorbei. Irgendwann am Nachmittag, okay?« Er sah Rachel fragend an, die durch ein kurzes Nicken ihr Einverständnis gab. Jetzt, wo er Maisy sicher nach Hause gebracht hatte, beruhigte sie sich langsam.

»Ja, in Ordnung«, sagte sie. Sein Vorschlag klang mehr nach einer kurzen Stippvisite als nach einem weiteren großen Ausflug. Vielleicht reichte ihm ein voller Tag der Kinderbetreuung fürs Erste. Außerdem hatte er ja gar nicht mehr so viele Urlaubstage.

Jill tauchte im Eingang auf. »Hallo Maisy! War's schön am Strand? Grüß dich, Jake«, fügte sie kühl hinzu.

»Ja, Grandma. Ich war im Meer und wir haben Eis gegessen. Und das ist Puffy!« Sie lief aufs Haus zu, ihr neues Stofftier stolz in der Hand.

»Bis dann, Maiz.« Jake lächelte sie an.

»Tschüss.«

»Und, was sagt man, Maisy? Für den schönen Tag und die Geschenke?«, ermahnte Rachel die Kleine.

»Danke, Jake.«

»Braves Mädchen.«

Maisy nahm ihre Großmutter an der Hand und verschwand im Haus. Man merkte jetzt, wie müde sie war. Wahrscheinlich war das alles auch für sie eine emotionale Achterbahnfahrt. Ein Vater, der plötzlich vor der Tür stand und sie kennenlernen wollte.

»Sie war wirklich brav«, sagte Jake.

»Gut. Normalerweise benimmt sie sich. Aber natürlich hat sie auch Phasen, in denen es anders ist.«

»Tja ... Du hast das richtig gut hingekriegt mit ihr, Rach.« Jake meinte es ernst, er wirkte sogar ein wenig gerührt. Wurde ihm langsam klar, was er verpasst hatte?

»Oh ...« Das nahm ihr ein wenig den Wind aus den Segeln. Eigentlich hatte sie ihm – jetzt, wo Maisy außer Hörweite war – noch einmal mit Nachdruck sagen wollen, was sie von seiner heutigen Aktion hielt. Aber seine Worte hatten sie besänftigt. »Danke. Das hört man gern. Aber eine Bitte – wenn ihr noch mal zusammen unterwegs seid, ruf mich einfach an, wenn es später wird. Damit ich mir keine Sorgen machen muss.«

»Ja, das versteh ich. Ich glaube aber, am Strand hatte ich sowieso keinen Empfang. Aber okay.«

»Du kommst morgen also?«

»Ja, aber ich kann erst später. Ich sehe mir in Borders ein Motorrad an, das ich vielleicht kaufen werde. Ich suche schon lange so eine Maschine, eine gebrauchte Ducati. Vor dem Nachmittag bin ich nicht zurück. Sagst du das Maisy noch mal?«

»Ja, klar.« Geld für ein Motorrad hatte er also, aber für den Unterhalt offenbar nicht. So sehr hatte er sich anscheinend doch nicht verändert.

»Bis dann.«

»Tschüss, Jake.«

An nächsten Tag kam Jake wie versprochen nachmittags vorbei. Er fuhr mit Maisy nach Kirkton, wo sie im Park spielen und dann ein Eis essen gingen. Um Punkt siebzehn Uhr war er mit ihr zurück. Er informierte sie darüber, dass er am nächsten Tag wieder Richtung Süden aufbrechen würde, versprach aber, sich ab jetzt häufiger zu melden und Maisy mindestens ein Mal pro Woche anzurufen. Maisy freute sich, und auch Rachel konnte mit diesem Kompromiss leben.

Sie hoffte nur, dass er diesmal sein Versprechen halten würde. Das hatte sie alles schon mal gehört. Selbst wenn er gute Absichten hatte – seine Sprunghaftigkeit und Rücksichtslosigkeit gewannen meistens die Oberhand. Oder er verzettelte sich mit irgendwas. Maisy war traurig, als sie sich von ihm verabschieden musste. Die Arme. Sie sahen gemeinsam zu, wie er davonfuhr – sein neues Motorrad hatte er auf den Lieferwagen geladen – und Rachel tat ihre Kleine leid. Es war schwer, wenn der eigene Vater nicht mehr da war. Dieses Gefühl kannte sie auch.

31. Kapitel

Eine Schlange im Gras

Eine Woche später. Es war ein sonniger Tag, einer dieser idyllischen Sommertage in den Cheviot Hills. Richtiges Postkartenwetter – ein wolkenloser knallblauer Himmel, saftig grüne Wiesen und goldgelbe Felder. Rachel war es schon fast zu warm, aber sie musste die Schafe aufs untere Feld treiben, denn am nächsten Tag kam Simon, um sie für die Entwurmung und die Hufuntersuchung zusammenzupferchen.

Sie war mit Moss auf dem Quad unterwegs und begann auf dem abgelegensten Feld, Hetton Ridge genannt. Hier war das Land rauer, überall wuchs Stechginster. Es bildete den Übergang zum Heideland. Zum Glück war Moss ein großartiger Hütehund, der begeistert auf ihre Kommandos reagierte. Ihr Vater hatte ihn damals ausgebildet. Moss kannte jeden Winkel des Geländes. Er verschwand ein paar Mal außer Sichtweite zwischen den Ginsterbüschen und Felsaufschlüssen, doch schon tauchte er wieder auf – zusammen mit ein paar verstreuten Schafen, die er nun zurück zur Herde trieb. Rachel entdeckte eine weitere kleine Gruppe von Muttertieren und Lämmern weiter oben am Hang und schickte ihren Hund los, um sie zu holen.

Doch auf einmal hörte sie ein lautes Winseln. Es dauerte sehr lange, bis Moss zurückkam, und als er auf sie zulief, hinkte er. Oh nein! Was war passiert? Hatte er sich an einem scharfen Felsen die Pfote aufgerissen?

»Moss, was hast du denn?« Das sah nicht gut aus. Rachel kniete sich hin, um ihren Hund zu untersuchen. Sie checkte seine Pfoten, sah aber keine Dornen oder Steinchen darin stecken. Auch sein Bein schien nicht gebrochen oder ausgerenkt zu sein. Trotzdem humpelte er und hatte ganz offensichtlich Schmerzen.

»Hast du dir was verstaucht? Bist du umgeknickt?« Moss versuchte nicht mal, aufs Quad zu springen – das war ungewöhnlich. Sie musste ihn aufs Quad heben. Er war schwer, aber es gelang ihr zum Glück trotzdem. Die Schafe verstreuten sich bereits wieder. Daran konnte sie nun nichts ändern, sie musste sich erst um Moss kümmern. Definitiv brauchte er jetzt eine Auszeit. Vielleicht war er auf einen spitzen Stein getreten und hatte sich eine Prellung zugezogen oder sich irgendwie verdreht. Schade, dass Hunde nicht sprechen konnten. Sie hoffte, dass nach ein paar Tagen Ausruhen alles wieder gut war.

Sie fuhr auf schnellstem Weg zurück. Hier grenzte ihr Land an Toms Land an, und der Feldweg ersparte ihr das Öffnen und Schließen der Weidegatter. Als sie um die Kurve bog, sah sie Tom, der mit seinem Quad auf sie zukam.

»Hey«, begrüßte er sie und hielt an.

»Hallo, Tom.«

»Alles in Ordnung?«

»Leider nein. Moss hat sich verletzt. Er hinkt, aber ich weiß nicht genau, wieso. Vielleicht ist er irgendwo reingetreten, als er die Schafe zusammengetrieben hat.«

Moss winselte laut, als wollte er sagen: »Es tut echt weh.«

»Darf ich mal nach ihm sehen?«

»Na klar. Ich konnte wie gesagt nichts finden.«

»Wo wart ihr?«

»Hetton Ridge.«

»In der Nähe des Moors?«

»Ja.«

Tom verlagerte den Hund in eine andere Position und sprach dabei beruhigend auf ihn ein. »Alles gut, alter Junge. Lass mich mal sehen.« Er nahm vorsichtig seine Pfote in die Hand und inspizierte sie sehr genau. Moss winselte wieder, als Tom den unteren Part seines Beines abtastete.

»Ah, hier. Alles klar. Rachel, du musst ihn sofort zum Tierarzt bringen. Er wurde von einer Schlange gebissen, vermutlich eine Kreuzotter. Hier, man sieht die Bisswunde.«

Auf Moss' Vorderbein sah auch sie jetzt die beiden verräterischen Punkte, die bereits dunkler wurden und anschwollen.

»Okay, setz dich zu ihm nach hinten und halt ihn gut fest. Er darf sich nicht bewegen, damit sich das Gift nicht noch weiter in seinem Körper ausbreitet. Unten parkt mein Geländewagen, dann fahren wir direkt weiter zum Tierarzt.«

»Oh Gott, das hab ich nicht gesehen.« Rachel machte sich schwere Vorwürfe. »Daran hab ich nicht mal gedacht!« Moss durfte nichts zustoßen, er war doch Dads Hund! So ein tolles Tier. Und noch gar nicht so alt.

»Hey, alles gut«, sagte Tom, als er sah, wie besorgt sie war. »Ich weiß das auch nur, weil einer von unseren Hunden auch mal gebissen wurde. Bei diesem Wetter liegen die Kreuzottern gern auf den Steinen und sonnen sich, vor allem oben in der Heide. Aber wenn wir ihn jetzt schnell zum Tierarzt bringen, ist er ruckzuck wieder auf den Beinen.«

Als sie im Wagen saßen – Rachel versuchte, Moss so still wie möglich zu halten – rief Tom kurz beim Tierarzt an und kündigte sie an, damit dort alles vorbereitet war. Je schneller bei einem Schlangenbiss gehandelt werden konnte, desto besser.

Rachel war sehr froh, dass sie Tom zufällig begegnet waren. Wahrscheinlich hätte sie selbst die Wunde erst viel später entdeckt, und dann wäre es vielleicht zu spät gewesen. Sie versuchte, ruhig zu bleiben und streichelte Moss, während sie sanft mit ihm sprach.

Als sie beim Tierarzt ankamen, trug Rachel ihren Hund sofort ins Behandlungszimmer. Er war wirklich schwer. Der Arzt hatte zum Glück schon alles parat. Er sah sich den Biss an und spritzte dann das Gegengift sowie ein Schmerzmittel.

»Wie lange ist es her, dass er gebissen wurde?«

»Nur etwa eine Viertelstunde«, informierte Rachel ihn.

»Ah, das ist gut, dass Sie so schnell reagiert haben.«

Tom sei Dank, dachte Rachel und hatte wieder ein schlechtes Gewissen. Das hätte wesentlich schlimmer ausgehen können.

»Okay. Wir behalten ihn jetzt für ein paar Stunden hier, um zu beobachten, wie er auf die Behandlung anspricht. Sie können ihn dann entweder schon heute Abend oder morgen früh abholen.«

»Wird er sich wieder vollständig erholen? Was ist mit seinem Bein? Kann etwas zurückbleiben?« Rachel machte sich große Sorgen.

»Die meisten Hunde erholen sich innerhalb von fünf Tagen vollständig. Eine nachhaltige Schädigung ist auszuschließen. Er ist ansonsten ja gesund und fit, das wird ihm helfen.«

»Vielen Dank.«

»Gern geschehen. Rufen Sie gegen fünf noch mal an. Dann können wir Ihnen mehr sagen.«

»Mach ich.«

Auf der Rückfahrt war Rachel immer noch ziemlich mitgenommen, obwohl das Schlimmste überstanden war. Sie saß schweigend auf dem Beifahrersitz.

»Er wird schon wieder«, tröstete Tom sie.

»Aber es ist so schrecklich, dass ich den Biss nicht gesehen habe!«

»Er war leicht zu übersehen, Rachel. So was kann einem einen ganz schönen Schreck einjagen. Willst du noch auf einen Kaffee mit reinkommen?« Sie erreichten seinen Hof, wo ihr Quad stand.

»Ja, gern. Ich werde nur rasch meine Mutter anrufen und ihr sagen, was passiert ist. Sie wird sich schon wundern, wo ich abgeblieben bin.« Rachel wollte ihrer Mutter ersparen, sich in die Vergangenheit versetzt zu fühlen.

Als sie mit Tom in seiner Küche saß, vor sich eine dampfende Tasse Kaffee, kam sie langsam wieder runter. Sie plauderten angeregt. Die Küche war viel moderner als damals, als sie zum letzten Mal hier gewesen war. Rachel erinnerte sich, wie ihre und andere Farmerfamilien hier im Sommer gemeinsam gegrillt hatten. Sie hatten im Garten auf Strohballen gesessen, Hotdogs gegessen und Cola getrunken. Tom war auf dem Quadbike im Hof herumgerast. Rund um Weihnachten gab es in der Küche von Toms Eltern Zusammenkünfte mit weihnachtlichen Drinks für die Erwachsenen und heißer Schokolade für die Kinder, dazu traditionellen Mince Pie – ein Weihnachtsgebäck mit Nüssen und Früchten – und Schokoladenkuchen für alle.

»Ich glaube, sie kriegen Moss wieder hin«, sagte Rachel. Ihr Hund war in guten Händen. »Welcher von deinen Hunden wurde denn gebissen?«, fragte sie.

»Ach, das ist schon eine Weile her. Es war Caitlins Hund, ein Spaniel. Er hatte eine böse Wunde. Wir haben es nicht sofort gesehen, er verhielt sich aber irgendwie seltsam. Es war also einiges an Zeit vergangen, bis wir endlich kapierten, was passiert war und mit ihm zum Tierarzt fuhren. Die Wunde hatte sich mittlerweile entzündet. Er hat es überstanden, aber es blieb eine Narbe zurück. Ein Grund mehr für sie, das Landleben zu hassen.«

Caitlin war Toms Ex-Frau. Nach allem, was Rachel gehört hatte, war es zwischen den beiden wohl nie so ganz einfach gewesen. Tom selbst hatte aber nie mit ihr darüber gesprochen.

»Das Leben auf dem Land war nichts für sie«, fuhr Tom fort. »Sie ist in Edinburgh aufgewachsen, und im Grunde ihres Herzens war sie ein Stadtkind. Wir dachten, unsere Liebe käme dagegen an und heirateten. Aber auf Dauer war es nicht so. Sie begann, das Leben auf der Farm zu hassen – und mich. Doch Landwirt ist eben kein Job, bei dem um siebzehn Uhr Schicht ist.«

»Definitiv nicht.«

»Aber ich wollte mein Leben hier nicht aufgeben. Gut, ich habe es probiert. Aber das Farmerdasein, das bin einfach ich. Aber wieso erzähl ich dir das alles? Die Geschichte ist Vergangenheit.«

»Passt schon, kannst du mir ruhig erzählen.« Rachel war ja wohl die Königin der misslungenen Beziehungen, also wieso sollte sie ihn verurteilen? Im Gegenteil, sie fand es schön, dass er so ehrlich darüber sprach. Eigentlich hatte sie Tom immer als jemanden angesehen, der seine Gefühle für sich behielt, dem sein Privatleben heilig war und der nicht zu viel redete.

»Ich will dich damit nicht langweilen.« Er wechselte das Thema. »Erzähl doch mal, wie läuft euer Café?«

Sie schwatzten noch eine Weile, bis Rachel sagte, sie müsse jetzt wieder los. Es war Zeit, nach Maisy zu sehen.

»Sag Bescheid, wenn du Moss abgeholt hast, okay? Ich will wissen, wie es ihm geht.«

»Na klar. Ich meld mich. Und vielen Dank noch mal, Tom.«

Als sie auf der obersten Treppenstufe standen, sahen sie sich einige Sekunden in die Augen, und Rachel verspürte das dringende Bedürfnis, einfach dazubleiben.

»Hey.« Er nahm sie in den Arm. Die Sache mit ihrem Hund hatte sie mitgenommen, das war klar. Es fühlte sich schön an, ihm so nahe zu sein, sie fühlte sich sicher und geborgen in seiner Umarmung. Aber es war auch irgendwie sinnlich. Sie wusste ja jetzt, was sich Schönes unter seinem Hemd verbarg, und auf einmal sendete ihr Körper ihr ganz neue, andere Signale.

Sie hob den Kopf. Ihr Gesicht war ganz dicht vor seinem. Sie sah seine Bartstoppeln, eine kleine Bewegung nach vorne – und dann wüsste sie, wie es sich anfühlte, Tom Watson zu küssen.

Aber was würde dieser Kuss bedeuten? Wohin würde er führen?

Bevor es sie tatsächlich übermannte, trat sie vorsichtshalber einen Schritt zurück. Sie war vollkommen durcheinander. »Okay, ich fahr dann jetzt. Danke noch mal.«

Aufs Quad steigen, Schlüssel ins Zündschloss stecken, Kupplung treten, losfahren. Nix wie weg.

32. Kapitel

Küssen oder nicht küssen

Am nächsten Tag telefonierte Rachel mit Eve, während sie ihre Morgenrunde auf den Weiden drehte.

»Wie geht es Moss? Ich hab vorhin deine Mutter getroffen, sie hat mir von dem Schlangenbiss erzählt. Der Arme! Und für dich muss es auch ein echter Schock gewesen sein!«

»Ja, war es auch. Zum Glück geht es ihm wieder gut. Ich hab ihn heute Morgen vom Tierarzt abgeholt. Jetzt liegt er in seinem Zwinger. Er muss sich noch etwas erholen. Wahrscheinlich tut ihm sein Bein auch noch weh, aber ansonsten hat er es gut überstanden.«

»Zum Glück. Aber der wahre Held scheint ja wohl Tom zu sein, weil er den Biss entdeckt hat.«

»Ja.« *Tom …* Die ganze Nacht waren ihr wilde Gedanken durch den Kopf gegangen. Sie musste immer wieder an ihren Fastkuss denken. Warum hatte sie es nicht getan? Warum hatte sie ihn nicht geküsst?

»Hallo? Rach, bist du noch da? Alles okay?«

»Wir hätten uns gestern fast geküsst«, platzte sie heraus. Sie musste es einfach loswerden.

»Wer?«

» Tom und ich.«

»Wow. Und wieso habt ihr es dann doch nicht getan? Du verrücktes Huhn! Du musst unbedingt vorbeikommen und mir alles haarklein erzählen. Ich dachte, du stehst nicht auf ihn.«

»Tu ich auch nicht … also … obwohl … Ach, ich weiß auch nicht. Irgendwie hat es sich so angeschlichen.«

»Ha, endlich hast auch du begriffen, was wir alle schon seit ewigen Zeiten wissen: wie sexy er ist!«

»Eve, ich muss echt mit dir darüber reden. Das ist alles so verwirrend. Streng vertraulich, natürlich«, sagte Rachel und meinte es ernst. Sie wollte nicht, dass die Sache nach hinten losging. Da konnte ein freundschaftlicher Rat nicht schaden.

»Natürlich! Komm doch heute Abend auf ein Stündchen vorbei.«

»Klingt gut. Ich muss nur Mum wegen Maisy fragen, aber ich glaube, sie hat heute Abend nichts vor.«

Rachel und Eve saßen in Eves Garten. Vor ihnen stand eine Flasche Rosé, über ihnen ging der wunderschöne Sonnenuntergang ins Dunkel der Nacht über. Es war ein herrlicher Abend und immer noch warm. Ben war unterwegs und Amelia schon im Bett.

»Also dann, Rachel, du stilles Wasser … Schieß mal los. Wie um Himmels Willen kam es dazu, dass du den von mir schon so lange angebeteten Mann *beinahe* geküsst hättest?«

»Naja … Ich war ziemlich neben der Spur wegen der Sache mit Moss. Tom hat mir zur Seite gestanden, und ich bin nach dem Tierarzt noch mit zu ihm auf einen Kaffee. Irgendwie … Ich weiß nicht. Er hat mich zum Abschied umarmt, und irgendwie hatte ich plötzlich das Gefühl, dass es nicht nur bei dieser Umarmung bleiben sollte.«

»Klingt jetzt nicht nach so einem Riesenproblem für mich. Also, falls ihr euch mögt, meine ich.«

»Schon klar. Aber was, wenn nach diesem Kuss alles vorbei ist? Wenn er nicht dasselbe empfindet wie ich? Oder wenn sich in diesem Moment zwar alles total super anfühlt, für beide, aber nach ein paar Wochen stellt sich heraus, dass es doch nichts ist? Dann wird es nicht mehr so einfach sein, Freunde zu bleiben.« All das ging ihr durch den Kopf. »Seit dem Tod meines Vaters ist Tom zu einer echten Konstante in unserem Leben geworden. Er ist immer da, wenn es ein Problem gibt oder wenn wir auf der Farm Hilfe brauchen.«

»Aber das ist doch gut.«

»Aber genau das ist es ja: Wenn es zu intim wird zwischen uns und dann am Ende doch nicht funktioniert, ist alles kaputt.«

»Wieso tut er das wohl alles für dich, Rachel?«, fragte Eve sanft. »Ist dir etwa entgangen, wie er dich seit einiger Zeit ansieht? Mir nicht.«

»Wie denn?«

»Na ja, so intensiv, regelrecht liebevoll ...«

»Wir sind eben gute Freunde.« Rachel wollte es nicht wahrhaben. Sie trank einen Schluck Wein.

»Ich glaube, es ist mehr als das. Nur habt ihr beide zu viel Angst, das zuzugeben.« Eve sah sie an. »Ihr nehmt euch selbst die Chance auf etwas Wunderbares, weil ihr Angst davor habt. Sehe ich das richtig?«

War das wirklich so? Nach ihrer verkorksten Beziehung mit Jake, der schon beim ersten Problem die Flucht ergriffen hatte? Nach dem, was mit ihrem Vater passiert war? Zu viele Männer waren bereits aus ihrem Leben verschwunden. Hatte sie einfach Angst, den nächsten zu verlieren?

»Und«, fuhr Eve fort, »ist das denn nicht sogar besser, sich auf jemanden einzulassen, der sich ohnehin schon kümmert? Besser jedenfalls als irgendeiner, den du im Pub oder sonst irgendwo kennengelernt hast.«

Rachel seufzte. »Oder ein Elektriker, der was anderes im Sinn hat, als nur Glühbirnen reinzudrehen!« Sie grinste schief.

»Genau.«

»Ja, aber …« Es war nicht leicht, ihre Gedanken zu ordnen. Sie wusste nur, dass sie sich oft danach sehnte, in Toms Armen zu liegen und diesen Kuss endlich wahr werden zu lassen. Und dann wieder baute sie diese Mauer um ihr Herz, wollte nichts mit Liebe zu tun haben. Außerdem: All diese Gefühle existierten ja erst seit wenigen Monaten in ihr. Vielleicht verschwanden sie genauso schnell, wie sie gekommen waren? Vielleicht lag es einfach daran, dass sie Tom mit nacktem Oberkörper gesehen hatte? War es am Ende die pure Lust? Deswegen sollte man doch keine gute, freundschaftliche Beziehung riskieren.

»Ihr habt es ja beide nicht eilig, Rach. Gebt euch doch einfach ein bisschen Zeit und seht, was passiert.«

»Ja.« Rachel trank noch einen Schluck. »Aber du sagst niemandem was, okay?«

»Natürlich nicht! Aber pass auf, dass du die Chance nicht verpasst. Kann sein, dass er keine Lust hat, ewig zu warten.«

Daran hatte Rachel noch gar nicht gedacht. Tom mit einer anderen. Wie würde sie damit klarkommen? Wenn sich eine andere Frau an ihn ranmachen und in seinen Armen und in seinem Bett liegen würde? Der Gedanke daran gefiel ihr gar nicht.

»Wieso muss die Liebe so kompliziert sein, Eve?«

»Hast du gerade das L-Wort gesagt? Du weißt doch, wie es ist – wenn du Angst bekommst, ist es die Sache wert. Du würdest noch mehr verlieren, wenn du es nicht probiertest.«

Ihre Freundin hatte recht. Mist. Sie saß in der Klemme.

Als Rachel später im Bett lag, musste sie wieder an Tom denken. Eigentlich dachte sie die ganze Zeit an ihn. Sie stellte sich vor, was passiert wäre, wenn sie sich geküsst hätten. Wenn sie es zugelassen hätte, dass seine Lippen ihre berührt, sie ihre Körper eng aneinandergepresst hätten. Wenn sie seine Wärme, seine Stärke, seine Muskeln, seine Lippen gespürt hätte … Vielleicht würde sie all das so sehr genießen, dass sie es nicht ertragen könnte, es jemals wieder zu verlieren? Würden sie auf diese Weise nicht ihre Freundschaft riskieren? Rachel kam zu dem Schluss, dass es bei der Kussfantasie bleiben sollte.

Dennoch spürte sie ein fast unstillbares Verlangen in sich. Sie wollte ihn. Wie konnte sie sich überhaupt noch normal verhalten, wenn sie ihn das nächste Mal sah? Sie kam sich vor wie fünfzehn, völlig verunsichert und verwirrt. Verrückt! Und auf einmal fühlte sie sich in ihrem Bett, in dem sie nun schon so viele Jahre allein schlief, sehr einsam.

33. Kapitel

Es reißt in allen Gliedern

Rachel erwachte in den frühen Morgenstunden und hatte das Gefühl, dass ihr ganzer Körper brannte. Ihr Bettzeug war verschwitzt, alles klebte.

Okay. Steh auf. Trink ein Glas Wasser. Das wird helfen. Und nimm vielleicht eine Schmerztablette.

Aber bewegen ging gar nicht. Oh Gott! Ihr Körper fühlte sich an, als wäre sie verprügelt worden. Was war das? Und ihr Kopf ... Ihre Augen schmerzten in den Höhlen. Nein, sie konnte jetzt nicht aufstehen. Sie würde ganz still hier liegen blieben ... nur noch ein bisschen länger.

Offensichtlich war sie wieder eingeschlafen. Sie wachte auf, als das Morgenlicht durch den Spalt zwischen den Vorhängen hereinschien. Ihre Kehle war ausgedörrt, aber sie konnte einfach nicht aufstehen. Sie rollte sich in Embryonallage, dabei musste sie doch zu den Schafen und Rindern und nach dem Rechten sehen. Aber vielleicht noch nicht jetzt.

Sie schlief wieder ein und hörte nicht einmal ihren Wecker um sieben Uhr.

»Rachel? Alles in Ordnung?« Von irgendwoher in der Nähe kam die Stimme ihrer Mutter.

Sie öffnete die Augen. Selbst das fiel schwer.

»Mir geht's nicht gut«, krächzte sie. »Kann ich ein Glas Wasser haben?«

»Oje.«

Sie spürte eine Hand auf ihrer Stirn.

»Du glühst ja! Ich hol dir Wasser und eine Schmerztablette. Was tut denn weh?«

»Scheiße … tut mir leid.« Das Sprechen tat weh. »Alles. Der Kopf … als hätte ich mich mit Macduff angelegt.«

»Klingt nach einer ausgewachsenen Grippe, Liebes. Geht gerade im Dorf rum. Die alte Mrs. Peters hat es auch schlimm erwischt, sie musste sogar letzte Woche ins Krankenhaus. Aber zum Glück geht es ihr inzwischen wieder gut.« Jill deckte Rachel zu. »Du bleibst im Bett, und ich hol dir was zu trinken und die Tabletten.«

»Keine Sorge, ich geh nicht weg.« Rachel versuchte zu lachen, aber auch ihre Rippen schmerzten. »Aua.«

»Ruh dich aus.«

Fünf Minuten später kam Jill mit einem großen Glas Wasser, einer Packung Schmerztabletten und dem Fieberthermometer zurück. »Hier, Liebes.« Sie reichte ihr das Glas. Rachel setzte sich mühsam auf. »Maisy hat nach dir gefragt. Ich hab ihr gesagt, dass sie dich noch ein bisschen schlafen lassen soll.«

»Sie soll sich auch nicht anstecken.«

»Nein.«

Ihre Mutter gab ihr zwei Tabletten. »Versuch, die zu nehmen. Das sollte etwas Erleichterung bringen.«

Normalerweise hatte Rachel kein Problem damit, Tabletten zu schlucken, aber ihr Hals war so wund und trocken, dass sie drohten steckenzubleiben. Sie trank und trank, bis sie sie endlich hinunterbekam. Als sie sich wieder ins Kissen sinken ließ, steckte Jill ihr das Thermometer in den Mund.

»Neununddreißig Grad! Wir messen später noch mal, um zu sehen, ob die Tabletten geholfen haben. Aber bei einer Grippe kann man nicht viel machen, außer viel trinken und sich ausruhen.«

»Ja.«

»Mach dir keine Sorgen. Wir kriegen das auch ohne dich hin. Simon ist ja da, er kann deine Morgenrunde übernehmen. Und das Café schmeiße ich heute eben allein.« Jill klang aufgeräumt und guter Dinge. Tüchtig. Ihre Mutter war Wonderwoman.

»Tut mir leid, Mum.«

»Ach was. Ruh dich jetzt aus.« Jill sprach mit sanfter Stimme, und Rachel fühlte sich in ihre Kindheit zurückversetzt.

Sie nickte und trank noch einen Schluck Wasser. Kurz darauf schlief sie wieder ein. Als sie das nächste Mal aufwachte und auf die Uhr sah, waren zwei Stunden vergangen. Ihre Laken waren feucht und klamm. Wieder sank sie in den Schlaf.

Ihre Mutter brachte ihr gegen Mittag Rührei auf Toast, aber sie konnte nur ein paar Bissen essen, dann wurde ihr übel. Immerhin war ihre Temperatur etwas gesunken.

»Wer kümmert sich um das Café?« Jill war ja bei ihr. Hatte sie es etwa geschlossen?

»Alles gut. Eve ist zufällig gerade gekommen, und sie hat mit Amelia für ein paar Minuten übernommen.«

»Lieb von ihnen.«

»Sie lässt dich grüßen. Ich soll dir gute Besserung wünschen.«

»Oh, sag ihr danke. Und wo ist Maisy?«

»Bei ihnen. Sie will gern zu dir, aber heute lassen wir das mal sein. Vermutlich bist du ansteckend, und du brauchst auch mal deine Ruhe. Willst du noch mehr?« Jill sah, dass Rachel das Essen kaum angerührt hatte.

»Nein, danke. Kein Hunger.« Rachels Stimme war immer noch kratzig.

»Macht nichts. Ich frag nur lieber, bevor ich's abräume. Brauchst du sonst noch was? Eine Tasse Tee vielleicht?«

»Einfach nur Wasser. Danke, Mum.«

»Ruf, wenn du was brauchst.« Sie mussten beide grinsen. »Tut mir leid, du kannst gerade nicht rufen, nicht wahr? Ich seh in einer Stunde noch mal nach dir.«

»Danke.« Rachel fühlte sich plötzlich wieder sehr müde und sank seufzend zurück ins Kissen. Sie hasste es, so kraftlos zu sein, aber sie war wirklich zu schwach, um aufzustehen.

»Schlaf gut.«

Jill schloss leise die Tür hinter sich.

Egal, wie alt man war – von der eigenen Mutter gepflegt zu werden, wenn man krank war, war und blieb das Beste.

Der nächste Tag ging ziemlich im Nebel an Rachel vorbei. Sie schlief viel. Am frühen Abend aber gelang es ihr, sich aufzusetzen und das Glas Wasser zu trinken, das auf ihrem Nachttisch stand. Und dann bekam sie sogar auch ein bisschen Hunger.

Sie schaffte es ins Bad, um sich etwas frisch zu machen, doch sie war immer noch sehr schwach, also legte sie sich schnell wieder hin. Jill musste sie gehört haben, denn kurze Zeit darauf knarrten die Dielen im Flur, und ihre Mutter kam herein, um nach ihr zu sehen.

»Geht's dir besser, Liebes?«

»Ja, ein bisschen. Machst du mir einen Toast? Nur mit Butter, bitte.«

»Natürlich. Bin gleich wieder da.«

Den Toast brachte ihr Maisy, die zehn Minuten später strahlend ihr Zimmer betrat. Jill folgte ihr.

»Mummy!«

»Hallo Maisy.«

Rachel war zum ersten Mal richtig krank, seit ihre Tochter auf der Welt war. Sie hatten einander vermisst, und Maisy sah sie erleichtert an.

»Ich konnte sie nicht davon abhalten«, erklärte Jill.

»Ist schön, dich zu sehen, Kleines. Und, was hast du erlebt?«

»Ich helfe Grandma im Café.«

»Ja, alle packen mit an. Die letzten zwei Tage war gut zu tun.«

»Ja, klar. Tut mir leid, dass ich dich allein damit lasse, Mum. Und das ausgerechnet in unserer Anfangsphase!«

»Alles gut. Wir hatten übrigens ziemlich viele neue Gäste.«

»Tom hat auch geholfen«, erklärte Maisy.

»Ach ja?«

»Er war zusammen mit mir Kellnerin.«

»Wirklich? Und meinst du nicht Kellner?«

»Äh, doch.«

»Er wollte sich heute Morgen sein Speck-Sandwich holen«, erklärte Jill. »Gerade in diesem Moment kamen sehr viele Gäste auf einmal. Ich sagte ihm, dass du krank im Bett liegst, und da ist er spontan für eine halbe Stunde eingesprungen und hat mir geholfen.«

»Er war gut, oder, Granny?«

»Ja, er hat es gut gemacht.«

Wie nett von ihm, dachte Rachel. Schließlich war das ein bisschen etwas anderes, als Rinder und Schafe zu versorgen oder auf dem Traktor zu sitzen.

»Hier ist dein Toast, Mummy. Grandma hat den Tee. Ich konnte ihn nicht tragen, weil er so heiß ist. Und wenn du aufgegessen hast, komme ich zurück und lese dir eine Gutenachtgeschichte vor.«

Wenn Maisy diesen Kommandoton anschlug, hatte es keinen Zweck zu diskutieren. Sie war fest entschlossen, sich um ihre Mutter zu kümmern. Sehr süß von ihr. Zehn Minuten später hörte sich Rachel also eine halberfundene Version der Geschichte aus dem Feenbuch an. Maisy dachte sich einfach Dinge aus, wenn ihr die Wörter zum Vorlesen zu schwer waren. Wünsche wurden gewährt und Zauber verhängt. Rachel gefiel besonders die Stelle, als der Feenjunge sich für das Feenabendessen, bei dem glitzernde Cupcakes serviert wurden, in einen Kellner verwandelte. Sehr einfallsreich. Es zauberte Rachel ein Lächeln auf die Lippen.

Als Maisy ihr einen Gutenachtkuss gab – es war immer noch früh am Abend – und ihr ein »schlaf gut« zuflüsterte, wurden Rachels Lider tatsächlich schwer. Offensichtlich verfehlten Gutenachtgeschichten ihre Wirkung auch bei Erwachsenen nicht. Jedenfalls schlief Rachel wie ein Baby.

Als Rachel ein paar Tage später wieder fit war und im Café ihren Dienst verrichtete, nahm sich ihre Mutter für ein paar Stunden frei. Das hatte sie sich auch mehr als verdient, nachdem sie den Laden mehrere Tage ganz allein geschmissen hatte. Sie wollte etwas mit Maisy unternehmen und bei Brenda im Deli noch ein paar Kuchen abliefern.

An diesem Morgen war es ziemlich voll im Café. Ein gewisser gutaussehender Farmer war auch unter den Gästen. Wie immer kam er gegen elf, um sich einen Kaffee und ein Speck-Sandwich zu holen. Rachel hatte Schmetterlinge im Bauch, als sie ihn sah.

»Schön, dass du wieder auf dem Damm bist«, begrüßte Tom sie. »Geht's dir wieder gut?«

»Geht so. War echt heftig diese Grippe. Hat mich total umgehauen.«

»Ich dachte mir schon, dass du ernsthaft krank bist oder so was. Du hast nämlich noch nie einen Tag gefehlt, geschweige denn länger. Es kommt selten vor, dass ein Landwirt mal im Bett bleibt.«

»Es ging nicht anders. Ich bin heilfroh, dass ich es hinter mir habe und wieder auf den Beinen bin. Der arme alte Simon musste die ganze Farmarbeit allein erledigen, während Mum sich um das Café und Maisy gekümmert hat. Entsprechend erschöpft sieht sie aus, die Arme. Oh, und vielen Dank, dass du letztens im Café ausgeholfen hast. Maisy war sehr angetan von deinen *Kellnerinnen*-Qualitäten.« Rachel grinste. Sie stellte sich Tom gerade in einem kurzen Servierschürzchen vor …

»Ja, ich war selbst auch sehr zufrieden mit mir. Aber davon mal abgesehen – klar helfe ich, wenn Not am Mann ist. Außerdem kam ich so schneller zu meinem Sandwich! Und weil ihr in letzter Zeit so viel um die Ohren hattet …« Auf einmal klang er ein bisschen nervös – ein ganz neuer Zug an ihm – »… dachte ich, ich lad euch mal zum Abendessen zu mir ein. Euch alle drei, meine ich. Dich, deine Mum und Maisy.«

»Das ist aber nett! Wir kommen gerne!« Rachel lächelte. Sich bekochen lassen und mal wieder ausgiebig mit Tom plaudern – das klang gut.

»Aber erwartet bloß nichts Großartiges«, warnte er sie grinsend. »Ich bin nicht gerade der beste Koch. Aber ich werde schon was Nettes zaubern. Sag mir Bescheid, wann es euch passt. Nur am Freitag kann ich nicht, an allen anderen Tagen geht es.«

»Okay, super. Ich meld mich.«

Rachel spürte, wie ihre Wangen heiß wurden. Was war denn los mit ihr? Bestimmt noch Nachwirkungen dieser blöden Grippe. Diese Reaktion hatte rein gar nichts mit Toms unerwarteter Einladung zu tun oder gar ihrem beschleunigten Herzschlag …

34. Kapitel

Der Himmel voller Sterne

Es war ein wunderbarer Abend gewesen – vor allem für Rachel, die sich nach ihrer furchtbaren Grippe gern einmal umsorgen ließ. Tom hatte ein Barbecue zubereitet, mit Würstchen und Räucherschinken, Salat und Pellkartoffeln. Jetzt saßen Rachel, Jill und Maisy auf einer Bierbank in seinem Garten und ließen sich das Dessert schmecken – in der Schale über dem Feuer gebratene Bananen, kombiniert mit einer Kugel Vanilleeis und für die Erwachsenen auch einem Schuss dunklem Rum. Ein absoluter Hochgenuss!

Inzwischen war die Sonne untergegangen, und der Himmel glühte in einer Mischung aus Orange- und Grautönen nach. Maisy hatte sich auf Jills Schoß gelegt und versuchte angestrengt, noch ein bisschen wach zu bleiben. Sie war vollgefuttert und erschöpft, nachdem sie eine Stunde auf einer improvisierten Wasserrutsche gespielt hatte, die Tom aus einer Plane und Seifenwasser für sie gebaut hatte.

Jill leerte ihr Glas Weißwein und verkündete, dass sie nach Hause fahren wolle, um Maisy ins Bett zu bringen. Rachel deutete an, mit ihr zu kommen. »Nein, du kannst gern noch hierbleiben, Liebes, es ist ja noch früh. Wir schaffen das auch allein. Ich bin mir sicher, dass Tom deine Gesellschaft gern noch ein bisschen länger genießen möchte.«

»Komm, dann fahre ich euch schnell nach Hause, Jill.« Tom stand auf und hob die Kleine hoch, die jetzt fest schlief. »In diesem Zustand ist sie zu schwer für dich. Und … wenn du noch bleiben möchtest, Rachel, würde ich mich freuen. Du weißt ja, wo der Wein steht.« Er sah sie an. Rachel interpretierte seinen intensiven Blick als den dringenden Wunsch, sie zum Bleiben zu bewegen. »Bin gleich wieder da.«

»Okay. Danke«, antwortete Rachel, und ihr Magen zog sich wohlig zusammen. Es war eine dieser Nächte, von denen man sich wünscht, dass sie niemals enden mögen. Ein warmer Sommerabend, gutes Essen, nette Gespräche. Es war so leicht, sich mit Tom zu unterhalten. Sie waren vom Hölzchen aufs Stöckchen gekommen. Die Arbeit, Maisys neueste Mätzchen, das Hofcafé und was alles noch so los war. Die letzten Wochen waren unglaublich voll gewesen. Die Renovierung und Eröffnung der Scheune hätten bei Weitem ausgereicht, zusätzlich zu ihrem üblichen täglichen Pensum, aber dann war auch noch Jake aufgetaucht und hatte mit seinem Erscheinen jedermanns Gefühle durcheinandergebracht. Kein Wunder, dass sie krank geworden war! Aber jetzt war es einfach nur schön, sich endlich mal entspannen zu können.

Rachel saß in Gedanken versunken da, ihr Glas Wein in der Hand, als Tom keine zehn Minuten später wieder zurück war. Sein Hund Mable sprang hinter ihm aus dem Wagen und legte sich unter den Tisch zu Rachel.

»Danke, dass du sie heimgebracht hast.« Rachel lächelte ihn an. Typisch Tom – er sorgte sich so liebevoll um sie alle. Das war wirklich ein besonderer Charakterzug an ihm.

»Geht es dir gut?«, erkundigte er sich auch gleich. »Möchtest du noch einen Schluck?«

»Alles andere wäre unhöflich«, sagte Rachel lachend. Offensichtlich tat der Alkohol bereits seine Wirkung. Beide lachten.

Er schenkte ihr noch etwas Weißwein ein, er selbst trank Rotwein.

Wegen der Ferien hatte Maisy am nächsten Tag keine Schule. Schafe und Rinder waren auf der Weide und fanden dank des guten Wetters der letzten Wochen genug zu fressen. Die Sommermonate waren für Tierwirte immer mit ein bisschen weniger Arbeit verbunden als der Rest des Jahres. Vielleicht konnte sie morgen sogar mal ausschlafen – wie toll wäre das denn?

Tom entzündete die Kerze in dem Windlicht, das er vorhin rausgebracht hatte, und setzte sich neben Rachel auf die Bank.

»Das war ein sehr schöner Abend. Vielen Dank«, sagte Rachel leise.

»Sehr gerne.« Er sah sie freundlich an, seine Stimme klang in ihren Ohren honigsüß. »Ihr habt mich schon so oft versorgt, da war es langsam mal an der Zeit, mich zu revanchieren«

Dabei ist *er* es doch, der sich so rührend um *uns* kümmert, dachte Rachel. Tom war immer für sie da, wenn sie ihn brauchten. Er fragte sie, wie Maisy eigentlich damit zurechtgekommen sei, als ihr Vater plötzlich auf der Matte stand. Als Rachel ihm berichtete, dass Jake inzwischen schon wieder weg war, schüttelte er nur den Kopf. In der ersten Woche hatte Jake sich an sein Versprechen gehalten und Maisy angerufen, aber mittlerweile waren weitere zehn Tage verstrichen und sie hatten nicht wieder von ihm gehört. Gebrochene Versprechen, das bedeutete gebrochene Herzen – zumindest für Maisy. Rachel hatte voller Traurigkeit beobachtet, wie Maisy begriff, was Sache war. Erwachsene machten nicht immer das, was sie einem versprachen, nicht mal die ganz wichtigen Sachen. Ihre Tochter erwähnte ihren Vater jetzt deutlich weniger als vorher, und sie kam ihr insgesamt stiller und weniger vertrauensselig vor. Rachel hatte zwar auch von sich aus versucht, Jake zu erreichen – aber der egoistische Mistkerl war nicht ans Telefon gegangen.

Es wurde dunkel und kühler, die Sonne war hinter dem Horizont versunken. Rachel war jetzt auch nach einem Glas Rotwein. Tom holte zwei Fleecedecken aus dem Haus, in die sie sich einwickelten. Sie wollten nicht reingehen, sondern lieber noch ein bisschen hier draußen sitzen.

Rachel lehnte sich an Tom und seufzte zufrieden. Ihm so nahe zu sein fühlte sich ganz natürlich an, auch wenn ihr Herz raste. Sie blickte in den Nachthimmel, an dem unzählige Sterne wie Diamanten funkelten. In Northumberland gab es zum Glück noch keine Lichtverschmutzung, und der Anblick war einfach nur grandios.

»Sieh nur, Tom«, sagte sie. »Wahnsinn.« Sie reckte den Hals. »Ich glaub, ich leg mich ins Gras, dann kann ich besser in den Himmel schauen.«

Sie stand auf und legte sich, eingehüllt in ihre Decke, auf den Rasen. Das Gras war schon feucht vom Tau, aber das störte sie nicht. Es war weich und gemütlich.

»Ist der Blick von da unten besser?«, fragte Tom, der sich nun auch erhob, um sich zu ihr zu legen.

Rachel war ganz auf den Himmel fixiert, auf die fernen Galaxien.

»Hast du gesehen?«, flüsterte sie ehrfürchtig. »Eine Sternschnuppe! Du musst dir was wünschen!«

»Ich weiß gar nicht, ob ich gerade überhaupt Wünsche habe«, erwiderte er leise.

Seine Hand berührte zufällig ihre. Rachel war wie elektrisiert.

Sie wandte den Blick von den Sternen ab, um Tom anzusehen. Er betrachtete sie, und in seinen Augen las sie viele, viele unausgesprochene Worte. Die Welt schien für einen Moment den Atem anzuhalten.

Jetzt nahm er ihre Hand. Als er sie ansah, dachte sie, sie würde zerschmelzen. Er beugte er sich zu ihr und – endlich! Sie küssten sich. Erst zögerlich und zärtlich, dann immer lustvoller. Ja, genauso hatte sie es sich vorgestellt. Seine Küsse waren ein Traum.

Als sie sich wieder voneinander lösten, sah Tom sie lächelnd an. »Darauf habe ich so lange gewartet.«

Rachel wusste genau, was er meinte. »Ich auch.«

»Wollen wir es noch mal probieren? Nur um sicherzugehen, dass wir es auch richtig machen?« Toms Augen funkelten schelmisch im Schimmer der Kerze.

»Ja, vielleicht ist das keine schlechte Idee.« Sie würde ihn garantiert nicht aufhalten!

Gesagt, getan. Ihre Körper rückten enger zusammen, ganz nah lagen sie beieinander auf dem feuchten Gras unter dem weiten Firmament. Tom spielte sanft mit ihrem Haar, während sie sich küssten, sie hatte seinen Kopf mit einer Hand umschlossen. Es war einfach nur schön. So schön, dass es fast wehtat. Noch nie in ihrem Leben hatte Rachel auf diese Weise geküsst.

Nach einem traumhaft langen Kuss setzten sie sich auf und kuschelten sich schweigend aneinander. Ganz bewusst nahmen sie nur ihr Atmen und ihre Körperwärme wahr. Beide spürten, dass Worte den magischen Moment vielleicht zerstört hätten. Und sie wollten noch nicht zurück in die Realität.

Schließlich fragte Tom: »Alles okay?«

»Ja.« Mehr brachte Rachel nicht heraus. Wieder stellte sie sich die Frage, wohin das alles führen würde. Ihr Körper wollte, dass sie ihn berührte, ihn umarmte, ihn zu ihrem Mann machte. Aber sie durften nichts überstürzen, dafür stand zu viel auf dem Spiel. »Tom, jetzt muss ich leider gehen.«

Denn wenn sie noch länger hierbliebe, wusste sie nicht, ob sie sich würde beherrschen können. Erst wollte sie sich absolut sicher sein, dass sie beide sich nicht nur von ihren aufgewühlten Emotionen oder ihrer Lust zu einer gemeinsamen Nacht mitreißen ließen. Wenn es nicht wirklich eine gemeinsame Zukunft für sie gab, durften sie nicht weitermachen. Eine schnelle Affäre würde ihre Freundschaft zerstören. Für Rachel war es ein Tanz auf dem Vulkan. Sie standen an der Schwelle zu etwas Schönem, und genau das machte ihr Angst.

Tom sah sie enttäuscht an. Er verstand nicht.

»Wegen Maisy«, sagte sie. *Morgen früh*, wollte sie eigentlich hinzufügen. Aber sie wagte es nicht, denn ihr war klar, welche Bedeutung in der Anspielung auf den nächsten Morgen mitschwang. Natürlich wäre es schön, sich einfach vom Moment überwältigen zu lassen und in Toms Bett zu landen, um sich gegenseitig die Kleider vom Leib zu reißen. *Wieso eigentlich nicht?* schaltete sich da auf einmal eine Stimme in ihrem Kopf ein. *Wieso musst du immer so vernünftig sein?* Obwohl sie gesagt hatte, dass sie gehen wollte, saß sie immer noch eng an Tom gekuschelt da.

»Okay, dann bringe ich dich nach Hause. Aber zu Fuß.« Er klang trotz aller Enttäuschung sanftmütig wie immer.

»Danke.«

Sie erhoben sich. Die Flasche Rotwein hatten sie auch noch geleert, deswegen war es tatsächlich besser, den Wagen stehen zu lassen. Sie gingen Hand in Hand, als sie sich auf den Weg zur Primrose Farm machte und es fühlte sich an wie ein Versprechen. So natürlich. Das war mehr als Freundschaft.

Die Nacht war ruhig bis auf vereinzeltes Schafblöken von den Feldern in der Umgebung, und der leichte Wind ließ das Laub der Hecken rascheln. Es war kühl geworden, Rachel ging dicht neben Tom, um die beruhigende Wärme seines Körpers zu spüren. Unter ihren Schritten knirschte der Kies.

Als sie beim Farmhaus ankamen, sah Rachel, dass Jill das Küchenlicht für sie angelassen hatte. Sie blieben vor dem Eingang stehen und lächelten sich an wie zwei unsichere Teenager. Tom streichelte ihre Wange, dann zog er sie wieder an sich und küsste sie.

Drei Küsse! Das waren zwei mehr, als Rachel es sich erträumt hatte! Sie wusste: Jetzt, nachdem sie seine Küsse gekostet hatte, würde sie nie genug davon bekommen. Der letzte der drei war ein langer, sehr langer Kuss, und Rachels ganzer Körper fing an zu kribbeln.

Nur widerwillig ließen sie voneinander ab.

»Gute Nacht, Rachel.«

»Gute Nacht, Tom. Danke für den wunderschönen Abend.« Ihre Worte reichten nicht aus, um auszudrücken, was sie empfand.

»Wir sehen uns bald, ja?«

»Ja.« Sie küsste ihn noch einmal auf die Wange, inhalierte seinen Duft ein letztes Mal für diesen Abend und ging dann ins Haus. Es fiel ihr schwer, sich von ihm zu trennen.

»Bis dann.« Sie drehte sich noch einmal zu ihm um.

»Bis dann.« Er lächelte sie an.

»Ich geh jetzt besser.«

»Ja.«

Rachel wunderte sich – ihre Mutter war noch auf. Sie saß am Küchentisch und las ein Buch. Es war schon nach elf.

»Hallo, Schätzchen. Hattet ihr es noch schön? Alles okay?«, fragte ihre Mutter.

Rachel spürte noch immer Toms Lippen auf ihrem Mund und seine Berührung auf ihrer Haut. Sie errötete. »Ja, wir hatten einen sehr schönen Abend.« Sie versuchte, möglichst sachlich zu klingen. »Und Maisy?«

»Schläft tief und fest. Kaum lag sie im Bett, war sie auch schon eingeschlafen.«

»Super.«

»Tom ist wirklich ein netter Mann«, sagte ihre Mutter.

»Ja, ist er.« Rachel wollte einfach nur hoch in ihr Zimmer gehen und den Abend noch einmal Revue passieren lassen, jedes kleinste Detail, solange die Erinnerung noch frisch war. »Es war ein langer Tag. Ich muss ins Bett, Mum.«

»Ja klar, Schatz. Wir sehen uns morgen früh.« Ihre Mutter klang enttäuscht.

Hatte sie etwa auf ein längeres Gespräch gehofft? War sie in melancholischer Stimmung?

»Mum, ist alles in Ordnung bei dir?« Rachel ging einen Schritt auf sie zu. War ihr bisher entgangen, dass es ihrer Mutter nicht gut ging? Fühlte sie sich vielleicht einsam?

»Ja, natürlich. Mir geht's gut«, antwortete Jill, aber sie klang trotzdem irgendwie schwermütig.

Natürlich ahnte sie, was zwischen ihr und Tom passiert war. Mütter hatten ja einen sechsten Sinn, was so was angeht. Und ganz sicher freute Jill sich für sie. Aber vielleicht fühlte sie sich auch an die Zeit erinnert, in der sie mit ihrem Mann zusammengekommen war. Die magischen Gefühle, die Rachel gerade erlebte, musste ihre Mutter ja auch empfunden haben.

Und logischerweise war der Tod von Dad für sie noch immer enorm schwer. Manche Tage waren besser als andere, aber der Gedanke an das schreckliche Ereignis war immer da und tat immer noch weh.

»Im Ernst, es geht mir gut. Geh jetzt schlafen, mein Liebling. Dieser Krimi ist einfach so spannend, ich muss ihn unbedingt zu Ende lesen.«

»Ich kann ja noch ein bisschen unten bleiben und uns einen Tee machen.«

»Nein, auf keinen Fall. Du siehst müde aus. Bitte geh ins Bett.«

»Okay, wenn du meinst …« Rachel war unsicher.

»Jetzt geh schon. Ich freue mich, dass du einen schönen Abend hattest.«

»Danke.« Es war wie immer. Ihre Mutter stellte ihre eigenen Bedürfnisse hinten an. Es rührte Rachel zu Tränen. »Dann gute Nacht, Mum.« Sie küsste ihre Mutter auf die Wange und fragte sich, ob sie vielleicht verräterisch nach Toms Aftershave roch. »Hab dich lieb.«

»Ich dich auch, Liebes. Gute Nacht. Schlaf gut.«

»Dir auch süße Träume.«

Liebe. Familie. Leben. Die Wonne eines Kusses. Die harsche Realität des Todes. All diese Gedanken wirbelten Rachel durch den Kopf, als sie kurze Zeit darauf im Bett lag. Wenn man dem Tod ins Auge gesehen hatte, wollte man das Leben umso mehr auskosten. Aber tat sie das auch? Selbst heute Nacht war sie gegangen. Immer hielt sie ihre Gefühle zurück und spielte auf Nummer sicher. Dabei hatte sie heute Abend einen Vorgeschmack dessen erlebt, was Leben auch sein konnte. Und so ein Leben wollte sie! Mit all ihren Sinnen wollte sie es!

Verträumt dachte sie an die drei wunderbaren Küsse. Sie musste unbedingt mit Tom Watson schlafen – sie begehrte ihn so sehr. Aber würde es wirklich dazu kommen?

35. Kapitel

Ein Abendessen zur Erntezeit

Der Weizen war reif, und das hieß Erntezeit für Tom. Rachel wusste, was das bedeutete: lange Tage und kurze Nächte, bis die Ernte eingefahren war. Sie versuchte, sich von ihren Fantasien und Tagträumen zu lösen und sich auf ihren Alltag und die Probleme zu konzentrieren, mit denen sie auf der Primrose Farm tagtäglich konfrontiert war.

Obwohl das Hofcafé einen ganz guten Start hingelegt hatte, brummte das Geschäft nicht wirklich. Der erste Monat war beinahe um, und nach Abzug aller Investitionen und anderen Kosten, hatten sie nur einen schmalen Gewinn erzielt. Natürlich musste sich erst einmal herumsprechen, dass es sie gab – aber die Sommersaison, in der die meisten Besucher kamen, dauerte nicht mehr allzu lang, nur noch ein paar Wochen. Was im Herbst und Winter passieren würde, konnte niemand vorhersagen. Sie und Jill mussten sich also etwas einfallen lassen, um ihr »zweites Standbein« zu bewerben. Noch waren sie weit davon entfernt, sich auf ihren Lorbeeren ausruhen zu können.

Auf ihrer Morgenrunde entdeckte Rachel Tom, der mit seinem großen gelben Mähdrescher unterwegs war. Zwei Traktoren mit Anhänger standen bereit, um das Getreide aufzuladen. Das trockene Wetter bedeutete, dass sie den ganzen Tag auf den Feldern zubringen würden. Rachel war froh, dass Tom auch Getreidewirtschaft betrieb; so konnte sie ohne große Umstände im Winter Stroh für ihre Tiere besorgen. Seit Jahren bezog sie ihr Stroh für die Ställe von ihm. Sie winkte ihm aus der Ferne zu, war sich aber nicht sicher, ob er sie überhaupt sah.

Er hatte ihr am Morgen nach ihrem zauberhaften Grillabend eine süße Textnachricht geschickt, in der er schrieb, wie sehr er den Abend mit ihr genossen habe. Unterschrieben hatte er mit »Küsse«. Seitdem standen sie lose in SMS-Kontakt. Seit zwei Tagen aber hatte sie ihn nicht mehr persönlich gesehen, und langsam kam ihr das, was geschehen war, etwas surreal vor.

Heute war Sonntag, und Eve hatte angeboten, Maisy zu nehmen, damit Jill und Rachel sich in Ruhe um das Café kümmern konnten. Am Wochenende hatten sie immer den meisten Zulauf.

Pünktlich um halb elf stand Frank, der nette ältere Herr aus dem Dorf, vor der Tür. Er probierte mit Vorliebe die verschiedenen Kuchensorten aus, die sie neu im Angebot hatten, und gab Jill jedes Mal ein detailliertes Feedback. Sein Favorit bisher war ohne Frage die Biskuitrolle, dicht gefolgt von ihrem Sticky-Toffee-Pudding. Dienstags und donnerstags kamen zwei ältere Damen aus dem Dorf, Jean und Valerie, die sie mittlerweile ebenfalls als Stammgäste bezeichnen konnten. Freitag war der Tag der Mütter, die nach der Krabbelgruppe gegen zwölf Uhr auf einen Mittagssnack mit ihren Kleinen hereinschauten. Rachel hatte Maisys Kinderhochstuhl wieder ausgegraben, und Eve steuerte dankenswerterweise den von Amelia bei. Rachel mochte es, dass sie sowohl Stammgäste als auch Laufkundschaft hatten, überwiegend Urlauber oder Tagesausflügler. Allen gefiel es bei ihnen. Trotzdem musste die Anzahl der Gäste zunehmen, wenn sie mit dem Café wirklich etwas zum Einkommen der Farm beitragen wollten.

Natürlich passierte so etwas nicht über Nacht, das war Rachel auch klar. Aber bei jedem Blick auf ihre Kontoauszüge wurde sie daran erinnert, dass sie noch lange nicht aus dem Schneider waren.

An diesem Abend waren noch ein paar Scones übrig, ein Stück Karottenkuchen und ein paar Sandwiches, die sie morgen nicht mehr anbieten konnten. Rachel hätte darauf wetten mögen, dass Tom sich während der anstrengenden Erntezeit ziemlich ungesund ernährte, mit Chips und ein paar Schokoriegeln. Sie überlegte, ob sie ihm und seinen Leuten nicht zum Abendessen etwas Frisches bringen sollte. Darüber würden sie sich bestimmt freuen … und sie sich auch.

Auch Jill fand, dass das eine gute Idee war. Rasch machte sie noch ein paar frische Speck-Sandwiches und packte ein paar weitere Köstlichkeiten in eine große Picknicktasche. Es war mittlerweile fast fünf Uhr, sie würden gleich schließen. Jill meinte, den Rest schaffe sie auch allein.

Rachel legte noch ein paar Äpfel dazu und fuhr dann mit dem Quad los zu dem Feld, auf dem die Männer arbeiteten. Moss durfte mitfahren, denn er war fast den ganzen Tag in seinem Zwinger eingesperrt gewesen.

Gleich hinter dem Tor hielt sie an, denn sie wusste, dass sie an dieser Stelle gut zu sehen war. Als der Anhänger aufgeladen war, hielt Tom den Mähdrescher an und bedeutete seinen Männern, dass sie Pause machen sollten.

»Hallo«, rief Rachel zu ihm rüber, als Tom aus der Fahrerkabine kletterte.

»Ist alles in Ordnung?« Er sah sie besorgt an, denn er hatte nicht mit ihrem Besuch gerechnet.

»Ja, alles bestens. Ich dachte nur, ich bring euch rasch etwas zum Abendessen vorbei. Ist alles von heute übrig.«

»Du bist ein Engel! Ich sterbe vor Hunger!«

»Dachte ich mir. Speck-Sandwiches sind auch dabei.«

»Großartig! Das Timing hätte nicht besser sein können. Vielen Dank!« Er guckte in die Tasche und fing an zu grinsen.

»Eine kurze Pause können wir uns genehmigen, aber dann muss es weitergehen.«

»Schon okay, weiß ich ja.«

Er streichelte ihr über den Arm und sah aus, als würde er sie am liebsten auf der Stelle in den Arm nehmen und küssen. Aber da kam schon Jack, einer der beiden Traktorfahrer, zu ihnen rüber.

»Wann sehen wir uns?«, fragte Tom rasch. »Kannst du heute Abend zu mir kommen, wenn wir hier fertig sind? Könnte allerdings spät werden. Ich schick dir eine SMS.«

»Ja, okay.« Wegen Maisy und ihrer Mutter musste sie sich noch etwas einfallen lassen. Aber wahrscheinlich lag ihre Tochter dann eh schon im Bett.

»Jack, guck mal! Wir haben eine Essenslieferung bekommen!«, rief Tom ihm zu.

»Wow! Vielen Dank, Rachel«, antwortete Jack und zeigte ihr ein »Daumen hoch«.

»Okay, ich bin dann wieder weg. Muss Mum beim Aufräumen helfen. Euch noch viel Erfolg bei der Arbeit!«

»Danke.« Tom erwähnte nichts mehr von ihrem späteren Treffen, aber seine Augen funkelten voller Vorfreude.

»Komm, Moss! Wir müssen weiter!« Die beiden stiegen wieder auf und fuhren davon. Rachels Herz klopfte heftig, als sie sich auf dem Rückweg zur Farm vorstellte, was heute Abend passieren würde.

Es war nach sieben, als Tom sich meldete.

Rachel war dabei, die sogenannten Schlagaufzeichnungen des Tages zu erledigen, die übliche Dokumentation aller Tätigkeiten, die jeden Tag auf der Farm anfielen, aber sie konnte sich nicht so recht konzentrieren. Sie war bereits umgezogen, trug ihre schickere Jeans und ein frisches rotes T-Shirt. Als seine Nachricht kam, nahm sie ein paar kalte Flaschen Bier aus dem Kühlschrank, verabschiedete sich von ihrer Mum und Maisy und stieg aufs Quad.

Eine angenehme Vorfreude erfüllte sie, als sie über die Feldwege rüber zu Toms Farm fuhr. War das alles wahr, oder war es nur in ihrem Kopf? Beruhig dich, ermahnte sie sich, das ist ja kein Date oder so was. Tom war bestimmt müde nach den drei Tagen auf dem Feld. Letzten und vorletzten Abend hatte sie noch spät das Knattern der Traktoren gehört und weit nach Anbruch der Dunkelheit ihre Scheinwerfer im Tal gesehen.

Als sie auf den Hof bog, stand Tom neben dem Traktorschuppen. Dort parkte auch sein Mähdrescher, den er nachts sichern musste.

»Hey«, rief sie und fuhr neben ihn.

»Hi.« Er lächelte sie an.

»Ich dachte, du hättest vielleicht Lust auf so was hier …« Sie sprang von ihrem Gefährt, nahm ein kaltes Bier aus dem Rucksack und öffnete es mit ihrem Taschenmesser.

»Perfekt! So eine Frau hab ich mir immer gewünscht!« Er grinste. »Es war heute megaheiß in der Kabine. Die Klimaanlage ist an ihre Grenzen gestoßen.«

»Oh nein, das hat dir ja noch gefehlt.«

Tom ließ sich auf einen Strohballen vor dem Schuppen fallen, auf den ein letzter Sonnenstrahl fiel. Rachel setzte sich neben ihn.

»Anscheinend kannst du Gedanken lesen.« Er trank einen Schluck. »Ah, das tut echt gut.«

»Ich kann mir gut vorstellen, wie es ist, den ganzen Tag in diesem Ding zu hocken. Dann seid ihr also fertig geworden? Super.«

»Ja, heute Nachmittag haben wir den Rest geschafft. Gerade rechtzeitig, wie es scheint. Die Vorhersage für morgen ist das Grauen. Heftiger Wind und Starkregen.«

»Ja, schon gesehen.«

Dabei war es heute Abend noch so schön warm! Vermutlich die sprichwörtliche Ruhe vor dem Sturm. Am Himmel waren nur ein paar vereinzelte Wölkchen zu sehen, und jetzt zur Dämmerung segelten die Schwalben umher. Sie mussten unbedingt das Beste aus diesem Abend machen.

»Hättest du Lust, eine Runde spazieren zu gehen? Ich muss mich dringend bewegen nach der ganzen Hockerei im Mähdrescher. Ein bisschen die Beine vertreten und vielleicht zum Kirk Mount hochkraxeln?« Der Hügel lag am Fuß der Cheviot Hills genau zwischen ihren beiden Farmen.

»Ja, gerne. Ich bin dabei.« Auch wenn sie viel Zeit draußen verbrachte, kam Rachel selten dazu, wandern oder spazieren zu gehen. Aber an einem schönen Abend wie diesem wäre es eine Schande gewesen, im Haus zu hocken.

»Gut, ich schließ nur noch rasch hier ab, und dann kann's losgehen.«

Es dauerte eine gemütliche halbe Stunde nach oben auf den Hügel. Rachel und Tom wanderten im Abendsonnenschein, und alle Sorgen und Verantwortlichkeiten des Farmlebens waren auf einmal weit weg.

Bald hatten sie den Gipfel des Kirk Mount erreicht. An seinem obersten Punkt befand sich eine felsige Anhöhe, rundherum wuchsen Heidekraut und stoppeliges Gras, das die Schafe abgeknabbert hatten. Jetzt, im August, ging die Sonne schon wieder früher unter. Gerade verschwand sie hinter den Cheviot Hills, und hinten am Horizont, Richtung Meer, erglühte der Himmel orange, rot, blau und violett. Immer wieder ein erhebendes Naturschauspiel.

Überhaupt war das ein ganz besonderer Moment für sie. Sie hatten auf dem Weg angeregt miteinander geplaudert, waren aber nicht Hand in Hand gegangen wie neulich nachts. Tom schien generell heute etwas zurückhaltender zu sein, was Körperlichkeiten anging – als hätte er Angst, etwas falsch zu machen.

Rachel hatte einmal kurz versucht, seine Hand zu nehmen und leicht seine Fingerspitzen gestreift. Aber als er keine Anstalten machte, darauf zu reagieren, war sie sofort wieder unsicher geworden. Hatte sie das Ganze missverstanden?

Wollte Tom doch lieber, dass sie einfach Freunde blieben? War er deshalb mit ihr hier hinaufgestiegen? Um ihr zu sagen, dass ihre Küsse ein einmaliger Ausrutscher waren, und dass alles wieder so sein sollte wie früher? War es am Ende nicht auch besser so? Sie drehte sich um und bemerkte, dass er sie ansah. Ihr Herz setzte kurz aus. Was wollten diese dunklen Augen ihr sagen?

Hatte er dieselben Zweifel wie sie? Dann sollten sie das Ganze besser hier und jetzt beenden. Sie war so unsicher! Solche Gefühle kannte sie nicht, sie waren so neu, so frisch, so furchteinflößend – und so stark. Sie spürte großes Verlangen nach ihm.

»Rachel?« Seine Stimme war fest, aber er sprach leise. Wartete er etwa darauf, dass sie ihm die Erlaubnis gab, etwas zu sagen?

Als sie ihn ansah, verschränkten sich ihre Blicke. Er strich ihr mit der Hand durchs Haar und rutschte näher an sie heran. Sie sahen sich immer noch an, als ihre Lippen sich berührten –

warm, zärtlich, liebevoll. Oh ja! Sein Kuss erweckte ein tiefes Verlangen in Rachel.

Nur kurz ließen sie voneinander ab und lächelten sich zu. Sein verführerischer Blick, diese wunderbaren dunklen Augen … Oh nein, das war nicht nur Freundschaft; aber es war auch nicht nur plumpe Lust. Es war das gesamte Paket. Ihr ganzer Körper kribbelte. Tom war die Erfüllung für sie.

In Jake war sie unheimlich verknallt gewesen, damals als Teenager. Aber damals war sie auch jung und naiv gewesen, es war nur um Lust und Sinnlichkeit gegangen – eine tiefere Ebene hatten sie nie erreicht. Sie hatte nie das Gefühl gehabt, Jake wirklich zu kennen. Mit Tom war das anders. Bei ihm fühlte sie sich zu Hause, und er weckte trotzdem Gefühle von Lust und Leidenschaft in ihr.

»Tom«, sagte sie. Auch ihre Stimme klang fest.

Wieder verloren sie sich in einem Kuss. Das Gras war weich wie ein Kissen unter ihnen, und sie zog ihn langsam herunter, bis sie nebeneinanderlagen. Sie küssten und liebkosten sich. Endlich konnte Rachel ausleben, was sie so lange zurückgehalten hatte. Dieser Mann war so wunderbar und so liebevoll, und sie wusste, dass er einen herrlichen Körper hatte. Sie schob sich auf seinen Schoß und spürte sofort seine Erregung. Es gefiel ihr, dass sie ihn anmachte. Es verlieh ihr Selbstbewusstsein und heizte ihr eigenes Verlangen noch mehr an.

Sie wusste, was passieren würde. Aber war Tom vorbereitet? Das Thema Verhütung war für sie schon lange nicht aktuell gewesen.

»Tom, ich … hast du … was dabei?«

Er nickte. »Ich war bei den Pfadfindern. Allzeit bereit.« Ein dämliches Grinsen folgte.

»Okay, ich wollte es nur wissen.«

Sie holte tief Luft, dann knöpfte sie ganz langsam sein Hemd auf. Sein muskulöser Oberkörper kam zum Vorschein. Er sah so toll aus – ein Mann im besten Alter. Langsam fuhr sie mit den Fingerspitzen über seine Rippen bis zu seinen Bauchmuskeln. Er erschauderte. Dann zog sie ihm das Hemd aus, warf es zur Seite und begann, seine nackte Brust zu küssen.

Wenn sie jetzt weitermachte, gab es kein Zurück mehr. Ihr Körper befahl ihr, bloß nicht aufzuhören. Und ja, sie wollte es. Sie wollte diesen Mann, alles von ihm. Schnell zog sie ihr eigenes Oberteil aus. Tom öffnete ihren BH, was nicht auf Anhieb gelang, weswegen sie beide kurz nervös lachten. Sie hatte schöne volle Brüste, und er bewunderte sie für einen Moment, bevor er begann, ihre Brustwarzen zu küssen. Rachel stöhnte lustvoll. Sie küsste seinen Kopf und ergab sich dann dem wunderschönen Gefühl, das sie überrollte.

Sie fummelten ihre Jeans auf. Noch ein Kuss, um das Vergnügen hinauszuzögern. Rachel kam auf dem Rücken zu liegen, und Tom zog ihr geschickt das weiße Spitzenhöschen aus. Es passierte tatsächlich!

Er liebkoste weiter ihre Brüste, streichelte dann mit einem Finger weiter an ihrem Körper herunter, bis zum Bauchnabel, dann über die Oberschenkel, bis er … ja … an dieser ganz besonderen Stelle ankam. Sie wollte nichts sehnlicher, als dass er weitermachte, aber er sah sie einen Moment lang einfach nur an. Aus seinem Blick sprach Liebe. Sie nickte kurz, das musste genügen. Worte sollten diesen magischen Moment nicht zerstören. Sie brauchten auch keine Worte mehr.

Da zögerte er nicht mehr länger und drang in sie ein.

»Oh ja, Tom!«

»Rachel«, flüsterte er. Sie gab sich ihm und seinem Rhythmus hin.

Es fühlte sich wunderbar an, sexy und verdammt intensiv. Die Lust kam in Wellen, bis sie in einem wilden Höhepunkt gipfelte. Alles in ihr pulsierte.

Sie hatte nicht gewusst, dass Sex sich so anfühlen konnte.

Tom hatte es nicht eilig, sich aus ihr zurückzuziehen. Er verlagerte sein Gewicht erst nur ein bisschen, und sie lächelten sich an. Dann glitt er aus ihr heraus und legte sich neben sie, und Rachel kuschelte sich an ihn. Sie war überglücklich und kam sich vor wie die kleine wilde Katze, die ab und zu auf der Farm auftauchte und ein Schälchen Sahne schleckte, um dann absolut zufrieden und faul ausgestreckt in der Sonne zu liegen. Die Nacht wurde kühler, aber in Toms Armen fühlte sie sich warm und geborgen.

Plötzlich erschrak sie. Hoffentlich war nicht noch jemand um diese Uhrzeit hier oben unterwegs. Oder einer ihrer Farmhelfer wollte nach dem Rechten sehen und fand sie hier. Mehr Aussicht als gedacht! Rachel musste kichern.

»Was hast du? Hab ich mich so lustig angestellt?« Tom gab vor, verärgert zu sein, aber in Wirklichkeit musste auch er lachen.

»Ganz und gar nicht. Du warst ehrlich gesagt ziemlich gut.« Sie sah, dass er vor Stolz strahlte, und das brachte sie noch mehr zum Lachen. »Nein, ich hab mir nur gerade vorgestellt, dass hier gleich ein paar verirrte Wanderer oder einer von unseren Farmarbeitern auftauchen könnte.«

»Das wäre ein echter Schock für sie.«

»Sollen wir nicht besser gehen?« Aber eigentlich war es so schön, nach dem Sex nebeneinander zu verweilen.

»Nein, noch nicht.«

Sie blieben noch eine ganze Weile liegen und plauderten ein bisschen. Tom malte mit dem Finger kleine Kreise auf ihre

Arme, ihre Hüfte, ihre Schenkel. Doch dann wurde es auf einmal empfindlich kühl.

»Kannst du mit zu mir kommen? Und über Nacht bleiben?«, fragte Tom hoffnungsvoll. Natürlich wusste er, dass sie nicht völlig unabhängig war. Und keiner von ihnen kannte die Spielregeln, weil sie ein kleines Kind hatte.

Rachel holte tief Luft und dachte an die vielen Komplikationen, die sich ergeben könnten. Aber sie wusste auch, was sie wollte. »Ja, ich komme mit. Ich werde Mum eine Nachricht schicken, auch wenn sich das etwas merkwürdig anfühlt. Aber es ist ihr, glaube ich, sowieso klar, was mit uns los ist. Ich komme mir vor, als wäre ich wieder siebzehn.«

Nur, dass sie sich mit siebzehn in den absolut falschen Mann verliebt hatte. Aber woher wusste man denn, wann es der Richtige war? Mit Tom fühlte es sich mehr als richtig an, deswegen musste sie ihnen eine Chance geben. Eve hatte ihr geraten, mutig zu sein und den Moment zu leben, immer ausgerichtet auf die Zukunft. Und sie wollte dieses Glück nicht verlieren – sie wollte Tom nicht verlieren.

Sie erschauderte.

»Komm, du frierst. Fahren wir ins Warme.«

»Vielleicht sollten wir uns vorher noch anziehen«, schlug Rachel vor, als Tom in seiner ganzen Pracht nackt vor ihr stand.

»Aber nur kurz«, entgegnete er, und in seinen Augen blitzte es spitzbübisch auf.

Sie hätte nie gedacht, dass sich das alles so irre anfühlen könnte. So verdammt schön, so innig, so sinnlich. Sie lagen zusammen in Toms Bett. Als sie das zweite Mal miteinander schliefen, war es genauso schön wie beim ersten Mal, vielleicht sogar noch ein bisschen besser. Sie begannen bereits, ihre Körper gegenseitig kennenzulernen, einander noch mehr zu vertrauen. Das hier war nicht nur Sex. Es war das Gefühl, einander zu kennen, obwohl alles auch ganz neu war. Sie wollte jeden Millimeter, jeden Winkel seines Körpers erkunden.

So fühlte es sich also an, wenn man wirklich verliebt war. Und das Beste war – Tom ging es offensichtlich ganz genauso. War es bei ihren Eltern auch so gewesen, als sie sich kennengelernt hatten? Oje, arme Mum. Nach so vielen gemeinsamen Jahren ihren Mann zu verlieren … Rachel ahnte, wie schlimm das sein musste – Abschied vom geliebten Partner nehmen zu müssen. Sie selbst wusste bisher nur, wie es sich anfühlte, den Vater zu verlieren. Auf einmal war sie völlig aufgewühlt, wie sie so im Dunkeln neben Tom lag und seinem gleichmäßigen Atem lauschte. Es fühlte sich gleichzeitig schön und doch surreal an.

Dieser Abend … all diese verrückten Gefühle. Unglaublich. Und verdammt noch mal, das alles machte ihr Angst.

36. Kapitel

Brich mir bloß nicht das Herz

Rachel erwachte. Neben ihr auf dem Kissen sah sie einen dunklen Haarschopf. Seine Augen mit den dichten Wimpern waren noch geschlossen. Sie bewunderte den Schwung seiner Oberlippe. Wahnsinn, sie konnte diese Lippen jetzt jederzeit küssen!

Es war also wahr. Sie hatte nicht geträumt. Tom Watson lag neben ihr im Bett, und sie fühlte sich unbeschreiblich gut dabei.

Er bewegte sich, zog sie enger an sich und öffnete ein Auge, wie um sich zu vergewissern, dass das auch alles wahr war – so wie sie gerade eben.

»Guten Morgen«, sagte er lächelnd.

»Hi … Hallo, du.« Rachel grinste.

»Geht's dir gut?«

»Ja. Schön kuschelig.« Sie fühlte sich geborgen bei ihm, und sie hatte wunderbar geschlafen – kein Wunder, nach all dem energieraubenden Sex. Es war so lange her, dass sie neben jemandem aufgewacht war. Das war schon sehr besonders.

»Soll ich uns einen Tee ans Bett bringen?«, schlug er vor.

»Gleich.« Kein Grund zur Eile. Ein Blick auf die Uhr verriet Rachel, dass es erst zehn vor sieben war. Ihre Farmarbeit konnte noch einen Augenblick warten.

Noch einmal schliefen sie miteinander. Wunderbarer, entspannter Morgensex. Rachel hatte Angst, dass ihr Atem schlecht roch, aber offensichtlich störte Tom das nicht. Seine Küsse waren zärtlich wie immer.

Als sie erschöpft nebeneinanderlagen, sagte er: »Ich kann es immer noch kaum fassen … das mit uns.«

»Ja, geht mir auch so. Es ist so wunderbar.« Sie dachte wieder an die Katze, nur dass sie jetzt drei Schälchen Sahne aufgeleckt hatte.

Tom schob ihr zärtlich eine Haarsträhne aus dem Gesicht. »Ich habe dich aufwachsen sehen. Wir kennen uns aus Kinderzeiten. Und auf einmal bist du diese wunderbare junge Frau.«

»Oh ja … Weißt du noch, als du mich mal auf dem Traktor hast mitfahren lassen, als du den Acker gepflügt hast? Ich habe dich angebettelt, mich fahren zu lassen.«

»Ja, da warst du höchstens sechs oder so. Aber schon damals sehr entschlossen.« Er zog die Augenbrauen hoch.

»Jedenfalls durfte ich auf deinem Schoß sitzen und lenken. Das fand ich toll.«

»Ja, und unsere Väter hätten uns umgebracht, wenn sie davon erfahren hätten …«

»Auf jeden Fall. Ach je …« Sie musste an ihren Vater denken. »Dad.«

»Du bist eine starke Frau, Rachel. Du hast dafür gesorgt, dass die Farm immer noch besteht. Dazu der Neuanfang mit dem Hofcafé. Ich weiß, welchem Druck du ausgesetzt bist. Und ich weiß, was du durchgemacht hast.«

»Danke.« Immer hatte sie alles mit sich allein ausmachen müssen. Aber der Alltag ließ einem oft keine Zeit, es anders zu bewerkstelligen. Schön, dass jetzt Tom in ihrem Leben war, um sie zu unterstützen.

»Dein Vater …« Tom betrachtete die Zimmerdecke, als die Erinnerung zurückkehrte. »Er hat am Abend vor seinem Tod mit mir gesprochen.«

»Was?« Rachel sah ihn an. Das hatte er noch nie erwähnt. »Worüber habt ihr geredet?«

»Er hat mir erzählt, wie sehr der Druck auf ihm lastete, den Hof rentabel zu führen. Diese Probleme hatten wir alle. Aber er ging nicht weiter ins Detail. Das war alles, was er dazu gesagt hat. Es war mehr eine beiläufige Bemerkung von Landwirt zu Landwirt.«

»Du hast ihn am Tag vor seinem Tod gesehen? Du wusstest also von seinen Sorgen und hast nichts gesagt? Du bist nicht auf den Gedanken gekommen, Mum und mich zu warnen?«

»Es war nur eine ganz normale Unterhaltung, Rach. Es gab nichts, wovor ich euch hätte warnen können. Er wirkte lediglich niedergeschlagen, genervt. Aber ich wäre niemals davon ausgegangen, dass er … Mein Gott. Wenn ich nur die leiseste Ahnung gehabt hätte …« Er beendete den Satz nicht. »Wir haben einfach ein vertrauensvolles Gespräch von Mann zu Mann geführt.«

»Mein Gott, Tom. Vielleicht war es eine Art Hilfeschrei? Ist dir das nie in den Sinn gekommen?«

»Doch, natürlich. Im Nachhinein schon. Aber damals nicht, nein. Das hätte ich mir niemals vorstellen können.«

»Wenn du uns nur etwas gesagt hättest … vielleicht hätten wir etwas ändern können. Vielleicht hätten wir *alles* ändern können.« Rachel tat sich schwer, all das zu begreifen. Die fundamentalen Folgen, die das Gespräch hätte haben können. Plötzlich kamen ihr die Tränen.

»Es tut mir so leid, Rach. Ich weiß nicht, was ich sagen soll. Ich …«

Er berührte ihre Hand, die sie sofort zurückzog.

Sie konnte nicht länger hierbleiben. Nicht bei diesem Mann, der die Gelegenheit gehabt hätte, den Lauf der Dinge zu verhindern. Dieser Mann, der ihren Vater in einem so zerbrechlichen Zustand erlebt und dennoch nichts getan hatte. Und sie hatte geglaubt, sie könnte Tom vertrauen!

Schon war sie aus dem Bett gesprungen und schlüpfte in ihre Sachen.

Tom sah sie schockiert an. Er setzte sich auf und versuchte, es ihr zu erklären. »Rachel, woher hätte ich denn wissen sollen, was er vorhat? Wie gesagt, er wirkte lediglich etwas niedergeschlagen. Aber das war doch nichts Neues!«

Jetzt wurde sie richtig wütend. »Ein bisschen *niedergeschlagen*. Er war lebensmüde, Tom!«

Sie rannte aus dem Zimmer, die Treppe hinunter und schnappte sich ihre Schlüssel vom Küchentresen.

Bloß weg hier, schallte es in ihrem Kopf. Doch ihr Herz fühlte sich schrecklich schwer an, als sie die Tür hinter sich schloss. Sie stieg auf ihr Quad und brauste davon, wütend und verwirrt. Sie traute sich nicht, noch einen Blick hinauf zu seinem Schlafzimmerfenster zu wagen.

Am Nachmittag desselben Tages beschloss Rachel, zur Therapie etwas zu backen. Sie knallte das Nudelholz auf eine Packung Vollkornkekse. Zack. Knirsch.

Den ganzen Tag hatte sie den Kopf hängen lassen. Sie hatte ihre Farmarbeit und ihre Schicht im Café erledigt, dabei die Zeitspanne gegen elf Uhr allerdings vermieden, um einem gewissen Jemand nicht zu begegnen. Ihre Mutter hatte ihr später gesagt, dass Tom dagewesen war und nach ihr gefragt hätte. Er habe nervös gewirkt.

Außerdem hatte er ihr mehrere Textnachrichten geschickt. Aber sie hatte auf keine reagiert.

»Was ist denn los, Rachel?«, wollte ihre Mutter wissen, die

aus dem Garten kam, wo sie die Wäsche abgenommen hatte. Sie sah ihrer Tochter an, dass sie Liebeskummer hatte.

»Nichts, alles gut«, behauptete Rachel. Ihr fiel auf, wie genervt sie klang – ganz schlimm. Ihre Mutter durfte niemals herausfinden, was passiert war. »Entschuldige meinen Ton. Es ist alles in Ordnung«, sagte sie daher noch einmal freundlicher.

»Du weißt schon, dass das mit der Küchenmaschine einfacher geht«, meinte Jill zu ihr.

»Ja, weiß ich. Aber so ist es befriedigender.« Zack.

»Okay.« Jill wusste, dass es besser war, nicht nachzubohren. »Ich falte nur rasch die Wäsche zusammen und leg den Stapel mit Bügelwäsche zurecht, dann mache ich mich ans Abendessen.« Sie ließ ihre Tochter allein in der Küche.

Als Nächstes schmolz Rachel Butter in einem Topf, den sie dann vom Herd nahm und die Kekskrümel hineinrührte. Die Mischung füllte sie in zwei Kuchenformen. Der eine Käsekuchen war fürs Café bestimmt, der andere für ihre Familie und Eve, bei der Maisy zum Glück gerade zum Spielen war.

Rachel hatte die Himbeeren schon gepflückt und auch die anderen Zutaten lagen bereit – die weiße Schokolade, die auch noch geschmolzen werden musste, Frischkäse und Crème double. Das Schlagen und Rühren half Rachel, ihren Frust abzubauen. Bald schon dachte sie nur noch an ihren Teig, überprüfte die Konsistenz und schob die Böden dann in den Ofen. Sobald sie gebacken waren, kamen sie in den Kühlschrank. Danach konnte sie die süße Frischkäsemasse darauf verteilen, abwechselnd mit einer Schicht frischer Himbeeren und etwas von Jills selbstgemacher Himbeermarmelade. Zum Abschluss noch eine Schicht Creme.

»Sieht gut aus.« Jill kam rein, als Rachel die Kuchen gerade wieder in den Kühlschrank stellen wollte. Zu guter Letzt musste sie noch die weiche, fruchtige Himbeersoße darübergießen.

»Danke, Mum.«

»Möchtest du darüber reden, Liebes? Wie war es denn gestern Abend?« Jill machte sich ernsthaft Sorgen.

»Es war schön.« Rachel klang ein bisschen zu fröhlich.

»Sicher? Du warst heute den ganzen Tag nicht du selbst. Wenn dich etwas bedrückt – ich hab jederzeit ein offenes Ohr für dich.«

»Ich hab nichts. Wirklich.«

»Hat er dir wehgetan? Dich in eine unangenehme Situation gebracht?«

»Nein, ganz und gar nicht. Nichts davon.« Jedenfalls kein körperlicher Schmerz. Aber sie konnte Jill niemals die Wahrheit sagen. Das würde auch nichts ändern. Es würde ihrer Mutter nur wehtun, so wie es ihr selbst wehtat. Das Schuldgefühl, dass sie vielleicht etwas hätten tun können, wenn sie es nur gewusst hätten, hatte sich tief in ihr Herz eingegraben. »Ich denke nur, wir passen doch nicht so gut zusammen. Wenn ein bisschen Gras über die Sache gewachsen ist, können wir wieder ganz normal Freunde sein. Aber alles andere fühlt sich komisch an.«

»Wenn das für dich funktioniert …«

»Ja. Geht schon.«

»Okay. Aber ich bin für dich da, falls du dich ausweinen willst.«

»Danke, ich weiß.« Rachel widmete sich dem Abwasch und sah dabei aus dem Fenster. Dunkle Wolken zogen heran – so dunkel sah es auch in ihrem Herzen aus.

Zwei Tage später war Rachel auf dem Weg nach Kirkton, als ihr Tom in seinem Pick-up entgegenkam. Ihr rutschte das Herz in die Kniekehlen. Er wurde langsamer … Sie wappnete sich für eine unangenehme Begegnung.

»Hey.« Er ließ das Fenster herunter und lächelte sie vorsichtig an. »Bist du okay?«

Verdammt noch mal! Natürlich hielt Rachel auch an, schließlich waren sie immer noch Nachbarn. Aber sie wusste wirklich nicht, was sie zu ihm sagen und wie sie sich verhalten sollte, denn sie war immer noch so verdammt wütend auf ihn.

»Es tut mir leid, Rachel. Ich würde das alles gern ungeschehen machen, glaub mir. Du weißt, dass ich es ernst meine.«

»Ja. Das Ding ist nur … man kann die Zeit nicht zurückdrehen, Tom.« Sie gab sich kühl, reserviert.

»Ich kann ja verstehen, dass dich das aufwühlt, und es tut mir leid, wenn ich dich damit verletzt habe. Aber diese Nacht … Ich glaube, dass zwischen uns etwas ganz Besonderes ist, Rach. Wirklich etwas ganz Besonderes.«

Sie schwieg. Die Straße war leer, sie mussten niemandem Platz machen, trotzdem wäre sie zu gerne weitergefahren. Sie konnte mit dieser Situation nicht umgehen.

»Tom, es tut einfach zu weh. Jetzt weiß ich etwas, dass ich lieber nicht gewusst hätte. Was soll ich noch dazu sagen? Lass uns einfach wieder so miteinander umgehen, wie es vorher war. Wie Nachbarn.« Das Wort Freunde kam ihr nicht über die Lippen. »Ich glaube ohnehin nicht, dass es auf die Dauer gutgegangen wäre mit uns.«

»Ach so?!« Sein Gesicht sprach Bände. Er sah unfassbar enttäuscht aus.

Wenn sie diese Nummer durchzog, war es das. Dann würde sie ihn nie wieder berühren, ihm nie wieder nahe sein können.

Sie hielt kurz die Luft an. »Es tut mir leid, Tom. Aber ich glaube wirklich, es ist besser so.«

»Okay.« Er war vollkommen am Boden zerstört. »Also dann. Man sieht sich.«

Er fuhr davon. Rachel war auf einmal übel.

»Meine Güte, Rachel! Du schleichst seit Tagen herum wie ein waidwundes Reh!«, sagte Jill, die langsam an ihrer Tochter verzweifelte. »Hör zu. Im Café ist nicht viel los – das schaffe ich locker allein. Geh doch rüber zu Maisy ins Haus.«

Rachel sah ihre Mutter fragend an.

»Wirklich, mit deinem sauertöpfischen Gesicht verjagst du uns ja die Gäste.«

Rachel war sich bewusst, dass sie nicht gerade zimperlich mit dem Geschirr umgegangen war beim Abwasch, aber ihr war entgangen, dass man das gemerkt hatte. Sie hatte das Gefühl, unter einer dunklen Wolke zu laufen. Ihre Gedanken waren bleischwer.

Sie versuchte alles, um nicht an Tom zu denken, aber nach dieser wunderbaren Nacht mit ihm suchten immer wieder dieselben Erinnerungen sie heim und blitzten in ihren Gedanken auf. Sie vermisste ihn so. Aber wie konnte sie voller Liebe an einen Mann denken, der ihren Vater so kläglich im Stich gelassen hatte?

Es wird leichter mit der Zeit, sagte sie sich selbst. Doch ihre Mutter hatte recht – sie durfte ihren Frust nicht an anderen auslassen.

»Entschuldige bitte, Mum«, sagte sie. »Mir geht nur gerade so viel im Kopf rum.«

Jill nickte nur und kümmerte sich um die nächste Bestellung.

»Außerdem ist es heute ruhiger im Café als erhofft«, musste Rachel zugeben. »Vielleicht sollte ich mir mal Gedanken darüber machen, wie wir unser Hofcafé noch etwas bekannter machen können. In Kirkton weiß man inzwischen von uns, aber vielleicht sind wir ja für alle anderen zu weit ab vom Schuss? Wir müssen mehr Geld in die Werbung stecken und uns irgendwie ins Gespräch bringen.«

»Ja, da bin ich ganz deiner Meinung. Aber Werbung ist teuer. Wie wäre es denn, wenn wir noch mal mit den verschiedenen Touristeninformationen Kontakt aufnähmen? Dort Flyer auslegen und sie bitten, uns auf ihrer Website zu erwähnen oder so was?«

Rachel hatte bereits eine eigene Website für ihr Hofcafé erstellt. Man konnte sie also tatsächlich mit den Seiten der Touristeninformation und anderen Sehenswürdigkeiten aus der Gegend verlinken. Das musste sie unbedingt recherchieren.

»Ja, ich kümmere mich darum. Gute Idee, Mum. Der Herbst kommt in großen Schritten näher, und wir sollten versuchen, die letzten Sommertage noch mitzunehmen, so gut es geht. Ich mache mir mal ein paar Gedanken. Und jetzt nehme ich Maisy mit rüber. Wahrscheinlich findet sie es sowieso langweilig, ihre ganzen Ferien nur hier im Café zu verbringen. Aber sag Bescheid, wenn du Hilfe brauchst. Wenn ein Reisebus mit fünfzig Personen anrückt oder so …« Sie lachte. »Das wär mal was.«

»Geht klar. Und jetzt ab mit dir!«

»Komm, mein Schatz, wir gehen rüber«, sagte Rachel zu Maisy, die an einem der Tische mit ihrem Feenbuch, Buntstiften und einem Malblock saß. »Was sollen wir zwei Hübschen denn mal machen? Wollen wir was basteln?« Maisy liebte alle kreativen Tätigkeiten.

»Au ja! Darf ich mein Perlenbastelset rausholen und Armbänder machen?«

»Ja, klar. Das klingt doch gut.«

»Hier«, sagte Jill. »Nehmt euch was zu essen mit.« Sie reichte ihr einen Teller mit sehr lecker aussehenden Red-Velvet-Cupcakes – bestehend aus einem roten Muffin mit Cream Cheese Frosting.

»Danke, Mum.«

»Danke, Grandma.« Maisy strahlte.

In der kommenden Stunde tranken sie Tee, aßen Cupcakes und bastelten zwei Perlenarmbänder in Silber und Pink, eins für Maisy und eins für Amelia.

»Darf ich Amelia bald wieder treffen, Mummy?«

»Ich denke schon. Vielleicht kann sie ja mal einen Tag zu uns kommen. Ich werde Eve anrufen und sie fragen.«

»Jippie!«

Rachel hatte sich in der vergangenen Woche überhaupt nicht bei Eve gemeldet, weil sie ihrer Freundin nichts davon erzählen wollte, was mit Tom passiert war. Eve wusste nicht einmal, dass Rachel eine Nacht mit ihm verbracht hatte. Diese Nacht und der Morgen danach waren für Rachel so bedeutungsvoll, dass sie niemandem irgendwelche Einzelheiten erzählen wollte. Und sie kannte Eve, sie wollte immer alles bis ins kleinste Detail wissen, aber manche Dinge behielt man am besten für sich. Und wieso alles durchkauen, wenn die Sache sowieso schon wieder gelaufen war?

Als sie ihre Freundin jetzt anrief, ging es ihr tatsächlich nur darum, mit Eve einen Tag für die Mädchen zum Spielen auszumachen.

»Hi, Rach. Lange nichts gehört. Was geht?«

»Nichts Besonderes … Es war wie immer viel zu tun, aber alles ist so weit gut. Und bei dir?«

»Ich habe gerade einen Stand angemietet bei der Landwirtschaftsmesse in Kirkton, die demnächst stattfindet. Dafür habe ich jede Menge Zeug gebastelt. Bei uns sieht es mehr denn je aus wie in einer Textilfabrik.«

»Hör zu, soll ich dir deine Tochter mal abnehmen? Maisy hat mich gefragt, ob sie und Amelia sich nicht mal wieder treffen können. Ich könnte mit den beiden schwimmen gehen oder so was. Dann hättest du einen Tag für dich.« Maisy hatte zur Abwechslung auch mal ein besonderes Ferienerlebnis verdient; im Moment kam sie ein bisschen zu kurz, obwohl sie Sommerferien hatte. Aber Rachel investierte all ihre freie Zeit und Energie ins Hofcafé.

»Ja. Das wäre toll.«

»Ich muss nur noch meine Mutter fragen, welcher Tag ihr recht wäre. Ich hatte an einen Vormittag Mitte der Woche gedacht. Ich ruf dich deswegen dann noch mal an.«

»Hervorragend. Und dann trinken wir auch mal wieder einen Kaffee zusammen, ja?«

»Ja. Vielleicht, wenn ich Amelia wieder bei dir abliefere. Aber nur kurz, wenn du so viel zu tun hast!« Sie hoffte schon jetzt, dass ihre Freundin das Thema Tom nicht zur Sprache bringen würde. Rachel war sich nicht sicher, ob sie ihr nicht ansehen würde, welche quälenden Gedanken sie sich in letzter Zeit seinetwegen gemacht hatte.

Die Kirkton-Landwirtschaftsmesse … Damit hatte Eve Rachel auf eine Idee gebracht. Diese Veranstaltung fand jedes Jahr an dem Feiertagsmontag im August statt und lockte viele Tausend Zuschauer an. Rachel war selbst häufig dort gewesen, vor allem, als ihr Vater noch lebte. Dort gab es alles: hausgemachte gastronomische Erzeugnisse wie Pasteten und Bier, traditionelle Handwerkskunst, Tierzuchtausstellungen und verschiedene Wettbewerbe, bei denen die besten Erzeugnisse ausgewählt und prämiert wurden. In einem der Zelte konnte man alle möglichen kulinarischen Köstlichkeiten aus der Region probieren. Das war vielleicht die Lösung für ihr Hofcafé – sie mussten sich dort präsentieren! Noch dazu fand die Veranstaltung sozusagen vor ihrer Haustür statt.

Weil Maisy zufrieden vor dem Fernseher saß und eine Sendung über Hundewelpen anschaute, nutzte Rachel die Gelegenheit und rief noch einmal bei Eve an.

»Hallo, Eve. Du hast mich gerade auf eine Idee gebracht. Wie meldet man sich für die Landwirtschaftsmesse an? Ich weiß, ich bin ein bisschen spät dran, aber vielleicht können wir ja noch einen kleinen Stand im kulinarischen Zelt ergattern. Das wäre eine super Werbung für uns – hoffentlich inklusive einträglicher Kuchenverkäufe.« Zum ersten Mal seit Tagen war sie wieder guter Dinge.

Eve gab ihr die entsprechenden Kontaktdaten und wünschte ihr viel Glück. Vermutlich waren die Stände seit Langem ausgebucht, aber einen Versuch war es wert. Wer nicht wagt, der nicht gewinnt.

Rachel rief sofort bei der Frau an, die für die Organisation verantwortlich war. Zu ihrer großen Freude und Überraschung konnten sie noch mitmachen! Zufällig hatte nämlich gerade jemand wegen Krankheit abgesagt. Rachel sagte zu, dass sie den Stand übernehmen würden und machte auch gleich per Kreditkarte eine Anzahlung. Jetzt musste sie die gute Nachricht nur noch ihrer Mutter überbringen, die hoffentlich genauso begeistert sein würde wie sie. Das war ihre Chance! Natürlich bedeutete es auch, dass sie noch mehr backen mussten. Aber für eine ganz besondere Mission! Ihr Stand auf der Kirkton-Landwirtschaftsmesse musste überquellen von leckeren Kuchen. Und die zusätzliche Arbeit würde vielleicht auch helfen, sie von Tom Watson abzulenken.

37. Kapitel

Weise Worte und eine Zitronen-Baiser-Torte

»Heute bringe ich die Eier zu Granny Ruth«, bot Rachel ihrer Mutter an.

Was den Versuch, sich von Tom abzulenken betraf – selbst die Produktion von gefühlt Hunderten von Kuchen für die Landwirtschaftsmesse hatte nicht wirklich geholfen. Zu tief war er in ihren Gedanken verankert. Ein Besuch bei ihrer Großmutter und der damit einhergehende Tapetenwechsel waren vielleicht die Lösung. Außerdem hatten sie beide schon lange nicht mehr in Ruhe miteinander gesprochen. Maisy wollte zu Hause bleiben und mit ihrer Granny Brownies backen, deswegen fuhr Rachel allein.

»Ja, prima. Danke. Sag ihr viele Grüße von mir und frag sie, ob sie die Tage nicht mal wieder zum Abendessen kommen will. Vielleicht nächsten Dienstag, wenn die Messe vorbei ist.«

»Mach ich.«

Keine zehn Minuten später traf Rachel bei Ruth ein. Sie war gerade draußen im Garten und dabei, die Rosen zurückzuschneiden.

»Hallo, Liebes! Wie geht's?«

»Gut, und dir?«

»Meine Knie machen mir mal wieder Probleme. Ich habe eben ein bisschen Unkraut gejätet und hatte große Mühe, wieder aufzustehen. Aber abgesehen davon geht's mir gut.«

»Schön. Das wollte ich hören.«

»Zeit für ein Tässchen Tee, würde ich sagen. Ich kann eine kleine Pause vertragen. Wollen wir uns in den Garten setzen?«

»Ja, gern.«

»Ich hab gestern übrigens eine Zitronen-Baiser-Torte gemacht. Möchtest du ein Stück?«

»Perfekt.« Dieses Gebäck war eine Spezialität von Ruth und eine echte Delikatesse: eine flache Torte mit einer Baiserhaube, deren Hauptbestandteil eine intensiv aromatische Zitronencreme war.

»Irgendwie kam mir gestern die Idee, dass ich sie mal wieder machen könnte. Man weiß ja nie, wer alles vorbeikommt ...«

Ruth bekam häufig Besuch, denn sie hatte viele Freundinnen im Dorf.

Sie saßen auf einer schmiedeeisernen Bank im kleinen, aber hübschen Garten mit Blick auf die goldgelben Getreidefelder und grünen Weiden. Plötzlich fragte Ruth mit ernster Miene: »Rachel, dir liegt seit einiger Zeit etwas auf der Seele, das sehe ich dir an. Was ist es denn?«

Oje. Vielleicht hatte Jill ihr erzählt, dass sie sich seltsam verhalten hatte. Aber Rachel wollte auch Ruth nicht sagen, worum es ging. Immerhin betraf es sie ja genauso, schließlich ging es um ihren verstorbenen Sohn. Wozu alte Wunden aufreißen, wo sie sich gerade alle wieder ein wenig von dem schrecklichen Ereignis erholt hatten?

»Ich hab' nichts, Granny«, behauptete sie und versuchte so, um eine Antwort herumzukommen.

»Rachel, diese Art von ›nichts‹ kenne ich. Hältst du mich für blöd? Ich seh doch, was mit dir los ist! Glaubst du denn wirklich, es ist besser, seinen Kummer in sich hineinzufressen, anstatt mit jemandem darüber zu reden?«

»Ach, Granny, ich möchte einfach niemanden aufregen.«

»Das Schlimmste, was passieren kann, ist doch schon passiert. Ich bin vielleicht alt, aber ich möchte immer noch, dass es meiner Familie gut geht. Und wenn dich etwas bedrückt, versuche ich zu helfen, indem ich mit dir darüber spreche. Weißt du, ich habe sehr viel Lebenserfahrung gesammelt. Mich kann nicht mehr viel erschüttern.«

Rachel fing an, nervös an ihren Fingernägeln zu kauen. Auch wenn Ruth sich so unerschütterlich gab – diese Information würde sie sicher zutiefst treffen.

»Jetzt sag schon«, versuchte es ihre Großmutter noch einmal. »Hat es deinem Vater etwa geholfen, immer alles runterzuschlucken?«

Bei der Erwähnung ihres Vaters brach Rachel in Tränen aus. Sofort nahm Ruth sie tröstend in die Arme.

»Raus damit, Schätzchen.«

»Genau darum geht es, Granny! Dad hat nämlich doch versucht, mit jemandem zu reden … mit Tom Watson.« Endlich war es raus. »Tom hat mir selbst erzählt, dass er Dad am Abend vor … vor … seinem Selbstmord getroffen hat, und dass Dad mit ihm gesprochen hat. Tom wusste, dass Dad verzweifelt war.«

»Was hat er denn gesagt?« Ruth klang ganz ruhig.

»Dad ist wohl bei ihm vorbeigekommen und hat ihm erzählt, dass es nicht gut stünde um die Farm. Laut Toms Aussage wirkte er etwas niedergeschlagen, aber Dad wollte nicht weiter ins Detail gehen. So hat er es ausgedrückt. Ich glaube aber, Tom hätte ihm helfen können. Er hätte ihn davon abhalten können.«

»Rachel, Schätzchen! Genau das haben wir uns doch alle vorgeworfen! Dass wir die Zeichen übersehen und Unterhaltungen fehlgedeutet haben. Dass wir seinen Tod hätten verhindern können, wenn wir gewusst hätten, was los war. Aber dein Vater war ein zurückgezogener Mensch, schon als kleiner

Junge. Er behielt alles für sich, was ihn belastete. Uns hat er nur erzählt, dass es mit dem Hof nicht so gut läuft. Seine dunklen Gedanken hat er mit niemandem geteilt, sondern sie in seinem Innersten vergraben. Was passiert ist, war weder deine Schuld noch die von Tom, noch die deiner Mutter oder meine. Dein Vater war krank.«

Rachel seufzte tief. Sie konnte nichts sagen.

»Deine Mutter hat mir erzählt, dass du und Tom in letzter Zeit viel zusammen wart?«

»Hier bleibt auch nichts geheim.« Rachel bekam ein Lächeln zustande. »Wir haben uns angenähert, ja, aber seit ich das von ihm erfahren habe, fühlt sich alles ganz anders an.«

»Tom ist ein guter Mensch, Rachel. Er ist freundlich und er mag dich sehr – das kann jeder sehen. Lass nicht zu, dass diese Sache zwischen euch steht. Denk doch mal nach. Ist es wirklich Tom, der dich verletzt hat, oder geht es nicht in Wirklichkeit um dein Gefühl der Ohnmacht, dass *du* nichts hast tun können, um deinen Vater zu retten?«

»Ich weiß es nicht. Ich weiß es wirklich nicht.« Rachel schob sich ein Stück Torte in den Mund. Trostessen war gerade das Einzige, was half.

»Wenn es Liebe ist, Rachel, dann kämpf dafür. Es würde deinem Dad nicht gefallen, wenn du unglücklich bist. Er wollte immer, dass du glücklich bist.«

38. Kapitel

Ein Kuchenstand

Nach ihrem Besuch bei Ruth gab es für Rachel viel zu tun, und sie war froh über den zusätzlichen Stress, weil er für Ablenkung sorgte. Es war das erste Mal, dass es im kulinarischen Zelt der Kirkton-Landwirtschaftsmesse einen Stand mit selbst gebackenen Kuchen und Torten gab.

Ihr Stand befand sich zwischen dem des »Pokie Pie Man« – dort gab es Schweinepasteten – und dem attraktiv gestalteten Stand des »Chocolate Shop by the Sea«, dessen Schokoladenkreationen sehr verführerisch aussahen. Die Standbesitzer schienen allesamt sehr freundlich zu sein, und das Warenangebot war wirklich äußerst verlockend: Käse aus der Region, Eiscreme, Honig, Marmeladen, Chutneys, Würste und vieles mehr.

Die Inhaberin des Schokoladenstands hieß Emma und war ganz entzückend. Auch sie war zum ersten Mal dabei, wie sie ihnen verriet, als sie sie mit heißem Kaffee versorgte. Sie gab zu, ein wenig nervös zu sein, auch weil sie nicht wusste, was sie zu erwarten hatte.

Rachel und Jill ging es in erster Linie nicht darum, möglichst viel zu verkaufen, sondern das »Primrose Hofcafé« bekannt zu machen. Nicht nur die Leute aus der unmittelbaren Umgebung, sondern auch die aus dem weiteren Umkreis sollten erfahren, wo man sie finden konnte. Rachel hatte eigens für diesen Anlass sehr professionell aussehende Flyer gemacht, die sie auf der Veranstaltung verteilen wollte.

An ihrem Stand hatten sie ein Holzschild mit dem Schriftzug »Primrose Hofcafé« aufgehängt, das Eve extra für die Messe angefertigt hatte. Auf dem Tresen stand eine kleine Kreidetafel, auf der Rachel die Namen und Preise ihres Kuchenangebots aufgelistet hatte. Von Brenda aus dem Deli hatten sie sich einen Minikühlschrank geliehen, in dem ihre Kreationen standen, hübsch dekoriert mit einem grünkarierten Tischtuch. Weitere Exemplare befanden sich in Kühlboxen, die sie unter dem Tisch aufbewahrten. Jill hatte auch eine Auswahl an Blechkuchen gemacht – und zwar die Dauerfavoriten Maltesers (mit den malzigen, luftig-leichten Schokokugeln) und Rocky Road mit Marshmallows. Schokoladen-Brownies und verschiedene Cupcakes rundeten die Auswahl ab.

Weil sie das Hofcafé an dem langen Wochenende trotz der Messe nicht schließen wollten – der Montag war ja Feiertag – war ausgemacht, dass Rachel mit Maisy nach dem Aufbauen des Messestands zurück zur Farm fahren und dort die Vormittagsschicht übernehmen würde. Eve, die ihren Stand im Kunsthandwerkszelt der Landwirtschaftsmesse hatte, sprang am Mittag für eine Stunde an ihrem Stand ein, sodass Jill zur Farm und Rachel wieder zurück zur Messe fahren konnte. Eves Mann Ben kümmerte sich in dieser Zeit um Eves Stand.

Jill und Rachel hatten zwei Tage nonstop gebacken; sie hatten morgens früh angefangen und abends spät aufgehört. Für sie war die Landwirtschaftsmesse auch eine Art praktisches Herumprobieren, aber sie hatten ein gutes Gefühl. Es war eine tolle Gelegenheit, mit ihren Produkten Werbung zu machen. Schließlich sollte das Hofcafé irgendwann so viel abwerfen, dass die finanzielle Zukunft der Farm gesichert sein würde.

Um elf Uhr wurde die Messe offiziell eröffnet. Bevor Rachel mit Maisy zurück zur Farm fuhr, sah sie sich mit ihr die verschiedenen Zelte an. Die Veranstaltung war immer sehr schön und fand schon seit über hundert Jahren am letzten Sommerwochenende im August statt. Landwirte zeigten ihre schönsten Tiere, es gab Geschicklichkeitsrennen mit dem Traktor, Hütehundwettbewerbe, viel Selbstgemachtes von verschiedenen Vereinen, Blumenschauen und vieles mehr. Rachel empfand einen gewissen Stolz, dieses Mal ein Teil dieser Gemeinschaft zu sein, einer Gemeinschaft mit einer langen Geschichte. Die Kirkton-Landwirtschaftsmesse war der ganze Stolz dieser Gegend.

Bei einem der Wettbewerbe ging es auch um den »besten selbstgebackenen Kuchen«. Rachel hatte Jill davon überzeugen können, sich mit ihrem Sticky-Toffee-Pudding zu bewerben. Jill hatte gezögert, weil sie nicht sicher war, ob sich der Aufwand lohnen würde. Aber Rachel glaubte fest daran. Ihre Mutter war einfach unschlagbar gut im Backen. Sie sah schon die neuen Etiketten vor sich: »Prämiert als bester Kuchen auf der Kirkton-Landwirtschaftsmesse«, »Preisgekrönt« … Aber sie wollte ihrer Mutter auch keinen Druck machen, deswegen behielt sie ihre Fantasien für sich.

Jill hatte im Gegenzug dafür gesorgt, dass Rachel mit ihrem Karottenkuchen am Wettbewerb »aus Gemüse gemachte Kuchen« teilnahm. Okay, er hatte der grässlichen Vanessa P-P bei der Eröffnungsfeier des Hofcafés nicht gemundet, aber die meisten Leute fanden ihn lecker. Die Jury für diesen Wettbewerb bestand aus den Mitgliedern des Veranstaltungskomitees der Messe. Es war Rachels Möglichkeit zu glänzen. Jill hatte ihr beim Backen noch den einen oder anderen Tipp gegeben. Man würde sehen.

Als Rachel und Maisy an dem Zelt vorbeikamen, in dem die Kuchen beurteilt wurden, waren die Eingänge geschlossen und ein Schild hing davor: »Zelt geschlossen. Jury bei der Arbeit.« Rachels Herz klopfte. Wie würden Jill und sie abschneiden? Würde eine von ihnen am Ende die rote Schleife für den Siegerkuchen ergattern?

Sie schlenderten weiter. Es gab Kaffeebuden, Stände mit Fish and Chips und Eiswagen. Man konnte strahlend neue Traktoren, Quadbikes und anderes landwirtschaftliches Gerät kaufen, das auf großen Flächen ausgestellt war. Sie wollten unbedingt noch zu dem Zelt mit der Handwerkskunst, wo Eve ihren Stand hatte. Nach einer Weile entdeckten sie das Zelt, es war gleich neben den Fahrgeschäften. Rachel versprach Maisy, dass sie am Nachmittag, wenn sie wieder zurück waren, mit dem Kaffeetassen-Karussell fahren durfte.

Das Zelt war ein Ort voller kleiner und großer Kostbarkeiten. Es gab Schmuck, Schnitzarbeiten, Gemälde, Fotografien – und mittendrin war Eves wunderschön zurechtgemachter Stand, den sie mit ihren vielen unterschiedlichen Waren bestückt hatte.

»Wow! Das sieht echt toll aus, Eve. Das muss ja Stunden gedauert haben!«

»In der Tat. Ich hab' mir so einige Nächte um die Ohren geschlagen, und meine armen Finger sind ganz wund vom vielen Sticken und Stricken. Aber ich bin sehr zufrieden mit dem Ergebnis. Wollen wir mal hoffen, dass ich auch gut verkaufe!«

»Ich drück dir die Daumen.«

»Ja, und ich euch! Wie läuft's drüben?«

»Bis jetzt super. Alles ist aufgebaut und bereit für Kundschaft. Man weiß ja nur leider nicht, was einen besuchermäßig erwartet …«

»Letztes Jahr lief es bei mir richtig gut, deswegen habe ich mich auch gleich für dieses Jahr wieder angemeldet. Aber vorher weiß man es in der Tat nie. Und so ein Stand ist ja auch nicht ganz billig, zumindest die Kosten dafür hätte man natürlich gern wieder raus.«

»Dann in diesem Sinne viel Glück!«

»Euch auch. Wollen wir hoffen, dass die Leute Kuchen und Strickspielzeug mögen! Ich übernehme dann wie abgemacht zu Mittag bei euch. Falls noch irgendwas sein sollte – ich hab mein Handy an. Und Ben hat angeboten, heute Nachmittag mit Amelia und Maisy eine Runde auf dem Gelände zu drehen.«

»Mein Daddy kommt auch«, behauptete Maisy auf einmal. Sie hatte nicht vergessen, was Jake ihr bei ihrem letzten Telefonat versprochen hatte.

Oh ja, Jake hatte sich tatsächlich vergangene Woche gemeldet. Er und Maisy hatten fünf Minuten miteinander telefoniert, und Maisy hatte ihm aufgeregt von der großen Veranstaltung erzählt. Jake hatte angeblich vor, das gesamte lange Wochenende im Norden zu verbringen, aber Samstag und Sonntag waren bereits vergangen, ohne dass er aufgetaucht war. Rachel bezweifelte, dass er noch kommen würde. Sie hatten natürlich nichts mehr von ihm gehört, und wie immer blieben Rachels Textnachrichten unbeantwortet.

»Das ist ja toll, Maisy«, sagte Eve betont fröhlich. Aber als sie Rachel ansah, ließ ihr Blick keinen Zweifel daran, dass sie die Bedenken ihrer Freundin teilte.

Rachel verzog das Gesicht und formte mit den Lippen den Satz »hab nichts mehr von ihm gehört«. Dann schüttelte sie frustriert den Kopf.

»Also los«, sagte sie laut. »Zurück zu Grandma und dann nach Hause, wo du heute meine Oberkellnerin sein wirst. Jetzt verabschiede dich von Eve.«

»Tschüss«, sagte Maisy und winkte fröhlich.

»Bis später.«

39. Kapitel

Preiswürdig

Im Zelt der Lebensmittelerzeuger wuchs die Anspannung. In einer halben Stunde war es so weit, dann wurden die Tore für die Besucher geöffnet. Jill hatte ihre Backschürze umgebunden und stand mit einem stolzen Lächeln an ihrem Stand.

»Viel Glück, Mum. Und ruf an, wenn du was brauchst.«

»Mach ich, danke. Sobald Eve mich ablösen kommt, mache ich mich mit Jan sofort auf den Weg. Ach so, noch eine Frage: Gibt's was Neues von Jake?« fragte sie leise. Maisy stand drüben am Schokoladenstand und redete mit Emma.

»Nein. Dabei hat er es ihr versprochen. Ich werde echt verdammt wütend auf ihn sein, wenn er heute nicht auftaucht.« Maisy hatte die Hoffnung noch nicht aufgegeben. Sie hing an jedem Wort, das ihr Vater sagte. Seit Mitte Juli hatte er sich aber nicht mehr auf der Farm gezeigt, und mittlerweile hatten sie Ende August.

»Hier gibt es so viele aufregende Sachen für sie. Wollen wir hoffen, dass sie nicht allzu enttäuscht ist, wenn er nicht kommt.«

Entweder stand er aus heiterem Himmel plötzlich vor ihnen, oder er hatte etwas gefunden, das ihn mehr interessierte als seine kleine Tochter. Zum Beispiel eine neue Frau oder ein Motorradrennen. Ein guter Vater war etwas anderes. Maisy brauchte jemanden, der wirklich für sie da war – so wie Rachels Vater immer für sie dagewesen war. Wie dem auch sei, Rachel baute nicht darauf, dass ihr Ex sich blicken lassen würde. Es war jetzt halb elf – Zeit für sie und Maisy, zurück zur Farm zu fahren.

Im Hofcafé war es nicht leer, aber auch nicht voll. Vermutlich waren einige ihrer Stammgäste auf der Landwirtschaftsmesse. Maisy war mit einem Malbuch beschäftigt. Eine kleine Packung Schokolinsen lag auf dem Tisch, von denen sie ab und zu eine naschte. Rachel gab ihr den Auftrag, einen Teller Kuchen zu einem älteren Ehepaar an den Tisch zu bringen. Die Heißgetränke übernahm sie allerdings selbst.

»Meine kleine Helferin während der Schulferien«, erklärte Rachel den Herrschaften.

»Du machst das toll.« Die ältere Dame lächelte. »Und der Kuchen sieht fantastisch aus.«

»Hat meine Granny gebacken«, sagte Maisy stolz.

»Ich wünschte, ich könnte so was auch«, erwiderte die Frau.

Der Mann zwinkerte Maisy verschwörerisch zu und sagte lachend: »Ja, das wünsch ich mir auch.«

Kurz darauf kam Frank. Er bestellte wie immer einen Kaffee und einen Cheese Scone, die herzhafte Variation des Teegebäcks. Auch diese Bestellung übernahm Maisy als Kellnerin.

»Vielen Dank, junge Dame. Wie geht's dir heute?«

»Gut, danke«, antwortete Maisy wohlerzogen und erzählte Frank dann unaufgefordert von der Landwirtschaftsmesse. Von ihrem Stand und den Fahrgeschäften und den Tieren, die sie dort gesehen hatte. Frank gab ihr zwei Pfund Trinkgeld, die sie am Nachmittag ausgeben konnte, um sich etwas auf der Messe zu kaufen. Rachel protestierte – bestimmt hatte er nur eine kleine Rente – aber der alte Herr bestand darauf. Er war inzwischen einer ihrer treuesten Stammkunden, dieser Gentleman der alten Schule, mit dem man immer gern plauderte und der oft Geschichten aus seiner Zeit beim Militär erzählte.

Ein anderer Stammgast tauchte an diesem Morgen nicht auf, wie Rachel erleichtert feststellte. Tom hatte sich auch in den letzten Tagen kein Speck-Sandwich mehr geholt – ihre letzte Begegnung war die auf dem Feldweg gewesen. Aber sie konnte ihn verstehen. Die Situation zwischen ihnen war nicht leicht. Sie dachte an die Worte ihrer Großmutter. War ihr Urteil zu hart gewesen? Jedenfalls war klar, dass sie Tom mit ihren Zweifeln an seiner Integrität und ihrer Wut verärgert hatte.

Sie hätte sich von Anfang an nicht auf ihn einlassen sollen. Solche romantischen Verwicklungen führten doch nie zu etwas Gutem.

Sie sah aus dem Fenster, hinüber zu seiner Farm, und verspürte ein brennendes Verlangen nach ihm. Sie vermisste ihn, das musste sie zugeben, und fragte sich zum x-ten Mal, wie es jetzt wohl zwischen ihnen wäre, wenn er ihr das mit ihrem Vater nicht erzählt hätte. Die Sehnsucht nach ihm war unerträglich – und trotzdem: Ihr Leben war auch ohne ihn kompliziert genug. Sie sollte jetzt aufhören mit diesen romantischen Liebesfantasien. In ein paar Wochen sah die Welt schon wieder anders aus. Dann konnten sie wieder wie normale Nachbarn miteinander umgehen.

»Entschuldigung, darf ich noch einen Kaffee haben?«, fragte der Herr, den Maisy zuvor bedient hatte. Sie war für einen Moment abgetaucht gewesen in ihre eigene Welt.

»Ja, natürlich. Kommt sofort.« Rachel räumte die benutzte Tasse ab.

»Oh Mann, Mummy«, murmelte Maisy, was Rachel ein Schmunzeln entlockte.

Der Vormittag verging wie im Flug. Noch immer hatten sie nichts von Jake gehört. Maisy hatte nicht wieder nach ihm gefragt, aber Rachel wusste, dass sie die Hoffnung immer noch nicht aufgegeben hatte.

Kurz vor eins kam Jill, um zu übernehmen.

»Wie war's bisher?«, erkundigte Rachel sich gespannt.

»Super!« Jill strahlte. »Erst zog es nur langsam an, aber gegen zwölf hatte ich auf einmal alle Hände voll zu tun. Der Schokoladenkuchen ist bereits ausverkauft, und vom Sticky-Toffee-Pudding waren eben nur noch zwei Stück da. Am besten du nimmst noch ein paar Blechkuchen und Brownies mit, wenn du gleich fährst. Die Leute probieren nicht nur vor Ort, sie wollen auch gern Kuchen mitnehmen.«

»Klingt, als erwartete uns viel Arbeit, Maisy. Okay, ich lad die Sachen in den Wagen, dann kann's losgehen.«

»Maisy, bleib in meiner Nähe. Ich kann dich jetzt nicht an die Hand nehmen.«

Das Zelt war zum Bersten gefüllt. Man kam kaum noch zu den Ständen durch, so dicht war das Gedränge. Rachel hielt die Kisten mit dem Nachschub an Backwaren hoch über dem Kopf, während sie sich entschuldigend einen Weg durch die Menschenmenge bahnte. Immer wieder vergewisserte sie sich, dass Maisy noch neben ihr war. Die Luft im Zelt roch abgestanden und stickig, und verschiedene Essensgerüche waberten durch den Raum: Würste, Käse, Schokolade.

Schließlich hatten sie sich zu ihrem Stand durchgekämpft, der sich ganz hinten in einer Ecke befand, und wo Eve die Stellung hielt.

»Mein Gott, ist das voll«, stöhnte Rachel, die froh war, dass sie samt Maisy heil angekommen war.

»Ich weiß. Seit einer Stunde bin ich nur noch am Verkaufen. Es läuft absolut spitzenmäßig.«

Ihr Stand sah in der Tat ziemlich leer gegessen aus.

»Ist das alles, was noch da ist?«

»In der Kühlbox sind noch vier Kuchen mit Marmeladenfüllung und zwei mit Ingweraroma. Mehr nicht.«

»Wahnsinn, das ist ja Hammer! Gut, dass ich noch Nachschub mitgebracht habe.«

Sie arrangierten die frischen Kuchen auf dem Tresen, und schon wollte ein Paar die neuen Köstlichkeiten probieren. Sie entschieden sich für ein Stück saftigen Schokoklebekuchen und zwei Scheiben Kaffee- und Walnusstorte.

»Alles klar«, sagte Eve. »Dann geh ich mal wieder rüber zu meinem Stand und sehe dort nach dem Rechten.«

»Ja, natürlich. Vielen Dank, dass du uns vertreten hast. Du bist wirklich ein Schatz. Wie lief es heute Vormittag bei euch drüben?«

»Ganz okay. Ich hab ein paar Artikel verkauft, aber so viel los wie bei euch ist natürlich nicht.«

Es wäre wirklich schade, wenn die Messe kein guter Erfolg für ihre Freundin würde. Eve hatte noch bis Mitternacht an ihren Spielzeugtieren gearbeitet.

»Deine Sachen sind superschön. Ich bin mir sicher, dass du noch mehr davon verkaufst. Warte – hast du Visitenkarten dabei?«

»Ja. In meiner Tasche.«

»Gut, dann gib her. Ich leg sie zu jedem Kuchen, den wir verkaufen, und einen Stapel platziere ich hier auf dem Tresen neben unseren Flyern.«

»Super, danke. Dafür nehme ich ein paar von euren Flyern mit rüber. So was nennt man Nachbarschaftshilfe!«

»Dafür hat man Freunde.«

»Dann viel Glück«, sagte Rachel. »Lass deinen Charme spielen, dann läuft's!«

»Ich versuch's. Oh, und Maisy: Ben wird gleich mit dir und Amelia eine Runde drehen.«

»Okay.«

Maisy klang niedergeschlagen. Kein Wunder, Jake hatte sich immer noch nicht blicken lassen. Und gemeldet hatte er sich natürlich auch nicht, der blöde Mistkerl.

»Bis dann!«

»Bis später, Eve. Alles Gute für heute Nachmittag!«

Schon war sie in der Menge verschwunden.

»Okay, Maisy, dann machen wir uns mal an die Arbeit! Du kannst die Sachen, die die Leute kaufen, in die Papiertüten stecken – und zwar so. Die Seite nach oben, damit die Soße nicht rausläuft.«

»Ja.«

»Darf ich ein Stück davon haben, Schätzchen?« Eine Blondine beugte sich über den Tresen. »Vom Sticky-Toffee-Pudding. Und einen Brownie.« Ab da lief es wie geschmiert. Mutter und Tochter arbeiteten perfekt im Team.

In der kommenden Stunde hatten sie gut zu tun. Immer neue Gäste kamen, und ihre Kasse wurde voller und voller. Vielleicht war das ja der Wendepunkt für das Café?! Rachel war stolz, dass ihre Backwaren so gut ankamen. Vielleicht würden sie am Ende sogar ausverkauft nach Hause fahren?

Als es ein bisschen ruhiger wurde, kam Emma vom Stand nebenan kurz zu ihnen rüber. Rachel bewunderte ihre rote Lockenpracht.

»Na, ihr habt ja ein gutes Geschäft gemacht! Alle eure Regale sind leer!«

»Ja, aber wir haben noch Nachschub dabei für den Nachmittagsansturm. Nur die Brownies sind so gut wie weg, und wir haben auch nur noch ein Stück Karottenkuchen. Maisy hat wie ein Vollprofi verkauft.«

»Ja, das stimmt. Du hast das wirklich großartig gemacht«, sagte Emma zu der Kleinen.

»Danke. Ich bin ja auch schon fünf«, erklärte Maisy stolz.

»Dafür bist du aber schon sehr erwachsen.«

»Das kannst du laut sagen.« Rachel grinste.

»Da bahnt sich ein echtes Verkaufstalent an.«

»Gut möglich. Sag, was wolltest du noch mal werden, Maisy? Astronautin? Farmerin? Oder Zahnfee?«

»Die Welt ist ein spannender Ort. Am besten, du hältst dir alle Möglichkeiten offen, junge Dame. Das ist doch ein guter Plan.«

Hier mussten sie unterbrechen, denn an beiden Ständen kamen neue Gäste.

Kurz nach drei erschien Ben mit Amelia, um mit den Mädchen eine Runde zu drehen und sie Karussell fahren zu lassen.

Rachel drückte ihm einen Zehn-Pfund-Schein für die Karussellfahrt und ein Eis in die Hand. »Vielen Dank, dass du sie mitnimmst.«

»Kein Problem. Amelia freut sich schon, ihr wurde nämlich langweilig bei uns am Stand.«

Tja, und von Jake immer noch kein Lebenszeichen, Rachel merkte, wie Ärger in ihr hochstieg. Es kam ihm nicht mal in den Sinn, eine kurze Entschuldigungs-SMS zu schicken oder rasch anzurufen. Was für ein Egoist er doch war! Ben hatte seine Tochter fest an der Hand, sie konnte sich auf ihn verlassen – so sollte es auch sein. Maisy tat ihr so leid. Alleinerziehend zu sein war echt schwierig – und zwar nicht nur für die Mutter.

»Okay, Maisy. Dann viel Spaß!«

Ihre Tochter nickte. Sie war deutlich stiller als sonst.

Ben wusste, was los war und fragte Rachel, sodass die Kinder es nicht hören konnten: »Hat er sich gar nicht mehr gemeldet?« Rachel schüttelte den Kopf. Ben zuckte nur die Schultern und verdrehte die Augen.

Er nahm Maisy an die andere Hand und zog mit den beiden Mädchen los. Immerhin war Maisy bei Ben in guten Händen.

Als es Zeit war zusammenzupacken, fiel Rachel ein großer, gutaussehender Mann auf, der sich Emmas Stand näherte. Er begrüßte Emma mit einer festen Umarmung und einem liebevollen Kuss, dann erkundigte er sich, wie ihr Tag gewesen war.

»Es war super, Max. Hat sich voll gelohnt.«

Rachel versuchte, nicht neugierig zu sein, aber sie musste einfach immer wieder zu den beiden rübergucken. Offensichtlich waren sie sehr glücklich miteinander. Wie schön. Rachel freute sich für Emma, auch wenn ihr das Herz dabei etwas schwer wurde.

Es wurde nun deutlich leerer im Zelt, aber bevor sie endgültig alles einpackte, musste sie noch darauf warten, dass Ben Maisy zurückbrachte. Bis dahin konnte sie die restlichen Kuchen auch noch draußen stehen lassen – vielleicht kamen ja ein paar Nachzügler, die etwas probieren oder mit nach Hause nehmen wollten. Und dann fiel Rachel – gerade noch rechtzeitig – ein, dass sie für ihre Mutter noch Schokolade kaufen wollte.

»Emma, darf ich schnell noch eine Packung bei dir kaufen, bevor du alles wegpackst?«

»Ja, natürlich. Welche Sorte möchtest du denn?«

»Oh … am liebsten eine bunte Mischung. Sieht alles lecker aus.«

»Hier, dann ist das genau das Richtige. Fünf Pfund krieg ich, bitte.«

Rachel wusste, dass die Packung eigentlich um die acht Pfund kostete. »Sicher?«

»Ja, klar. Und bevor ich's vergesse: Hier ist meine Karte. Du hattest gesagt, ihr habt euer Geschäft gerade erst eröffnet. Wenn du also Fragen diesbezüglich hast, kannst du mich gerne anrufen. Oder auch einfach nur so.«

»Oh, danke.« Wie nett von Emma.

»Und falls es euch mal nach Warkton verschlägt, kommt bitte unbedingt vorbei.«

»Sehr gerne. Vielleicht mache ich mit Maisy bald mal einen Ausflug.« So was machten sie ohnehin viel zu selten. Rachel war einfach immer mit der Farm beschäftigt, dabei würde es ihnen beiden mal guttun, ein bisschen rauszukommen.

Ben kam mit den Mädchen zurück, die noch an ihrem Eis schleckten.

»Hallo. Es war echt lustig. Und ich habe dafür gesorgt, dass sie erst Karussell fahren und dann ihr Eis essen.« Ben grinste.

»Hattet ihr Spaß?«

»Ja! Wir sind zwei Mal Kaffeetassen gefahren«, rief Amelia.

Von Maisy kam nur ein gedämpftes »Ja«.

»Sie scheint etwas neben sich zu stehen«, flüsterte Ben Rachel zu. »Ich schätze, das ist die Enttäuschung.«

»Danke. Natürlich ist er immer noch nicht aufgetaucht.«

»Die Ärmste. Das ist echt doof.« Ben schüttelte mitleidig den Kopf.

»Deswegen ist sie auch nicht so fröhlich wie sonst. Aber danke, dass du sie etwas aufgemuntert hast.«

»Gern geschehen. Soll ich noch was helfen? Oder hast du schon alles so weit gepackt?«

»Wir haben ehrlich gesagt gar nicht mehr so viel übrig. Das müsste ich also auch allein hinkriegen. Ist nicht so viel zu schleppen.«

»Mummy, ich muss mal«, rief Maisy leicht verzweifelt und machte schon seltsame Verrenkungen.

»Okay. Ben, könntest du noch einen Moment hierbleiben und aufpassen?«

»Klar, kein Problem.«

»Dauert nicht lang.«

Rachel nahm Maisy an der Hand und machte sich auf den Weg zu den mobilen Toilettenkabinen. Gerade noch rechtzeitig.

Als sie wieder aus der Kabine kamen, fiel Rachel auf, dass sie nicht weit weg vom Gartenzelt standen, in dem die Jury die besten Kuchen prämiert hatte. Sie wusste noch gar nicht, wie sie abgeschnitten hatten. Vielleicht konnten sie ja einen Blick auf das Ergebnis erhaschen, bevor alles weggeräumt wurde. Ein paar Minuten mehr konnte sie Ben sicher zumuten.

»Komm, Maisy. Wir gucken mal, ob Grandmas Kuchen gewonnen hat.«

»Okay.«

Sie betraten das Zelt und wurden als Erstes von einer beeindruckenden Ausstellung von Blumen und Gemüse empfangen, die dank hervorragender Pflege besondere Exemplare hervorgebracht hatten.

»Das sieht ja schön aus, Mummy.« Maisy deutete auf mehrere große Dahlien, die knallrosa und orangefarben leuchteten. Sie hatten den ersten Preis gewonnen und waren mit der Siegerschleife ausgezeichnet.

Rasch sahen sie sich auch die anderen Blumengebilde an, staunten über die herrlichen Farben und kreativen Arrangements. Schließlich erreichten sie die Abteilung mit den Backwaren.

Maisy lief vor und betrachtete die Gewinnerprodukte.

»Mummy! Mummy! Ich glaube, hier ist Grandmas Kuchen!«

Tatsächlich – Jills Sticky-Toffee-Pudding hatte den ersten Platz belegt und war mit der roten Siegerschleife ausgezeichnet worden. Wahnsinn! Rachel hatte plötzlich Tränen in den Augen. Sie war so stolz auf ihre Mutter. Sie legte sich so ins Zeug für ihr Hofcafé, und das war der gerechte Lohn.

»Das ist ja genial! Ich kann es kaum erwarten, es ihr zu sagen!«

»Darf ich es ihr sagen? Ich hab es zuerst gesehen.«

»Natürlich. Komm, wir machen mit dem Handy ein Foto, und das zeigst du ihr, wenn wir wieder zu Hause sind.«

»Au ja!«

Puh. Endlich klang ihre Tochter wieder fröhlich.

»Und wo ist deiner, Mummy?«

»Den müssen wir wohl noch finden.« Eigentlich war es ihr nicht so wichtig, wie sie selbst abgeschnitten hatte. Hauptsache, ihre Mutter hatte in ihrer Kategorie gewonnen.

Auf einem Tisch standen alle Kuchen, die mit Gemüse gemacht waren: ein Gurkenkuchen und gleich zwei Karottenkuchen. Oh, und neben ihrem war eine blaue Schleife angebracht, der zweite Preis. Nicht schlecht. Rachel warf einen Blick auf die Konkurrenten. Gewonnen hatte ein erstaunlicher Rote-Bete-Schokoladen-Kuchen, der wirklich unglaublich gut aussah. Bei dieser Konkurrenz den zweiten Platz zu machen war wahrlich keine Schande. Die gelbe Schleife für den dritten

Preis stand neben dem anderen Karottenkuchen – er war von Vanessa Palmer-Pilkington. Wer hätte das gedacht! Rachel musste grinsen.

»Gut gemacht, Mummy. Du hast die blaue Schleife gewonnen.«

»Danke, mein Schatz.«

In diesem Moment dröhnte eine laute, unverkennbare Stimme durchs Zelt. »Ich finde, die Jury hat dieses Jahr äußerst unprofessionell bewertet. Ich bin noch in keinem Jahr, in dem ich teilgenommen habe, nur auf den dritten Platz gekommen.«

Rachel sah sich um. Da stand Vanessa P-P und beschwerte sich lauthals bei einer anderen Frau, die neben ihr stand. Rachel erhaschte Vanessas Blick und lächelte ihr freundlich zu. Das steife Grinsen, das Vanessa ihr im Gegenzug schenkte, sagte alles.

Sie wollten das Zelt gerade wieder verlassen, als sie ein ihr nur allzu gut bekanntes Gesicht entdeckte. Rachel erstarrte. Da stand Tom, nur wenige Meter entfernt von ihr.

»Hey«, sagte er zögerlich.

»Hi.« Das fühlte sich seltsam an. Verdammt. Er lächelte und … sah so verdammt gut aus.

Zum Glück brach Maisy das unangenehme Schweigen, das sich zwischen ihnen breitgemacht hatte. »Tom, Mummy hat einen Preis für ihren Kuchen gewonnen!«

»Das wundert mich nicht. Meinen Glückwunsch.« Er nickte Rachel zu.

»Und …« Maisy konnte sich nicht zurückhalten. »Grandma hat den ersten Platz gemacht!«

»Das ist ja großartig!«

»Mit ihrem Sticky-Toffee-Pudding«, ergänzte Maisy.

»Womit sonst? Das hätte ich dir auch vorher sagen können. Dieser Kuchen war schon immer preiswürdig. Es ist mein Lieblingskuchen.«

Er und Maisy grinsten sich an. Offensichtlich hatte Maisy ihre Traurigkeit überwunden.

»Bin gerade erst gekommen«, erklärte Tom. »Musste noch die restliche Ernte einfahren. Das war's jetzt aber zum Glück. Ich dachte, ich komm wenigstens mal auf einen Sprung her und sehe mir an, was ich verpasst habe. Ich liebe diese Obst- und Gemüseausstellung. Es muss wahnsinnig viel Arbeit machen, die Produkte so hinzukriegen. Es sind echte Kunstwerke.« Oberflächliches Geplapper, um die Leere zwischen ihnen zu füllen.

»Ja. Diese Gemüsezüchter sind wahre Meister ihrer Zunft«, pflichtete Rachel ihm bei. Wieder verstummten sie. »Wir müssen wieder zurück zu unserem Stand, Ben wartet sicher schon.«

»Verstehe. Lief es denn gut?«

»Ja, echt super. Danke.«

»Freut mich. Ich wünsche euch alles Gute.« Er war freundlich wie immer, aber irgendwie war da eine seltsame Distanziertheit zwischen ihnen.

Wieder entstand so eine unangenehme Pause. »Wir sind dann mal weg.«

»War schön, dich zu sehen, Rach.«

»Ja, dich auch.« *Und jetzt geh. Gib bloß nicht irgendwelchen albernen Emotionen oder deinen romantischen Vorstellungen nach.*

40. Kapitel

Ein Sommersturm mit anschließender Suche

»Ich hab in der Küche alles aufgeräumt.« Jill kam rüber ins Hofcafé, wo Rachel gerade die Reste der Landwirtschaftsmesse verstaut hatte. »Heute Morgen alles organisiert zu kriegen war ganz schön chaotisch … mit unserem Backen bis zur letzten Minute und all dem, was mitzunehmen war«, meinte Jill.

Rachel verspürte eine nervöse Vorfreude. Gleich ging es an den Kassensturz. »Stimmt«, sagte sie. »Wo ist eigentlich Maisy hin?«

»Ich dachte, sie wäre bei dir.«

»Nein. Ich dachte, sie wäre bei dir im Haus.«

»Oh.«

»Okay, macht nichts. Eben war sie ja noch hier«, sagte Rachel. »Wahrscheinlich ist sie spielen gegangen, zur Rutsche vermutlich. Obwohl es so aussieht, als ob es gleich wieder anfängt zu regnen.« Am Himmel ballten sich dunkle Wolken, ein Sommergewitter zog auf. »Ich geh sie besser holen.«

Sie lief in den Garten und rief laut: »Maisy! Maisy!«

Keine Antwort. Als Rachel über die Hecke in den Garten spähte, war ihre Tochter nirgends zu sehen. Vielleicht war sie ja im Hühnerhaus? Aber auch dort war sie nicht. Langsam fing Rachel an, sich Sorgen zu machen. Maisy hatte ihr nicht gesagt, was sie vorhatte. Normalerweise blieb sie immer in ihrer oder Jills Nähe.

Die ersten dicken Tropfen fielen, als Rachel zu ihrer Mutter zurück in die Scheune trat. »Komisch. Ich kann sie nirgends finden.«

In diesem Moment krachte ein Donner so laut, dass die Scheune zu vibrieren schien.

»Ach herrje«, sagte Jill.

»Wir müssen sie suchen.« Maisy hatte Angst vor Gewitter.

»Vielleicht ist sie ja ins Haus gelaufen und oben in ihrem Zimmer – und ich habe es nur nicht mitbekommen?«, mutmaßte Jill.

»Ja, kann sein. Wir waren einfach beide beschäftigt. Ich habe nicht auf sie geachtet und bin davon ausgegangen, dass sie bei dir ist.«

»Mach dir keine Sorgen, Schatz. Weit kann sie nicht sein«, versicherte Jill ihr.

»Gut, dann sieh du doch noch mal im Haus nach, und ich gehe in die Ablammscheune und suche in den anderen Hofgebäuden nach ihr. Wenn eine von uns sie gefunden hat, können wir uns ja per Handy informieren.«

»Okay, so machen wir's.«

Sie trennten sich, und Rachel sah vorsichtshalber zuerst noch mal überall in der Scheune nach. Dann ging sie rüber in die Ablammscheune und rief Maisys Namen, versuchte es im Kuhstall und in dem kleinen Gebäude daneben, das sie nur selten benutzten. Das einzig andere Gebäude auf dem Hof war der alte Schuppen. Allein sein Anblick verursachte Rachel Übelkeit. Sie wusste aber, dass sie auch dort nachsehen musste, für den Fall, dass Maisy sich irgendwo dort drinnen verkrochen hatte. Beklommen holte sie den Schlüssel für das große Vorhängeschloss aus der Küche. Dabei hörte sie, wie Jill oben alle Zimmer absuchte und Maisys Namen rief.

Rachel öffnete das Vorhängeschloss. Sie holte tief Luft, dann drückte sie die Tür auf. Es war dunkel im Schuppen, bis sie das Licht einschaltete. Das war der Ort, der ihre Albträume beherrschte und der ihr auch jetzt noch das Atmen schwer machte. Wieder rief sie nach Maisy, mit zitternder Stimme diesmal, und sah in allen Ecken und Winkeln des alten Schuppens nach. Aber keine Spur von ihrer Tochter.

Jill wartete schon draußen auf dem Hof.

»Und?«

»Nein. Im Haus ist sie nicht.« Jill sah sie besorgt an.

»In den anderen Gebäuden auch nicht. Als wir eben nach Hause fuhren, war sie im Auto ganz still und in sich gekehrt. Sie ist vermutlich traurig, weil Jake nicht gekommen ist. Ich mache mir Sorgen, Mum. Sie würde doch niemals wegrennen!«

So ein Mist. Rachel war übel. Was, wenn Maisy etwas zugestoßen war?

»Lass uns bitte ruhig bleiben und überlegen, wo sie noch sein könnte.«

»Vielleicht ist sie zu Eve gelaufen. Zu Amelia. Ich ruf sie schnell mal an.«

Ihr Herz raste, als sie die Nummer ihrer Freundin wählte. Aber leider hatte Eve sie auch seit der Landwirtschaftsmesse nicht mehr gesehen. Rachel versuchte, nicht in Panik zu geraten, aber ihre Angst wurde immer größer.

»Warte mal«, sagte da Eve. »Ben hat gesagt, er kommt und hilft euch suchen. Ich bleibe mit Amelia zu Hause für den Fall, dass sie hier auftaucht.«

»Danke, das ist lieb.«

Wo sonst konnte sie sein? Rachel stand hilflos im Hof und zermarterte sich das Hirn. Wind und Regen peitschten auf sie ein, ein weiterer heftiger Donner ließ die Atmosphäre erbeben. Seit wann war Maisy so drauf, dass sie einfach verschwand? Oder war sie gestürzt und hatte sich verletzt, sodass sie nicht mehr allein aufstehen konnte? Oder hatte sie Angst vor dem Gewitter bekommen und sich irgendwo versteckt? Dann hätte sie aber doch reagiert, als sie sie gerufen hatten.

»Auch nichts?«, fragte ihre Mutter, aber die Antwort konnte sie schon an Rachels Gesicht ablesen.

»Nein, bei Eve ist sie auch nicht.« Sie verschwendeten nur ihre Zeit. »Ich fahre jetzt mit dem Quad die Felder ab und nehme Moss mit. Vielleicht kann er sie finden. Du bleibst am besten hier und guckst zur Sicherheit noch mal überall. Vielleicht haben wir ja was übersehen.«

»Okay, mach ich.«

Als sie aufs Quad stieg, musste Rachel an Tom denken. War Maisy am Ende bei ihm? Einen Versuch war es wert. Also rief sie ihn an. Hoffentlich war er schon zurück von seinem Messebesuch.

»Hallo, Tom … Maisy ist verschwunden.« Rachel versuchte, sich zusammenzureißen.

»Von der Farm?«

»Ja. Wir sind seit etwa einer Viertelstunde zurück. Erst war sie mit mir in der Scheune, dann ist sie verschwunden. Ich dachte eigentlich, sie wäre bei meiner Mutter im Haus.«

»Okay, Bei mir ist sie nicht, soweit ich weiß. Aber ich setz mich sofort aufs Quad und suche nach ihr. In der kurzen Zeit dürfte sie jedenfalls nicht allzu weit gekommen sein.«

Was, wenn Jake doch noch aufgetaucht war und sie einfach mitgenommen hatte, ohne jemandem Bescheid zu sagen? Das wäre ihm ohne Weiteres zuzutrauen. Rachel malte sich sofort sämtliche Horrorszenarien aus. Man wusste nie, zu welchen Dingen manche Menschen fähig waren.

»Danke. Ich hab mein Handy dabei. Ich suche jetzt unser Gelände ab, Mum bleibt in der Nähe des Hauses. Oh Gott, Tom. Hoffentlich ist ihr nichts passiert!«

»Mach dir bitte keine Sorgen, Rach. Wir werden sie finden, da bin ich mir sicher. Was hatte sie denn an?«

»Ein rosafarbenes Oberteil und Jeans. Und ihren roten Regenmantel.« Den hatte sie angezogen, als sie aus dem Wagen gestiegen waren und es zu regnen begonnen hatte.

»Immerhin leuchtende Farben, die man gut sehen kann.«

»Stimmt. Okay, ich muss los.« Sie versuchte, einen kühlen Kopf zu bewahren. Sie musste ihre Tochter finden.

Rachel rief Moss, der zu ihr aufs Quad sprang, und los ging es. Als sie den Hof verließen, rief sie noch mal laut nach Maisy. Vergebens. Ihre erste Station war das Stackyard-Feld. Sie suchte jeden Meter ihres Landes ab, checkte Wasserrinnen und Hecken. Wind und Regen wurden immer stärker.

Rachel hob Moss vom Quad und sagte ihm, er solle nach Maisy suchen. Vielleicht konnte er sie ja erschnüffeln. »Moss, wo ist Maisy? Such!«

Immer wieder sah sie auf ihr Handy, in der Hoffnung, dass ihre Mum oder Eve oder Tom angerufen hätten, aber nichts. Der Regen strömte über das Display. Es schüttete jetzt wie aus Kübeln, und immer noch tobte das Gewitter mit Blitz und Donner.

Rachel suchte jedes einzelne Feld ab, sah unter jedem Baum und hinter jeder Hecke nach. Wo konnte Maisy sein? *Denk nach, Rachel. Denk nach!* Sie beschloss, zum Hof zurückzukehren. Dort gab es mehr Orte, an denen sich Maisy verstecken konnte. Vielleicht versteckte sie sich in einem Schrank im Haus? Sie war so enttäuscht gewesen von ihrem Vater … Rachel glaubte, dass das der wahre Grund für ihr Verschwinden war.

Ihre Mum stand in der Tür, als sie wieder beim Farmhaus ankam. Sie schüttelte den Kopf und wurde aschfahl, als sie sah, dass Rachel ohne Maisy zurückgekommen war. Was sollten sie nur machen?

»Ich such noch mal alle Gebäude ab«, sagte Rachel, »und diesmal nehme ich Moss mit. Hast du auch in den Schränken nachgesehen? Und unter den Betten?«

Jill nickte. »Ich geh noch mal in die Scheune. Da hast du sie ja zum letzten Mal gesehen, oder?«

»Ja.«

Rachel startete wieder das Quad und fuhr rüber zur Ablammscheune. Dabei murmelte sie leise vor sich hin. »Bitte, lieber Gott, lass ihr nichts passiert sein. Bitte, lieber Gott!« Sie konnte selbst nicht unterscheiden, ob es Regentropfen oder Tränen waren, die ihr übers Gesicht liefen.

Und die Suche begann von Neuem.

Sie sah gerade hinter ein paar alten Strohballen in der Ablammscheune nach, als ihr Handy vibrierte. Mit zitternden Fingern nahm sie es aus der Tasche.

Das Display zeigte an, dass es Tom war.

»Ich hab sie gefunden.«

Oh Gott. Die schönsten vier Worte der Welt!

»Gott sei Dank. Geht es ihr gut?«

»Ja. Sie ist zwar durchnässt und durchgefroren, aber sonst geht es ihr gut.«

Erleichterung machte sich breit. Rachel fühlte sich plötzlich ganz schwach. »Wo war sie denn?«

»Unten am Fluss. Da, wo ihr vor ein paar Wochen gepicknickt habt.«

Wie seltsam.

»Sie hat mir irgendwas von einer Feenschlucht erzählt. Ich hab's nicht ganz verstanden, hat irgendwie keinen Sinn ergeben. Ich habe sie in eine Decke gewickelt und bringe sie jetzt nach Hause.«

»Vielen, vielen Dank, Tom. Wir sehen uns gleich, Danke.«

Sie rannte zurück zum Haus. »Mum! Mum! Tom hat sie gefunden! Er hat sie gefunden!«

Jill kam auf die Veranda gelaufen.

»Geht es ihr gut?«

»Ja.«

»Gott sei Dank.«

Sie fielen sich erleichtert in die Arme. Schon hörten sie Toms Quad auf der Zufahrt. Und da war Maisy. In eine Decke gewickelt saß sie auf Toms Schoß. Sein Hund Mable stand wie ein Wächter hinter den beiden auf der Rückbank.

»Gott sei Dank«, sagte Jill noch einmal, als Rachel losrannte, um ihre Tochter in die Arme zu schließen.

»Alles okay. Sie ist nur klitschnass und ziemlich erschöpft, würde ich sagen«, meinte Tom.

»Und sie war unten am Fluss?«, fragte Rachel noch einmal.

»Ja.«

»Maisy, was um Himmels willen hattest du da zu suchen?« Ihre Angst der letzten halben Stunde schlug sich in Verärgerung nieder. Aber dann bemerkte Rachel, dass ihre Tochter vollkommen fertig war und sich zitternd an sie klammerte. »Okay, okay, schon gut. Jetzt bist du ja zu Hause. Ab mit dir ins Haus.« Erst mal musste Maisy wieder warm werden. Vielleicht würden sie später Antworten auf ihre Fragen bekommen. »Mum, würdest du bitte ein Bad einlassen? Und dir ziehen wir vor dem mollig warmen Herd erst mal die nassen Sachen aus. Einverstanden, mein Schatz?«

»Ich lass die Wanne ein«, sagte Jill. »Hab vielen Dank, Tom«, sagte sie zu ihm, lächelte ihn an und berührte dankbar seinen Arm. Dann machte sie sich auf den Weg nach oben.

Maisy sagte gar nichts. Sie schien eine Art Schock erlitten zu haben. Der Gewittersturm und die Kälte hatten ihr schwer zugesetzt.

»Ich danke dir von Herzen, Tom.« Rachel sah ihn an. Er war voller Schlamm und selbst nass bis auf die Knochen.

»Gern geschehen. Ich bin froh, dass ich helfen konnte und dass wir sie gefunden haben. Jetzt werd erst mal wieder warm, Maisy. Wir sehen uns.«

»Okay.« Es war das erste Wort, das Maisy seit ihrer Rückkehr sprach.

»Rachel.« Tom sah sie ernst an. »Ich weiß, es ist jetzt nicht unbedingt der richtige Zeitpunkt, aber … ich finde, wir müssen reden. Irgendwann später, okay?«

Sie nickte. »Ja, du hast vollkommen recht.« Dieses Gespräch würde ziemlich viel Zeit in Anspruch nehmen. So was ging nicht zwischen Tür und Angel.

Und jetzt ging es erst mal um Maisy.

»Also dann«, verabschiedete sich Tom und wandte sich zum Gehen.

»Tschüss.«

Sie flohen vor Wind und Regen in die warme Küche.

Rachel stellt Maisy vor den warmen Herd, wickelte sie aus der Decke und schälte sie aus ihrer feuchten Kleidung. Dann rubbelte sie ihr die Haare mit einem Handtuch so gut es ging trocken, hob sie hoch und trug sie nach oben ins Bad. Kurze

Zeit darauf lag Maisy gemütlich in der warmen Badewanne mit viel Schaum und sah schon wieder halbwegs glücklich aus.

Jill und Rachel setzten sich auf den Rand der Wanne und sahen ihr eine Weile zu, dann gab Jill ihrer Enkelin einen Kuss auf die Stirn und sagte, sie würde ihren Schlafanzug holen.

»Maisy, wieso bist du denn einfach so weggelaufen?«, fragte Rachel mit leiser, tröstender Stimme. Sie musste wissen, was der Grund für diesen seltsamen Ausflug war.

»Es tut mir leid, Mummy. Ich bin zur Feenschlucht gegangen, um mir was zu wünschen, und dann kam der Sturm und ich habe Angst bekommen.«

»Du wolltest dir was wünschen?«

»Ja. Bei der Feenschlucht. In meinem Buch steht, dass man sich da, wo Feen sind, was wünschen darf.«

Rachel verstand immer noch nicht, bis Maisy fortfuhr: »Ich habe mir gewünscht, dass Daddy zurückkommt.«

»Oh Maisy.« Jetzt war alles klar. Plötzlich hatte Rachel Tränen in den Augen. Dieser verdammte Jake! Wer brauchte einen Vater wie ihn? Das war das Einzige, was Maisy sich wünschte – einen Vater, der da war. Wieso musste das Leben manchmal so ungerecht sein?

»Ich wollte ja wieder nach Hause kommen, aber dann hat es so schlimm gedonnert und …«

»Alles okay, mein Schatz. Obwohl es ziemlich dumm und gefährlich von dir war, allein loszugehen. Aber ich versteh schon. Nur sag mir nächstes Mal Bescheid, wenn du so was vorhast. Dann gehen wir zusammen. Du kannst mir doch alles erzählen. Versprochen?«

»Versprochen. Großes Ehrenwort.«

»Braves Mädchen.«

»Okay, dann komm mal raus, und wir trocknen dich mit dem kuscheligen Handtuch ab.« Rachel half ihr, aus der Wanne zu steigen und wickelte sie fest ein. »Und jetzt gehen wir runter zu Granny und trinken eine heiße Schokolade. Und dann noch ein bisschen Knuddeln und ab ins Bett.«

»Okay.«

Was für ein Tag.

Rachel lag im Bett und konnte nicht einschlafen. Sie war noch zu aufgewühlt. So viele Gedanken rasten durch ihren Kopf – ihr Vater, die Farm, das Hofcafé, all die Dinge, die sie belasteten. Schließlich noch die Angst um Maisy, dass ihr vielleicht etwas zugestoßen sein könnte … Diese Vorstellung hatte sie schwer erschüttert. Ihre Familie und allen voran ihre Tochter war das Wichtigste in ihrem Leben. Alles, was sie tat, diente nur dem Zweck, sie zu beschützen.

Und heute hatte sie versagt. Sie hatte nicht auf Maisy aufgepasst. Ihr war nicht einmal aufgefallen, dass sie weg war, weil sie mit etwas anderem beschäftigt gewesen war.

Die Tränen, die sie den ganzen Tag zurückgehalten hatte, liefen ihr jetzt in Strömen übers Gesicht und machten ihr Kissen ganz nass.

Alles in Ordnung, mischte sich da eine etwas freundlichere innere Stimme ein. *Am Ende ist doch alles gut ausgegangen.*

Sie war nun mal keine Superheldin, sondern auch nur ein Mensch. Man konnte seine Kinder nicht den ganzen Tag beobachten, das war ihr klar. Aber sie hatte einfach viel zu viel zu tun gehabt – der Stand auf der Landwirtschaftsmesse, das Café, hinterher alles wieder aufräumen, das Geld zählen …

Ihr Leben kam ihr immer mehr vor wie ein Mikadospiel. Eine falsche Bewegung, und das ganze Gebilde stürzte in sich zusammen. Heute war die Last für sie zu schwer geworden. Rachel wusste nicht, ob und wie lange sie noch so weitermachen konnte und ob sie stark genug war, wirklich etwas Neues aufzubauen.

Sie war vollkommen erschöpft. Nervlich und körperlich am Ende. Schließlich sank sie in einen leichten, unsteten Schlaf.

41. Kapitel

Pancakes und Pyjamas

Am nächsten Morgen bot Jill an, das Hofcafé für ein paar Stunden allein zu übernehmen. Ihr war nicht entgangen, wie mitgenommen Rachel aussah, und sie fand, dass sie und Maisy endlich mal etwas Zeit gemeinsam verbringen sollten.

Es war der Dienstag nach dem Feiertag, und selbst wenn noch ein paar Wochenendgäste unterwegs waren, war heute bestimmt nicht mehr so viel los wie in den Tagen zuvor. Jill hatte bereits Sultaninen-Scones gebacken und beschloss, noch einen Schoko-Minz-Blechkuchen zu machen, um die Vorräte aufzufüllen. Nach der ganzen Hektik und der emotionalen Achterbahnfahrt gestern tat es auch ihr gut, zur gewohnten Routine zurückzukehren.

Gegen halb acht sah Rachel nach Maisy, doch die schlief noch immer tief und fest. Also beschloss Rachel, sie schlafen zu lassen. Die Ruhe tat ihr gut. Als die Kleine schließlich nach neun Uhr im Schlafanzug nach unten kam, hatte Rachel schon den Teig und alle Zutaten vorbereitet, um ihrer Tochter ihre Lieblingspancakes zu machen – mit Schokostreuseln. Sie frühstückten ausgiebig und plauderten dabei über die Landwirtschaftsmesse und die aufregende Fahrt auf dem Kaffeetassen-Karussell, bei der einem herrlich schwindelig wurde. Danach holten sie das Legospielzeug raus und bauten eine Farm mit Mini-Traktor und vielen Tieren. Mit ihren Legosteinen hatte Maisy schon immer gerne gespielt. Später las Rachel ihr eine Geschichte vor, und Maisy kuschelte sich auf ihren Schoß, dann guckten sie gemeinsam eine von Maisys

Lieblings-DVDs. Sie verbrachten einen ruhigen, gemütlichen Vormittag zusammen – genau das, was sie gebraucht hatten. (Großmütter wissen so was.)

Als der Film, den sie gerade sahen, fast zu Ende war, klingelte Rachels Handy. Ihr Herz tat einen Sprung, als sie sah, wer sie anrief. Es war Tom.

»Hallo Rachel. Ich wollte nur fragen, wie es Maisy geht.«

»Das ist ja lieb von dir! Es geht ihr gut. Ihre Stimmung ist zwar noch ein bisschen gedämpft, aber wir haben gerade den ganzen Vormittag zusammen verbracht, und das war schön.«

»Gut. Und wie geht es *dir*?« Er hielt kurz inne, als wäre er nervös. »Hast du den Schreck gut überstanden?« Er schien ernsthaft besorgt.

»Ja, das war echt ein Schock. Ich hatte wahnsinnige Angst um sie, das kannst du dir wohl denken. Aber zum Glück ist ja alles gut ausgegangen. Dank deiner Hilfe.«

»Ich war froh, dass ihr nichts fehlte, als ich sie gefunden habe.«

Es war schön, wieder normal mit Tom zu sprechen. Ein kleiner Schritt zur Wiederherstellung ihrer alten Freundschaft und Vertrautheit. Sie hasste sich dafür, dass sie wegen ihrer eigenen Angst und ihres Seelenschmerzes Tom mit ihren Worten und ihrem Verhalten verletzt hatte. Aber Familie war nun mal Familie. Die hatte für sie oberste Priorität.

Zur Mittagszeit gingen Rachel und Maisy rüber ins Hofcafé. Maisy war der Kuchenwettbewerb wieder eingefallen. Sie hatten ihrer Grandma noch gar nicht das Foto gezeigt und ihr verraten, dass sie den ersten Platz gemacht hatte. In all dem Chaos gestern war das völlig untergegangen.

»Grandma Jill, Grandma Jill! Du hast gewonnen!« Maisy rannte in die Scheune. Endlich war sie wieder sie selbst! »Mummy hat ein Foto gemacht!«

»In der Tat. Du hast mit deinem Sticky-Toffee-Pudding den ersten Platz belegt«, informierte Rachel sie.

»Und eine rote Schleife bekommen«, ergänzte Maisy stolz.

»Na, das ist ja mal eine tolle Überraschung!« Jill strahlte.

Frank war auch gerade da, er hatte soeben sein Stück Kuchen aufgegessen. »Herzlichen Glückwunsch zu diesem schönen Erfolg!« Er hob seine Kaffeetasse und prostete ihr zu.

»Danke, Frank.« Jill strahlte immer noch wie ein Honigkuchenpferd.

Maisy und Jill setzten sich an einen freien Tisch und aßen zum Mittagessen ein Sandwich, während Rachel den Tresen übernahm. Maisy plapperte wieder fröhlich vor sich hin. Sie war ganz die Alte. Als sie mit dem Essen fertig waren, bat Rachel ihre Mutter, noch einen Moment auf Maisy aufzupassen, weil sie einen Anruf zu erledigen habe. Da gab es eine Sache, die endgültig geklärt werden musste.

Aber natürlich ging Jake wieder nicht ans Telefon. Sie versuchte es noch einmal. Da sie keine Lust hatte, auf seine Mailbox zu sprechen, versuchte sie es noch ein drittes Mal. Langsam wurde sie wütend.

Endlich hatte er die Güte, ihren Anruf entgegenzunehmen.

»Hey Rach, meine Süße.«

»Nenn mich nicht so«, sagte sie scharf.

»Hä?«

»Hör zu, Maisy hat das ganze Wochenende darauf gewartet, dass du vorbeikommst – gestern auf der Messe hat sie an nichts anderes gedacht. Du hattest es ihr versprochen, Jake.«

»Ähm, ja, aber dann ist mir kurzfristig was dazwischengekommen. Ging leider nicht.«

»Ich sag dir mal, was nicht geht – die Art und Weise, wie du dich benimmst! So kannst du nicht mit einem Kind umgehen, erst recht nicht mit deiner eigenen Tochter! Sie war sehr traurig, dass du nicht gekommen bist. Du hättest wenigstens anrufen und es ihr erklären können!«

»Oh.« Kapierte er es jetzt endlich?

»Wenn du etwas versprichst, musst du es auch halten. Wenn du ihr sagst, du kommst und kommst dann nicht, enttäuschst du sie. Und sie war maßlos enttäuscht gestern. Du machst das andauernd, immer wieder, und wir haben die Nase voll davon. Es reicht, Jake. Du kannst nicht einfach bei uns auftauchen, wenn dir gerade mal danach ist. Von jetzt an sagst du mir Bescheid, wenn du uns besuchen willst. Und wenn wir etwas ausmachen, dann hältst du dich gefälligst an diese Abmachung, oder du brauchst überhaupt nicht mehr zu kommen. Hab ich mich klar ausgedrückt?«

»Du kannst mir nicht verbieten, sie zu sehen. Ich habe auch Rechte.«

»Ja, ebenso wie unsere Tochter. Ich lasse nicht zu, dass du ihr länger das Leben schwer machst, Jake. Ich verlange mehr Rücksicht und Kooperation deinerseits.«

»Ich kann auch vor Gericht gehen, weißt du.«

»Nur zu, tu das. Was glaubst du wohl, wessen Aussage dort mehr Gewicht haben wird?«

So, endlich war es raus. Das musste mal gesagt werden, nicht zuletzt um Maisys Willen. Natürlich hatte Rachel an dem gestrigen Ereignis auch eine Mitschuld, aber die Hauptschuld traf Jake. Es war schon lange fällig, dass sie ihm sein Versagen mal an den Knopf knallte.

»Maisy war also traurig?«, fragte er auf einmal ganz kleinlaut.

»Was denkst du denn? Sie ist fünf. Sie hat dir geglaubt.«

»Okay. Ich komm bald vorbei, dann mach ich es wieder gut.«

Rachel hatte genug von diesem hohlen Geschwätz. Er hatte sich noch nicht mal entschuldigt! »Okay, dann ruf an und wir machen einen Termin aus, an dem du Maisy besuchen kannst. Und an dem Tag bist du dann auch da. Wie gesagt: Wenn nicht, brauchst du dich gar nicht mehr zu melden. Tschüss.« Sie legte auf.

Erschöpft, aber auch erleichtert sank sie auf einen Stuhl. Endlich hatte sie Tacheles mit ihm geredet! Sie war stark und selbstsicher aufgetreten zum Wohl ihrer Familie. Und das fühlte sich verdammt gut an.

42. Kapitel

Der beste Apple-Crumble aller Zeiten

»Rachel! Rachel!« Jill rief über den Hof nach ihr.

Rachel war in der Ablammscheune und sortierte die Kennzeichnungsmarken für die Schafe und Rinder. Sie unterbrach ihre Arbeit und ging zur Tür.

»Ja?« Hoffentlich wartete nicht die nächste unangenehme Überraschung. Seit ihrem Verschwinden vor vier Tagen hatte ihre Tochter zum Glück zur Normalität zurückgefunden.

»Da bist du.« Ihre Mutter sah erleichtert aus. »Tom hat gerade angerufen. Er hat ein Problem mit seinem Traktor, oben auf dem North Field. Er ist dabei zu pflügen und fragt, ob du dir die Sache mal ansehen kannst, bevor er den Mechaniker ruft.«

Rachel kannte sich ziemlich gut mit Traktormotoren aus und war versiert im Umgang mit Werkzeug. Wie oft hatten sie Probleme mit ihren eigenen Landmaschinen. Es erstaunte sie selbst, was sie mithilfe von Youtube-Videos und Dads alter Werkzeugkiste alles reparieren konnte.

»Okay, kein Problem. Ich fahr gleich hin.«

Wie schön, dass zur Abwechslung sie mal Tom helfen konnte. Vielleicht war das auch die Gelegenheit, ihre kleine Eiszeit zu beenden. Ihr war sehr wohl bewusst, dass sie bisher noch nicht den Mut aufgebracht hatte, das Gespräch mit ihm zu führen, um das er sie gebeten hatte. Sie wusste einfach nicht, wo sie ansetzen sollte – auch wenn sie ihn sehr vermisste und sich nach ihm sehnte. Irgendwie war seit diesem einen Morgen nichts mehr wie vorher. War ihre Freundschaft überhaupt noch zu retten?

Rachel überquerte den Hof und sagte ihrer Mutter Bescheid, dass sie jetzt losfuhr.

»Mach dir keine Gedanken, wenn es etwas länger dauert. Ich kümmere mich gern um Maisy«, sagte Jill.

»Okay, gut.« Rachel schnappte sich die Werkzeugkiste und die Schlüssel für ihren Wagen. Sie mussten den Traktor so schnell wie möglich wieder zum Laufen bringen. Es war schon achtzehn Uhr, und sicher wollte Tom noch vor Einbruch der Dunkelheit mit dem Pflügen fertig werden. Es war ein schöner Tag gewesen, immer noch warm, und die letzten Sonnenstrahlen tauchten die Landschaft in ein magisches Licht.

Sie erreichte die Grenze zu Toms Land. Zum Glück wusste sie, wie sie am besten zum North Field kam. Das Feld befand sich am Hang und war deshalb nicht leicht zu pflügen. Das steile Gelände war eine Herausforderung für jeden Traktor. Sie kam an ein Gatter, das sie öffnen musste, fuhr hindurch und hielt an, um es wieder zu schließen. Als sie wieder in den Wagen gestiegen war, fiel ihr Blick auf den Berghang vor ihr.

Wow. Was war das denn?

Da stand in riesigen Buchstaben ins Stoppelfeld gepflügt: »Ich liebe dich.«

Rachel zog die Handbremse an und las noch einmal. Eindeutig: »Ich liebe dich.« Da stand es, auf einer Fläche so groß wie ein Schwimmbad, quer über der oberen Hälfte des Feldes.

Auf einmal hupte es. Da stand Toms Pick-up in der Böschung. Und Tom daneben. Von einem kaputten Traktor keine Spur.

Tom setzte sich in Bewegung und stellte sich neben die »Ich liebe dich«-Nachricht. War diese Botschaft etwa an sie gerichtet? Endlich fiel bei Rachel der Groschen.

Wie im Autopilot-Modus und völlig geplättet fuhr sie weiter und konnte dabei den Blick nicht von der mannshohen Botschaft lassen. War das Toms Werk?

War das wirklich für sie? Tom *liebte* sie? Sie schwankte zwischen Aufregung und Ungläubigkeit. Als sie neben seinem Wagen anhielt, sah sie, dass Tom auf dem Feld einen Tisch und zwei Stühle aufgebaut hatte. Der Tisch war gedeckt wie im Restaurant, mit einer weißen Tischdecke, Kerzenleuchter und Weingläsern und … sie kniff die Augen zusammen … mit einem Wildblumensträußchen in einer Vase. Neben dem Tisch stand Tom, in dunklen Chinos und weißem Hemd. Er lächelte sie nervös an.

»Hallo du«, sagte er nur, als sie ausstieg.

»Hallo du«, wiederholte sie. Was war hier los? »Dein Traktor ist nicht kaputt?« Sie konnte es immer noch nicht recht begreifen.

»Nein.«

»Ist das irgendein abgekartetes Spiel?« War Jill eingeweiht? Ihr fiel ein, dass ihre Mutter gesagt hatte, sie könne sich ruhig Zeit lassen.

»Ertappt.« Tom grinste breit.

Oh. Mein. Gott.

Rachel betrachtete den Tisch. Je eine Flasche Rotwein und Weißwein standen neben den Blumen. Der Strauß bestand aus blasslila Rosen, Hagebutten und Ebereschenblättern – vermutlich aus Toms Garten.

»Alles selbst gepflückt«, sagte er stolz, als er ihren Blick sah. »Also … ich hatte dich ja um ein Gespräch gebeten. Aber weil ich nicht so gut bin im Reden, dachte ich, das sagt vielleicht schon alles.«

Rachel war überwältigt. Ihr wurde bewusst, dass sie gerade

selbst nicht gut im Reden war. Dabei musste sie sich doch wenigstens bedanken! Aber sie bekam kein Wort heraus, und musste das alles erst mal sacken lassen.

»Wow. Das ist echt … Und die Nachricht … am Berg …«

»Von mir für dich. Und Rachel – es tut mir so leid, wirklich so leid, dass ich für deinen Dad damals nicht mehr habe tun können.«

»Oh, Tom.« Sie lief auf ihn zu und warf sich ihm in die Arme. Wie lange hatten sie darauf gewartet!

Es fühlte sich so gut, so richtig an, bei ihm zu sein, von ihm gehalten zu werden. Er war ein so wunderbarer Mann. Diese letzte Unterhaltung mit ihrem Vater musste ihn gequält haben, doch es gab nichts, was er hätte tun können – das begriff Rachel jetzt. Wieso hatte sie das nicht schon vorher eingesehen? Oder war sie einfach aus Angst vor der Wahrheit davongelaufen?

Sie küssten sich. Ihr Kuss war sinnlich, gefühlvoll, wunderschön und lebensbejahend. So fühlte sich Liebe an.

Als sie sich voneinander lösten, sagte Tom: »Ich weiß, was hinter dir liegt, Rachel, und ich werde dich nicht zu irgendetwas drängen. Ich will nur, dass du eins weißt: Ich bin für dich da. Ich möchte mit dir zusammen sein.«

»Ja, Tom. Ja! Aber du weißt schon auch …« – dieser Verantwortung konnte sie sich nicht entziehen – »… dass an mir noch einiges dranhängt. Maisy und meine Mutter und der Hof.« Sie musste realistisch bleiben.

»Natürlich weiß ich das. Du bist nur im Dreierpack zu haben, und das ist vollkommen okay für mich. Ich denke, wir werden nach und nach eine Möglichkeit finden, das alles zu vereinbaren. Also …« Er klang jetzt sehr nervös. »Bist du dabei?«

Ihr Lächeln sagte alles. Aber sie wusste, dass Tom es hören wollte. Es fiel ihr nicht leicht, die Worte laut auszusprechen und sich so zu öffnen – obwohl sie mit jeder Faser ihres Körpers und mit jedem Schlag ihres Herzens wusste, dass es wahr war. Sie nickte. »Ich bin dabei ... und ich liebe dich auch, Tom.«

»Hurra!«, schrie er ins Tal hinaus. Jede Wette, dass dieser Schrei auch unten bei Maisy und Mum zu hören war. Zumindest schreckte er ein paar Krähen auf, die auf einem Baum in der Nähe gesessen hatten und nun davonflatterten. »Und jetzt, Rachel Swinton, sollten wir feiern. Bitte nehmen Sie Platz«, sagte er in gestelztem Kellnerton.

Sie setzte sich. Die Stühle stammten aus seiner Küche, wie sie bemerkte.

»Rot oder weiß für den Anfang, Madam?«

»Gerne weiß, bitte.«

Während er ihr einschenkte, sah sie an sich herunter. Sie trug einen sexy Blaumann mit attraktiven Schmutzflecken.

»Oje, ein feierliches Dinner und ich in diesem Aufzug!« Sie lachte.

»Keine Sorge«, sagte er leise. »Habe ich dir nie gesagt, wie verführerisch ich dich in deinem Arbeitsoverall finde?« Er schenkte ihr sein sexy Grinsen.

»Äh ... nein.«

»Im Ernst, Rach. Ich finde dich eigentlich in allem verführerisch.«

Sie musste lächeln.

»So, die Vorspeise ist bereits angerichtet.« Tom ging zu seinem Wagen und nahm eine Kühlbox heraus. Auf zwei Tellern war Räucherlachs mit Rauke und Zitronenscheiben angerichtet, dazu gab es dreieckige Weißbrotscheiben mit Butter.

Er stellte einen Teller vor sie. »Ich hoffe nur, du erwartest keine Gourmetküche. Ich bin eher der Barbecue-Typ. Hab den Grill schon angeworfen.«

Rachel entdeckte einen tragbaren Bratrost, der neben dem Wagen stand. Daher rührte also das leicht rauchige Aroma in der Luft. »Klingt wunderbar. Und die Vorspeise sieht sehr lecker aus!«

Sie trank einen Schluck Weißwein. Er war schön spritzig, mit Frucht- und Vanillearomen. Dann begannen sie zu essen.

»Ich bin immer noch sprachlos. Was du dir für eine Mühe gemacht hast! Ich bin total gerührt«, sagte sie zwischen zwei Gabeln. »Wer hätte gedacht, dass Farmer auch romantisch sein können?« Sie lachte.

»Ich wüsste nicht, wieso nicht.« Er war froh, dass sein Plan aufgegangen war. »Aber natürlich nur bei bestimmten Anlässen.«

»Ach so? Ich dachte, ich bekäme so was jetzt jeden Abend nach der Arbeit.« Rachel grinste. »Könnte ich mich durchaus dran gewöhnen.«

»Und alle anderen Arbeiten blieben liegen.«

Sie genossen ihren Sauvignon Blanc und unterhielten sich eine Weile, bis Tom vorschlug: »Dann kümmere ich mich jetzt mal um das Hauptgericht, ja? Lieber Steak oder lieber Würstchen? Oder beides?«

»Beides, bitte.« Ein Tag mit schwerer körperlicher Farmarbeit machte hungrig.

Die Kohlen auf dem Grill waren schon heiß, und Tom machte sich an die Arbeit. Rachel ließ den Blick über das Tal schweifen. Hinter ihnen lagen die Cheviot Hills und vor ihnen die in Grün-, Braun- und Goldtönen leuchtenden Felder des nördlichen Northumberland. Ganz in der Ferne war die Nordsee als blaues Band zu erahnen. Die Landschaft erglühte im Licht der langsam untergehenden Sonne. Eine Amsel hüpfte übers Feld, und Schwalben schossen umher. So friedlich war es hier, so unglaublich schön. Einfach perfekt.

Ob schon jemand außer ihr das ins Feld eingepflügte »Ich liebe dich« entdeckt hatte, das unterhalb von ihnen auf dem Hügel prangte? Ob man es von der Landstraße aus sehen konnte? Vielleicht hatte die Nachricht schon jemandem, der dort entlangfuhr, ein Lächeln entlockt, diese Nachricht, die für sie bestimmt war, für sie ganz allein. Sie betrachtete Tom, wie er am Grill stand und etwas Leckeres für sie zubereitete. Sie liebte sein freundliches Lächeln, seinen schönen Körper und seine warmherzige Art. Kaum zu fassen, dass sie jetzt mit ihm zusammen war! Wie wunderbar verrückt das Leben doch war.

»Ich wusste gar nicht, dass so viele Talente in dir schlummern«, rief sie ihm zu. »Kochen, Blumensträuße arrangieren, Kellnern …«

»Da gibt es noch einiges mehr, was du nicht weißt«, entgegnete er in scherzhaftem Ton. In seinen Worten lag die Verheißung von all dem Schönen, das noch vor ihnen lag.

»Ich freu mich schon darauf, es zu entdecken.«

Eigentlich hatte sie immer geglaubt, Tom ganz gut zu kennen – nach so vielen Jahren der Nachbarschaft. Aber im Grunde hatte sie bisher nur an der Oberfläche gekratzt. Es war eine schöne Vorstellung, nun tiefer in sein Leben einzutauchen. Sie ging zu ihm rüber und stellte sich hinter ihn, umarmte ihn von hinten und küsste seinen Nacken. Er fühlte sich so gut an, und er duftete verführerisch nach Aftershave und Grillgeruch.

»Mmmmm«, sagte er seufzend. »Lenk mich nicht ab. Sonst brennen mir die Steaks an.«

»Na gut, dann heb ich mir das für später auf.« Zur Not musste sie Jill noch mal kurz anrufen …

Tom servierte ihnen ein saftiges Steak mit Rosmarinkartoffeln, die er in Alufolie gebacken hatte, und dazu einen Salat. *Doch* fast Gourmetküche, dachte Rachel. Die Kerze auf dem Tisch flackerte in der leichten Brise und sorgte für eine romantische Beleuchtung in der Dämmerung.

Als sie aufgegessen hatten, legte Rachel ihre Hand auf seine.

»Danke für all das hier. Ich bin überwältigt. So etwas hat noch nie jemand für mich gemacht.«

Er lächelte sie an. »Dann wurde es ja mal Zeit.«

Sie beugte sich über den Tisch und küsste ihn. Er schmeckte nach Rotwein, Steak und – Tom. Diese Lippen wollte sie für den Rest ihres Lebens küssen! Sie brauchte keine anderen.

Er setzte sich mit seinem Stuhl neben sie, sodass sie gemeinsam ins Tal blicken konnten. Für eine leise Geräuschkulisse sorgte in der Ferne das Blöken der Schafe.

»Tom, noch mal wegen Maisy …« Diese Nacht war wunderschön und verheißungsvoll, aber diese eine Sache musste Rachel noch ansprechen. Denn Tom musste wissen, dass Maisy immer Priorität hatte. Auch für ihre Tochter musste es passen.

»Ja?«

»Wenn wir eine gemeinsame Zukunft haben wollen, muss sie ein Teil davon sein.«

»Das ist doch selbstverständlich.«

»Aber wie sollen wir es ihr sagen?« Rachel dachte laut.

»Wenn du so weit bist, dass du es ihr sagen möchtest, findest du bestimmt die richtigen Worte.«

»Ja, da hast du vermutlich recht.«

»Und außerdem …«, fügte er hinzu, »… schätze ich mal, dass deine schlaue Tochter sehr schnell von selbst darauf kommen wird, was Sache ist.«

»Oh ja, sie ist wirklich schlau. Kann also durchaus sein.«

Rachel fiel die Unterhaltung mit Maisy am Abend nach ihrer Geburtstagsfeier ein, als ihr Vater wieder mal nicht aufgetaucht war und Maisy gefragt hatte, ob nicht Tom ihr Vater sein könne. Rachel lächelte beglückt. So kam nun eins zum anderen. Aber diese nette kleine Anekdote wollte sie Tom noch nicht verraten. Gut Ding will Weile haben …

Eine Stunde später saßen sie immer noch auf dem Berg. Die Nacht hüllte sie ein, sodass sie ganz allein auf der Welt zu sein schienen. Aber es wurde langsam kalt, und Tom holte eine Wolldecke aus dem Wagen. Er setzte sich wieder und hüllte sie beide in die Decke ein.

»So ist es besser.«

»Perfekt«, sagte Rachel, als sie sich aneinander kuschelten. »Und was gibt es zum Nachtisch?«, fragte sie.

»Wir sind nicht etwa anspruchsvoll, oder?«, stichelte er.

»Überhaupt nicht. Aber die Hoffnung stirbt zuletzt.« Sie grinste ihn an. Natürlich rechnete sie nicht damit, dass er noch etwas vorbereitet hatte. Das Essen war auch ohne Dessert großartig gewesen.

»Aber jetzt, wo du's sagst … Ich hab tatsächlich noch was.«

»Echt? Was denn?«

»Einen Apple-Crumble.«

Rachel verschluckte sich beinahe an ihrem Wein, so sehr musste sie lachen.

»Was ist los? Was ist daran so lustig?«

»Sorry … Gar nichts. Tut mir leid. Alles gut. Ich liebe Apple-Crumble.« Fünf Minuten später hatte sie sich immer noch nicht beruhigt. Ihr tat vom Lachen schon der Bauch weh. Es war Zeit, dass sie Tom endlich verriet, was es mit diesem Gelächter auf sich hatte.

Von Kicheranfällen unterbrochen, erzählte sie ihm die Geschichte aus dem Pub.

»Na super. Ich bin also ein Apple-Crumble?« Er spielte Empörung, aber natürlich grinste er. »Dann sollte ich ihn wohl auch besser servieren.«

»Oh ja bitte, mein sexy Crumble.«

Er hatte den Kuchen geschickt neben die Glut gestellt, sodass er gewärmt wurde, und füllte jetzt eine große Portion in eine Schüssel, die sie sich teilen konnten. Dazu gab es einen Löffel Schlagsahne. Es roch köstlich, nach Karamell und Apfel und Zimt. Sie kuschelten sich wieder unter die Decke. Tom hielt die Schüssel.

Rachel kostete. Wie lecker war das denn! Und als Zugabe erwartete sie ein noch viel leckerer Crumble …

Hier saß sie, mit ihrem Traummann an ihrer Seite, und unten im Tal warteten ihre Mutter und ihre kleine Tochter. Rachels Herz drohte zu bersten vor Liebe. Sie wünschte, dieser Augenblick würde niemals zu Ende gehen.

»Danke, Tom. Das war ein traumhaft schöner Abend.«

Er sah sie an und lächelte. »Und das ist erst der Anfang, Rachel. Eine wunderschöne Zukunft liegt vor uns.«

Rachel wusste aus leidvoller Erfahrung, dass das Leben jederzeit unangenehme Überraschungen bereithalten konnte. Doch selbst in der tiefsten Dunkelheit verbarg sich immer ein Schimmer Hoffnung – man musste nur mutig genug sein, ihm nachzugehen. Sie schaute in den überwältigenden Sternenhimmel und dachte, dass ihr Vater von dort oben auf sie herunterblickte und ihr zurief: »Alles wird gut.«

Sie kuschelte sich noch enger an Tom und freute sich schon darauf, herauszufinden, wie ihre wunderschöne gemeinsame Zukunft aussehen würde.

Ein Brief von Caroline

Vielen Dank, dass Sie »Café mit Meerblick« gelesen haben! Ich hoffe, Sie haben die Zeit genossen, die Sie mit der fantastischen Familie Swinton auf der Primrose Farm verbracht haben. Vielleicht haben Sie sich zur Lektüre ja auch ein Stück Ihres Lieblingskuchens gegönnt!

Wenn Ihnen dieses Buch gefallen hat, zögern Sie bitte nicht, eine Bewertung abzugeben oder mit mir in Kontakt zu treten – damit würden Sie mich sehr glücklich machen! Ich höre immer gerne von meinen Leserinnen und Lesern, und Ihre Bewertungen helfen denjenigen, die meine Bücher bisher noch nicht kennen, sie zu finden.

Sie können auch gern auf meiner Facebook-Seite, meinem Twitter-Profil oder auf meinem Blog vorbeischauen. Dort können Sie Ihre Nachrichten, Ansichten und Rezeptvorschläge teilen und alles über Ihre Lieblingskuchen lesen. Dort verrate ich auch, was mich zum Schreiben inspiriert. Es ist immer reizvoll, neue Freundschaften zu schließen – also lassen Sie uns in Kontakt bleiben!

So, jetzt muss ich wieder an den Schreibtisch. Die Fortsetzung des Romans wartet, denn sie soll rechtzeitig vor Weihnachten erscheinen!

Nochmal vielen Dank an Sie alle und bis bald!
Caroline x

@_caroroberts
/CarolineRobertsAuthor
carolinerobertswriter.blogspot.co.uk

Danksagung

Es hat mir große Freude bereitet, die Handlung dieses Romans in der ländlichen Umgebung spielen zu lassen, in der ich selbst lebe. Das war mir eine echte Herzensangelegenheit. Mein großer Dank geht an Helen und Johnny Renner und an Jane und Duncan Ord, die mich auf ihren Farmen herumgeführt und mir alles gezeigt haben. Sie luden mich ein, am großen Tisch in ihrer Farmhausküche Tee zu trinken, und sie haben meine vielen Fragen zum Thema Ablammen im Speziellen und dem Farmleben im Norden Northumberlands im Allgemeinen beantwortet. Großen Dank schulde ich auch Susan Green von »The Proof of the Pudding«, die mich ebenfalls auf ihre Farm eingeladen hat, und die ich zu ihrem wunderbaren Kuchen-Business ausfragen durfte. Vor allem habe ich mich über die leckeren Sticky-Toffee-Puddings und Ingwerkuchen gefreut, die sie mir mitgegeben hat – danke! Und das alles im Namen der Recherche!

Wie immer bedanke ich mich auch bei meiner wunderbaren Familie und meinem gesamten Freundeskreis für ihre anhaltende Unterstützung und bei der »Romantic Novelists' Association«, speziell der Abteilung Northumberland, die mit ihrem schriftstellerischen Rat und ihrer Freundschaft immer für mich da ist.

Ein riesiges Dankeschön geht auch an meine begabte Redakteurin Charlotte Brabbin. Dank deiner Fähigkeiten ist das Buch zu einem kleinen Juwel geworden, finde ich. Mein Dank gilt auch dem gesamten Team von HarperCollins sowie meiner wunderbaren Agentin Hannah Ferguson und dem Team von Hardman & Swainson.

Zu guter Letzt ein großes Dankeschön-Hurra an meine Leserschaft und die tolle Buch-Blogger-Community! Meine Bücher wären nichts ohne die Menschen, die sie lesen und denen sie gefallen. Ich hoffe also, Sie haben sich gefreut, Rachel, Jill, Maisy und alle anderen Charaktere von der Primrose Farm kennenzulernen!

Alles Gute
Caroline x

Rachels Käsekuchen mit Himbeeren und weißer Schokolade

300 g weiße Schokolade
600 g Frischkäse
500 ml Crème double
50 g feiner Streuzucker
200 g frische Himbeeren
Heidelbeeren zum Garnieren (optional)
5 TL Himbeermarmelade
100 g Butterkekse (Vollkorn)
50 g Butter

Die Schokolade in eine Glasschüssel geben und über einem Wasserbad zum Schmelzen bringen. (Die Schüssel darf nicht im Wasser stehen!)

Die Vollkornkekse in einen Gefrierbeutel geben und mit dem Nudelholz oder wahlweise in der Küchenmaschine zerkleinern. Die Butter in einer Pfanne schmelzen und die Kekskrümel unterrühren. Die Masse mit einem Löffel in einer (idealerweise Antihaft-)Springform (20er) verteilen und fest andrücken. Anschließend im Kühlschrank kalt stellen.

Frischkäse, Crème double und Zucker verquirlen (am besten mit einem elektrischen Handrührgerät), und die abgekühlte weiße Schokolade unterrühren, bis sich alle Zutaten verbinden.

40 g Himbeeren mit 2 TL Marmelade verrühren. Die Hälfte der Frischkäsecreme auf dem Keksboden verteilen und glatt streichen, die Himbeer-Marmelade-Mischung in der Mitte darüberlöffeln. Die restliche Frischkäsecreme darübergeben und mindestens vier Stunden (am besten über Nacht) in den Kühlschrank stellen.

Die restliche Marmelade mit den übrigen Himbeeren erwärmen, dabei 12 Himbeeren (und 12 Blaubeeren, falls gewünscht) beiseitelegen. Mit dem Handmixer oder im Standmixer mixen und durch ein Sieb streichen, um die Kerne zu entfernen. Wenn die Soße zu dick ist, etwas Wasser hinzugeben.

Zum Servieren den Kuchen mit den übrigen Himbeeren (und Heidelbeeren) garnieren und mit der Soße übergießen.

Ideal für ein Treffen mit Freunden. Dazu passt ein Gläschen Sekt oder Champagner!

Jills Sticky-Toffee-Pudding

Für den Puddingteig:

200 g Datteln (getrocknet, entsteint, fein gehackt)
1 TL Backsoda
200 ml kochendes Wasser
75 g Butter, zusätzlich Butter zum Einfetten der Auflaufform
50 g brauner Zucker (Rohrohrzucker)
2 TL Zuckerrübensirup
2 große Eier (Freilandhaltung)
200 g »self-raising flour« (Backmehl) – in Deutschland nicht erhältlich!

Backmehl selbst herstellen:

2500 g Mehl
5 Tütchen Backpulver
2 TL Natron
(1 TL Salz)

Für die Karamellsoße:

100 g Butter
150 g brauner Zucker (Rohrohrzucker)
1 TL Zuckerrübensirup
150 ml Crème double

Backofen auf 180° Grad Celsius vorheizen / Umluft 160° / Gas Stufe 4. Auflaufform einfetten.

Datteln in eine hitzebeständige Schüssel geben, mit dem Natron mischen und kochendes Wasser darübergießen. 10 Minuten stehen lassen.

Butter und Zucker in der Küchenmaschine schaumig rühren, bis eine blasse Farbe entsteht. Nach und nach Sirup und Eier dazugeben, glatt mixen. Mehl dazugeben und auf niedriger Stufe alles gut miteinander verrühren.

Mit einer Gabel die eingeweichten Datteln leicht ausdrücken und mit der Flüssigkeit in die Mischung geben. In den Teig einarbeiten.

Teig in die gefettete Auflaufform geben, glatt streichen und im vorgeheizten Backofen ca. 35–40 Minuten backen, bis ein hineingesteckter Holzstab sauber wieder herauskommt.

Für die Soße alle Zutaten zusammen unter gelegentlichem Rühren in einem Topf zum Kochen bringen.

Den fertig gebackenen Kuchen aus dem Ofen nehmen und 20 Minuten stehen lassen. Mit einem Schaschlikspieß oder etwas Ähnlichem mehrmals einstechen und die Hälfte der Karamellsoße darübegießen. Weitere 15 Minuten stehen lassen und den Rest der Soße darübergießen. Mit einer Kugel gutem Vanilleeis (oder Honigeis!) servieren.

Seien Sie auf ein himmlisches Vergnügen gefasst!

Caroline Roberts
Rosen, Tee und Kandiszucker
€ 9,99, Taschenbuch
ISBN 978-3-95649-662-2

Für Ellie geht ein Traum in Erfüllung: Diesen Sommer wird sie die Teestube im wunderschönen Claverham Castle mit Leben und dem Duft nach Tee und frischem Kuchen füllen. Sie hat so viele Ideen und Pläne. Aber hat sie sich vielleicht doch zu viel vorgenommen? Sie muss es einfach schaffen und sich in das Herz des alten Hausherrn backen, der sich gegen jede Veränderung sträubt – und vielleicht sogar in das des gut aussehenden Verwalters Joe …

www.mira-taschenbuch.de